麥田人文

王德威／主編

麥田出版

國立編譯館／世界學術譯著
麥田人文74

重讀石頭記：《紅樓夢》裏的情欲與虛構

作者　余國藩（Anthony C. Yu）
譯者　李奭學
主譯　國立編譯館
翻譯著作財產權人　國立編譯館
主編　王德威（David D. W. Wang）
特約編輯　趙曼如
封面設計　林小乙
發行人　涂玉雲

出版發行　城邦文化事業股份有限公司
麥田出版事業部
台北市民生東路二段141號2樓
電話：(02) 2500-0888　傳真：(02) 02- 2500-1938
網址：www.cite.com.tw　Email: service@cite.com.tw
郵撥帳號：18966004　城邦文化事業股份有限公司

香港發行所　城邦（香港）出版集團有限公司
香港北角英皇道310號雲華大廈4/F, 504室
電話：(852) 2508-6231　傳真：(852) 2578-9337

馬新發行所　城邦（馬新）出版集團有限公司
Cite (M) Sdn. Bhd. (458372U) 11, Jalan 30D/146, Desa Tasik, Sungai Besi, 57000 Kuala Lumpur, Malaysia.
電話：(603) 9056-3833　傳真：(603) 9056-2833

製版印刷　中原造像股份有限公司
初版一刷　2004年3月1日
初版二刷　2004年3月15日

ISBN 986-7537-42-4
售價480元
※本書如有缺頁、破損、倒裝，請寄回更換。

《紅樓夢》裏的情欲與虛構

重讀石頭記

REREADING THE STONE:
Desire and the Making of Fiction in *Dream of the Red Chamber*
Anthony C. Yu

國立編譯館／世界學術譯著

余國藩—著　**李奭學**—譯

國立編譯館主譯

麥田人文74

謹以此書

獻給我在芝加哥大學的學生

並悼念一九八九年六四天安門事件的受難者

Mi avvedevo ora che si possono sognare
anche dei libri, e dunque si possono sognare dei
sogni . . .
Un sogno è una scrittura, e molte scritture
non sono altro che sogni.

現在我知道我們可以夢到書，
所以也可以夢到夢了。
夢就是書，
而許多許書也不過是夢。
（Umberto Eco, *Il nome della rosa*）

目次

中文版序

序言通常也是跋語。我所認識的作家或我所讀過的書中，序言大都寫在主體完成之後，幾無例外。即使在不同時空下寫成的書，我們也很難想像有人會打一開頭就先寫序，後寫書，而且還是刻意如此，故意為之。因此之故，眼前這篇拙序也不例外，是我依序在全書譯完後才寫的。儘管如此，這篇序也代表一個起點，因為我是為本書「新成」而「樂為之序」。

讀自己作品的翻譯，而且還是他人所譯，我的感覺是不安與獲益兼而有之。李奭學博士矻矻努力，本書譯來高雅異常，而我讀後謙卑所學的第一課是企圖與所成之間的差異。《紅樓夢》乃中國古代聲名最著的小說，我孜孜研究卻發現自己結果有限。音樂家詮釋音樂，只要錄下音來，那麼技巧或感受上的缺點便可一「聽」無遺。就本書而言，只要時機允許，譯者或我自己也會予以——哪管再小——訂正或補正。這些修正都會讓我深有所感，久久不能自已於短拙之處。論證起來，我或許失之於偏，誇張過甚；或許一時不察，資料使用不足。我只希望本書中文版的讀者能和英文版一樣，能縱容或寬容我的局限。

本書乃譯者和作者共同完成，讀之所感，我益覺超乎尋常。身為中國人，我移民美國，落地生根，在此開創事業。然而我用英文持續所撰，卻又攸關中國文學裏的名山鉅著，而且最後還要勞人將之譯回中文。這種文本和思想上的播遷是何意義，我不曾深思其然。就我而言，我只能向讀者報告：我不是唯一有此經驗的華裔學者。中國人散居世界各處，越來越多的人都能用自己選擇的語言寫作。他們用之於學術，或用之於創作，而且寫得好，也寫得有成就。對我來講，這種成績，所有的中國人都應該引以為傲，因其代表我們對語言的根本大愛，想要精心駕馭。這方面，中國傳統倒不一定稱許。

後一體認，和本書在批評上的焦點關係直接。讀者可以看出，我不偏廢傳統紅學的考證工夫，也不輕視其價值，但我取以致力的卻是《紅樓夢》的主題，尤涉小說的虛構性和情欲的分析。我的批評論述所用的語彙和觀念是中西夾雜，比較的成分居多，大家也應可一見。我這樣做，原因不僅如第一章我所坦承的教育背景和個人難免的偏好，也在我所討論的課題不管大家有多熟悉，我總訝然發現現代學者所論若非缺乏系統，就是系統並不多見。如今捧讀這本中譯本，我慶幸自己的選擇正確。我的感覺甚至比以前更強，相信《紅樓夢》這本偉構的清代作者就像舉世文化中任何時期的作家或思想家一樣，對小說或其虛構性一定了解甚深，也用來熟練。這類課題，曹雪芹想告訴我們的確實很多，恐非現代學者拿個批評理論就可窮盡一切。我仍然希望我有限的探究能夠引人興趣，激發更多的學者加入討論。

重讀自己所撰的中譯本，我實不能不向譯者再致謝忱。李奭學博士可不僅是位譯者，在本書製作的過程中，他也身兼編者、批評者和名如其實的合作者等身分。他自己的學術工作繁重，時間有限，身體狀況又是一大負擔，但是從來也不曾放棄承諾，在我「授權」下孜孜譯書。他每譯完一章，都會把手稿寄來給我，如是者數年。而我每回讀到，常感本書已經脫胎換骨，把原文的「豬耳朵」換成大家眼前可見的「絲荷包」了。這種「改進」，書中從思想到語言都顯然可見，我由衷感激，雖然拙序也該就此打住。最後——如果我可以再引唐人韓愈的話——對李博士及其夫人林靜華女士慨然相助，我還是要說一句：「言有窮而情不可終。」

余國藩

二〇〇三年十月六日

序言

《紅樓夢》一稱《石頭記》，乃清代說部中的偉構。由於此書包羅萬象，歷來學者都以是時社會的縮影視之，不論就文化或就典章制度而言，無不生動反映，鉅細靡遺。不過本書不想在這方面多費筆墨。我想談的，反而是學者迄今甚少一顧的一個問題，亦即《紅樓夢》如果稱得上是語言藝術的傑作，那麼優點若非因其自省性的敘述特色而來，就是因為機杼另出，對傳統說部要來一番變革所致。小說中的場景形形色色，技巧洋洋大觀，上述「自省性」或所謂「機杼另出」，在在指出《紅樓夢》乃「虛構」而成。這一點，小說本身也相當堅持。《紅樓夢》談自己「虛構性」的地方，因此並不比其表現人情世故者少。

簡言之——或乾脆就攤開來講——拙著主旨可能落人口實，以為係迎合西方學界目前流行的批評觀念之作。不幸如此，我倒有兩點想澄清，也請循此稍做辯解。首先，《紅樓夢》固然是中國文學的傳統之作，我用當代文論論之卻不表示我也首肯時下某些理論家慣用的一些說法，例如所有的文學文本理論上若非具有自我反思的性格，就是都會自我指涉等等。或謂文學的動力在其修辭性的展現，這點我同樣不能完全同意。文本最基本的存在模式，更有人說難免會自我模仿。就一般而言，這點我也歉難苟同，不是有人說：「語言的牢籠」也是座批評上的「萬鏡樓」嗎？這句話聽來動人，但真假與否，我看俱繫於我們對語言和文學的本質之見。盲目接受當代理論，我總覺得問題重重。文學的世界若非因此而變得了無生趣，就是批評家才下筆，讀者即可推知他的分析模式。儘管如此，我還是要說無巧不成書，《紅樓夢》就是一本好談「本然」，強調「本有」的小說。其虛構性可以自成題目，探之不盡，也演之不竭。故事的本源或創始，故事的製造或接受，《紅樓夢》俱可將之營構到自己的情節去。所謂「虛構性」獨立成題，《紅樓夢》所畀恃者即類此之屬。倘說這種特點係西方文學的老套，從《奧德賽》（*Odyssey*）經《哈姆雷特》（*Hamlet*）、《唐吉訶德》（*Don Quixote*）到《悠利西斯》（*Ulysses*）及《八月曙色》（*The Auroras of Autumn*）皆可一見，那麼在中國文學的傳統裏，《紅樓夢》的筆法可就罕見得很，甚至可以說是天下無雙了。職是之故，其中奧妙確實值得一探。

我想說的第二點乃延續第一點而來。在某種程度上，《紅樓夢》好「談虛弄玄」的這一面雖然最早的讀家——亦即脂硯齋諸評人——顯然心中都有數，當代學者卻罕能察及，所以很少正視小說中以雷霆萬鈞之勢加之於人的挑戰。中國學者有關紅學的論著汗牛充棟，不過他們對各種歷史主義似乎情有獨鍾，每每受其掣肘。不錯，打從二十世紀初以來，我們對於《紅樓夢》版本的了解，對於作者家庭背景的認識，對於是書成書的部分過程之所知，甚至是對於我們據以批評的文化與社會歷史的知識，中國學者的研究嘉惠良多。不過話說回來，其中滿佈我所謂「錯置的歷史主義美學」，也是不爭的事實。中國學者在研究傾向上的問題，癥結就在這裏。所謂「錯置的歷史主義美學」，我指的是大家總以為《紅樓夢》驚人的藝術價值，僅僅和小說反映或重現歷史及社會現實的忠實程度有關。在這層意義上，脂硯齋圈內那些早期評點家的態度，基本上便和晚近許多讀者無異。他們頌揚《紅樓夢》，因為他們總覺得是書「真有其人，真有其事」。

我們只要翻看脂硯齋的評語，便可了解上述或類似上述的話有多少。相形之下，這些早期的評點家就很少——或者根本就不曾——這樣說過：「這些都是虛構成篇，敷衍得還真不錯呢！」脂評頂多稱頌作者，說是其文「狡猾」。不過這種恭維應該是針對《紅樓夢》的技巧而發，和小說的虛構性關聯較小。中國讀者一向強調文學模仿得忠於史實，無論作者的經驗或家庭背景都得如此，社會文化環境或兩者的結合由是當然更得如此。這種強調係眾所景仰的美學標準，所反映的不僅是中國人的文化價值，也把歷史的強勢地位指證歷歷，似乎意義都是由此流出。《紅樓夢》最顯著的特色，中國人反而沉默以對。不過此等態度的重要性也無殊，因其顯示中國人對於只能在語言或想像中「發生」的事確實杌隉不安，也弄不清楚面對歷史，《紅樓夢》當真是嚴陣以待。歷史神聖而不可侵犯，《紅樓夢》偏偏透過情節與修辭的運作，多方質疑其中的真假，而且不怠不懈，一以貫之。質而再言，讀者開卷即得面對《紅樓夢》拋出來的真假辯證。

拙著依旨命題，從《紅樓夢》中挑選具有代表性的片段，逐一細讀慢品，以便檢視小說在修辭、語言和情節編製上的技巧。第一章區分《石頭記》脂評和晚近讀家的異同，討論其中的閱讀策略。中國史書和虛構皆有其閱讀方法，同樣的論述，我也借其差異代為表出。在中國思想和文學史上，「情」乃一切的總樞。第二章說其源流，雖然只是嚐鼎一臠，卻也可見上文所述不假，更可見儒家情觀在《紅樓夢》中如何衝撞，如何撙節。第三章的重點放在和佛教有關的主題上，例如出家這種悲願，又如木石有情或頑石、夢、鏡與悟等等課題。我的分析著墨所在，是小說如何按題布局，藉以反映自己所稱的虛構性。《紅樓夢》裏，讀書、科考、家業、婚姻和書禁都是重要的話題，不但交互綰結，而且彼此互涉。第四章在大致細陳之後，隨即轉入小說所認識的文學虛構為何，又如何因此而「傳情入

世」。第五章視林黛玉為悲劇人物，藉此一探冥冥天意和欲海情天的糾葛，分疏兩者在《紅樓夢》中匯為一流的過程。❶

「情」這個母題，中國上古思想中常可一見，《紅樓夢》裏也聽得到回聲。人之所以為人的特徵，《紅樓夢》認為「情」是其一，亦人類有別於其他生物的問題。傳統文化談的是以禮節欲，或用政治手段加以箝制，再不就透過宗教，尋求解脫。《紅樓夢》稍有不同，「談情」之際，每每反出傳統。是書焦點既然是情，遂乃循此探討文學之虛構或因之而造成的影響。《紅樓夢》在這方面之所論，允稱全書最獨特的成就，可以垂諸久遠。凡此種種，拙著都擬詳說細探。

拙著實為課堂上的產品。李歐梵和我一直都希望能夠合開一門課。一九八四到八五年間，我們果然夢想成真，以《紅樓夢》為題授課。共襄盛舉的同學有研究生，也有大學部來的。在兩個學季近半年的時間裏，我們不斷思考，琢磨復琢磨，經驗令人難忘。《紅樓夢》乃鉅著，不過我們足本全讀，一字不漏，討論起來常常忘記時空，超越教室的畛界。❷開課前我雖已發表過一篇紅學專論，但教書後我才感到自己對《紅樓夢》確實興趣盎然，非得提筆再遣胸懷不可。

我所寫的文章，最後大多也都發表了，分別是“History, Fiction, and the Reading of Chinese Narrative,” *CLEAR* 10 (1988): 1-19; “The Quest of Brother Amor: Buddhist Intimations in *The Story of the Stone*,” *HJAS* 49/1 (June 1989): 55-92，以及“The Stone of Fiction and the Fiction of Stone: Reflexivity and Religious Symbolism in *Hongloumeng*,” *Studies in Language and Literature* (Taiwan) 4 (October 1990): 1-30。這些文章和我的第一篇專論“Self and Family in the *Hung-lou meng*: A New Look at Lin Tai-yü as Tragic Heroine,” *CLEAR* 2 (1980): 199-223，我都曾加以修改，最後化為本書第一、第三和第五章。拙作新

刊，承各學報的主編惠允，謹此敬表謝忱。

本書的初步研究得以得暇推展，美國學術團體總會（American Council of Learned Societies）在一九八五至八六年頒發給我的一筆獎助費是主因。從那一年開始，我像「古舟子」般受蠱，深為《紅樓夢》所迷，而美國國內外的同事與學生也「同時介入」，讓我可以一試自己的想法與詮釋。相關機構更是慷慨好客，紛紛提供機會，我從而得以論道講學。這些機構是普林斯頓大學、印第安那大學、不列顛哥倫比亞大學、聖路易華盛頓大學、香港大學、匹茨堡大學、普吉松大學（University of Puget Sound）、耶魯大學、聖地牙哥加州大學、洛杉磯加州大學、西雅圖華盛頓大學、爾灣加州大學、猶他大學、阿爾伯特大學、柏克萊加州大學、史丹福大學和哥倫比亞大學。

撰寫拙著那幾年，芝加哥大學神學院院長甘偉（Franklin Gamwell）和吉爾賓（Clark Gilpin），以及文學院院長泰夫（Stuart Tave）和嘉瑟（Philip Gossett）都曾不吝臂助，我的研究因而可以快馬前進。芝大東亞圖書館的馬泰來、戴文伯和奧泉榮三郎諸先生都是人好、脾氣又好的朋友，對我不時索書、索文章、索微捲和其他材料都義無反顧，慨然賜助，我銘感尤深。書稿每有進展，各地同好也都會撥冗指教，惠我亦多。他們是夏志清、韓南（Patrick Hanan）、蒲安迪（Andrew Plaks）、米勒（Barbara Stoler Miller）、何谷理（Robert Hegel）、張隆溪、孫康宜、席文（Nathan Sivin）、王瑾、蘇源熙（Haun Saussy）、梅維烜（Victor Mair）、夏含夷（Edward Shaughnessy）和李惠儀。此外，普林斯頓大學出版社所請的兩位審查人的批評也十分中肯，拙著更是受益匪淺，其中若有錯誤與疏漏，我仍然得負全責。

書稿付梓前的最後階段，芝加哥大學的博士生王崗、徐東風、中谷一和李奭學都參與了校對的工作。各章冗長笨重，他們的援手自是彌足珍貴。拙著能夠順利出版，李奭學的幫助尤大。書末的語彙表、書目及索引，都是他和夫人林靜華一手所編。哈佛大學的蒲耶特（Michael Puett）教授慷慨過人，對於拙著也有助校之功。

小兒逸民剛剛唸完學位，和他綜論文學或文學研究都快慰之至，拙著有部分內容即因他啟發而來。我對內人鄧白冰也要深致謝忱。讀《紅樓夢》乃人生一大快事，多謝她催促，我才能得享此一閱讀之樂。白冰對我所說一向深信不疑，是我最具耐心的聽眾，不過批評起來也絕不含糊苟且。

拙著完成的時候，也是我在芝加哥大學執教行將屆滿二十九年之際。上過我的課的研究生數以千百計，大學部學生則較少。不過我在知識上都承他們鞭策，精神上也備受鼓舞。不論是隨口應答或長篇大論，不論是簡短的練習或卷帙龐然的博士論文，這群學生思考所得常常都能為我另闢蹊徑，指出更多的問題來。將近二十九年的歲月匆匆已過，如果我今天還稱得上是位稱職的老師或學者，這群學生才是我之所以為我最大的動力。對於他們，我銘感五內，難以言宣，謹此聊表寸心。

不過即使在我握管感謝學生的這一刻，我也難以忘記中國曾經有過一群命途較舛的莘莘學子，難以忘記幾年前他們為理想、為信念，連性命都犧牲了。中國學生當然有權自由思考！我但願此刻早日來臨，也希望到那時節，他們說話或寫作都可百無禁忌。

註釋

❶ 本書英文版中，《紅樓夢》各角色之名的英譯，我悉依SS所譯。

❷ 夏志清認為《紅樓夢》最後四十回的藝術價值高，這點我有同感。我也同意閔福德（John Minford）的判斷，相信高鶚

和百廿回編次者程偉元所說大致不假。本書所本的《紅樓夢》中文原文，因此便是百廿回的足本。夏氏之見見C. T. Hsia, *The Classic Chinese Novel: A Critical Introduction* (New York: Columbia University Press, 1968), pp.250-257；閔氏之見見*SS*, 4:22 ff。吳世昌和俞平伯等《紅樓夢》早期的研究權威，常常懷疑最後四十回的真假。對此也有疑慮的現代學者，可以參見閔福德用力甚勤的學位論文："The Last Forty Chapters of *The Story of the Stone*: A Literary Appraisal," Ph. D. Dissertation (Australian National University, 1990)。有關《紅樓夢》的四種早期刻本，下書有持平之論：徐仁存、徐有為，《程刻本《紅樓夢》新考》（臺北：國立編譯館，一九八二）。周策縱的近文〈紅樓三問〉，《中國時報．人間副刊》（一九八七年六月七—八日），對程刻本的價值也持正面之見。最近也有人用電腦統計的方法，就選字、風格和字彙質疑前八十回和後四十回得分開之見，可謂新意別出，見Bing C. Chan, *The Authorship of "The Dream of the Red Chamber": Based on a Computerized Statistical Study of Its Vocabulary* (Hong Kong: Joint, 1986)；及氏著另文 "A Computerized Statistical Approach to the Disputed Authorship Problem of the *Dream of the Red Chamber*," *Tamkang Review* 16/3 (1986):247-278。

常用書目及簡稱

《紅》 〔清〕曹雪芹、高鶚著，《紅樓夢》，三冊，北京：人民文學出版社，一九八二。本書正文所引第一個數字依序表示上、中、下之冊數。其他書之有分冊者亦同。

《卷》 一粟編，《紅樓夢卷》，二冊，上海：中華書局，一九六三。

《評語》 陳慶浩編，《新編石頭記脂硯齋評語輯校》，增訂版，臺北：聯經出版公司，一九八六。

百廿回 《乾隆抄本百廿回紅樓夢稿》，上海：古籍出版社，一九八四。

《三家》 〔清〕陳新之等評，《紅樓夢三家評本》，四冊，上海：古籍出版社，一九八八。

甲戌本 《乾隆甲戌本脂硯齋重評石頭記》，臺北：胡適紀念館，一九六一。

己卯本 《脂硯齋重評石頭記》，二冊，上海：古籍出版社，一九八一。

庚辰本 《庚辰抄本石頭記》，六冊，臺北：廣文書局，一九七七。

《四部備要》 臺北：臺灣中華書局，一九八一。

SS Cao Xueqin and Gao E, *The Story of the Stone*. trans. David Hawkes and John Minford. 5 vols. Harmondsworth: Penguin, 1973-1986.

《紅樓夢》裏的情欲與虛構

重讀石頭記

REREADING THE STONE:

Desire and the Making of Fiction in *Dream of the Red Chamber*

第一章
閱讀

凡屬書寫，即使是史學撰述，
也都源自廣義的閱讀理論。*

（Paul Ricoeur, *Temps et récit*）

閱讀初讀

假作真時真亦假，
無為有處有還無。（《紅》，一：七五）

《紅樓夢》第一回提到太虛幻境，賈寶玉在第五回神遊其中。就在此一仙界入口的牌坊上，寶玉一眼瞧見兩側直書的上引聯語。長久以來，紅學家多把這幅對子視為《紅樓夢》結構具體而微的表現，也是全書大旨之所繫。《紅樓夢》刊行於乾隆年間，若就是時以來的批評史衡之，我們儘可謂真

* 原文為："Toute graphie, dont l'historiographie, relève d'une théorie élargée de la lecture."

假問題乃多數學者的關懷。這種閱讀傾向，無疑因為下面的因素有以致之，也因此而增強力量。

第一個原因顯而易見，和《紅樓夢》的語言有關。中國古典小說源遠流長，從早期的志怪之作算起，淹有宋元平話與明清兩代高度發展的長篇說部，其間還有一從未間斷的文字遊戲的系譜，包括字謎與雙關語的修辭學傳統。《冤魂志》有個短篇寫某固定類型的後母。她狠毒已極，把親生兒子叫做「鐵杵」，名字上就佔盡了同父異母的哥哥「鐵臼」的便宜。[1]《西遊記》第二十三回講四聖試禪心，那假扮孀居的菩薩道是「小婦人娘家姓賈（假），夫家姓莫（沒）」。[2]《金瓶梅》中，「西門慶的一班狐群狗黨裏，有角色名叫『吳典恩』（無點恩）或是卜志道（不知道）。也有個歌女名叫齊香兒，書中每提到她的弟弟『齊家』，她的姓就令人聯想到《大學》。」[3]董說人多以為是《西遊補》的作者，小說中的「情」字，他也改綴為人物之名「小月王」，使之變成了個字謎。從此一背景上來看，《紅樓夢》中的雙關語不僅傳統至極，是書驚人之成就恐怕也因善用語言媒介而有成。中文由「聲」到「形」的語言特性，《紅樓夢》是能用則用，從不放手。

《紅樓夢》刊就以來，歷代讀者的反應倘有我們一眼可見的共同處，那必然會是書中謎的解讀之樂。從雙關語、字謎、名字、名綴（anagram）到代喻和警詩，小說中滿布的這些修辭機關，歷代讀者不斷想方設法，予以破解。打開一粟編的《紅樓夢卷》，我們便可見此書的評論和疏論，而且從十八到二十世紀的讀者都有。《紅樓夢》人稱「長篇寓言」，不過上述雙關語等修辭技巧所湊泊者可否一稱此名，我倒覺得不無可議之處。我們如今可以確定的是，這類語言遊戲作者玩得高明，也玩得有技巧，我們讀來不但不會有昏睡之感，而且還會感到興致盎然，甚至可以開迷醒世，為我們提供生命的參考。《紅樓夢》係長篇鉅製，書中一再敷衍的文字遊戲都涉及真假的問題。本章開頭所引的聯語已將這點表出。不過何以如此，仍然值得我們深思。甄士隱乃貫穿書首的人物，他的名字和書中其他許多角色一樣，都在玩聲音的遊戲，雙關到了「真事隱」一義。如果連書首的要角都這樣，我們是不是應該說書中確把許多「真人實事」都「隱」了？果然如此，那麼這些「真人實事」又係何指？《紅樓夢》中類似的問題相當多，讀者眼尖，自然可見、可思，這裏能談的僅屬其中的少數。有位學者曾就西方文藝復興時期的寓言評論道：「這類寓言在夸夸其言下所『隱藏』者，必定可以讓我們清楚的感覺到，否則『隱』就永遠『隱而不顯』了。」❹然而我們從《紅樓夢》所學到的第一課是：語言符號的意義，有許多卻是耳聞目睹所難以察覺的。❺這一課看似尋常，不過堂奧可難測。

《紅樓夢》的字面意義，讀者如果還是有疑問，那麼原因次則可能出在小說的流傳及接受的歷史。截至十八世紀中葉，《紅樓夢》其實還稱不上全書殺青。然而即使在這之前，我們也已知道小說只要完成若干回，就有讀者會傳觀新作。這群人為數不少，主要是前八十回作者曹雪芹的親朋好友。目前可見的《紅樓夢》抄本，至少有十一種之多，全部都有眉批，出自一位自號脂硯齋的人的手筆。在他之外，別的評語有出自畸笏叟者，也有他人所為，或具名，或匿名，不一而足。❻由現存的評語再看，似乎是凡有稿本出，就會有數位批者群聚品評，再由其中一位把意見寫下。抄本上的墨跡又顯示，部分批語的字跡頗異，而《紅樓夢》的傳抄者製造的為數則更多。

像脂硯齋這類批者或是由他所衍生出來的評語，其實都不值得我們大驚小怪，因為說部的眉批或行批早已行之有年，而且是自古已然。這種現象，也可見於文史哲一類文本的解明，而後者實則又淵源自古來的傳統教學方法。❼我們常把《紅樓夢》和明代四大奇書並置而論，視之為中國小說史上的里程碑。四大奇書以次，包括史上許多戲曲和詩集，流傳下來時都是文本和不同評者的批語並刻，從卷頭語經眉批、案語到隨行夾注，無一不見。各家競批，我們故而可見以毛宗崗（活躍於一六六〇）批本為代表的《三國志演義》、以金聖嘆（一六一〇—一六六一）批本為代表的《金瓶梅》，以及以李贄（一五二〇—一六〇二）——如果他的批者身分無誤——或以陳士斌（活躍於十七世紀下半葉）批本為代表的《西遊記》。《三國演義》久享盛譽，成書以來，歷三百年而不衰。雖然毛宗崗父子無疑是此書的編定者，然而上述說部的其他評點家和作者——即使是名義上的作者——之間，就不一定是舊識了，更不消說關係會顯然或熱絡到像曹雪芹和脂硯齋圈內的人士一樣。自古以來，中國文人就有傳觀所作——不論完成與否——的習慣，總希望親友月旦一番。因為有傳統如此，所以脂評的重要性便和其他評點一樣，不僅有一班文人在前朝曾對《紅樓夢》品頭論足過，更在這些人讀書的程度有多深，對小說的藝術性與文本形成的看法又有多精湛。[8]

脂評的評者群手上所握有的各種稿本，可謂《紅樓夢》系譜的表層。歷來脂評的論者眾多，而最近最詳實的研究應推陳慶浩所為。他從胡適之見，也延續了其他論者的看法，堅稱一七四五年時，曹雪芹便曾獲得手稿一部，題為《風月寶鑑》。[9]而曹氏也當真為此書批閱十載，重新編次，再加剪裁，以訂定回目。在曹雪芹批書之前，《風月寶鑑》極可能已經高人評點，為其增添價值。職是之故，到了乾隆甲戌（一七五四）年間，《紅樓夢》全書極可能已經完稿。就在這一年，脂硯齋重抄此書，而且新加了不少的批語，書中處處可見。據陳慶浩所述，此後四年，脂硯齋依然繼續批書，新見迭出，而且多數都因人傳抄而得以存世傳世。雖然抄本時見重編，每有異文，但是這些稿本都有一不變的傳統，亦即書題殆稱《脂硯齋重評石頭記》。

《紅樓夢》的稿本關係複雜，前後次序是否如陳慶浩所云，我看學界仍有疑問。不過陳氏的重建確實也值得再議，因為他的研究基礎大致是以評語為主，不是建立在版本的比勘上。所謂《風月寶鑑》為曹雪芹「底本」（*Urtext*）之說，似乎也應該再加論列。儘管如此，陳慶浩的研究縝密詳實，我看這也是不爭的事實。至少脂評的作者群和《紅樓夢》作者的關係在此表露無遺，而他們積極介入成書的過程也一覽無遺。以庚辰本（一七六〇）第十八回為例。其中寫元妃返鄉探親，齡官違命演出《相約》與《相罵》（《紅》，一：二五七），脂硯齋便有評語如下：

> 按近之俗語云：「能（寧）養千軍，不養一戲。」蓋甚言優伶之不可養之意也。大抵一班之中，此一人技業稍優出眾，此一人則拿腔作勢，轄眾恃能，種種可惡，使主人逐之不捨，責之不可，雖欲不憐，而實不能不憐；雖欲不愛，而實不能不愛。余歷梨園子弟廣矣，各（個）各（個）皆然。亦曾與慣養梨園諸世家兄弟談議及此，眾皆知其事，而皆不能言。今聞《石頭記》至「原非本角之戲，執意不作」二語，便見其恃能壓眾，喬酸姣妒，淋漓滿紙矣。復至「情悟梨香院」一回，更將和盤托出，與余三十年前目睹身親之人，現形於紙上。使言《石頭記》之為書，情之至極，言之至恰，然非領略過乃事，迷陷過乃情，即觀此茫然嚼蠟，亦不知其神妙也。（《評語》，頁三四九，標點稍改）

這段話的意涵至為明顯：比起一般索隱派對《紅樓夢》的虛構性再現，脂評對所批者似乎全神投入，感受大不相同，無疑也深刻幾許。無可否認，第二十回中脂評也說「若觀者必欲要解，須自揣自身是寶、林之流」，如此才能洞悉小說中人彼此的對話（《評語》，頁四〇二）。不過這兩句評語背後有一深刻的信念，乃中國思想所固有，亦即大家都認為說部的閱讀必須就自己親身所歷加以了解，方能竟其全功一事。本書第二章論「情」，讀者會看到從古至今，「感應」這種美學確實宰制著中國傳統，致使《紅樓夢》的作者認為自己的七情六欲也可見於古往今來的文字媒介中。即使是個人的經驗，即使是親身的感受，亦然。同理，讀者或觀眾讀書看戲時最適宜的反應，應該是要「正確點出」虛構所重現的「真實」。不論喜歡或不喜歡，這類的美學總是指「傳記」而言，而藝術的基本政治與道德意涵也都會顯現在其中。由是觀之，脂評斷定《紅樓夢》乃「情之至極，言之至恰」之作，就不是空穴來風。蓋所本者有二：首先，他三十年前所歷之人，如今都已化為虛構中人；其次，他親身經歷者和作者一般無二，所以特別能夠省得小說中的微言大義。就後一觀點再看，小說或虛構似乎不會比事實或歷史陳義更高。

脂硯齋圈內的評語的力量，其實都是建立在這種信念之上。他們對《紅樓夢》人物的看法所不斷強調者，都是自己「親眼目睹，親耳所聞」的讀者特權。凡此種種，當然是脂硯齋看待自己的立足境，而《紅樓夢》的現代讀者也都如此看書。就脂評整體觀之，有一點他著墨者再：「況此亦此（是）余舊日目睹親問（聞），作者身歷之現成文字，非搜造而成者，故迥不與小說之離合悲歡窠舊（臼）相對。」（《評語》，頁七一〇）又謂：「試思若非親歷其竟（境）者，如何莫（摹）寫得如此。」（《評語》，頁七〇七；另見頁七三七）此外，脂硯齋也曾堅持道：他乃「過來人」，是「經歷過者」（《評語》，頁一二五和一三一），故曾「目睹親聞」故事（《評語》，頁六六九和七一〇），而「作者曾經歷」者，他這位「批者」也曾經歷過（《評語》，頁六九五）。[10]

儘管脂硯齋話講得煞有介事，上述批語還是否定不了《紅樓夢》的虛構性本質。庚辰本第十二回寫賈瑞荒淫，以鏡療疾，不過救度無功。脂硯齋居然在此揮筆一批，謂之實為象徵，蓋「此書原係空虛幻設」也。那鏡把上面不鏨著「風月寶鑑」（《評語》，頁二三五），而這四個字不又是《紅樓夢》的別稱嗎？己卯本第十九回的脂批，也談到「此書中寫一寶玉，其寶玉之為人，是我輩於書中見而知有此人，實專目曾親睹者」（《評語》，頁三五四—三五五）。話雖如此，脂評整體的意圖還是十分明顯：《紅樓夢》中特殊段落和事件的寫法，仍然是從批者多年前的耳聞目睹而來，乃真實的複述或真相的複製。脂評稱道這些片段的原因無他，蓋其中所述，據傳都非向壁虛構。表面觀之，脂硯齋和他人所批，強調的當然是他們疏注上的獨門招牌。在想像的現實中我們共享的真相，其實才是讀者閱讀小說時，能夠和作者同其心情之處。儘管如此，脂硯齋評者和作者特殊的聯繫，仍因小說中確有某些特殊的情況使然。

通俗小說的評點之作不少，例如在佚名所寫的〈《金瓶梅》寓意說〉裏，作者開篇就稱「稗官者，寓言也」。接下來又謂說部乃「風影之談」，不過「假捏一人」，以「幻造一事」罷了。[11]雖然如此，面對他們心儀的文本時，脂硯齋批者依然不會俯就上述的論斷。就《紅樓夢》而言，讀作之間的關係不完全因為聲氣相通而成，更重要的是彼此的經驗要能合而為一，如此方可終而連結為一體。他們的經驗就是共同的歷史權威，也是這個歷史隱而不宣的引人入勝處。

第五回警幻仙子演警曲，十二支《紅樓夢》道盡多少悲涼。但寶玉卻聽說若非「個中人」，[12]則聽其歌者反如嚼蠟矣。警幻的話，甲戌本便夾批道：「（個中人）三字要緊。不知誰是個中人。寶玉即個中人乎？然則石頭亦個中人乎？作者亦係個中人乎？觀者亦個中人乎？」（《評語》，頁一一八）

甲戌本這條夾批雖然像在說笑，批者的觀察卻觸及了一個嚴肅的詮釋問題，亦即文本的真身為何，讀者或閱讀文本的那群評點家又係何人？寶玉和石頭只是虛構裏的兩個個體，抑或他們都是某些歷史實人的寓言？文本如果要閱讀得宜，我們是否需要特殊知識而又可以不問其故事？甲戌本的批者發問的方法，似乎要讀者養成敏銳的感受力，了解閱讀寶玉神遊太虛幻境這類情節有其奧妙，因為其中所聞可分數層，而且必須先有所知才能與聞。第五回中的年輕人所知，其實和石頭所知大不相同。後者可能是寶玉故事的敘述者，也可能是寶玉在仙界的原身。警幻話中的意思似乎也很清楚：除非寶玉試雲雨，了解個中之妙，否則會懵懂於夢中所聽、夢中所見和夢中所讀。唯有遵循警幻所示去經驗，唯有遵循警曲所訓去體察，寶玉才能化身變成所謂「個中人」。不過即使作者或讀者——這裏我們就假設這「讀者」是脂硯齋吧——以「個中人」自居，他們所具的意義恐怕還是迥異於寶玉者。警幻口中的「個中人」一詞，因此就帶有極大的諷意，而在脂硯齋的修辭反問再問之下，這層諷意又會愈變愈顯，面向再添。文本中隱晦不明的閱讀之鍊，脂硯齋的反問適可道出其然，擴大其旨，包括寶玉對警喻的解讀、警幻對寶玉及賈府的解讀、幕後的敘述者對故事的解讀、作者對敘述者的解讀、脂硯齋對作者的解讀，以及我們對文本和脂硯齋這兩者的解讀。

文學史上傳統的「讀法」和「評點」，不論有用與否，大多在提供批者所知，讀者得悉後從而可以按圖索驥，加強自己對特定文本的認識。然而脂硯齋的評者群卻不作此想。他們經常跳出傳統，逕自在文本中播撒評語，而所佈者紛繁有趣，既可開迷解惑，也可供給新知。他們在有意無意間，常常暗示自己高人一等，彷彿只有他們可以啟迪紅迷，一窺《紅樓夢》的究竟。[13]

脂硯齋和他圈內的批者是誰？這個問題答來還真令人氣餒，許多《紅樓夢》的論者一定都碰過釘子。不過有一點可以確定，亦即脂評圈內人士——尤其是脂硯齋和畸笏叟這些主要的批者——必定對曹雪芹一家有某種程度的認識。像下面這些評語或夾批即意涵深刻，本身絕非泛泛之談：甲戌本第一回所謂「寫出南直召禍之實病」（《評語》，頁二七）；第二十八回又提到所謂「西堂故事」（《評語》，頁五四四）；第二回還說恐有人落淚，「故不敢用西字」（《評語》，頁四五）。⓮這些話強烈指向某富貴人家，而且時值他們的多事之秋，可見批者心中若有所失，深深懷念那個家族過去的榮顯。因此之故，我們難免疑心脂硯齋和畸笏叟的身分。曹寅乃雪芹的祖父，脂硯齋和畸笏叟極可能也是他的後人。⓯

曹府起伏頗大，脂硯齋知之甚詳。在這點之外，他可能也曾「染指」《紅樓夢》某些情節的編造。有關後面這一點，最常見引的例子是畸笏叟的一段話。所談乃第十三回末秦可卿的死狀：

「秦可卿淫喪天香樓」，作者用史筆也。老朽因有魂托鳳姐賈家後事二件，嫡是安富尊榮坐享人能想得到處，其事雖未漏，其言其意則令人悲切感服，姑赦之，因命芹溪刪去。（《評語》，頁二五三）

秦可卿或因自殺去世，但詳情不得而知。畸笏叟這段回末總評，讀後倒引人躍躍欲試，頗想一探小說情節中所未曾道出者何。不過和我們目前所論關係較大的，倒應該是評語中的權威口氣。其中所透露的是《紅樓夢》的寫作，脂硯齋或畸笏叟或曾側身其間。這一點我們感受強烈，幾乎要把兩位批者也當做作者看。他們眉批夾注時，都暱稱小說中人而不名，不是叫阿什麼的，就是喚做某某兒，再不然就是誼在兄或親之間，彷彿所談都是兒輩或族人。因此，他們或許真的就是要我們知道一點：小說中人，他們可都熟悉得很。《紅樓夢》是「虛構」，但是要了解上述這一點，我們反需特殊的歷史知識來幫襯，我們反而有賴作家似的特權來促成，說來也弔詭。⑯這種種當然頗不尋常，而這一切種下的結果是，脂評給來日讀者的誘惑可真大，大家都會奉他們為權威，也會盡可能去獲取認識這一切的知識。

中國文學細水長流，其中有些文本的疏注早就多如江鯽。就時間而言，《紅樓夢》相對乃晚出之作，然而歷來的評點家莫不深為著迷，數量之多令人驚訝，簡直要望而卻步了。二十世紀初，脂硯齋稿本陸續「出土」，批起小說來吊足了大家的胃口。從此以還，紅學家廣受影響，許多當代論者爭的反而不是《紅樓夢》的內文，而是脂評自相矛盾的地方。這是評點家自己的問題。

這種爭議的例子之一，和林黛玉、薛寶釵的刻劃有關。這不是個無謂的問題，因為最後所涉係《紅樓夢》的評價，是小說如何收場，甚至是後四十回的真偽問題。《紅樓夢》中有幾個地方，把釵黛寫成宿敵，為奪寶玉之愛而形同冰炭。此外，在一七九一到一七九二年刊刻的百廿回《紅樓夢》中，王熙鳳還設計讓寶玉迎娶寶釵，而他所愛的黛玉卻落得淒涼而死，而且就香銷玉殞在他們的洞房花燭夜上。此一情節上的發展，顯然和第五回寶玉神遊太虛幻境牴牾。寶玉於此所聆警曲和所見幻景，本來是要談命中摯愛的金陵十二釵的命運，不過某一警曲卻將黛玉和寶釵並置而論，讓她們變成二而一的命運共同體（《紅》，一：七八）。脂評在這一點之外，另又講了一些話，試圖將釵黛的鑿枘縮減到最小。這種種的努力一批下來，現代論者遂以為作者敘釵黛二人，本意是要她們互補，形成性格上的一體。第五回警幻說要把妹妹「兼美」許配給寶玉（《紅》，一：九〇），脂評便有「指薛林而言」之說（《評語》，頁一三五）。非特如此，脂評在庚辰本第四十二回也有一「回前總批」，其中道是

「釵玉名雖二個，人卻一身，此幻筆也」（《評語》，頁六〇六）。就是因為前提若此，當代紅學家趙岡才會有如下之說：「賈母等人」從未「設計逼迫」寶玉和寶釵「成婚」，而「釵黛二人在後半部中一直感情融洽」，看來「並無爭風吃醋之事」。⑰

第五回的警曲中，有一首寫寶玉的婚姻，似乎早就明白指出他再怎麼欣賞寶釵，也捻不斷心中對黛玉早殤的哀思：

都道是金玉良緣，
俺只念木石前盟。
空對著，山中高士晶瑩雪；
終不忘，世外仙姝寂寞林。
嘆人間，美中不足今方信。
縱然是舉案齊眉，
到底意難平。（《紅》，一：八五）

儘管這首曲中的意思已經夠清楚，庚辰本的批者在第二十回似乎還明言金玉婚後必會頑笑敘舊，一如他們青梅竹馬時（《評語》，頁四〇〇），趙岡卻忙不暇整，旋即予以擴大改寫，謂之指寶玉寶釵婚後「感情美滿」，有如神仙眷屬一般。所以「談心話舊，多少婚前無機會表達的話，現在都可一一傾吐」了。⑱趙岡於此之所見，當然和後四十回的發展矛盾互攻。不過在紅學家偶爾迴環的邏輯中，如是之見倒可知這些章回真偽可疑。釵黛互為一身的脂評之見，趙岡樂得接受。縱然如此，已故的徐復觀教授對此卻大表不滿。據徐氏所述，上文所引的兩條脂批「只能稱為糟蹋《紅樓夢》的胡說八道」。⑲

如果從脂硯齋評語的角度來看，我們閱讀《紅樓夢》可能會局限重重。倘非認為「虛構」另涵深意，就是認為這不僅僅是本「幻構」而已。毋庸置疑的是，脂評這種閱讀傾向，《紅樓夢》本身也有內證支持。且舉第一回為例。這一回中，我們似乎已知作者乃悼紅軒裏的曹雪芹，而他「批閱」全書凡十載，前後增刪又是五易其稿。類此筆法，中國小說史上實無前例可見。除此之外，回中下面這副對子，似乎也在講作者和文本是謎，其中諷意層層：

都云作者癡，
誰解其中味？（《紅》，一：七）

今我們更感驚訝的是，即使在我們機緣得遇、可以一窺《紅樓夢》的故事之前，我們早也已發現自己置身於奇幻的文字迷陣中，旨要玄妙：

此開卷第一回也。作者自云：因曾歷過一番夢幻之後，故將真事隱去，而借「通靈」之說，撰此《石頭記》一書也。故曰「甄士隱」云云。但書中所記何事何人？自又云：「今風塵碌碌，一事無成，忽念及當日所有之女子，一一細考較去，覺其行止見識，皆出於我之上。何我堂堂鬚眉，誠不若彼裙釵哉？實媿則有餘，悔又無益之大無可如何之日也！當此，則自欲

> 將已往所賴天恩祖德，錦衣紈褲之時，飫甘饜肥之日，背父兄教育之恩，負師友規談之德，以至今日一技無成、半生潦倒之罪，編述一集，以告天下人：我之罪固不免，然閨閣中人本自歷歷有人，萬不可因我之不肖，自護己短，一并使其泯滅也。雖今日之茅椽蓬牖，瓦灶繩床，其晨夕風露，階柳庭花，亦未有妨我之襟懷筆墨者。雖我未學，下筆無文，又何妨用假語村言，敷演出一段故事來，……。（《紅》，一：一）

《紅樓夢》稿本的傳統之始，是乾隆甲戌本。由於上引曾出現在這個本子的「凡例」之中，而且故事尚未開講；所以儘管晚出諸本旋即收之於正文首回，庚辰本也早見著錄，但是可以想見，這段話依然啟人疑竇，樣樣都涉及作者的問題，包括這段話本身是否也在小說原先的設計之中這類問題。[20]許多批評家因此問道：就算曹雪芹意在自傳小說，他言及自己之時，何以要用第三人稱，何以又把書中大旨用「想當然耳」的方式表出？[21]據霍克思（David Hawkes）的推測，這一段話可能出自作者之弟，不過最後有關個人和家族興廢那段長引，倒大有可能直接就出自曹雪芹（SS 1:120）。

不論上引這段楔子真正的淵源為何，我們讀之最感興趣者，打一開頭就是「真事」而必須「隱去」一說。紅學早期有所謂索隱派，主張《紅樓夢》乃清宮秘史的影射，也有人以為字裏行間寓有反清復明的密語，故而應做驅逐韃虜的革命文獻觀。胡適反對這類的讀法，遂於一九二一年寫下〈《紅樓夢》考證〉，籲請大家注意小說首回首段中其他的話。根據胡適的說法，首段那悲痛自述實乃「個人生命的告白」（*apologia pro vita sua*），可以讓我們認清「《紅樓夢》明明是一部『將真事隱去』的自敘的書」。作者果然是曹雪芹，那麼「他」應該就是開書那位深自懺悔的「我」，是「甄」（真）、「賈」

（假）兩府背後的「底本」，也是小說中兩位寶玉的「本尊」！我們倘能認識這種結構原則，就會了解書中的「甄」、「賈」兩府也不過是曹雪芹一家的「影子」。[22]

對許多讀者來講，胡適對《紅樓夢》基本性格的評價不但力可服人，就算就他所論小說的讀法而言，對後人的研究取徑也有深刻的影響。《紅樓夢》中的細節，索隱派視之為歷史事件，但胡適抨之散亂無序，故而呼籲論者應把重點放在小說的作者、時代與版本的研究上。就這一點而言，胡適所展現者乃他身為批評家和文學史家慣見的睿智，因為〈《紅樓夢》考證〉發表後的數十年中，上述三個領域的研究都有長足的進展。話雖如此，胡適對《紅樓夢》的傳記性強調也產生了一些諷刺性的後果。蓋全神索求小說外緣的現象，也不過換湯不換藥，把清宮秘辛或恢復漢家天下的說法都附會成「曹氏一族」的故事罷了。如果《紅樓夢》紛繁的世界裏眾多的角色只是史上某家某人的影子或符指，那麼我們必然會得到如下的結論：我們對「曹氏一族」的了解越多，也就表示我們對小說裏的故事認識越深。家史和傳記性的研究，必然會照亮通往文本世界的通幽小徑。[23]

職是之故，二十世紀的《紅樓夢》評論，尤其是中國學者所為，主要就是在回應脂評和作者修辭之間密切的聯繫。對《紅樓夢》的研究者而言，這種聯繫力量甚大，足以誘人深入評點本身，視之為權威，從而把曹氏一族的興衰視為破解小說設計和情節的關鍵。論者難抵誘惑一事，可從他們矻矻專心、戮力於作者及其家族的研究上看出。他們推斷所及，上起漢代的興起，因為三國時代的曹操可能是曹雪芹的遠祖；下則轉至滿洲之地，蓋清室定鼎之後，皇族貴冑無不漢化至深。一九九六年，有人甚至認為曹氏祖居遼寧一帶。研究者的努力，另又擴及曹家及其系譜的核心人物，連遠親近鄰都不放過。和曹府浮沉相關的重要時事，例如康熙南巡、鑾駕幸臨曹寅府上和曹頫被黜，家產充公，同樣難逃論者法眼。曹雪芹曾經寓居北京郊區，而且晚年就在這裏度過。如今這裏的巷弄已呈蕭條，而即使是這些斷垣殘壁，也有人曾經深入一窺，為數抑且不少。《紅樓夢》的主角是賈寶玉，而他的原型是誰？是作者自己或是他族內的伯叔，抑或——如同滿人裕瑞長久以前之所示——另有其人？寶玉最親近的四位姊妹，難道是曹雪芹的姑姨中人？雪芹果然也有位兄長早夭，就像小說裏的寶玉？雪芹據傳粗壯結實、皮膚黝黑，這又怎麼稱得起寶玉英俊的外貌？[24]這類問題，批評家上下索求答案，表現得如醉如癡，似乎永難饜足。看來他們若不言必曹氏一族，則所發必然細瑣，會讓自己難以當得上「紅學家」之名。[25]由是觀之，難怪今天連曹雪芹的生平都變成小說家取材的對象，他自己真的也化為小說中人了。

有些紅學家會避開自傳或傳記的強調，但即使是他們所寫，我們也看得出對歷史的興趣，故而會把《紅樓夢》當做史實的腳注。打開一部《紅樓夢》的研究史，多的是對故事背景的經濟、社會、思想與文化性的重建，而且事無鉅細，還在與日俱增之中。學界的課題五花八門，無不耗蝕心力。學者用書、用專論，或用單篇論文大談小說挖掘而出的各種題目，而且洋洋大觀，包括地政、貨幣政策、農圃栽作時辰、建築與園林設計、紡紗織布、方言俗語、面相占卜，以及清人所用的西洋器物如去風邪的鼻煙壺等等。然而涵蓋面雖云包羅萬象，對《紅樓夢》確也有顯幽發微的作用，不過掛一漏萬之處當然還是不免。我們最想一問的是：如此孜孜從事，對《紅樓夢》文字藝術的認識到底有何幫助，能夠加深多少？如此研究，當真在稽考——例如說——乾隆時代中國人對進口紅酒的需求外，就別無貢獻可言了嗎？打開翁伯贊〈論十八世紀上半期中國社會經濟的性質〉一類的文章，[26]我們對研究的規模與精細大概都不會有異議，因其所論大小不拘，從煙草、桑樹、甘蔗的種植到各種米酒的消費都有。陶器的製造、家禽和動物的豢養，也都在翦氏論列之中。第五十三回黑山村的烏莊頭獻給賈府的新年賀禮洋洋灑灑，翦伯贊的鴻文確實像是這份禮品的清單的箋注。說實在的，翦氏討論所及還不僅在做箋、在做注！他這類研究的內涵，當然會讓專攻文學的人疑竇頻啟：如果不把《紅樓夢》當方誌看，不把小說讀成宮廷秘辛或商場巨賈的故事，甚至也不以《皇明經世文編》視之，那麼他們所寫的評論又算什麼？

我們當然可以質疑這裏的例子都是故意舉來，充滿偏見；我們當然也可以說《紅樓夢》的考證不是篇篇都只關心類似的浮光掠影，體大而思慮未精。[27]不過縱然我們坦承這種警告有理，我們對「紅學」的疑慮恐怕也減輕不了多少，因為問題不在《紅樓夢》是否反映了中國社會——這本小說乃某一歷史時空下的產物，怎能不反映呢？——而在現代讀者跳出文本的考證熱忱。他們所斷不論是十八世紀這個大世界或是曹氏一族這個小世界，都會發現自己竭力之所為，到頭來依然是一場空。之所以會是「一場空」，是因為如此所求於文本者，根本不是文本原先所擬要讓我們知道的事情或訊息。因此之故，「虛構」每每和「歷史」混為一談。有關《紅樓夢》的評論或研究誠然不少，對書中的藝術特質大家也頂禮有加，但即使是對這些著述而言，《紅樓夢》基本上仍然是各種歷史文獻裏的一種。余英時說得好：「這裏確有一個奇異的矛盾現象：即《紅樓夢》在普通讀者的心目中誠然不折不扣地是一部小說，然而在百餘年來紅學研究的主流裏卻從來沒有真正取得小說的地位。」[28]余英時這幾句話言簡意賅，歸納得卻是價值不菲，因為誠如拉卡伯拉（Dominick LaCapra）的耳提面命：「文學講的如果是從文獻資料蒐集而來的東西，那麼文學就有點重複其事了。準此而言，文學所提供者倘屬最『有用』或最『受人尊敬』的訊息，那麼文學弔詭得似乎反變成是最膚淺的東西。因為如此一來，文學就得複製或確認那只能在刑案一般較比字面的文獻中所能找到的訊息。」[29]因此，在歷史或自傳性的強調佔得上風之處，文學文本的文字與獨立經驗便會遭到斲害，蓋此刻外證的尋覓必然會變成批評上的主宰。這種「尋覓」誘惑力強，會迫使讀者轉向，即使歷史與文化資料有助於文本詮釋，他們也會忽視或坐視不管。

閱讀即歷史

那麼，像《紅樓夢》這樣的說部，我們又要如何閱讀？這個問題，我會在本書各章陸續作答。就我目前所論觀之，或許有人會期待我打一開頭就回道：我希望響應余英時的呼籲，讓《紅樓夢》「真正取得小說的地位」，也就是用小說希望我們閱讀的方式來閱讀。沒錯，事情確實是如此。不過這樣說並不意味著我所擬致力者，可以逃得了膚淺而不脫陳腔濫調之譏。我應該同時指出，所謂小說「虛構性契約」（fictional contract）的分析所遵循者，就其真正的本質而言，必然是個詮釋上的辯證過程。較諸前此有關《紅樓夢》成千上萬的解讀，這種「過程」實無大異，也就是不論長短，不論讀來我們是否受益良多或者越讀越糊塗，應該都一樣。在期待付諸實踐之際，這些研究畢竟也曾聲稱會用種種辦法使自己忠於所以為的文本的要求，亦即會讓自己忠於文本傳達而出的訊息與特色。本書寫作的初衷，故而不是要駁斥多數紅學的歷史傾向。儘管如此，米勒（J. Hillis Miller）對某些當代文論的批判，似乎也可以拿來應用在以往的《紅樓夢》評論上：

即使我們已經確認了文本和時代的關係，詮釋的活動其實也才開始。解讀的實務不易，表出語言脈絡中的歷史情境更難，何況後者也只能化約而出。凡此種種，就算考證已經功成，都還有待完成。在我們做完這些事之前，我們除了發出微弱的「時代解釋文本」這種聲音外，其實什麼事也都沒做。㉚

本書的目的，因此是要另闢蹊徑，對《紅樓夢》再做詮解。

依我淺見，閱讀《紅樓夢》就像所有的文學閱讀一樣，乃是在回應文學文本的修辭（rhetoric）。因為認識若此，我才同意沙特（Jean-Paul Satre）如下的觀察：「閱讀似乎……是感受和創造的綜合體。」㉛上文所謂「修辭」，乃就其最廣義而言，故而可指各種語言結構（verbal structures），亦即設以「興發我們的感情」的「文字陷阱」，或是設來「讓我們朝之走去」的機關。㉜此外，「修辭」一詞，我另指文本語言裏溝通技巧的整體而言，舉凡文類成規、典故、敘述觀點的操作和傳統文類的挪用都在研究之列。上引沙特的話倘合而觀之，實則可為中國傳統詩學及文評的許多層面作解，而且解來也會十分有趣，因為「感受和創造的綜合體」這種「閱讀」根本就是文論中所謂「評點」的縮影。「評點」由兩個字組成，各有意義。「評」的內涵包括所謂「批」、「注」、「解」與「傳」，㉝而「點」則為「圈點」的簡稱，既指「評判」的話動，也指「重構」的動作。中國古代，讀者大多會在文本各部——尤其是文字的右方——用小圈圈「圈點」。這種行為可能是在稱道所讀的某些詩句，但是如其為考官，則可能是在讚許所閱卷子的某些欄目。倘為文本的作者，那麼就像西方斜體字的功能，可能是在強調所著的某些部分。不過這些圓圈如果圈在語意單位的結尾，則其功能就無異於標點符號中的

「點」了。由於中國傳統文本刊刻或傳抄時都沒有標點符號，「句讀」就變成是閱讀能力的考驗。「點」落之處，就是把綿延不絕的字分句、分章，使之成為完整的語意單位，也可衡量讀者對文法、句構與用詞是否掌握正確。因此之故，文本是否「可讀」，和這些「點」或「圓圈」還真有關係，根本係經決定。文本若屬文言文，情形尤其如此。讀《道德經》第一章，或是讀《淮南子》第二章的開頭，「標點」還是「詮釋」。[34]

當然，標點凸顯的只是中國傳統讀法的各個層面之一。本書第二章研究「情」在傳統思想和文學中的意義。章中我提到儒家論述有一目的，亦即不論就美學或訓誨上的功能而言，儒家都想為藝術覓得正當性。這點我們雖然耳熟能詳，不過很少想到重要性有多大。在美學上，詩和音樂、舞蹈一樣，只要不逾「禮」，便是「情」疏導的管道。儒家認為三百篇可以一言以蔽之，亦即《論語．為政篇》第二章所謂「思無邪」。[35]由此他們發展出詩的寓言讀法，用以取代我們以為有其顛覆性或脫序的內容。內容之正與內容上的主體表達之正，因此就會因感受之正而進一步自我保證。凡此所指，總之就是指「閱讀之正」。用沙特的話來講，唯有這類「保證」才能使文字陷阱設來無虞，可以「興發我們的感情」。

由是再看，早期中國詩學似乎都認為只要文本讀來正確，那麼就會具有關鍵地位，足以孵育政治和世道美德。儘管如此，文學與文化史上的他例卻顯示，此間有一大相逕庭卻可並置而論的強調。據宇文所安（Stephen Owen）的觀察，中國人對《詩經》一向信心滿滿，以為可以教化人心。不過——

> 這種信心在宋代開始式微，最後因朱熹之故而完全崩盤。《詩經》中有些道德性可疑的詩，

朱熹卻想用孔子「思無邪」的箴規……調和之。朱熹的解決之道有點兒危險，因為他認為《詩經》中任何一首詩所含的美德都要因讀者所具之德才能彰顯（有德者因此可以辨別《詩經》中邪淫的成分，這種經驗繼而又可強化他的道德感）。詩再也不能「銘刻」讀者；其固有品質和讀者的本性之間有一平衡存在，不過這是一種具有反省性的關係。[36]

中國人的「以為」是否式微，而朱熹的「解決之道」是否又真有危險，恐怕還是有討論的餘地。[37]不過朱熹有關閱讀的看法，我們早就可以見諸《易・繫辭傳》了。《繫辭上傳》第五章是這麼說的：

> 一陰一陽之謂道；繼之者善也，成之者性也。仁者見之謂之仁，知者見之謂之知，百姓日用而不知，故君子之道鮮矣。[38]

《繫辭傳》所示，是一種感受上的相對論，清末的文龍曾隔代取為《金瓶梅》的評論之用，不但藉以為此書辯護，而且也收之於所著《金瓶梅回評》之中：

> 或謂《金瓶梅》淫書也，非也。淫者見之謂之淫；不淫者不謂之淫，但睹一群鳥獸孳尾而已。或謂《金瓶梅》善書也，非也。善者見善謂之淫；不善者謂不善，但覺一生快活隨心而已。[39]

這種閱讀上的相對論推至極致，似乎會削減以作者意圖為決定的力量，也會削弱所謂文本「原意」的地位。取而代之的，當然就是由讀者共同推動的閱讀上的多元性。讀者的道德感不一，所讀文本的意涵隨之改變。

中國說部的評點傳統中，「讀者」與「作者」兩個詞時常見到。就此而言，評點傳統似乎早就在發展某種我們今天稱之「讀者批評」的閱讀反應。不過這種結論來得也未免突然，黃衛總說得好：

> 朱熹和說部的評點家最後都想「控制」意義。由於此故，歷史上實則未曾發展出站在讀者立場的閱讀理論。相反，對「作者」或「讀者」的強調常經人指為是注者或批家有意「控制文本的意義」，或是他們想「整飭」他人的閱讀（用金聖嘆的話來講，就是「焚書」）的需要。這種需要，昭然可見。[40]

我們精確一點講，可以說以讀者為重的閱讀理論確實早就存在，只是批家實行的時候，幾乎無睹於這種理論的假設和前提。注者和批家的動機有二，這點黃衛總說得沒錯：他們既要「導正」文本意義，也要「整飭」他人之所見。不過由於這些「動機」總是沒人道破，閱讀上的相對論每每也為人所忽略。在中國或西方的文本詮釋史上，我從未看到有讀文學者會說他故意誤讀，或故意採行會錯導人的閱讀方法。這一點，同樣可見於那些閱讀法律、哲學或是經書的人。他們都不會說自己是故意誤解所讀。他人的讀法或許統統是錯，至少瑕疵不免，就好像別的讀者或許也都不是「仁者」，而是「淫者」一般。唯有自己才能見「仁」，見「知」，因此也是「仁者」或「知者」。除非我們完全同意任何晚出的評論都會比先行者好，也讀得準，否則我們就難以察覺詮釋鬥爭中那猙獰的一面。詮釋者之間的齟齬，舉世批注的傳統都難免。在文學文本的集注本裏，意見相左的評論或詮釋常常會同時並現。縱使在這種本子裏，編者繼之而來的工作也不會抵消批者各自對「權威」的渴望。他們所思所想，都建立在自以為「正」的知識或是對角色的認識上。[41]

《紅樓夢》是文學虛構，不過以此視之並加以研究，恐怕要遲至晚清。從茲以還，紅學日趨複雜，所論益廣，而今日的論者也能看出相關批評可以分成幾個階段。脂評的整體成就，雖然共識尚有待落實，回顧紅學的發展，學者卻也看得出兩百年來，其中有主要發展於十九世紀的「附會派」，有民國初期的「索隱派」，也有胡適和俞平伯等人肇建的「新紅學」。[42] 雖然《紅樓夢》的批者意見紛陳，說服人的方法甚至牛馬不合，而且他們批來——不管是否是明說——總會以為文本真相就在毫末，無疑可以加深我們的認識，但實情是評論日積月累所顯示的進步，卻不像時間的滾動那麼大。從線性的系譜來看，我們可以看到偏好傳記的脂評，可以看到張新之從《易經》爻卦與理學出發，就小說意義與情節所做的「演義」（《三家》一：二、四、七），也可以看到當代人自互文性與性別所做的討論。一如其他許多經典名作，《紅樓夢》的接受史也展現出不同派別的讀者的歷史性。

我曾為「文學閱讀」立下界說，視之為對文本修辭的回應。我們繼而可以再說的是，文本與讀者的歷史性難免都根植於文化本質與制度或意識形態的忠悃上，所以這種歷史性也可以確定一事，亦即就算逐字在做詮釋，批評性的閱讀永遠也不會有功德圓滿的一刻，永遠都難以「穩定」稱之。從這一點來看，這裏所謂「閱讀」，就不僅在剝露文本與讀者清楚可見的文化之別，不僅在呈現其間的衝撞。文化之別往往因為時移代遷所致，而我們總希望由上述「衝撞」求得所謂「較佳」閱讀最後的解決之道。符號系統都是由另一組衍發而來，上述「衝撞」反而可由符號系統的製造呈現出來，甚至是固定下來。誠如德曼（Paul de Man）論皮爾士（Charles Sanders Peirce）時所說：「對皮爾士而言，符號的詮釋不是在求得意義，所顯現者反而是另一個符號。所以符號的詮釋是閱讀，不是解碼。這種閱讀本身隨之也可視同另一種符號，如是者反覆，永無止境。」[43]符號衍生的過程所建構者，便是閱讀的歷史性。由於符號的衍生僅見於詮釋這種重複者再的工作上，所以沒有人敢說文本可以在讀後就意義確定、一勞永固了。閱讀倘能固定意義，則這種閱讀必然只是在複述文本，而且是逐字複述。符號的這種「完美的複製」應稱「背誦」，不是「詮釋」。因此，閱讀與文本之間不可能出現精確無誤的對稱，即使我們將後者定義為是在忠實反映文本的批評行為，情況亦然。讀者和閱讀的過程有內在的差異，又可確定精確的對應根本就不可能。[44]也是因此之故，像「翻譯」這種批評就不僅是沙特所謂「引導性的創作」（*création dirigée*）；像「翻譯」一樣，這種批評同時也是不可或缺，而且永世如此。這種批評恒具補充性，只能顯示部分而且是具有選擇性的意義。

如果回到本節開頭提出的問題，我的回答因此是：即使是我自己對《紅樓夢》的閱讀，必然也僅具「補充性」，而且只能顯示「部分」具有「選擇性」的意義。《紅樓夢》的研究多如牛毛，不過大家習焉不察的課題也有一些。本書雖然旨在探討、分析這些課題，我要聲明我無意提供批評定論或是整體性的解決良方。本章繼之會談有關歷史和虛構的一些閱讀上的問題，其後各章所討論者，則包括「情欲」、「夢」、「反思性」、「文學」與「悲劇」等等。這些課題誠然是我興趣之所在，不過要竭盡其旨要，卻也不是容易的事。這些課題各有不同，也是我脈絡化《紅樓夢》文本的不同方法——雖然這些課題的研究本身就需要進一步的脈絡化。因為「我們沒有辦法在原則或在實務上透徹了解語境的整體」，也因為「意義是因語境而產生，而語境偏偏又漫無疆界」，所以研究文本或課題的每一步，我們都要精挑細選，也要知所選擇。[45]「情」字在《紅樓夢》的語言視境中意義撲朔，不過龐然逼現，又令人忽視不得。就以這個字的探討為例，我發覺我得做點訓詁才行，儘管這個工作表面上似乎和小說的內容關係不大。此外，如要凸顯《紅樓夢》的反思性，了解小說以文學自居的手法，我發覺我還得自我鞭策，不論簡略與否，都得一窺禁書的問題。我即使在撰作本書時，也深深感受到自己的歷史性。不過我也得坦承，這樣講絕非以美德自我標榜。這樣講，自我招認的成分反而更多，招認的是批評上的選擇或挑選並非研究課題可以決定，並非有所謂的「客觀性」，並非可以不受他事的干擾。

批評上的選擇，實則深受我自己的主體性的控制，也就是受到我的偏好的影響。此外，影響的因素還要包括我的學院身分，甚至是我因文化及教育經驗所形成的伽達瑪（Hans-Georg Gadamer）式的「偏見」。後兩者的力量，居然還無分軒輊。職是之故，我（重）讀《石頭記》的行為就有如在加入一場卡里內斯古（Matei Calinescu）所稱的「狩獵」或巡察。[46]（重）讀的行為一來是「新」，再來還是「重複」的動作，所以具有「兩面性」。如果「閱讀」所看到的也是他人所未曾看到或看得不全者，那麼這種閱讀汲汲所為都在創新，都是所謂的「初讀」。如果所做是「重讀」的行為，那麼這種行為必然是一種「重複」的動作：讀者重探文本，沉迷在既屬此、又屬彼的各種文本之中。打一開頭，我在閱讀的文本就以《重評石頭記》的名稱示人，戲劇化了成書之前的閱讀與抄寫行為。有鑑於此，我們對於《紅樓夢》的閱讀想盼無疑就會變成一種迴環，變成一種「重來」。曹雪芹在小說中若有所示，宛如在告訴我們就算察覺得慢，我們或許也可以開始體會書中有一要旨，亦即任何閱讀《紅樓夢》的行為，實則都是「重讀」或「重評」，而任何讀者當然也都是該書第二——甚至是第三——位讀者了。

閱讀歷史，閱讀虛構

過去《紅樓夢》的「重讀者」，其實也不是不知道小說早已自暴其虛構性。不過對我來講，他們罕能跳出此一認識，遑論會和下一個問題奮鬥：《紅樓夢》如何自暴其虛構性，又緣何如此做？這個問題前半部的答案，我們得細究《紅樓夢》的修辭特色才能知道，得一窺其中迄未詳察或認識有限的涵意才能洞悉。《紅樓夢》中有一強調十分獨特、十分堅持，亦即就傳統上的說部及其評點看來，《紅樓夢》時常著墨於自身虛構的本質。而我們欲得上述問題第二部分之詳，還得仔細琢磨這一點才成。傳統中國讀者對文學藝術有一些基本看法，而就說部所處時代的研究而言，近年來西方學界強調的多半是這些看法之間的歧異。例如費維廉（Craig Fisk）就注意到下面這個現象：

> 整體而言，中國和西方文學批評的一般差異中，有三個問題特別重要：模仿、虛構性和文類。中國人沒有亞里士多德式的模仿觀，也沒有基督教的化身說（*figura*）。這兩者都和行動在時間裏的再現有關。中國人再現的對象，是某時間點上的心境，以及心靈與周遭世界的對應關係。基本上，虛構性關懷的不是類似的道理。雖然幻而非真或虛擬的故事在中國文學中早已佔有一席之地，一般而言，中國批評家都把文學作品視為個人的傳記。㊼

費維廉的觀察，我們可以在宇文所安有關中國詩與詩學的研究中聽到共鳴。宇文氏取華茲華士（Wordsworth）和杜甫的詩各一首，對照之下他有如此之論：

> 〔這兩首詩間的〕差異指出就文學本質及其在人類與自然宇宙中的地位而言，（華茲華士和杜甫）兩人間有兩個巨大的差別。對杜甫的讀者來講，詩不會是虛構的，而是歷史時間中某經驗獨一無二的事實性陳述，是人和世界遭遇時的知覺意識，會藉以詮釋或回應這個世界。讀者的職責所在，則是在後來的歷史時刻裏面對這首詩，予以詮釋，予以回應。[48]

雖然此一說法有其範疇性的特指，可能質疑者不斷；雖然此一說法指的是詩，不是小說，不過此一說法卻也凸顯了中國傳統讀者面對文學時可能產生的反應。[49]儘管如此，這種「可能性」猶待確定，所論倘為特指之時，尤然。以《三國志演義》為例。此書無疑是中國說部裏的經典，極其類似正史。然而歷代以還，讀者莫不以「小說」視之。金聖嘆也評點過《三國》，而且因其「實敘帝王之事」有成，特地頌揚有加，甚至認為成就尤在《水滸傳》與《西遊記》之上。即使對金氏而言，《三國》無疑也是「說部」之一。[50]相形之下，《紅樓夢》的小說成分重，一向也因此而洋洋自得，備受讚譽。然而諷刺的是，《紅樓夢》的論者不但無睹於其中的戲劇，反而自此轉向，一意在他處尋找歷史的「真相」。《三國》與《紅樓》的接受史上，這種對比性的諷刺如影隨形，揮之不去。就此而言，縱使是通俗小說的讀者，他們似乎也刻意用讀詩的態度在看小說：「詩寫個人的生命，寫得就像寫國家興亡一樣自然。」[51]曹雪芹的原創性特別高，而欲知其詳，我們又得稍微岔開，看看這種虛構和歷史不分的現象又如何讓歷史生命和想像藝術結為一體，也得看看這種現象因何形成。易言之，我們必須知道歷史和虛構的閱讀有何歧異，而其間又有什麼相似之處。

在中國傳統敘事文學這個學術領域裏，散體虛構每和歷史混為一談。這點論者已經習以為常，而且時常提到。[52]更精確的說，論者都會注意到散文虛構在發展過程中依賴史學撰述的程度。儘管據《漢書·藝文志》所稱，「小說」一詞乃起源自街譚巷議，或為稗官小吏所採集，目的在反映社會狀況，[53]但其往後之衍稱如「野史」或「稗史」等，卻都顯示這些新立的名目已經不再為「小說」原始的形式所囿，也超越了其模倣者早先接受的敘事觀念，一無疑義。

「野史」或「稗史」的新稱，或可為我們指出虛構性敘事文學的一項特色，亦即「事實」與「無稽之事」也可經由構成上的特色而冶於一爐。當代學者馬幼垣在定義中國講史小說時，因而說道：講史小說「是指以史實為核心的小說」。這種小說「以藝術之筆融合事實與想像，在人物及事件的描述上尤有創新與發揮，不過並不違背眾所皆知的事實」。[54]馬氏的陳述，顯然在強調題材或他在另文中所稱的「實質的寫實」。[55]惜乎馬氏的界說對於「事實」與「想像」可能擁有的形式共識著墨不多，也沒有告訴我們歷史在披上小說的外衣之前，到底能在「創新」上享有多大的自由。至於虛構發展成「史」的時候，「不違背眾所皆知的事實」的幅度又可以有多大，馬氏亦未嘗言及。實際上，「事實」與「想像」的結合不僅會牽涉到講史小說的定義，此種「結合」——更重要的是——也是一深具意義的歷史起點。自此出發，尤可檢視歷史性的敘事與虛構性的敘事在形式上的共同點。這種情形，不獨中國文學如此，證之西方傳統，亦然。

不論出以口述或是出以書寫，歷史都是過去事件的言辭陳述，都是一種「敘述出來的故事」，[56]

因而也會具有多數敘事文學所有的形式特徵。因此之故，當代研究《左傳》的學者在探討這部昔日的經典時，才會強調其中的情節、人物塑造與敘述觀點，也會借其中的對話、預言、戲劇與軼史等闡明與分析。[57]凡此敘述特色，為史學撰述提供了某些必要的環結，我們可藉以結合某些乍看似乎無關的事件，從而化之為一「真實」而又緊湊完整的故事。然而就歷史係「過去事實」的陳述一點而論，這不免又會引發如下的問題：所謂「歷史事實」究竟為何？倘從一般史實考證的標準衡之，有哪些事實「確曾」或「不曾」在史上發生過？歷史因果律是否又可以為人所證明？上述對於史實及其可考與否的關懷，指出來的正是區分「事實」與「文學」時應該一顧的事情。

長久以來，學者都認為希臘上古的荷馬詩人和史家具有共同的敘事傳統，尤以他們慣用第一人稱敘述的方式為然。然而當代學者卻迫不及待地指出，由於希臘史家（*histor*）力圖將所述置於某種新的權威感之上，所以詩人和史家的敘事態勢確有差別。希臘「史家」之名所指，畢竟不僅是類似「歌者」（*aoidê*）、「編連歌者」（*rhapsodos*），或「製造者」（*poiêtês*）等事件的「記錄者」或「重述者」，他們更是「詢問者」與「調查者」。希羅多德（Herodotus, c. 485-425 BCE）在其名著《歷史》（*The History*）中，曾為特洛伊爭端提供有關波斯與腓尼基人的往事。接下來，他又說道：「就我個人而言，我不會說此一故事或彼一故事確曾發生過。然而，對那些我所知曾對希臘人造成無謂傷害的人，我卻會予以指名道姓，然後再繼續講我的故事。」[58]希羅多德記史，不僅保存早期希臘與其他民族的事蹟，藉以對抗時間的腐蝕（*to chrōnō exitêla*; 1.1），而且還是出諸某種意識上頗為愛現的淵博。這種著述方法，也可在中國史家司馬遷（西元前約一四五—九〇）身上聽到迴響。司馬遷在《史記・太史公自序》中嘗謂：「若滅功臣世家賢大夫之業不述」，則其「罪莫大焉」。由是觀之，則司馬氏提及自己名山之作的撰述動機時所說的「余所謂述故事，整齊其世傳，非所謂作也」，59便不僅是謙詞，不敢媲美孔子之作《春秋》，更是一種強調，說明其作品真正的本質為何。希羅多德和司馬遷不曾說他們寫得出我們今日所謂的史學撰述，著作中亦短見今人著作中常見的系統性的徵引，嚴謹篩濾證據的態度更付闕如。60儘管如此，他們各自所作卻能探索事因，一再顯示精神嚴肅。這種權威感，海登・懷特（Hayden White）以為首先出自「史傳的權威」，亦即「事實所具有的權威性」，次則出自為保存此一事實的記憶的行為，或是出自因記錄或傳達其所衍生的寫作行為。61由是觀之，史家與詩人之分，往往便繫於敘事與事實間那些足以約束雙方的構成因素。有兩位當代學者在評論古代希臘史家之際，曾謂：「傳統詩人只能局限自己於一種故事說法的地方，史家探索事實的真相時，則能同時取材自各種矛盾的說法。」62這種撰述方式，亦可於司馬遷見之。63

若有人問道：所謂「歷史證據」究竟應該具備哪些要件？這個問題，我想阿諾德・馬米格里亞諾（Arnaldo Momigliano）可能會答道：「證據之所以能夠成為證據，乃因其有確切可考的日期之故。」64易言之，能夠流傳下來當證據的線索，必定曾在時間的流動上留下足以形成「事件」的特色的痕跡。這種重視事件的「時間性」，亦可在中國史學所強調的「紀言」與「紀事」等語言要觀中覓得對應之說。史學上所稱的「空言」，不論其真諦係指「浮泛無稽之談」，或者有特殊意指如「理論形態」等，由於皆具「不可考」的性質，故而常能讓人體察到語言中所蘊蓄的叛逆性。65中國思想上「實事」與「空言」的對立，或亦因此而形成。董仲舒（西元前約一七九—一〇四）便認為《春秋》之作，係因孔子自述的下列動機而得：「吾因其行動而加乎王心焉，以為見之空言，不如行事博深切明。」66司馬遷的〈太史公自序〉亦曾讓筆下的孔子說道：「我欲載之空言，不如見之於行事之深切著明也。」（頁三三九七）同樣的，班固（三二—九二）《漢書‧藝文志》亦引孔子論國家之禮必得有「徵」的觀念（《論語‧八佾篇》，第九章），來支撐他對《左傳》的撰述動機所持的看法：「夫子不以空言說經。」（頁一七一五）這種強調語言思想必須結合事件的做法，數世紀來迭經學者確認。是以清代史學家章學誠（一七三八—一八〇一）的《文史通義》開宗明義才會說道：「六經皆史也，……古人未嘗離事而言理。」[67]

章學誠對史學撰述所持的態度，是堅持言、事不分，而且立場堅決，甚至因此而幾乎毫不考慮就質疑起傳統與學界業已定於一尊的「左史記言，右史記事」的說法。章學誠指責「後儒」失察，以致誤解了《尚書》與《春秋》。他又說前者典謨之篇中「事」與「言」皆具，而誓誥之篇亦然，是以「古人事見於言，言以為事，未嘗分事言為二物也。」[68]

儘管章學誠擴大歷史的定義，連六經都可涵攝在內，但學界卻也因此而吵擾不休，屢為歷史的真諦與原則大展辯舌。[69]不過章學誠的觀念和大部分史論中最值得我們細嚼的問題，卻是歷史證據的充分與局限性。就算史家的理想是「從古人」，而且也不該耽溺於某些不必要的理論，那麼一旦需要，史家為完成著述，又能「離事」有多遠？在填補史實的罅隙，彌補散佚的部分，以成就一貫通古今、言而有徵的「過去事實」的「陳述」時，史家又能享有多少自由，以便發揮個人的想像力呢？

早在修西底地斯（Thucydides, c. 460-c. 399 BCE）之時，西方史家即已認識到上述歷史言談的基本問題。傳統上，西方史家都認為這些問題之所以引人注目，原因在其乃「事實」（資料或訊息）與「詮釋」（解說或「談及事實的故事」）必然的「結合」之故。[70]詮釋的行為，始於一種「似真的呼籲」之介入（孔子絕糧於陳時，可能會怎麼說呢？），或從個人行事動機的討論上著手。或者申而再論，由發現歷史因果而形成擬「閱讀大段時間」的動機所引發。後一起點，另又涉及為「類型」和「排列」命名，為「事件內外情勢」描述等等的動機。[71]修西底地斯因而說道：「在戰爭前夕或在戰爭期間發表的演說詞，不論是我耳聞或轉述，我都很難記得十分精確。所以我一面盡可能保存實際講話的大意，另一方面，只要時機必要，我也會模擬情境，讓演說者講出他們可能講出來的話。」[72]

對希臘史家來講，要讓筆下人物道出時機必要時所「可能講出來的話」，不啻是強要自己發表高見，因為他得揣摹、歸納，也得比擬事件人物的思想與可能說出來的話。這種寫作行為，若依柯靈烏（R. G. Collingwood）的看法，便是「史家心中所存的過去思想的二度制訂」。[73]當代西方史家或許會認為，我們與其同意柯氏所謂歷史即思想史的看法，還不如肯定他在詮釋理論上的浪漫傾向，例如司來馬赫（Schleiermacher）的詮釋觀，他基本上就認為是一種心理測量與心理複製（*Nachbildung*）。[74]儘管如此，西方史家當然也會認同柯氏以「建設性想像力」撰史的必要性。資料或事實容或能如潮湧現，本身卻不能構成完整的敘述，也不能為故事性或探討性的歷史錦上添花。想要達到上述言談的水準，我們得嚴謹確認事實或證據才行。話說回來，這種工作卻只是史學撰述諸多曠日費時而又耗蝕心力的工作的第一項。所有的資料都得經此一環節篩檢，才能凝聚成為史家可以運用的材料。這一切，絕不能外於史學撰述的過程。懷特說得好：「『事實』只有在言談需要時，才會呈現出來，也才會有人設法加以掌握。如此呈現與掌握的目的，是要『批准』事實所需要的詮釋，而後者的力量，又衍出言談中能呈現事件秩序及其方式所帶來的真實性。言談本身實則為事實與意義的結合，會在自身加上某一『特殊』意義結構的特定層面。至於『意義』，我們亦可視之為歷史意識的產物，並非他物所派生。」[75]懷特的話，實為柯靈烏的「建設性想像力」最佳的注腳。對柯氏而言，這種想像力「既屬

『先驗性的』（*a priori*，指：不會任意更動的），亦屬『結構性的』（*structural*，指：能為架構思想的題材的形式一貫性所駕馭的）」。[76]

史家的技巧一旦淪為構設題材的形式與本質要件，則我幾乎便可立刻結論道：閱讀歷史的過程，並無異於閱讀虛構的過程。我之所以如此認定，並非因為歷史真相和想像藝術毫無界線可資區分——雖然某些當代西方理論家確實以此為滿足——而是因為閱讀這兩種文類的作品時，讀者肩挑的責任大抵不相上下。[77]這一點，便是呂刻（Paul Ricoeur）在《時間與敘事》（*Temps et récit*）一書裏的論點：

> 我們可以像「讀」小說一樣「讀」史學著作。一旦如此，我們便進入某種閱讀契約之中。這種契約隱含著某種關係，是由敘述性的聲音和隱藏著的讀者所組成的。在這種契約的襄助之下，讀者會瓦解自己的武裝，自願讓自己的「不信」擺盪著。讀者同時也會顯露出信心，同意史家所說的人在知識上過當的權力。假後者之名，古代史家還會毫不猶豫，讓筆下的英雄道出一些實為史家自己創造出來的言談。即使這些言談並無立論上的根據，只是十分類似英雄可能講出來的話，他們也在所不惜。當代史家可就不允許這類「幻想」——我是指此一名詞的一般定義而言——侵入史學撰述之中了。雖然如此，當代史家重製或重思「中腰」與「結尾」，藉助於小說的精神之處並不會輸給前人。他們所作所為，不過是出之以較微妙的面貌和偽裝罷了。史家從未非難過自己所「描述」或「傳遞」的一行思想，也不曾抨擊自己在轉述思想的過程中，實則已賦予思想一種內在的言談「活力」。在這一類的看法裏，我們可以再度看到亞里士多德在其言辭理論中所曾強調過的言談效果。據亞氏的《修辭學》（*Rhetoric*）

所稱，「演辯術」或「遣詞造句」的能力，皆具有令我們感到「如在目前」的力量，因此也可以產生「讓人看到」的效果。很簡單的一個將某物「看做」的動作，實則已引領我們向前跨出一大步。這種「看做」的動作，並不會有礙於融合性的隱喻和距離大的反諷結為一體，因為我們已經進入「幻想」的畛域。後者真正的涵意，實已結合「看作」和「信即是見」的行為。在這個畛域裏，「認為是事實」的「相信」行為，業已臣服在「現呈」的幻覺之下了。[78]

我們放眼中國，倘要在史學界尋例覓證，那麼我們會發現司馬遷早已浮沉在呂刻所描繪的上述過程中了。《史記》卷六十二〈管晏列傳〉寫到管仲，太史公最後用自己的話說道：吾「既見」管氏「著書，欲觀其行事，故次其傳」（頁二一三六）。司馬遷這樣講的時候，自己實已化身為歷史的讀者，也化身為歷史的作者：他早已「臣服在『現呈』的幻覺之下」了。他的「臣服」一面肯定了再現的法式，一面也讓這種法式變成問題，可以供人討論。在中國思想家中，我們發現像章學誠一類的學者早也已了然於語言和歷史乃唇齒相依。章氏故謂：「史所貴者義也，而所具者事也，所憑者文也。」[79]在我看來，章氏此一理論比金聖嘆的看法似乎進步了許多。在《水滸傳》第七十回的〈讀法〉裏，金氏謂司馬遷「以文運事」，而小說家「因文生事」。[80]金氏此說稍嫌零亂，缺乏系統，可見〈讀法〉典型論式之一般。不過，這位評點家顯然擬以語言的呈現對照語言的構成，為文學和歷史架設起一座兩界山。雖然如此，若就「現呈」一點而論，「語言」卻是僅能借來「描述」，借來「運」傳史事或經驗的工具而已，能力有限。

另一方面，章學誠似乎很清楚語言在史學中的建設性角色，[81]所以會探討撰史時的當務之急。他除了要求史家從「本於口耳之受授者」獲得訊息外，也要求他們讓自身提供資訊。因此，史家亦得具有創意，能夠「創」造出「事如其事與言」的訊息；要能歸納原因，「因則期於適如其文所指」。[82]我們或可借助西方術語謂：章學誠為史學撰述所開列的目標是要達到「逼真」（verisimilitude）的效果。[83]在其他文章裏，章氏又指出：「文史千變萬化，……記言記事必欲適如其事而不可增損。」他進一步又談到，「事」與「言」有一極其重要的分野：前者不得擅添枝蔓，即使是「一字之增」亦「做偽也」；另一方面，章氏說：「記言之法增損無常，惟作者之所欲，然必推言當日意中之所有，雖增千萬言而不為多……。推言者當日意中所本無，雖一字之增亦造偽也。」[84]

由於章學誠對史學撰述持有如上的看法，故而不曾看重虛構的作品，反謂「古人不以文辭相矜私，史文不可以憑虛而別構」。[85]因此，他為文史的差異終於發出如下的讜論：「文士勦襲之弊，與史家運用之功相似而實相天淵。勦襲者唯恐人知其所本，運用者唯恐人不知其所本。」[86]

像這一類的文史觀念，雖說出現於十八世紀的中國，我們卻不應視之為僅屬彼時的產物，因為類此崇高的目標與理想，誠如所有研究中國文化的學者都會了解的，乃直承自古人流傳後世一個顛撲不破的傳統。中國人評史的標準及用史的正確性，早已令非炎黃子孫的史家稱頌不已，深為其「正確性、客觀性，以及奉獻真理的熱誠」所折服。[87]章學誠為史學撰述的目的所擬的「逼真感」，不但要求史家發揮想像力，求得言事與已知史證的吻合，同時也非常類似前面我曾提及的修西底地斯的史學觀：他們皆要求筆下的歷史人物能講出他們在歷史情境中「可能講出來的話」。然而章學誠的看法或屬高瞻遠矚，現代讀者在閱讀這位舉世公認「第一流史學天才」的著作時，卻可能忽略了他話中另一重要的意見，亦即史家在撰述時，也會體認到我們在修西底地斯的著作中早已清楚偵悉的「無可避免的主觀性」。這種「主觀性」用懷特的話來講，是「詮釋過程中不能化約與不能消除的因素」。88從表面觀之，中國人對於所謂「後設史學」的問題，似乎都缺乏清楚的認識。之所以如此，我認為應從兩方面再予討論。首先，我們可以利用傳統史學撰述的某些原則予以論列，深入分析形成原則的背景與原因。89其次，我們也可藉虛構作品對於歷史權威的反應，再予析論。因此，在結束本章之前，我要回到《紅樓夢》，就此一說部的閱讀簡略回應所謂「歷史權威」的問題。

常人都知道，中國古代有很多史乘皆以「編年體」寫定。倘依一般看法，最早的史籍《尚書》即按年份編排書中的文獻，而此書之所以具有為不同事件繫年的傾向，乃因依中國史籍分類法，此書顯然不能自外於記言與記事的傳統使然。不過，早期中國的史冊中，最具「編年」特徵的一部，應推記載魯史的《春秋》。下引文字，是《春秋》中最典型的記史方式：

> 十有六年，春，齊侯伐徐。
> 楚子誘戎蠻子殺之。
> 夏，公至自晉。
> 秋，八月，己亥，晉侯夷卒。90

劉知幾（六六一—七二一）在《史通》裏，曾用最簡潔的文字，詳舉右引這段文字的編年特色，謂其「以事繫日，以日繫月，言春以包夏，舉秋以兼冬，年有四時，故錯舉以為所記之名也」。91西方學者龍彼得（Piet van der Loon）探討《春秋》的特出之處，曾經揣測道：謄錄這部編年史的「史官的工作，可能即為職司慶典儀式者的工作。史學撰述和公卿王室的命運實密不可分。這些統治世家能否奠定威信，獲致成功，有賴在其宗祠舉行的祭儀來決定，也和來日曆法記載的季節正常推移有關」。[92]

雖然龍彼得的觀察有其過人之處，但是中國人所以強調事件與繫年的關係，我認為還可加深一層討論。首先，編年體顯然和中文語法有關。中國語文的結構本身缺乏識別過去、現在和將來的時態變化，所以其動詞和印歐語文有異，必須借助時間標誌，才能廓清過去所發生之事的「過去性」。用中文寫就的敘事作品，或可借助其他詞類或語言組成如冠詞、副詞與附屬句，來指示動作的完成或有待著手，但是編年體特有的效果，卻仍為中國敘事作品中不可或缺的時間記號。此所以劉知幾認為「年既不編，何記之有？」（二一：八乙）

編年體與敘事作品密不可分的第二個理由，則不僅可以上溯至皇室祭儀，更要緊的是，還應從某基本歷史信念來探討。就本質而言，歷史皆屬正面意義所謂「政治性」的。這種信念之所以特別明顯，乃因歷來歷史紀錄多環繞在社會與政治典章制度中發展使然，亦因史籍多載帝王與官吏事蹟言辭，或因正式曆書及其使用方式皆經政府頒訂有以致之。由於上述原因，中國上古典史與占兆的工作才會合而為一，由所謂「太史」這種高官職司。「太史」者，一稱「太史公」或「太史令」也。

李約瑟（Joseph Needham）所見一向敏銳，他曾經指出「太史公」或「太史令」者，應為「皇室占兆之官」或「宮廷柱下史或編年官」之流。李氏以為後指言之較為成理，因為一般人認為太史公所司，「無疑結合了俗世文牘與神聖的天文書志等工作」。[93]後一官職又顯示，早在上古之時，中國即擁有進步的原始科學思想，也擁有重要的科技發現。中國古聖賢如墨翟輩，確實未曾發展出演繹性的幾何學，也不懂伽利略式的物理學，因而難以像西方文藝復興時期的物理學家一樣，能夠提出以時間為定點的地理轉換觀，也提不出因之而發展出來的「動作」的概念。但是最遲應在紀元前一千五百年左右，中國人即已嫻熟某種陰陽曆。逮及紀元第一世紀，「獨立於天體現象之外」的曆法又產生了。[94]從紀元前三七〇年到紀元後一七三二年，經由數學家與天文學家推算出來的曆法與天文圖表，更是不下百種之多，可見中國人對時間所持的態度確實嚴肅。

這種態度之所以會出現，緣於曆法和國力強弱關係匪淺。更因這種因果關係深具必然性，中國人在天文學方面的才具方顯突出，從而能和希臘人在同一領域或史學撰述上一較長短。[95]希臘古人雖未因事件選編和繫年具有互賴性，而真的走向「歷史與編年研究的融合」，中國人卻如其典章制度業已證實的，深覺有必要將曆法與歷史關懷並置而論。李約瑟說：「在源出農業的文明中，百姓必須知道合於行事的時間，因此中國才會有陰、陽曆法的頒行，這也是天子神聖的職責。曆法的接受，正是效忠的象徵，就好比在其他文明裏，接受統治者的威儀或錢幣上的銘文，亦可見人民效忠的程度。」[96]當代西方的思想家常常質問曆法的適切性，例如下舉單一的紀元法：以耶誕前七七六年為起點的「奧林匹克紀元法」；以耶誕前三一二年推算起的「西留希德（Seleucid）紀元法」；或是中國人所謂「兩儀生四象」的中國式紀元法。為編年而頒行的曆法，西方思想家也曾加以質疑，疑其是否真的不是在使用杜撰的「入碼」形式，更懷疑繫年月日的行為本身是否應該視為天文與人類社會時間最後的綜合。上述種種，這些思想家認為皆屬臆測，是對一般事例鮮活的「當時情況」所做的「假定」（“as if”）或「想像」。[97]雖然他們的質疑甚為有力，頗能自圓其說，但是對中國古人而言，年月季節絕對得與農事、祭儀或宮廷大事調和一致才行。這種觀念早已深植人心，根本不容懷疑。

依我淺見，歷史與政治統治間強而有力的統合，亦可幫助我們說明傳統中國史學論述中何以會有許多深奧的道德教訓的原因。保存過去的教訓，雖然說基本目的是要淪啟後人，但是歷史真正教導中國人的，卻是在為「變」進一解，為「公卿巨室的命運」言詮，為先聖先王的成敗下注，或為「天下初生」以來的「一治一亂」探本尋源（《孟子・滕文公下》，第九章）。職是之故，《易・繫辭》中所謂的「通變」遂成為常人習史的終極目的。〈繫辭下傳〉裏，有一句世人屢見引用的話：「易窮則變，變則通，通則久」。這裏的「變則通」，主詞或為炎黃世胄，而「通則久」或指後人永世其昌。[98]

不同文明的釋「變」之法，當然也會有所不同。《聖經》歷史頌揚耶和華的意志，視之為掃羅（Saul）被逐之因與大衛（David）獲選為王之故。荷馬（Homer）認為特洛伊之戰的濫觴，乃派里斯（Paris）為女色所惑，以及眾神難以為人信賴，居然介入爭端的事實。希羅多德解釋波斯戰史，則強調人類的動機，尤其是薛西斯（Xerxes）狂妄自大、擬蠶食鯨吞的野心。相反，修西底地斯卻從雅典逐日增強的勢力中，找到伯羅奔尼撒戰爭的肇因：雅典的軍力令「拉卡人（Lacadaemonians）或斯巴達人感到害怕，乃起而作戰」。中國史家解釋史「變」，主要從道德與自然原因著手。他們不認為這兩者必然相對或相斥。

在本章中，我不擬爭辯孔子是否曾以「褒貶」論史。不過值得我們注意的是，按照這種理想化的評史觀撰寫歷史，不啻將事件置於絕對道德秩序的欄柵裏，而且也會因此而泯除「驚訝」於「變易」之外。如果說中國史上有很多「詩之正義」的事例，這或許是誇大之詞，但是像《左傳》一類的史書，確實有為道德訂定律則的企圖，不僅要求「懲惡」，而且還要「勸善」（〈成公十四年〉）。史書著錄的事件，尤其適用於治國的考量。這點可由史書所載未必全在揚善懲惡，或在抑暴止虐上看出。不能果斷決事，行事不宜，或疏於儀禮，不會廣納諫言，都可能讓人惹禍上身。[99]中國正史總以春秋大義期於個人，或由倫理標準正面臧否人物。這類事例，可謂縷縷不絕。有一位當代史家，就曾以史上惡名昭彰的女皇武則天（六九〇—七〇五在位）為例，說明貫穿於史籍中的類此說教的意圖。他說：「《舊唐書》曾詳舉因由，以迂迴的方式責於武氏，不過結尾卻也引用數例，說明武氏的政治秉賦與手腕。至於《新唐書》，則有專文月旦武氏的政治道德與歷史地位。武氏一生作惡多端，但未遭受報應。縱然如此，《新唐書》仍試圖以她為例，說明天理昭彰，報應不爽。」[100]因此，《新唐書》或《舊唐書》裏的武則天，都已定位在不變的道德秩序中。誠如懷特所言，「我們對歷史故事的結尾所求者，其實都是道德意義，希望尾隨真實事件而來的是龍門大義，是道德劇應有的質素」。[101]也是因此之故，我們知道中國歷史所強調者，實為人物與事件所顯示的教化意義。由於常人認定歷史教訓公正不阿，史家故而希望藉此垂訓後世。用基督教的術語來講，中國歷史實已具有「具體的末世神話」的權威與地位。[102]

李約瑟進一步指出，和道德釋「變」同時並存的，還有另外一種詮釋方法，其原始係中國哲學上的「有機性自然主義」（organic naturalism）。易言之，中國史學另好將人事與文化對應於陰陽五行的觀念。「五行」一稱「五德」，係由土木金水火組成。司馬遷的《史記》除有專文衍述鄒衍（西元前約三五〇—二七〇）的生平外（卷七四），並曾提到鄒氏之徒所推衍的五德終始說。這種理論以木火金水對應四時，其間又有對稱的顏色與方位，而土德居中以調和之。五行的推移係以一動制一動，周而復始，稱為「相剋」。不過漢儒董仲舒重探過《春秋》，於其《春秋繁露》中改訂五德終始說，以為五行循環，率皆「相生」而成。[103]

我們姑且不論這些宇宙力量究屬相剋或相生，相關理論給我們最大的啟示是：五德終始說基本上仍然在持續道德通變之法。其釋史方式，時而或有過甚於道德理論者，每見於以數字規律來論史的努力上。面對詮釋改朝換代的因由時，這種情形益為明顯，因為如同席文（Nathan Sivin）所說的，這種努力實乃在「定義秩序」。[104]對西方人如莎士比亞的茱麗葉來講，「月亮在一個月中的變化圓缺不定」，給人善變多遷之感。但是對中國人而言，圓缺並非不定，而是規則秩序之象。星體運行與宇宙的基本力量，故而可與人際變遷類比發明，也可以用來解釋歷史興革，為一切變動不居說明大要。毛宗崗本《三國演義》的敘述者曾經說道：「天下大勢，分久必合，合久必分。」這正是歷史周轉、治亂相尋的最佳寫照。職是之故，人世朝代的鼎革，已不能純以政治疏失或道德墮落論定。天體的力量，我們忽視不得。然而弔詭的是，在強調「人事起伏」之際，史家並未排除人類自身的責任，亦未嘗忽略行事之初敬謹致力的重要，因為「政治藝術最稱緊要的一環，正是帝王（及其臣屬）體認朝代興革的契機的能力。統治者還必須具有帶動來世政權向前推進的力量，能引介促使國家儀典曆法和往後勢力結合的方法」。[105]我再強調一遍：前事不忘，後事之師，所以歷史可以垂訓後代，扮演「預言導師」一般的功能。

此外，我們如果聰敏而淵博，還可結合歷史和宇宙觀，探知時間混亂的表象下所蘊藏的神祕律動及其終極目的。正如農夫和天文學家可假天象以預悉即將發生的事，浸淫在歷史中的聰慧明士，也可藉以說明「氣數的數字意義」。中國人把一年分成二十四「節」，而後者乃取法乎竹幹的環節，此「節氣」一詞的由來也。古人又認為每一「節氣」皆有其獨特的徵兆，因此史家撰述就常以「氣數」來論個人的成敗，進而援引之以為朝代更替的疏教。縱使在說部之中，像《三國演義》和《封神榜》等書，由於中心主旨皆在改朝換代，故而也不乏以「氣數」釋史的地方。有位當代理論家注意到「人為的願景所形成的霸權，最好的索引之道就是把本身的『人為性』給否定掉，然後再以『自然』自居，說『事情看起來』或『在我們看起來』就是如此自然呈現的。倘借（西班牙猶太律法家）麥孟尼底（Maimonides, 1135-1202）的話來講，那麼我們也可以說『事情是以其真正的現況』自然再現的。」[106]因此，縱然是生性剛強的君主如秦之始皇帝，也能見證這種說辭，也能接受五行釋史的理論，並用以說明自己取得大位與皇權建立的原由。因此可知，以「有機自然主義」釋史，確曾在中國引起廣大的共鳴。秦亡後千餘年才興起的後晉（一一一五—一二三四），即曾持續在爭辯五行之說，為此一史觀另闢新境，使之愈趨複雜，愈形深邃。[107]

毫無疑問，歷史在中國文化中廣受敬重，其地位與權威無可匹敵。《史記》卷五乃〈秦本紀〉，太史公於其中云：「十三年初（即紀元前七五三年），有史以紀事，民多化者。」龍彼得在論釋這段話時，謂其「顯然在傳達一位後出史官的信念，認為從紀元前七五三年開始記史較為有利。不過，秦代的第一位史官可能並不這麼認為」。[108]龍彼得的論釋或許千真萬確，但是這裏他的批評法眼顯然有所閃失。《史記》這一句話究竟是指第一位史官的「希望」或稍後史官的「信念」，我看非關重要，因為龍氏所稱的「有利」，絕不能從經驗上加以證實，且不管他以「改革」釋「化」是否令人信服。上引《史記》這一段話重要，因其顯示了中國人高度重視歷史的事實。司馬遷以來，如此觀念早已根深蒂固，變成萬世不移的文化意識形態。中國人認為擁有「歷史」，即已擁有「歷史教訓」，能夠化導世人，使時間變得有條不紊，易於掌控。

此外，歷史在化約之後，還可讓萬事萬物看來清明井然。現實生活中的矛盾、曖昧與混亂，歷史遂可與之抗擷。若從劉知幾的觀點出發，歷史也充滿了以惡警世、以善垂教的實例。即使歷史不能拯世人於錯謬，亦可舒緩他們的困惑。所以，在一個基本上傾向入世的文明裏，歷史非但可為俯仰於其中的人解答人類起源與終結等問題，還可以透過影響力與咄咄逼人的逼真性，和宗教經典共享地位上的尊榮。史學撰述在中國所具有的這種功能，在其他文化裏泰半只能由信仰代為籌謀。因此，中國史學撰述的權威性，幾乎便可用傅萊（Northrop Frye）借自布雷克（William Blake）的「大典」（Great Code）一詞加以形容。布雷克杜撰此詞，用以稱呼《聖經》，不過傅萊卻將之用於西方文化傳統中的「神話學上的制約」（mythological conditioning）的描述。歷史言談在中國的重要性，由於具有上述難以撼動的地位，下引某當代學者的意見才會更顯剴切、更加中肯：「在中國古典小說的世界裏，只要能與歷史情境扯上關聯，則任何事情皆『有其意義』。至於小說敘述中對語言、服飾、禮節舉止及道德規範等等的記錄，則即使有時代錯置的現象發生，也鮮少為作者／說話人及讀者所重視。因為大家都認為歷史敘述最主要的貢獻就是鏡鑑的功能，可以提醒讀者其中道德運作的意義何在。此一意義其實已超乎時空的限制，聚照而出的乃中國傳統史學的基本前提之一。」[109]

從後面這一點來看，司馬遷所述歷史的高度效能所顯示者，當然就是他在〈太史公自序〉中所謂的「述往事，思來者」（卷一三〇），是他對自己名山事業的看重——雖然嚴格說來，我這樣講在時間上是有點牛頭不對馬嘴。任何史學撰述，對這種功能都不陌生，因為只有史家的行動才能把歷史肩挑的責任說清楚，史家的行動或者根本就是這個責任本身。這種責任，瑟圖（Michel de Certeau）稱之「恒為目前的過去的影響力，是某種傳統主義者在名之為歷史的『真實』之前以『連貫性』稱之的慣性」。[110]瑟圖的說法清楚一如司馬遷，都知道如此形成的「過去」可能對未來的意義或事件視若無睹，也可能一無用處，否則我們可能就得這樣說：像孔子眼中的管仲這類自負甚高的公卿將相或害人不淺的臣屬，辦起事來都是在為儆者戒，是生命的反面教材。史家介入歷史的製作過程，而這個過程所創生者，又是脫胎自過去的不定性的事件。李陵出征、戰敗、降敵。此事發生了，因此就有其指涉。不過就事件來講，其本身在符號、徵兆和為自己留下一點痕跡之外，其實既說不出話來，也教不了人。如此看來，司馬遷在〈報任安書〉中如下的自嘲，就顯得諷意連連了：「僕之先人非有剖符丹書之功，文史星曆近乎卜祝之間……。」[111]

誠哉這裏的「近乎」一詞！因為歷史的形成必和史家的興趣或道德權威有關，必因他所挑選、組織和敘述的方法有以致之，也必因如此才能由看似信口的傳播行為轉為具有訓誨意義的符指。凡此種種，說來無一又非詮釋的行為。而歷史既然有此特權，在認知上又是道德論述，那麼「虛構」或「小說」還有什麼地位可言，又要如何為人所了解呢？這些問題之外另有一個問題：虛構的構成和論述，如何還可能道得出某種閱讀上的差異？最後這個問題一旦浮現，我們奔到腦海的就是《紅樓夢》開書的故事。

《紅樓夢》首回開說不久，脂硯齋即有如下一語，點出全書超凡脫俗之處：「開卷一篇立意，真打破歷來小說窠臼。」雖然脂硯齋繼而並未詳述這部他心儀的小說和常見的敘事套式的不同，也沒有說明何以「聞其書則是《莊子》、《離騷》之亞」（《評語》，頁二〇），但是乘興而來，我們眼前可以想見的其他文學偉構卻可幫助我們釐清何以《紅樓夢》開卷就和「歷來小說」有異。在《紅樓夢》之前，所謂明代「四大奇書」早已寫就。其中唯有《西遊記》沒有像其他三部一樣，在命篇之首即已將人類的歷史秩序引出。《西遊記》反而以一則雙重的創世紀神話發端，亦即先述鴻濛初判，次及石猴誕生。當然，小說隨後即提到某些中國人宇宙觀中常見的母題，也曾道及神話歷史上的三皇五帝。儘管如此，《西遊記》接下馬上更換場景，「單表東勝神洲」。[112]讀者要歷經八回之後，才能接觸到唐代中國的世俗一面。在這之前，讀者早已和石猴上訪天宮之極、下臨地獄之最。

和《西遊記》的視境對照之下，其他三部明代奇書則完全以人間為限。不管這些說部各自發展出來的形式有何差異，《三國演義》、《水滸傳》和《金瓶梅》在書首就都已展現其文類特徵，揭露出各自虛擬歷史的傾向。《三國演義》乃羅貫中編次，最古的弘治本（一四九四年首版）開頭就以最近史筆的方式寫出：

後漢桓帝崩，靈帝即位，時年十二歲，朝廷有大將軍竇武、太傅陳蕃、司徒胡廣共相輔佐。至秋九月，中涓曹節、王甫弄權，竇武、陳蕃預謀誅之，機謀不密，反被曹節、王甫所害。中涓自此得權。[113]

即使在簡單若此的引文中，小說中不假修飾的語言、簡樸的文體，亦已顯出作者「擬史」的傾向。弘治本的版面與繡像之中，另有接連數欄的帝王譜系與權臣表傳，無怪乎蔣大器寫於首版同年的〈序〉文中，會說是書「庶幾乎史」。[114]我們若再檢視比較通俗的毛宗崗父子本的第一才子書，當會發現毛氏本雖已極力沖淡中國編年史「攔腰起述」（*in medias res*）的方式所造成的錯愕感，但是他們仍然以一句傳統史觀中的歷史鐵則開場：「話說天下大勢，分久必合，合久必分。」[115]小說接下即引述史上合乎此一鐵則的事例，並指出東漢末年的「致亂之由」乃起自桓靈二帝，因而有三國鼎立的形勢產生。毛氏父子的改作，雖然僅以寥寥五、六句發筆，卻能讓我們充分體認到此一本子也在強調史學撰述中業經理想化了的一個關懷，亦即史家在記事之餘，亦得發現乃至指出歷史分合的鐵則。

另一方面，在《水滸傳》和《金瓶梅》兩書中，我們發現小說所需的創造性大增，敘事技巧也成熟了不少。這兩部小說充滿了歷史典故，然而這些典故顯然僅為支撐敘述架構而引之，不過是在指示故事的主體罷了。不論用字遣詞或主旨，《水滸傳》開書第一首詞都令人想到毛宗崗父子本《三國演義》的序詩。這首詩實為一首詞，寄調〈臨江仙〉，[116]乃取自《二十五史彈詞》。《水滸》中的詞尤有甚於《三國》者，蓋其確立了「前王後帝」的「真」或「偽」才是小說的主軸。就此而言，《水滸》的作者就像傳統詩人，其志都在「詠史」。他們話說歷史，飲酒笑談間有見地，也有創見。雖然如此，歷史在英雄與帝王假面的掩飾下依舊是研墨濡毫間不移的主題。歷史與虛構為讀者化約而得的生命教訓也會同時掩至：世間的榮耀原來都轉眼（*sic transit gloria mundi*）。[117]

因此之故，《水滸傳》冗長的〈楔子〉可謂恰如其份重述了「殘唐」以來中國混亂的朝代更替。但是小說推展到宋室興立之後，隨即把重心放在仁宗一朝。此時作者刻意突出「樂極生悲」周轉循環的警語，[118]以便接續尾隨瘟疫橫行的慘狀。仁宗體恤民艱，遣人禳災，殿前太尉洪信得令，飛馬前往山西宣張天師入宮覲見。這一段故事誠然荒誕不經，可是充滿了懸宕與危疑，終因洪太尉誤走妖魔，而為《水滸傳》引出一百零八魔君下世的後文。在小說中，作者還用了包括《紅樓夢》作者在內小說家善使的一個技巧：由於梁山好漢皆有前世，小說乃先述其「神話背景」，以便說明後續故事中的業報。在中國小說裏，「前因後果」常為「蓋然性」或「必然性」的代名詞；〈楔子〉裏洪太尉的作為，故而亦可加強小說回目所舉的中心反諷：欽差索求禳災之法，反倒誤走妖魔，貽害後世。

在中國小說史裏，《金瓶梅》卓爾有名，因其係首部純屬「虛構」的長篇之作。雖然如此，這部小說仍然難免一談徽宗一朝的宋代，而且還從歷史記載中強引出一些教訓，沉悶乏味至極。第一回起始數頁的散體，實際上是序詩中提到的劉邦與項羽典故的闡發。序詩也是一首詞，寄調〈眼兒媚〉，實乃元人卓田所填。小說就劉、項的史典推演，明白指出只要沉迷女色，不論成王敗寇皆難逃一死。敘述者因而又嚴肅評道：「劉、項者，固當世之雄，不免為二婦人，以屈其志氣。」紅顏禍水，史有明訓，小說當可據之而「引出一個風情故事來」，繼而再詳陳細剖「一個好色婦女，因與了破落戶相通」的軼聞。⑪⑨儘管第一回引到的典故不少，全書卻如芮效衛（David T. Roy）的譯注所示，⑫⓪藝術在其中特有的地位絕對不會令人誤解，蓋小說無非歷史詳盡的轉述罷了。如果英雄難過美人關，那麼就有如《金瓶梅》似乎想問的，西門慶這種「破落戶」還能善終嗎？

《紅樓夢》則不類曩前的四大奇書。開書第一回打一開始便有一段文字逗人深思，雖然讀來也有點令人迷惘：

列位看官：你道此書從何而來？說其根由雖近荒唐，細按則深有趣味。（《紅》，一：一）⑫①

用這種閒話家常的方式來命篇之首，確實是我們前所未見，所以可以令人驚，可以令人愕。然而如此筆法，也唯有隨後故事的多彩多姿才能相映成趣，匹配無間。《紅樓夢》並非以歷史的形式寫成，書中也不曾複述史上的人物或事件。全書表面上看似「荒唐」，但是這種感覺很快就消失了，因為作者嘗說書中所述都是他「親聞」而來。所以「此書」所堅持者，乃是我們要「細按」之。「細按」係一時間隱喻，不過所喻非屬有年月可考的過往，而是其時活生生的經驗。小說果如薩依德（Edward Said）所言，乃「『想要開始的意圖』的體制化」，[122]那麼根據敘述者，《紅樓夢》第一回顯示的意圖和收場，也唯有在再三「細按」下方能覓得。

《紅樓夢》第一回的敘事觀點不斷轉換，時間又層層交錯，可謂複雜多端。我們乍看雖感迂迴，不過寫來確也引人入勝，願藉不同幻設而一路晉至故事的主線。[123]在中國傳統裏，《紅樓夢》開卷所述的女媧神話早已從屬於大眾文化涵育而形成的宇宙觀。不過在小說中，此一神話卻藉這個宇宙觀深入民間的本質，將之對照於一塊無用的棄石及其故事上。後者真正的主角，前世非木即石，而他們的神話傳說，又為小說建立起情節上的悲劇性兩難。語云「木石無情」，然而本書中的「木石」卻是多情種子，比人類更容易受到愛慾糾葛。另一方面，小說中的僧道與棄石的爭辯雖如打啞謎一般有趣，卻也可貢獻有關故事緣起的線索。「細按」故事之後，此一爭辯亦可闡明故事本質及其可能的效果。再就第三個層面而論：首回即已引入的「人」物，由於多屬隨後小說核心所關懷的賈氏一族的成員，故而當可帶領我們進入小說情節設計中的世俗與寫實面。他們的名字如賈雨村（假語存）、甄士隱（真事隱）和英蓮（應憐）等，[124]在在提醒我們一個事實：即使故事非關寓言，我們也應有一探小說修辭的欲望。

上述三層敘述脈絡，乃伴隨逐漸繁雜的修辭技巧一路開展。曹雪芹利用這些策略，要求我們細繹的實則為虛構的本質和閱讀的特性。這種情形，文學史上前所未見，引人深思。小說開頭所提有關是書緣起的「問題」，其可預期之答案，可能得從國家或個人的歷史來追索。這種期待自然又強烈，適可說明《紅樓夢》歷來的編者（包括一九八二年的新版）為何都深覺有必要在首回即加上一段案語：這樣做，小說才會變得真確可靠，似有其事。然而不管書首的「問題」應該如何回答，值得我們注意的是：擬回答問題的文句，實則並非答案本身。讀者不僅不能因之而感到滿意，而且讀了之後，還會立即棒喝當頭，蓋自己即將閱讀的乃一部貌似玩世不恭、實則甚為艱深的作品。雖然如此，由於作者的自問自答要求讀者「細玩」此書，所以稍前所謂「此書從何而來」一問，便不會顯得過分突兀。至於「荒唐」一語，也因作者自稱該書「有趣味」，在某個意義上已非荒唐。

把關乎「再現」與「閱讀過程」的問題並置而觀，史上絕無僅有，但《紅樓夢》首回率先使用，方便我們探討貫穿在小說中的各種迷人的「自問自答」。待進入小說浩繁的主體後，我們又可透過人物的爭辯，看到是書對詩、戲劇、小說，以及散文等主要文類的觀點。若不問距離與作者架設上的經心與否，《紅樓夢》這種寫法無疑是日本名著《源氏物語》最有趣的反響。曹雪芹這位中國作家，不僅常用「夢」、「幻」、「鑑」等字的涵意探討一多重意義的網絡，而且還透過「葫蘆」一詞調和作品的效果。在日常口語中，「葫蘆」恰為「謎語」或「言辭」的代喻。實際上，作者說自己的小說如夢如幻如謎時，便已要求我們一面注意小說的虛構本質，一面又要小心其中揭露的迷人的風月思想。

這樣看來，《紅樓夢》從讀者處獲得的回報，便不僅在讓讀者指出該書係一強化了的系統幻覺，而且還以反諷方式，自行指出該類「強化」不但有其必要，抑且有其危險。上面所述實乃弔詭，不過深刻無比，彷佛告訴我們生命幻覺強要我們痛苦承認的，係現實中的非現實與非真實只能透過藝術來處理，或是從「假中有真」來掌握，頗有佛家的味道。在《紅樓夢》中，回應和闡發這類弔詭的方式很多。第一回的回目便聚照了「知」與「隱」結為一體所生的矛盾，亦凸顯了特殊言辭戴上寫實面具後引發的失衡：

甄士隱（真事隱）夢幻識通靈

賈雨村（假語存）風塵懷閨秀

這兩行回目的後半段都有所指，回應的乃書首案語中的情境和用詞：「今風塵碌碌，一事無成，忽念及當日所有之女子。」一方之敘述者「自敘」的衝動，較之他自我表白的想望，回目中雙關的名字及其結構所指，毋寧是「知」與「隱」的矛盾性結合，或是以假為真、以虛為實的辯證性統合。這兩行回目的上款很難用外文迻譯，原因在「通靈」一詞不但可指書中主角賈寶玉，同時還具有「聰慧神妙」之意。上款另有其他逗人深思的問題，例如從夢幻中攫獲的虛構題材，我們究竟應以哪種方法「識」知，又如虛構裏的寶玉到底是小說人物抑或隱喻，是否有可能指向某位「文本化」了的寶玉，亦即甄士隱在書首神話部分即已把玩賞閱過的那塊玉石？此外，現實如果業經偽裝，而「空無」（absence）亦相對於「歷史知識」，那麼描寫「空無」又能得到什麼樣的「真理」？這種「真理」果然相對於中國傳統所認知的「歷史真理」，亦即相對於大家所謂的「史事」或「事實」嗎？凡此種種，都值得我們深思，值得我們「細按」。

我們一旦進入小說本體的閱讀，類似上述的問題便會接二連三的出現。雖然中國讀者早已熟悉「莊周夢蝶」一類的故事，也已十分清楚《楞伽阿跋多羅寶經》中揭示的「人生如夢」的主題，但是閱讀《紅樓夢》時，中國人難道僅應慮及類此的教訓嗎？《紅樓夢》的作者早已從痛苦中獲悉是類的教訓，小說中的主角及次角當然也深諳此意，並嘗為之掬「一把辛酸淚」，從經驗中退隱到自己的家園去。在此之外，小說中還有滿紙的「荒唐言」，讀者究竟應該如何看待？這些「荒唐言」非特可視為鮮活的生命教訓，而且令人著迷不已。如果生命確如小說一樣虛幻，為何敘寫生命的小說又會充滿如此吸引人的幻覺？《紅樓夢》讀來是言人人殊，對終始全書的讀者而言，最後一個問題恐怕才是認識上的關鍵。

《紅樓夢》伊始，作者即已強調其「虛構性的起源」。要感受到這一點，我們必須注意第一回如何回答故事或文本有關本身緣起的質問，因為首回已藉「存在的虛構模式的欺騙性」予以解答。《紅樓夢》不但「荒唐」、「有趣味」，而且在「大荒」、「無稽」、「無朝代年紀可考」的狀態下，猶能「真」實一如人生。如此寫法可是里程碑，前無古人。作者的再現因此便和西方文論裏的一個特出觀念不謀而合：「像真實一般的虛構作品」乃透過冥思玄想的形式運作而得。這種冥思玄想具有虛假性，故而「可使真實變得更真實」。[125]《紅樓夢》第五十六回，賈寶玉自述在夢中會見鏡中的自己之像，說是「真而又真」。此語頗能反映上舉西方文論的觀念。此外，曹雪芹似乎不僅意在「較佳的真實」或「虛構的不同真實」，他對上述冥思玄想引發的「謊言」也同感興趣，不時要將之「戲劇化」。就這兩點而言，《紅樓夢》不斷引人注意的倒是本身的語言。如果「不真」就是「真」，那麼「真」怎會在這種情況下「失真」？令其「失真」的因素，故此便是那滿紙的「荒唐言」。其趣「味」，我看沒有人嚐得出。對《紅樓夢》來講，語言可以容許「錯解」與「誤讀」。這個觀念由於本身具有「真假」的雙重性格，倒可為德曼的當代文論再做前導，類似性之強令人震驚。德曼說：

文本可以說明自己書寫的模式，因此也會同時表明此一陳述以喻說而非直接的方式表明的必要。這種方式知道自己若按字面看，則會「被誤解」。文本在說明自己模式中的修辭性之際，也會要求自己有「被誤讀」的必要。文本知道——也主張——自己應該「被誤解」。文本所說的故事，故而都是「誤解的寓言」。所以文本深覺有必要拉低旋律，使之轉為諧音，自知必得扯下語言，使之變為繪畫，也了解必須消蝕激情的語言，使之化為需要的語言，更清楚非得降下隱喻的位階不可，使之改為字面的意義。文本深知虛構可以做事實看，而事實也可以做虛構看。所以為求和自己的語言一致，文本也只能把這個故事當做虛構講。[126]

《紅樓夢》所暗示的誤讀「必要的降階」，可能不包括語言特權裏的音樂或視覺性的轉移，然而小說中的語言當然在暗示以自我為自傳的隱喻確可做字面解，或如我在本書第三章會論及的，閱讀的策略也可能變成宗教開悟的過程。凡此種種，《紅樓夢》的接受史都已指證歷歷。

更有甚者，在西方敘述理論這個領域裏，因為敘事作品含有「記憶」的特質，每能呈現時間的概念，所以文學語言也是冥思玄想的形式，可以導發某種可能，引生特殊的問題。史迪芬·克里特斯（Stephen Crites）說過：「記憶所涉及的時序有一種簡單的『持續存在』的時間觀，亦有『在前』與『在後』的概念。不過，由於記憶裏的時序尚不足以判明過去、目前與將來的分野，當然就難以形成經驗上的張力，遑論會使用語言要求的時態。」[127]在這種基本上可謂奧古斯丁式的記憶與時間觀念裏，我們的經驗若可形諸語言，實際上便會把自己交給那些已經印歐語言印證的時間標記。因為此時的經驗實為一種時間上的持續感，會「從瞬間形成的知覺表象裏淬煉出首尾一致的整體力量」。[128]這種「一致性」或「連貫性」乃歷史或虛構性的敘事文學的構成特色，但其自身若缺乏時態的指示，恐怕也不易獲悉。職是之故，班文尼斯提（Emile Benveniste）、漢布格爾（Käte Hamburger）、丹圖（Arthur Danto），以及呂刻等思想家，才會將各自的敘述理論建立在語言的包容力上，而且認為只要「有時態系統」，這種包容力還會含括「一種現成的時間轉換法，可以將敘述之鏈裏的動作動詞調整一番」。[129] 這種態度，我甚以為是。

西方敘事學此一重要的層面，正是建立在語言的各種特性上，我們也可以藉以闡明《紅樓夢》的作者在謀其篇章時可能採行的修辭技巧。中國語言不以時態分別時間的結構，所以不會讓動作動詞產生語形上的變化。這是中國語法有別於他者最大——也是最重要——的差異。由於此故，中文裏的敘述句若不提及「朝代年紀」，則根本不可能成立得了，遑論會形成呂刻和丹圖雙雙首肯的一種「兩事同述句」。這種文句「一則要能被指，再則要能藉前一條件所受之考慮，提供描繪」。[130]

中國史學特好編年記事，許多史乘都是如此撰成。這種強調所彰顯的不僅是政治問題，也是語言問題。即使在小說史上早期的作品裏，「朝代」依舊出現在志怪或傳奇等文類的故事中。缺乏類此具體的時間標記，故事裏的事件根本無從顯示其「故」事性，也無法明示其有如「歷史」一般的「年紀」。因此，所謂認識歷史在中國的霸權地位，所謂了解史乘中不能或缺的文體特徵，甚至是所謂體會史學裏的說教傾向，不啻也便是在了解中國小說的許多形式特徵。明乎此，我們便可澄清何以許多中國文學的讀者習慣上都鄙視「以文論文」，欣賞的反而是「以事論文」的作為。明乎此，我們終於也開始明白曹雪芹何以要說他的故事荒唐無稽，「無朝代年紀可考」。部分脂評認為，曹氏所以發展出如此獨特的修辭方式，目的在凸顯《紅樓夢》不為時間所限或此書無害政治的事實，但是我認為與其說是如此，還不如說曹氏立意要和某種不僅相異而且對立的寫作方式抗衡，亦即要和史學撰述別一苗頭。

有人或許會辯道：《紅樓夢》中那些異化的現象和雙關語係其部分的說服策略，目的在把小說的內容和時代「去歷史化」。對那些有志於小說的「真相」、「實事」或「事實」的讀者而言，走出了文本，恐怕就什麼也找不著了。只有語言才是一切，因為唯有「假語存」。不過據《紅樓夢》首回的回目所示，書中「假語存」所擬的「賈雨村」其人，乃是因為墮入「風塵」才會「懷閨秀」，所以「虛構」似乎也會因欲望的介入而變成活生生的生命，正呼應了前引的書前案語：「今風塵碌碌，一事無成，忽念及當日所有之女子。」呼應的還不僅止於此，也包括了「閨閣中人本自歷歷有人，萬不可因我之不肖，自護己短，一併使其泯滅也」這一句。話說回來，如同下一章我會分解的，「虛構的欲望」和「欲望的虛構」這兩者，說來還真可能有其危險性。

註釋

❶ 見徐震堮，《漢魏六朝小說選》（上海：古籍出版社，一九五六），頁八〇—八一。

❷〔明〕吳承恩，《西遊記》，上冊（臺北：河洛圖書出版社，一九八一），頁二七八。

❸ Katherine Carlitz, *The Rhetoric of "Chin P'ing Mei"* (Bloomington: Indiana University Press, 1986), p. 78.

❹ Mindele Anne Treip, *Allegorical Poetics and the Epics: The Renaissance Tradition to "Paradise Lost"* (Lexington: University Press of Kentucky, 1994), p. 133.

❺ 根據羅斯登（David L. Rolston）的分析，中文文本使用「寓言」或「寓意」（hidden meaning）時，所考量者可以是作者

個人的政治安全，或因內容、細節唐突不雅使然，再不然就是抽象事物必須以具象表出時，否則純粹就為了閱讀上的快感而為之。見所著 *Traditional Chinese Fiction and Fiction Commentary: Reading and Writing Between the Lines* (Stanford: Stanford University Press, 1997), pp. 105-130。上述使用「寓言」的時機，西方詮釋學史上亦可見：在《論基督教義》（*De doctrina christiana*）中，奧古斯丁討論過符號和《聖經》經文上的難題；中世紀和文藝復興時期，寓言（allegory）及「寓言讀法」（allegoresis）也盛極一時，而即使是在現代或後現代時期，「隱喻」（metaphor）的論者同樣也不乏其人。本書用到「寓言」一詞時，我不僅指「寓言」的寫作，也指解經學或詮釋上的「寓言讀法」。

❻ 有關《紅樓夢》的版本演變，最具權威的論述為王三慶，《紅樓夢版本研究》（臺北：石門圖書公司，一九八一）及 Chan Hing-ho, *Le "Hongloumeng" et les commentaires de Zhiyanzhai* (Paris: Presses Universitaires de France, 1982)二書。

❼ 有關小說中評點的演變，參見 David L. Rolston, ed., *How to Read the Chinese Novel* (Princeton: Princeton University Press, 1990), pp. xiii-xvii。無論在廣度或在深度上，羅斯登的 *Traditional Chinese Fiction and Fiction Commentary: Reading and Writing Between the Lines* 一書對評點問題的討論都更深入、更精湛。我所謂「評點」，指眉批或行注。評點家會就所選的文本的語言或主題，用這類「評點」詳予申說或略予批評。脂硯齋的《紅樓夢》評語，只有在這層意義上最能凸顯其身分。中國文本和西方上古文本不同，因為眉批的獨立性不一定得賴批語才成。

❽ 古人傳觀所作，央人「斧正」的例子，可見〔南朝・宋〕劉義慶著，余嘉錫注，《世說新語箋注》（臺北：華正書局，一九八三），頁二五三—二五七。

❾ 見 Chan, pp. 298-299。另見《評語・導論》，頁一一〇—一一二；及孫遜，《紅樓夢脂評初探》（上海：古籍出版社，一九八一），頁一三五—一四一。胡適的看法，則因甲戌本首頁上的脂評而來：「雪芹舊有《風月寶鑑》之書，乃其弟棠村序也。今棠村已逝，余睹新懷舊，故仍因之。」見〈《紅樓夢》考證〉，在胡適，《胡適文存》，第一冊（臺北：遠東圖書公司，一九七一），頁三七七；又見《評語》，頁一二。這條批語爭議大，因為其中代名詞「之」的前置詞為何，我們莫衷一是。這也就是說，「之」到底是指書序或指引人下評的內文，我們難以判斷。儘管如此，吳世昌在這方面另有解釋，見 Wu Shih-ch'ang, *On "The Red Chamber Dream": A Critical Study of Two Annotated Manuscripts of the XVIIIth Century*

(Oxford: Oxford University Press, 1961), pp. 63-72。不過伊藤漱平並不同意吳氏之見，見所著〈紅樓夢首回冒頭部分の筆者に就いての疑問〉（續），《東京支那學報》，第八號（一九六二年六月），頁四三—五九。吳世昌有關雪芹「舊書」和書序的駁斥及進一步的意見，可見於所著《紅樓夢探源外編》（上海：古籍出版社，一九八〇），頁二〇一—二五〇。趙岡在《紅樓夢考證拾遺》（香港：高原出版社，一九六三）中則指出，這個「之」字應指某句內文而言（頁一八〇）。和吳氏意見歧出者另有皮述民，《紅樓夢考論集》（臺北：聯經出版公司，一九八四），頁一七—二九。我要指出，這裏的「之」字不是脂評中唯一的曖昧處，因為動詞「有」字也可指雪芹「擁有」或「撰有」一本書。相關討論，另見余英時：〈關於《紅樓夢》的作者和思想問題〉，在所著《紅樓夢的兩個世界》（臺北：聯經出版公司，一九七八），頁一八一—一九六。

❿ 脂硯齋這類的話還可列出許多。相關論述見趙岡與陳鍾毅，《紅樓夢研究新編》（臺北：聯經出版公司，一九七五），頁一四〇—一四六。另見《評語》，頁一〇二—一〇三。陳熙中認為，「真有是事」一語非指作者或脂硯齋親歷之事，而是指一般事情，見所著〈說真有是事——讀脂批隨札〉，《北京大學學報》五（一九八〇）：八五—八六；此文另見劉夢溪編，《紅學三十年論文選編》（天津：百花文藝出版社，一九八四），三：三八四—三八七。不過陳氏之見，難以服人。

⓫ 見佚名，〈《金瓶梅》寓意說〉，在《兩種竹波評點本合刊天下第一奇書》（香港：匯文閣，一九七五），頁一甲。

⓬ 霍克思（David Hawkes）的英譯本在解釋「個中人」時，視之猶如「聽得懂警曲的人」，恐怕傳達不出這三個字的力量。見*SS* 1:139。

⓭ 王靖宇（John C. Y. Wang）在所著“The chih-yen-chai Commentary and the *Dream of the Red Chamber: A Literary Study*,” in Adele Rickett, ed., *Chinese Approaches to Literature* (Princeton: Princeton University Press, 1978), p. 193 曾說過：「我們讀脂評的第一個印象是：脂評寫來是要為讀者解蔽，讓《紅樓夢》的門外漢認識小說的精義和妙處。」王氏的研究重點擺在脂評所用的傳統說部的批評術語上，確實也指出脂評充分道出了小說的「妙處」。脂評常說《紅樓夢》寫來不落前人窠臼，並為之稱頌不已。這點也有人注意到，見Rolston, *Traditional Chinese Fiction and Fiction Commentary*, pp. 329-348。儘

管如此，脂評是否曲盡小說「內幕」，我卻不無懷疑。

⓮ 多數現代學者認為「南直召禍」指的是一七二八年雍正將江寧織造廠的曹頫撤職，又沒其家產一事。有關曹氏一族興衰的權威之作，見Jonathan D. Spence, *Ts'ao Yin and the K'ang-hsi Emperor: Bondservant and Master* (New Haven: Yale University Press, 1966), esp. chapter 7。這裏之所以用「西」字，或因曹雪芹之祖曹寅自號「西堂掃花行者」之故。曹寅非常喜歡「西」字，從而名其園曰「西園」，又稱其書齋為「西堂」和「西軒」，甚至題其詩集為《西農集》。見趙岡，《紅樓夢考證拾遺》，頁一四五。

⓯ 參見趙岡和陳鍾毅，頁七三一—一三八；以及陳慶浩：〈導論〉，在《評語》，頁九九—一一一。不過周汝昌，《紅樓夢新證》，修訂本，二冊（北京：人民文學出版社，一九七六），二：八六七—八六八認為脂評中有位是女性，可能就是《紅樓夢》的作者之妻。

⓰ 魏愛蓮（Ellen Widmer）比較羅蘭・巴特（Roland Barthes）和金聖嘆時一針見血指出：評者自恃權威的說法，脂硯齋評點家並非第一人，而這種傳統也不是中國所獨有。參見Ellen Widmer, *The Margins of Utopia: Shui-hu hou-chuan and the Literature of Ming Loyalism* (Cambridge: Harvard University Press, 1987), p. 106。魏愛蓮又說道：「東西批評經驗的嚴肅比較，必須超越批評家本身的參考間架。例如巴特可能強加自己的聲音於巴爾扎克（Balzac）的短篇小說之上，但是今天的讀者罕能同意只有在巴特版中，那『薩拉辛』（Sarrasine）才有話要說。」如果「閱讀團體」同意猶太人的米大示（midrash）神秘文本和經文或文學之間並無基本差異，而且視之猶如個人打內心發出的信念的話，那麼詮釋的問題就會讓人覺得困擾。有關曹雪芹和脂硯齋是否為同一人的問題，另見Rolston, *Traditional Chinese Fiction and Fiction Commentary*, pp. 329-348。中國小說史上把評點者及作者混為一談的現象，可見下文精緽的分析：Martin W. Huang, "Author(ity) and Reader in Traditional Chinese *Xiaoshuo* Commentary," *Chinese Literature: Articles, Essays, Reviews* 16 (1994): 41-67。宋版書中宋人的詮釋，後來多經欽定而成「經」；相關論述見崑崗等編，《大清會典》（北京：北京會典館，一八九九），五一：二〇甲；及R. Kent Guy, *The Emperor's Four Treasuries: Scholars and the State in the Late Ch'ien-lung Era* (Cambridge: Harvard University Press, 1987), pp. 18-20。有關猶太神秘文本和文學之間的關係，參見Gerald L. Bruns, "Midrash and Allegory: The

"Beginnings of Scriptural Interpretation," in Robert Alter and Frank Kermode, eds., *The Literary Guide to the Bible* (Cambridge: Belknap Press of Harvard University Press, 1987), pp. 625-646; Daniel Boyarin, *Intertextuality and the Reading of Midrash* (Bloomington: Indiana University Press, 1990)，及另著 "Voices in the Text: Midrash and the Inner Tension of Biblical Narrative," *Revue Biblique* 93 (1986): 581-597; Geoffrey H. Hartman and Sanford Budick, eds., *Midrash and Literature* (New Haven: Yale University Press, 1986)；以及Hartman, "Midrash as Law and Literature," *Journal of Religion* 74/3 (1994): 338-355。

17. 趙岡與陳鍾毅，頁二一四—二一五。

18. 趙岡與陳鍾毅，頁二一五。

19. 徐復觀：〈趙岡《紅樓夢新探》的突破點〉，見所著《中國文學論集》（臺北：臺灣學生書局，一九七四），頁四九四。此文已經重印，這裏所引另見趙岡，《紅樓夢論集》，頁一八六。俞平伯一九五〇年代所寫的〈《紅樓夢》後三十回〉中，不但論及「兼美」，而且還探討角色互補的問題，因為同一段話中，警幻仙子也提到了秦可卿。這種「一身」之說，霍克思也同意，見David Hawkes, "*The Story of the Stone*: A Symbolist Novel," *Renditions* 25 (Spring 1986): 16-17。有關脂評更進一步的探討，見孫遜，《紅樓夢脂評初探》（上海：古籍出版社，一九八一），頁二六二—二八二。

20. 不過己卯本不在此列，因其稿本開書部分已佚。

21. 《紅樓夢》早期版本相關的詮釋問題，陳毓羆〈《紅樓夢》是怎樣開頭的？〉論之最精，見《文史》，第三期（一九六三），頁三三三—三三八。陳氏認為這段話是脂硯齋所加，並且辯稱凡例中所有的話，字字都是煙幕彈，一以遮掩小說的顛覆本質，二則可以避開書禁。不過張愛玲，《紅樓夢魘》（臺北：皇冠出版社，一九七七），頁一〇四—一一〇另有所見，完全不同意有關凡例和手稿關係的以往之見。

22. 胡適，頁五九九。

23. 這裏我的意思是：我雖反對唯「家史和傳記性的研究」是問的研究取徑，但我並不否認《紅樓夢》全書有傳記色彩，我也不懷疑自明代以來——不論是在說部或非說部的場域裏——中國作家顯然都會有的傳記衝動。有關後一論題，參見Rodney Leon Taylor, *The Cultivation of Sagehood as a Religous Goal in Neo-Confucianism: A Study of Selected Writings of Kao P'an-*

lung, 1562-1626 (Missoula, Mont: Scholar Press, 1978); Andrew H. Plaks, "After the Fall: *Hsing-shih yin-yuan chuan* and the Seventeenth-Century Chinese Novel," *Harvard Journal of Asiatic Studies* 45/2 (1985): 543-580; and Wu Pei-yi, *The Confucian's Progress: Autobiographical Writings in Traditional China* (Princeton: Princeton University Press, 1980)等文或書。中國詩的傳統中，上述「衝動」亦可一見，見Stephen Owen, "The Self's Perfect Mirror: Poetry as Biography," in Shuen-fu Lin and Stephen Owen, eds., *The Vitality of the Lyric Voice: Shih Poetry from the Late Han to the T'ang* (Princeton: Princeton University Press, 1986), pp. 71-102 。當代文論有傳記主體不必等同於作者的歷史自我之說，而最後我要指出來的是：這種說法我一無懷疑，因為即使同一文本裏的角色和角色刻劃也都罕見統一（這點可見John D. Barbour, *The Conscience of the Autobiographer: Ethical and Religious Dimensions of Autobiography* [New York: St. Martin's Press, 1992], esp. chapter 2）。黃衛總於此亦有精采論述，以為中國小說中的傳記都可以讀成「自我」的許多「隱喻」或「虛構」，見Martin W. Huang, *Literati and Self-Re/Presentation: Autobiographical Sensibility in the Eighteenth-Century Chinese Novel* (Stanford University Press, 1995)。黃著第三章長篇討論《紅樓夢》，提出許多深入的見解，令人折服。不過整體觀之，這章對同情《紅》書的讀者的看法恐怕倚賴過重。像寶釵、黛玉和王熙鳳這些角色我們都耳熟能詳，而黃著僅以某失意男性文人「錯置的自我」視之，就剝奪了她們所重現出來的女性真實，因此也剝奪了她們存在的力量。不論文化、制度與意識形態的箝制有多大，《紅樓夢》在我看來至少有一企圖，亦即小說不認為我們輕易就可以把女人的痛苦托喻化，使之變成男性焦慮的寓言。第二十八回眾女反覆行令的〈女兒悲〉就是活生生的說明。黃著第八十七頁顯示，黃衛總蠻喜歡脂硯齋在第二回所下的一條批語，道是那「閨閣庭幃之傳」固在慟傷兄弟之逝，作者立意卻有個「大調侃寓意」。這種說法當然可以確定一事，亦即脂硯齋評者都首肯某種批評上的意識形態，把漢人的〈《詩》大序〉到清人章學誠〈婦學〉裏所顯現的中國思想與文化史的諸面貌網羅在內。這一點，在下一章中我會再予討論。對脂硯齋評者而言，這種「美人香草」的意識形態實在是方便不過的掩護，可使摯愛的作者免於政治迫害與道德檢查，因為於個人之「私」，「情」與「性」的渴盼都是有害的衝動。倘有「寓言」妝扮，隨即就會轉為「禮」，投男性中心論之所好。父慈子孝或兄友弟恭，本質上都和君臣之義同其性質。我總覺得在現代人眼中，脂硯齋及其圈內人士都有特權，都是《紅樓夢》作者的意圖正確無比的代言人。吳世昌對上引脂評連聲附和，倒

可進一步證實這裏我的看法。儘管如此，在《紅樓夢》的詮釋上，吳氏之見則難以證明如此看法合於規範，有其指導性的功能。

㉔〔清〕裕瑞：〈《後紅樓夢》書後〉謂：「雪芹……其人身胖頭廣而色黑……。」見《卷》，一：一四。

㉕曹府內情，趙岡和陳鍾毅有細說，審慎得很，見所著頁一—七二。周汝昌的兩卷本《紅樓夢新證》對作者和曹氏家人也有詳盡的研究，不過他的結論頗多臆測之辭。

㉖翦伯贊：〈論十八世紀上半期中國社會經濟的性質〉，見所著《歷史問題論叢》，修訂版（北京：三聯書店，一九五七），頁一八八—二五二。此文亦收入劉夢溪編，《紅學三十年論文選編》，上冊（天津：百花文藝出版社，一九八三），頁二六—九二。

㉗不過如果需要另外一個例子，我想佟雪，《紅樓夢主題論》（南昌：江西人民出版社，一九七九）可以當之。

㉘余英時，頁五。余氏的看法，另一紅學家俞平伯幾乎字字同意。後者接受《中報》訪問時，曾批評索隱派和自傳說的學者，以為他們視《紅樓夢》為歷史文獻的做法，毋乃過甚。參見《中報》，第十七版（一九八七年一月七日）。

㉙Dominick LaCapra, *History and Criticism* (Ithaca: Cornell University Press, 1985), p. 126.

㉚J. Hillis Miller, *The Ethics of Reading: Kant, de Man, Eliot, Trollope, James and Benjamin* (New York: Columbia University Press, 1987), p. 7.

㉛Jean-Paul Satre, *Qu'est-ce que la littérature?* (Paris: Gallimard, 1984), p. 55: "La lecture . . . semble la synthèse de la perception et de la création."

㉜Satre, p. 58: "Les mots . . . comme des pièges pour susciter nos sentiments et les réfléchir vers nous."

㉝有關這組字詞的回顧性研究，見David Rolston, "Sources of Traditional Chinese Fiction Criticism," in his ed., *How to Read the Chinese Novel*, pp. 3-34。

㉞有關標點的問題，胡適的〈請頒行新式標點符號議案〉從《荀子‧正名》篇首的一行十二字舉例，指出標點之異會影響文意的程度。後人注這十二個字，有以四字斷之為三句者，也有以六字分之為二句者。不用多說，這兩種斷法形成的意

義迥然不同。見《胡適文存》，二：一二六。像《紅樓夢》這種稿本，因為大多是用白話寫下，就容易理解多了，不過有些抄者還是喜歡用「點」斷句。乾隆甲戌本全未斷句，但仍有一些圈點的情形，希望我們注意某些句子或段落。列寧格勒本《石頭記》（一七五九—一七六〇；北京：中華書局，一九八六）的前十四回中，「圈」和「點」的使用兩皆有之，而庚辰本則以「圈」為點，一路到底。

35 《論語・為政篇》，第二章，在朱熹注，《四書集注》（臺北：世界書局，一九九七），頁六六—六七。

36 Stephen Owen, *Readings in Chinese Literary Thought* (Cambridge: Council on East Asian Studies, Harvard University, 1992), pp. 454-455.

37 這一點，黃衛總已加論列，見所著 "Author(ity) and Reader," pp. 55-56。

38 南懷瑾，徐芹庭注，《周易今注今譯》，修訂本（臺北：臺灣商務印書館，一九八四），頁三九二—三九三。

39 〔清〕文龍，《金瓶梅回評》，在黃霖編，《金瓶梅資料彙編》（北京：中華書局，一九八七），頁五一一。這條資料係我的同事芮效衛（David T. Roy）所提供，謹此致謝。

40 Huang, "Author(ity) and Reader," p. 59.

41 黃衛總在 "Author(ity) and Reader," p. 61 中引《增評補圖石頭記》為例，說明這裏所談集注本出現的現象。批評上的多元論或閱讀上的「民主化」，都是閱讀觀念或批評實踐上的理想。此所以這種強調顯然類屬「現代性」。用柯莫德（Frank Kermode）論巴特的話來講，「身為現代人，我們閱讀就是要強化多元性，不是要多識什麼『秘辛』一類的東西。我們非得把石頭搬走不可。我們不必以發現結構為職志，但是得學會製造結構之道（structurations）。」見所著 *The Art of Telling: Essays on Fiction* (Cambridge: Harvard University Press, 1983), p. 75。

42 方便的綜述，見 Louise P. Edwards, *Men and Women in Qing China: Gender in "The Red Chamber Dream"* (New York: E. J. Brill, 1994), pp. 10-32。

43 Paul de Man, *Allegories of Reading: Figural Language in Rousseau, Nietzsche, Rilke, and Proust* (New Haven: Yale University Press, 1979), p. 9.

㊹ Norman Holland, "Unity Identity Text Self," in Jane P. Tompkins, ed., *Reader-Response Criticism: From Formalism to Post-Structuralism* (Baltimore: Johns Hopkins University Press, 1980), p. 123：「我們在文學文本中看到的統一性，其實充滿了可以讓我們看到這種統一性的身分認同……。身為讀者，我們在把文本轉化成一體而具意義的經驗時，每一個人都會有自己的方法。」另見Paul Ricoeur, *Time and Narrative*, trans. Kathleen McLaughlin and David Pellauer, 3 vols (Chicago: University of Chicago Press, 1984-1988), 3: 169：「每一個文本，即使是系統性而殘缺不全者，就閱讀而言，仍然不可能窮盡其意義。就像我們閱讀時難免有所選擇，所以閱讀本身也會透露文本所未經寫出的那些層面。不過文本這未曾寫出的一面，閱讀也有權可以為其意義猜測一番。」從《易傳》到唐宋詩學，中國傳統對「意在言外」或「言不盡意」的討論，適可為上面引文提供相關的比較。有關中國傳統在這方面的論述，重要的考證可見湯用彤：〈意言之辨〉，在所著《湯用彤學術論文集》（北京：中華書局，一九八三），頁二一四—二三二。此外，有關中國人所理解的語言和世界的關係，尤其是其間反映出來的意義，宇文所安另有所見，見Stephen Owen, *Traditional Chinese Poetry and Poetics: Omen of the World* (Madison: University of Wisconsin Press, 1977), pp. 58-63。就「言不盡意」而言，宇文氏說「不知怎麼的，常有人假設語言有一先驗性的『充足』，然後再稱其表達規模已經變小。」宇文氏最後還認為，「言外」指向某種「前語言的經驗，本身難以形容而又道不得」。不過對我而言，中國詩話中的討論已經指出「言外」的意思似乎多指「臆測」，非就「難以言傳」立說。參見〔宋〕歐陽修，《六一詩話》，在何文煥編，《歷代詩話》（北京：中華書局，一九八一），一：二六七—二六八；另參〔宋〕楊萬里，《誠齋詩話》，在何文煥編，一：一三六—一三八。

㊺ 引自Jonathan Culler, *On Deconstructionism: Theory and Criticism after Structuralism* (Ithaca: Cornell University Press, 1982), p. 123。

㊻ 參見Matei Calinescu, *Rereading* (New Haven: Yale University Press, 1993)一書。此書啟發性甚大。

㊼ Craig Fisk, "Literary Criticism," in William H. Nienhauser, Jr., *The Indiana Companion to Traditional Chinese Literature* (Bloomington: Indiana University Press, 1986), p. 49.

㊽ Owen, *Traditional Chinese Poetry and Poetics*, p. 15.余寶琳對中西寓言及文學批評理論也做過比較，認為西方寓言根植在

「一抽象、玄學式的架構裏」，而中國詩學則因「儒家對道德倫理的觀感而發」，希望在歷史中為道德覓得權威的語境。「此所以一般而言，西方載道文學志在呈現世界的應然，而中國的同類之作則把文學視為過去的世界留給後代的生命教訓。」同理，「中國人顯然或因缺乏『造物主』這種宇宙觀」，故而「貶抑『無中生有』（*ex nihilo*）的創造觀，也不重視虛構性」。余寶琳這段話顯示，文學文本的產生恒和人這種能動者有關，而文本意義唯有在史料和作者詩文的對照下才能解明，而且是最具關鍵性的解明。儘管如此，下文中我會指出，《紅樓夢》除了會揭示藝術家的創造者身分之外，也會透過種種暗示，指出其本身的虛構性。余寶琳之見見Pauline Yu, *The Reading of Imagery in the Chinese Poetic Tradition* (Princeton: Princeton University Press, 1987), pp. 80-81。

㊾ 我把當代有關中國詩與詩學的討論附會到小說評論裏，其實並不完全可謂牽強。首先，金聖嘆這類傳統批評家雖以《水滸傳》的評點著名，但是他對戲曲和詩的批評也有重大的貢獻。其次，在現代學界，有許多人老想將《紅樓夢》和詩學傳統合為一談，所以辯論課題包括小說目的之一在「傳詩」。參見皮述民，《紅樓夢考論集》（臺北：聯經出版公司，一九八四），頁五四—六九。有關《紅樓夢》裏的「抒情視境」及此書乃「抒情小說」的討論，見Wong Kam-ming, "Point of View, Norms, and Structure: *Hung-lou Meng* and Lyrical Fiction," in Andrew H. Plaks, ed., *Chinese Narrative: Critical and Theoretical Essays* (Princeton: Princeton University Press, 1977), pp. 203-226; Yu-kung Kao, "Lyric Vision in Chinese Narrative: A Reading of *Hung-lou Meng* and *Ju-lin Wai-shi*," in Andrew H. Plaks, ed., pp. 227-243；以及Wai-yee Li, *Enchantment and Disenchantment: Love and Illusion in Chinese Literature* (Princeton: Princeton University Press, 1993), chapter 5: "Self Reflexivity and the Lyrical Ideal in *Hung-lou meng*"。

㊿ 〔清〕金聖嘆：〈讀三國志法〉，在《大字足本三國志演義》，第一冊（上海：春明書店，一九四八），頁一六。

51 Pauline Yu, p. 82.

52 Andrew H. Plaks, "Towards A Critical Theory of Chinese Narrative," in his ed., p. 311因此說道：「任何對於中國敘事文學本質所做的理論性探討，首先得從重要無比的史學撰述著手。在某層意義上，也必須從整體文化中的『歷史主義』下手。事實上，如何定義中國敘事文學的問題，最後總會歸結到傳統文化是否能從根本上區別史學撰述與虛構小說這個問題上。」

53 雖然《莊子・外物》中的「小說」一詞，亦有瑣屑虛構之談的意思，但是在本文中，我毋寧以《漢書・藝文志》所提的同一名詞做為討論上的出發點。見〔漢〕班固，《漢書》（北京：中華書局，一九六二），卷三十，頁一七四五。

54 Y. W. Ma, "The Chinese Historical Novel: An Outline of Themes and Contexts," *Journal of Asian Studies*, 43/2 (1975): 278. 中譯引自馬幼垣著、賴瑞和譯，〈中國講史小說的主題與內容〉，在馬著，《中國小說史集稿》（臺北：時報文化公司，一九八三），頁七七。

55 Y. W. Ma, "Fact and Fantasy in T'ang Tales," *Chinese Literature: Essays, Articles, Reviews* 2 (1980): 168. 中譯引自馬幼垣著、姜臺芬譯，〈唐人小說中的事實與幻設〉，收入侯健編，《國外學者看中國文學》（臺北：中央文物供應社，一九八二），頁七三。

56 雖然此處所強調的主要是史學撰述的語言層面，不過我當然充分了解所有物質文化的組成條件（如器皿、人工製品、建築、廢墟、雕塑與平面藝術等），以及自然生態（如氣候和地理上的改變、海岸線之後退、洪水、旱災、饑荒、火山爆發）等因素，也是構成現代史家所謂的歷史的「痕跡」或「足跡」的要素。缺乏這些要素，史學撰述便可能遭到嚴重的損害，難以保持完整。參見Paul Ricoeur, *Temps et récit*, 3 vols, (Paris: Editions du seuil, 1983-1985), 3:171-182, and 3:268；另請參見Fernand Braudel, *On History*, trans. Sarah Matthews (Chicago: University of Chicago Press, 1980), pp. 105-119; Edward Shils, *Tradition* (Chicago: University of Chicago Press, 1981), esp. chapters 2 and 3。

57 參較John C. Y. Wang，"Early Chinese Narrative: The *Tso-chuan* as Example," in Plaks, ed., pp. 3-20; and Ronald C. Egan, "Narratives in *Tso Chuan*," *Harvard Journal of Asiatic Studies* 37/2 (1977):323-352。相反的，謝和耐（Jacques Gernet）所見卻非強烈「互補性」的。他認為許多中國早期的史書也不過是文獻的拼湊（*une marqueterie des documents*），「不像」真正的歷史敘述，見所著"Écrit et histoire," in his *L'intelligence de la Chine: les social et le mental* (Paris: Editons Gallimard, 1994), pp. 351-360。謝和耐之見，隨即也影響到當代史家勒高夫（Jacques Le Goff），見所著*History and Memory*, trans. Steven Rendall and Elizabeth Claman (New York: Columbia University Press, 1992), pp. 138-139。

58 Herodotus, *The History*, trans., David Grene (Chicago: University of Chicago Press, 1987), 1-5.

59 〔漢〕司馬遷，《史記》，卷一三〇（北京：中華書局，一九六二），頁三二九九—三三〇〇。

60 Arnaldo Momigliano, "Ancient History and the Antiquarian," *Contributo alla Storia degli Studi classici* (Rome: Edizioni di e Letteratura, 1955), pp. 67-106.

61 Hayden White, *The Content of the Form: Narrative Discourse and Historical Representation* (Baltimore: Johns Hopkins University Press, 1987), p. 20.

62 Robert Scholes and Robert Kellogg, *The Nature of Narrative* (London and New York: Oxford University Press, 1966), p. 243.

63 司馬遷「史家」的地位，李惠儀有新論，而且無一不談，見Wai-yee Li, "The Idea of Authority in the *Shih chi*," in *Harvard Journal of Asiatic Studies* 54 (1994): 345-406。謝和耐認為《書經》與《周禮》等上古文獻都是以「禮」為內容，別無其他。「書」或「文獻」（*écrit*）因此是「人神溝通的工具」。見前引所著頁三五六—三五七。上引李惠儀之論，可彌補謝論失衡之處。

64 Arnaldo Momigliano, *Essays in Ancient and Modern Historiography* (Oxford: Basil Blackwell, 1977), p. 192. 另參較Louis O. Mink, "History as Modes of Comprehension," *New Literary History*, 1/3 (1970): 545。Mink說：「由於描述對象要求真有其事的時空明證，也要求重估既存史料」，歷史確有別於小說。

65 有關「空言」的一般定義或其特殊涵意的討論，請參見Burton Watson, *Ssu-ma Ch'ien: Grand Historian of China* (New York: Columbia University Press, 1958), pp. 87-89。

66 〔漢〕董仲舒，《春秋繁露・俞序第十七》（《四部備要》版）頁六：三甲。

67 章學誠，《文史通義》（北京：中華書局，一九五六），頁一。

68 章學誠，頁八—九。

69 金毓黻，《中國史學史》（上海：商務印書館，一九四一），頁二三二—二三三：David S. Nivison, "The Philosophy of Chang Hsüeh-ch'eng," *Occasional Papers* 3 (Kyoto: Kansai Asiatic Society, 1955): 22-34; Nivison, "The Problem of 'Knowledge'

and 'Action' in Chinese Thought since Wang Yang-ming," *Studies in Chinese Thought* (Chicago: University of Chicago Press, 1962), pp. 112-145：余英時，《論戴震與章學誠》（香港：龍門書店，一九七六），頁二〇二—二二五；Paul Demiéville, "Chang Hsüeh-ch'eng and his Historiography, " in *Choix d'etudes sinologiques* (Leiden: E. J. Brill, 1973), pp. 178-82。

⑳ Hayden White, *Tropics of Discourse: Essays in Cultural Criticism* (Baltimore and London: The Johns Hopkins University Press, 1978), p. 107.能洞察中國史學論著裏同類現象之簡論，見錢鍾書，《管錐編》，第一冊（北京：中華書局，一九七九年），頁一六一—一六六。

㉑ R. G. Collingwood, *The Idea of History* (New York: Oxford University Press, 1964), p. 213.

㉒ Thucydides, *The Peloponesian War*, 1.22.這裏用的是收於 Robert B. Strassler, ed., *The Landmark Thucydides* (New York: Free Press, 1996)中的版本。

㉓ Collingwood, p. 215.

㉔ Fr. D. E. Schleiermacher, *Hermeneutik*, ed. Heinz Kimmerle (Heidelberg: Carl Winter, Universitatsverlag, 1959), pp. 108-109.

㉕ White, *Tropics of Discourse*, p. 107.

㉖ White, *Tropics of Discourse*, p. 60.

㉗ 海登・懷特是最好的例子。他曾因把「史學撰述融入虛構中」而受到批評。參見Arnaldo Momigliano, "Biblical Studies and Classical Studies: Simple Reflections about Historical Method," *Biblical Archeologist* 45/4 (Fall 1982): 224-228。

㉘ Ricoeur, *Time and Narrative*, 3:186.

㉙ 章學誠，頁一四四。

㉚〔清〕金聖嘆，〈論第五才子書法〉，在〔元／明〕施耐庵，《水滸傳》，第一冊（臺北：文源書局，一九七三年），頁九三。

㉛ 探討語言在歷史撰述中具有的主宰地位的近期精論，見J. Hillis Miller, "Literature and History: The Example of Hawthorne's 'The Minister's Black Veil,'" in *Bulletin of the American Academy of Arts and Sciences* 41 (1988):15-31。

❽❷ 章學誠，頁二九〇。

❽❸ 有關這點進一步的周延之論，可見Sheldon Hsiao-peng Lu, *From Historicity to Fictionality: The Chinese Poetics of Narrative* (Stanford: Stanford University Press, 1994), pp. 74-92; and pp. 129-150。

❽❹ 章學誠，〈與陳觀民工部論史學〉，收入《章氏遺書》（吳興：劉氏嘉業堂，一九二二），頁一四。

❽❺ 章學誠，《文史通義》，頁八九。

❽❻ 章學誠，〈與陳觀民工部論史學〉，頁一四。

❽❼ Earl H. Pritchard, "Traditional Chinese Historiography and Local Histories" in Hayden V. White, et al., comps. and eds., *The Uses of History: Essays in Intellectual and Social History Presented to William J. Bossenbrook* (Detroit: Wayne State University Press, 1968), p. 198. 另請參見Homer H. Dubs, "The Reliability of Chinese Histories," *Far Eastern Quarterly* 6 (1946): 23-43，以及較近一點的余英時，〈說鴻門宴的座次〉，在沈剛伯先生八秩榮慶論文集編輯委員會編，《沈剛伯先生八秩榮慶論文集》（臺北：聯經出版公司，一九七六年），頁八五—九二。

❽❽ Demiéville, p. 257; White, *Tropics of Discourse*, p. 51.

❽❾ Lien-sheng Yang, "The Organization of Chinese Official Historiography: Principles and Methods of the Standard Histories from the T'ang through the Ming Dynasty," in *Historians of China and Japan*, ed. W. G. Beasley and E. G. Pulleyblank (London: Oxford University Press, 1961), p. 46.

❾⓪ 《左傳・昭公十六年》，見James Legge, *Chinese Classics*, 5 vols (Rpt. Taipei: Wenshizhe, 1972), 5: 663。

❾❶ 〔唐〕劉知幾撰，〔清〕浦起龍釋，《史通通釋》（《四部備要》版），一：五乙。

❾❷ P. van der Loon, "The Ancient Chinese Chronicles and the Growth of Historical Ideals," in W. G. Beasley and E. G. Pulleyblank, eds. *Historians of China and Japan* (London: Oxford University Press, 1961), p. 25.

❾❸ Joseph Needham, "Time and Knowledge in China and the West," in *The Voices of Time: A Cooperative Survey of Man's Views of Time as Understood and Described by the Sciences and the Humanities*, ed. J. T. Fraser (New York: G. Braziller, 1966); Needham,

Science and Civilisation in China, 13 vols. (Cambridge: Cambridge University Press, 1954-), 3: 178-461.

94 Needham, in Fraser, p. 100.

95 Needham, *Science and Civilisation in China*, 3:189.

96 文龍，在黃霖編，頁五一一。

97 Claude Lévi-Strauss, *The Savage Mind* (Chicago: University of Chicago Press), pp. 258-260. Ricoeur, *Time and Narrative*, 3: 181-185於此一點有精闢的闡發。

98 《易・繫辭下傳》，第二章，引自朱維煥，《周易經傳象義闡釋》（臺北：臺灣學生書局，一九八三），頁四九四。中國古文中有關「變」的字另有「易」與「化」等字，意義略有差距。謝和耐有一專文論「化」，見Jacques Gernet, "Sur la notion de changement," in his *L'intelligence de la Chine*," pp. 323-334。有關「通變」的另一力作是Nathan Sivin, "Change and Continuity in Early Cosmology"，見《中國古代科學史論》（續）（京都：京都大學人文科學研究所，一九九一），頁三一一四三。

99 參較Egan, pp. 327-332。

100 Wang Gungwu, "Some Comments on the Later Standard Histories," in *Essays on Sources for Chinese History*, ed. Donald D. Leslie, Colin Mackerras, and Wang Gungwu (Columbia: University of South Carolina Press, 1976), p. 57.

101 White, *The Content of the Form*, p. 21.

102 請注意：元代學者王鶚在一二六一年的一道奏摺上，曾謂：「自古有可亡之國，無可亡之史。蓋前代史冊，必待興者以修，是非愚得，待人而後公畝也。」上文引自Lien-sheng Yang, p. 47。

103 Needham, *Science and Civilisation in China*, 2:287ff：有關鄒衍，見同書2:232-234。另請參較Vitaly A. Rubin, "Ancient Chinese Cosmology and Fa-chia Theory," *JAAR Thematic Studies* 50/2 (1976): 95-104; Benjamin I. Schwartz, *The World of Thought in Ancient China* (Cambridge: The Belknap Press of Harvard University Press, 1985), pp. 350-382。

104 Nathan Sivin, "On the Limits of Empirical Knowledge in the Traditional Chinese Sciences," in *Time, Science, and Society in China*

and the West, ed. J. T. Fraser, N. Lawrence, and F. C. Harber (Amherst: University of Massachusetts Press, 1985), pp. 151-169.

105 Rubin, p. 98.

106 W. T. J. Mitchell, *Iconology: Image, Text, Ideology* (Chicago: University of Chicago Press, 1986), p. 37.

107 參見Hok-lam Chan, *Legitimation in Imperial China: Discussions under the Jurchen-Chin Dynasty (1115-1234)* (Seattle and London: University of Washington Press, 1987) 一書。

108 Van der Loon, p. 25.

109 David Der-wei Wang, "Fictional History/Historical Fiction," *Studies in Language and Literature* 1 (March, 1985): 65-66. 中譯稍改王德威著，彭碧臺譯，〈歷史／小說／虛構〉，收入王著，《從劉鶚到王禎和》（臺北：時報文化出版公司，一九八六），頁二七四—二七五上的譯文。

110 Michel de Certeau, *The Writing of History*, trans. Tom Conley (New York: Columbia University Press, 1988), p. 37.

111 〔漢〕班固：〈司馬遷傳〉，在所著《漢書》（北京：中華書局，一九六二），卷六二，頁二七三二。

112 〔明〕吳承恩，《西遊記》，上冊（臺北：河洛圖書出版社，一九八一），頁二。

113 〔明〕羅貫中，《三國志通俗演義》，上冊（上海：古籍出版社，一九八〇），頁一。古籍版乃據明弘治版重排。

114 〔明〕蔣大器（庸愚子），〈《三國志通俗演義》序〉，在《三國志通俗演義》，上冊，頁二。

115 見〔明〕羅貫中，《三國演義》（臺北：聯經出版公司，一九八〇），頁一。聯經版乃據毛宗崗父子本重排。

116 《水滸傳》這首詞的上闕，同樣寄調〈臨江仙〉。

117 這裏我對《水滸傳》這首詞的解讀和波特（Deborah Porter）不同。波特寫過一篇文章，詳細分析了《水滸》開書的部分。見所著 "Setting the Tone: Aesthetic Implications of Linguistic Patterns in the Opening Section of *Shui-hu chuan*," *Chinese Literature: Essays, Articles, Reviews* 14 (1992): 51-75。

118 「樂極生悲」這種世態周轉原是陳腔濫調，不過《紅樓夢》首回神瑛侍者思凡之際，乾隆甲戌本也用這個詞形容之。

119 〔明〕笑笑生，《金瓶梅詞話》（東京：大安株式會社，一九六三），一：三甲。大安版乃萬曆本的景印。

⑳ 參見David T. Roy, trans., *The Plum in the Golden Vase, or Chin P'ing Mei*, Volume One: The Gathering (Princeton: Princeton University Press, 1993), pp. 429-436。

㉑ 這裏係據乾隆甲戌本引出。其後各本的文字，相去不遠。

㉒ Edward Said, *Beginnings: Intension and Method* (Baltimore: Johns Hopkins University Press, 1975), p. 100.

㉓ Lucien Miller有精闢的分析，見其*Masks of Fiction in "Dream of the Red Chamber:" Myth, Mimesis, and Persona* (Tucson: University of Arizona, Press, 1975)。尤請參閱此書第二及第四章。

㉔ 原文中的「村」字，吳世昌不做「村言」，反做「存」解。我從之，因為從對仗、從文法，甚至是從音構來看，「存」字才能對應於接下來的「真事『隱』」。參見Wu, p. 65, note 3。話說回來，書首自述的一段話中，確實也明白提到了「假語村言」一詞。

㉕ Said, p. 90.

㉖ Paul de Man, *Blindness and Insigh: Essays in the Rhetoric of Contempory Critiicism*, 2nd ed. (Minneapolis: University of Minnesota Press, 1983), p. 136.

㉗ Stephen Crites, "The Narrative Quality of Experience," *Journal of the American Academy of Religion* 39/3 (1971): 301.

㉘ Crites, p. 298.

㉙ Ricoeur, *Time and Narrative*, 2:93.

㉚ Ricoeur, *Time and Narrative*, 1:206-207 and 2:69.

第二章
情欲

在永恆之後，為什麼我們還會
誤信紅塵？為何我們不耐心自人世的倏忽
學習，學習那將來會從心中，
會在空寂中出現的七情六欲。＊

（Rainer Maria Rilke, "To Hölderlin"）

大旨談情

空空道人乃《石頭記》所虛構出來的人物，也是此書第一位讀者。儘管對他而言全書大旨可謂編述歷歷，後代讀者於此卻疑慮頻生，過去兩百年來幾乎莫衷一是。這種情形緣何發生，小說中的「情」字應負全責。此字意涵多重，極難捉摸，而小說中所用正是在界定全書言談之所宗。《石頭記》的當

＊原文為："Was, da ein solcher, Ewiger, war, misstraun wir / immer dem Irdischen noch? Statt am Vorlaüfigen ernst / die Gefühle zu lernen für welche / Neigung, künftig im Raum?"

代西方語言譯本，每每以為「愛」這個觀念乃「情」字最佳的詮釋；有些時候，即使「情」字在詞意與句構上強烈顯示語意兩可，蘊涵歧出，西方語言的譯本仍然會因為譯事規範而以「愛」字釋「情」。❶在這方面，譯本其實未必師出無名，因為《石頭記》的情節或評點家的看法都可能是他們靈感的來源。❷

不過顯而易見，脂評以來的中國讀者打一開頭就知道「情」字若和其他詞位結合，確實可形成新的詞組，而意義同樣會隨之大變。就此而言，「情」字和其他無數的中文詞位一樣，都可「自由形成」。❸「情」字的意蘊是否會因情境與內涵而改變，端視其用法而定。決定的因素還包括情況、情實、情事、情感、情理與情欲等等。事實上，在古典文本裏，「情」多數是單字使用。後來通俗文本的數量逐漸上升，雙字詞或三字詞也就與日俱增，儼然趨勢。兩字一旦成詞，其意涵可能因詞位組合的次序不同而迥異以往。舉例言之，「情人」和「人情」都用到同樣的字，但是字序不同，意義也就截然有別了。

《紅樓夢》的語言纖細靈巧、折衷雅俗而熔鑄高眉與低眉於一體，其語意上的細微處和文化上的意蘊常常不是字面所能決定。這點已是凡人共識，每令人興神妙之感。讀《紅樓夢》固然可以令人驚，也可以令人惱，癥結所在就如本書所示，乃繫於作者好用雙關語和好使字謎的傾向上。書中無數的人名、地名、語詞和詞組都經過精心架構，語意繁複，寄意幽微，而且貫通首尾。和這些字詞一樣，作者於「情」字的同音或近音字處理起來也別有用心，產生的效果幾無軒輊之分。眾所周知，此書在史上最早的讀者，早就看出「青埂峰」乃「情埂峰」或「情根峰」，而那「仁清巷」又係「人情巷」的隱語（《評語》，頁五和一四）。寶玉的密友「秦鐘」從而變成了「情種」，至於「秦業」也有隱喻，是「情業」的暗指（《評語》，頁一七二和二〇一）。同音雙關，這是脂硯齋和他那班朋友的讀法，也表現在他們往後會寫就的批語裏。由於甄寶玉和賈寶玉對「情」的感受有所不同，性格越走越遠，有位清末的評者便因此而推衍出其〈論贊〉。❹當代有位批評家更因小說中「情」字的合成變化多端，所以特別針對這個意義多重的現象加以分析，從主角的「愛情」、作者的「感情」到那虛構世界的「風俗人情」都經法眼探照。❺如果用這種方式來分析，讀者有意無意間可能已步上明代作家馮夢龍（一五七四—一六四六）的後塵。他的《情史類略》按類分情，攏為二十七大項，各有史例或傳說為之佐證。

不論從結構或從意義上來講，《紅樓夢》都是「大旨談情」。這點無可否認，而讀者每在中國文學和文化史的脈絡中詮釋該書，分疏理路，而且樂此不疲，這也是意料中事。晚近相關論述雖然迭見發表，我仍然覺得有必要為「情」字再做疏論。就算淺嚐即止，也是值得。唯有如此，我們對於這個字在《紅樓夢》中的特殊意義——不論係其內涵或字面意義——才能得其三昧。❻孔門論欲，往往涉及「情」字，下文謹就此略抒管見一、二。我選來討論的經書與子部都是最關題旨：由於這些著作皆屬儒家的根本要典，而儒家又係中國文化的主流，所以我的論述如此集中乃是事出有因。況且在《紅樓夢》裏，儒家思想宰制一切，又是角色極力反抗的價值觀念，所以兩造間的張力更為顯然。漢代獨尊儒術，中央與地方皆然。從茲以還，儒家廣納百川，日益茁壯，累世歷朝生生不息。為了標舉儒家思想的特色，我選用「論述」（discourse）這個觀念。我這樣做，更有鑑於中國歷史文化的形塑，孔門學說與主張向來也都是其規範與建構上的重要力量。

「論述」一詞另有妙用。我們知道中國史上時起文化勃谿，其中一大部分又和語言有關，「論述」

一詞正可提醒我們注意這點，知所聚焦。古人的哲學著作意蘊豐富，每有指涉或批判，說來雖是層巒疊嶂，卻也層次分明。他們常打筆墨官司，舌劍唇槍，此所以有當代學者稱呼他們是「百家論道」（disputers of the Tao）。❼話說回來，百家的論戰必然都在某一前提之下開打，也就是不管內涵為何，這個「道」絕對是自行為轉化而來，必然是語言所保存下來的思想體系。這點儒家主張最力，《論語》用到「道」這個字，顯然層次就分三種，一指「言說」之「道」，一指「導引」之「道」，最後則指「路途」之「道」。❽後者既可做字面解，也有隱喻層次的意義，無論私用或普及兩皆得宜。所謂百家「爭鳴」，所「爭」的因此是個規範性的問題，也就是在實用目的下所做的語言競秀。脫穎的一方，所用的語言形式自然就變成百家翹楚，可以獨立成派，卓然成家。韓森（Chad Hansen）說儒家之道乃「導引的論述」，倘為此而喋喋爭辯，後世就會說是「舌戰」或「筆戰」的結果或其始作俑者。❾

下文中我僅擬細探儒家經籍中的某些片段，不過我希望我的讀法能跳出經學與子學家一些觀念論爭上的窠臼。現代思想家傅柯（Michel Foucault）就曾這樣提醒道：「我們所見的表面論述實僅是『未被說過』者的強自出現，而此一『未被說過』是一由內向外瓦解之『已說過』的空殼子。」❿傅柯所言，我們當然不必全盤照收。然而即使如此，我仍然懷疑在孔門論述中，那「未被說過」者的意義或許和那已經說過或已經聲明過者至少一樣。在本章最後一節，我也會探討歷來有關「欲望」的爭辯。我認為此一爭辯的重要性不僅可見於文化史上的政治與倫理學等領域，在文學與美學上也是舉足輕重。我想說明的是，中國史上也有一場「詩與哲學之爭」，而「欲望論述」正是此一爭執的暴風眼。在這個前提下，本章會處理到的相關課題自然會以古典「情觀」的轉變為首，繼而論及「性與情」的兩相辯證，再其次就是「儀禮」和「欲望法則」的討論。收梢之際，我會把重點擺在「情本說」和

「欲望的正當性」等等課題之上。

情為何物

葛爾漢（A. C. Graham）嘗有「情為何物」之問，他回答得大而化之，說是以「情」表「欲」，漢代以前的文獻中未曾得見，連荀子都不曾這樣用過。⓫葛氏出入於《左傳》到《呂氏春秋》的中國經典，試圖指出此時載籍所陳的「情」字常指「質」（essence），亦即「情」乃物之「質」或——推而廣之——人之「本」。由是觀之，「情」字確實可比亞里士多德觀念中的「質」，雖則其間類同乃「僅就『名』（naming）而非『體』（being）而言」。⓬根據葛爾漢從字裏行間所摘出來的實例，「情」和「性」應指「本質」和「本性」，在中國上古根本就是同義的觀念。結果是先哲談到「情」，從未以道德陋習而賤之。葛爾漢故而又謂，「情欲」這個雙字詞應做「基本欲望」解。⓭「情」與「性」之大別，葛氏認為要等到理學家的時代才會出現，一指「欲」，一指「本性」。

葛爾漢所談頗為簡略，然而即使不問本體的問題，中國古代哲學裏最具關鍵的人性之辯，必然也可以因為他的詮解而大為緩和。葛氏雖然不曾如此表示，他把「情」與「欲」對立而觀，無疑卻也在顯示依其所見，原始儒家未必以為「情欲」是惡德，是道德上的一大問題。唯有縱情聲色，不知節情制欲，才會出現於人有害的情況。葛爾漢在這方面的解釋，唐君毅異口同聲，也有類似之見。《禮記》有重情之說，唐氏議之論之而有下面的聯想：「自漢以降，世之言情者，多以情與欲相結相連所成之情欲為情，而或忽此愛敬尊親之性情，及此性情之連於喜怒哀樂者，實不可稱之為情欲。」⓮類此情欲之區隔，理學家道學家也曾借為對抗佛教的現成利器。[15]

「情」字在上古文獻中的用法雖常符合葛爾漢及唐君毅所述，他們兩人所見卻沒有涵蓋所有和情欲論述相關的文本細節。我們尤應一問的是「情」與「欲」果真就迥異得一如他們的說辭，也應一探中國典籍中「情欲」這個複合詞果真和「性情」一無關係？韓森在其論諸子之學的專著中，把「情」字定義為「現實的回饋」，乃「現實在我們身上發揮效力的方法，也是現實對人的影響，我們會因之而有『命名』與『選擇』的想盼。」[16]韓森的書係系統之作，深刻有力，足以顯示諸子對語言的高見乃銘刻與鞏固他們思想的方式。可惜韓森不斷強調社會與外在環境整飭人類現實的力量，長此以往，我覺得這個強調終究會把中國主體建構其主體性的能力給剝奪殆盡。諸子有些看法反而有如在預留空間，暗示主體是一種能動者，既可回應所感，也可以帶頭做些屬於自己的工作，諸如「思考」、「抉擇」、「回顧」、「感覺」和「企得」等等。

有關「情」、「性」與「欲」的聯繫，諸子之作中《荀子》講得最為扼要，大家耳熟能詳的〈正名篇〉有如下讜論：

> 性者天之就也，情者性之質也，欲者情之應也。以所欲為可得而求之，情之所必不免也。[17]

葛爾漢引出這段話加以解釋時，略去最後一句不講，耐人尋味。他說荀子之所以把「性」自「情」抽離而出，是因為「我們就是這樣活著」。[18]此說或可成立，不過葛爾漢於此也有失察者，亦即在這一連串人類主體的特質中，戰國諸子到底如何序其位置？據荀子之見，「情」乃因有所感而生，是以用

「欲」做為方式或形式來回應，必「不可免」。如此一來，「情」就會如同韓森之所見而引出某種「企得的行為」。⑲荀子雖不曾提及口腹、思想或行動的欲求與目標，他的話仍然十分有力，足以讓人聯想到亞里士多德《論靈魂》裏的話：

欲之所求者會鼓舞實際的思想。我們在思考時最常忽略者，正是行動的開始……，因為欲之所求者每為動作之源，也會是此一思想的結果，從而又會因之而產生動作。就此動作而言，欲之所求者係其鼓舞與砥礪力量的來源。⑳

由於欲念會策動這種企求的行動，荀子一貫的儒家性格才會斷言心不能不有所節制：「故治亂在於心之所可，亡於情之所欲」（〈正名〉）。就此而論，「欲」似乎也不過是「情」較具功能性、較積極一面的表現罷了，而「情」就變成「性之質」了。由是觀之，這不就意味著人類一旦挑動「性情」或「情性」，這種感應就會用欲望的方式表現出來？㉑

《荀子》一書有許多章節論及「情」與「欲」，其中有三個主題明顯可辨，而且交關互涉，重要異常。首先，荀子認為「情」與「欲」不可分。其次，「欲」的形式有多種，不僅包括我們常說的「七情」，也包括生死等「所欲」與「所惡」者。所謂「六欲」，亦即西方人所說的「感官之欲」（appetite），當然涵括在「情」這個中文字裏。由此類推，則——第三——《荀子》於「欲」之所見，必然會觸及儒家倫理觀的核心，因為孔門論「情」往往分由「個人」與「社會」兩個層次著手探討。劉殿爵在這方面所見甚是，而且言簡意賅：「中國古代思想乃以人為中心，這樣說絕不誇張。而中國人對『人』的分析又以『欲』為主，因此『欲』的各種觀念就在多數古代思想裏佔據了核心的位置。」[22]

《荀子・正論》篇尾，子宋子率徒辯「欲」，以為可以遺「情」而獨立。他的論點是，「情」之所欲者寡，所以不能和「欲」相提並論。荀子不以為然，兩人遂有如下的對駁：

> 〔荀子〕曰：「然則亦以人之情為欲。目不欲綦色，耳不欲綦聲，口不欲綦味，鼻不欲綦臭，形不欲綦佚。此五欲者，亦以人之情為不欲乎？〔子宋子〕曰：「人之情欲是已。」〔荀子〕曰：「若是，則說必不行矣，以人之情為欲此五綦者而不欲多，譬之是猶以人之情為欲富貴而不欲貨也，好美而惡西施也。古之人為之不然：以人之情為欲多而不欲寡，故賞以富厚，而罰以損殺也。」（《荀子集解》，頁二三〇）

請注意，這段對答裏荀子態度堅決，非特認為情欲一體，不可須臾離，而且也借西施為例，暗示「欲」會「欲」上加「欲」，不會僅止於一。西施，絕色也。有人可能會因為喜歡她，所以推之於林黛玉和薛寶釵。因為人會廣推所欲，所以我們才要開闊心胸，導「欲」於正。[23]

古籍之中，唯有《呂氏春秋》闢有〈情欲〉專章。其中有數語為荀子的思想背書：

> 天生人而使有貪有欲，欲有情，情有節，聖人修節以止欲，故不過行其情也。耳之欲五聲，目之欲五色，口之欲五味，情也。[24]

如同荀子之所見，上文隱然也把「欲」視同「情」。第二句話尤其值得細味，因為早先孟子以為係屬「性」者，於此已遭置換而屬「情」。《孟子·盡心篇下》是這樣說「性」的：「口之於味也，目之於色也，耳之於聲也，鼻之於臭也，四肢之於安佚也，性也。」（第二十四章）㉕用孟子的概念來講，「情」乃「命」之所繫，而「命」又貫通社會與文化等脈層，所以「情」之浩渺淵闊可見，當然放諸四海皆準。《呂氏春秋》故謂：「情」可統合「貴賤愚智賢不肖」之人（二：五乙）。對孟荀一如對《呂氏春秋》一樣，他們其實都視「情」為一切的平衡點，因為凡人之於欲求有所一同，而——

人之情，食欲有芻豢，衣欲有文繡，行欲有輿馬，又欲夫餘財蓄積之富也；然而窮年累世不知不足。是人之情也。（《荀子集解·榮辱篇》，頁四二）

如前所示，「性」向來都做「情」解，此所以有「性情」一詞。而「欲」又是「性」不可分的一部分，因此我們實則不能自外於「欲」。這個推論走的是偏鋒，不過後世的理學家或道學家都據以對抗佛教，說佛教的教義有一點若有所缺。儘管如此，我們從目前已經討論過的子書中，似乎也應該可以求得一合理而毋庸再辯的結論：不論現代學者是否願意稱之為「情」，所謂「人之本」也，也都應該有所「節」，有所「制」，不能任其蔓衍而無所限。我們只能肅然正容如此閱讀，才不致於誤解荀子，也才能持平看待下面他所做的這個比喻：若有人「欲養其欲而縱其情」，則可比「欲養其性而危其形」者也；如此之人「雖封侯稱君，其與夫盜無以異」（〈正名〉，頁二八七）。情與欲之不可分，甚至可以「性」與「形」的組合為類比。後二字聲異而音同，所形成的文字遊戲正是古代思想家慣用的伎倆，常取而做為定義之用。

在《孟子》裏，節欲之首要似乎在用意抗欲，同時也要培養品味，選擇有節。五官與四肢如果生來就難以抵擋味、色、聲、臭與安逸的誘惑，孟子在〈盡心篇下〉說「君子」就「不謂性也」（第二十四章）。孟子反而用另一個名詞說這是「命」，也是「天道」。在儒家思想裏，道法自然或者就是天之「性」，故而可以整飭人倫。面對魚與熊掌不可兼得的兩難之局時，孟子寧可擇一而取。魚與熊掌的比喻眾所皆知，孟子喜歡什麼當然只是藉口，想談的是更嚴肅的問題。〈告子篇上〉說：「生亦我所欲也，義亦我所欲也。二者不可得兼，舍生而取義者也。」（第十章）㉖

孟子誠然欲生惡死，可是生死之上還有他更看重的東西。孔門弟子是否人人都能如孟子之以理想為欲？這個問題，孟子的回答籠統得很，說「賢者」固然「所欲有甚於生者」，然而類此之心亦「人皆有之」（頁三七一）。話說回來，對荀子和《呂氏春秋》的作者而言，性之所欲，我們應該謹慎將事，養成良好的選擇力。荀子是以稱美人而可以「節用禦欲」，以其人必能「長慮顧後」也（《荀子集解‧榮辱篇》，頁四二）。人類不一定非得及時滿足欲望不可，何以見得？荀子和諸子頗能洞悉因由。他們的意見其實非常近似伊比鳩魯（Epicurus）：及時行樂而無所別，可能縮減我們長保知足的能力。荀子又說，人縱然知畜雞彘與種植，「然而食不敢有酒肉」，「衣不敢有絲帛」。這不是因為他們不欲或無欲，而是因為他們「恐無以繼」。因此之故，人之共欲就得有輕重緩急的先後，看待的態度大為成熟。唯其因人可以「收斂蓄藏以繼之」（同上頁），所以才能「御欲」有方，「節用」有致。荀子輕描淡寫，動機基本上是著眼於民生。在《呂氏春秋》中，這個看法卻轉為心理與生理上的雙重動機，大事宣揚「貴生」的重要。口耳眼鼻四官主欲，可是必須致力於養生。職是，「耳雖欲聲，眼雖欲色，鼻雖欲芬香，口雖欲滋味，害於生則止；在四官者不欲、利於生者則弗為。」[27]

據劉殿爵之所見，《呂氏春秋》的作者比荀子更高明，因為他體認到物質上的富裕如聲色之娛，本身不該是我們好惡的終極目標。這種「富裕」只是手段，只是「感官可以滿足欲望」的手段。[28]生命的價值取決於感官，因此也植基於感官的知與滿足。不過「滿足」非得有生命為前提不可，蓋「死者無有所以知，復其未生也」。[29]這些話《呂氏春秋》三復其言，劉殿爵以為最終的目的或許確實是在「向皇帝進言」，因為「貴生」的強調顯然已經偏離了孔孟之道（參見《論語‧衛靈公》第八章或《孟子‧告子上》第十章）。如今「生」已經取代了孟子的「義」，變成我們欲望的第一要務了。[30]為什麼要知足，是為了經濟還是為了生命的緣故？「享樂而能善美兼得」，[31]取義而又可以貴生，則天下事莫快慰乎此。儘管這樣，我們要注意上述問題仍然建立在「欲」這個字上面。事實上，一時的自我否定，反可能讓欲望展延欲望及其滿足的時間。因此，「禦欲」不但可以生欲而知所用欲，也可以足欲而又延欲，更可以讓「欲」——就像孟子那句「義亦我所欲也」所大力暗示的——本身變成美德的形式之一。「欲望論述」似乎也是「欲望自己的論述」。

在文化上，荀子堅持「詩書禮樂」和「君子」的生活形態。這點若證之以上文，合情入理。君子者，慎熟修為而知所「治情」之人也，是生活形態上優雅的典範。倘不知「治情」，我們就不可能會有文明社會，因為人皆有欲，如果每個人都全力以赴，不顧他人，則社會必亂，紛爭必起。有鑑於此，荀子在論禮之源時，便大談導欲之必要。不如此，則匱乏危疑必不可免。荀子說：

> 禮起於何也？曰：人生而有欲，欲而不得，則不能無求，求而無度量分界，則不能不爭。爭則

亂，亂則窮。先王惡其亂，故制禮義以分之，以養人之欲，給人之求。使欲必不窮乎物，物必不屈於欲。[32]兩者相持而長，是禮之所起也。故禮者養也。（〈禮論〉，頁二三一）

對同意葛爾漢的看法的人而言，這段話所指似乎有待論證，或僅為「欲」之思考，於「情」略無意思。然而倘推之於第二十三篇，亦即論性惡那篇飽受爭議的名文，則荀子的意思可是再清楚不過了。第四篇論榮辱，也論及情欲，荀子在第二十三篇對於後者有直接的呼應：「若夫目好色，耳好聲，口好味，心好利，骨體膚理好愉逸，是皆生於人之情性者也；感而自然，不待事而後生之者也。」（頁二九二）正因人性若此，所以必須正之以禮，否則「從人之性，順人之情，必出於爭奪，合於犯分亂理而歸於暴」（頁二八九）。我們「起禮義，制法度」，為的是要「矯飾人之情性而正之」，是要「擾化人之情性而導之」，所以「縱性情」者「為小人」也（頁二九〇）。

荀子主張禮與人性之間關係密切。這實際上正是他以人生而為邪為惡的立論張本。感官要求滿足乃人情之常，自然得有如「飢而欲飽，寒而欲暖，勞而欲休」（頁二九一）。如果有人「見長而不敢先食」，又讓父代父，則所行乃「反於性而悖於情」，因為此人也不過依「禮」而行罷了，一切都經薰染或禁制所得。是以「孝」之為德也，係出後天的習取，蓋吾人倘「順情則不辭讓矣；辭讓則悖於情性矣」。對荀子來講，這種種所顯示的道理顯然，亦即人性本惡，毋庸贅述（同上頁）。

不論我們同不同意，荀子所見的人性陰鬱而嚴峻。他以為賞罰都是「報，以類相從」（〈正論〉，頁二一九），故和自己的人性觀一脈相承。他又力主肉刑，因為這和「禮」有關，而兩者的意涵也可以互相發明。這裏有爭議的不是道德乃相沿成習，係人為促成之見，也不是人類「推文化所傳於行」

的能力。[33]荀子的話讓我們不得不反省的是：我們何以需要詩書禮樂這些文化傳承，而其原因之首要又是什麼？縱然我們接受韓森之見，以為「回饋是因現實使然，包含心情與五官之所感」，我們仍然得問一句：為何這些仍然未受節制的「回饋」必然會導致社會紛擾與匱乏？[34]荀子和現代東西方的社會理論家不一樣，他不主張重新分配財貨以解決匱乏的各種弊病。他所力主的反而是從階級出發，為欲望本身做個標準的分類：

> 夫貴為天子，富有天下，是人情之所同欲也；然則從人之欲，則執不能容，物不能贍也。故先王案為之制禮義以分之，使有貴賤之等，長幼之差，知愚能不能之分，皆使人載其事而各得其宜，然後使愨祿多少厚薄之稱，是夫群居和一之道也，……夫是之謂至平。（〈榮辱〉，頁四四）

荀子是儒家，上引若合符節。所以分配之公，他以為應由公認的權威來定奪，而賞罰之嚴，則應在倫常的基礎上嚴肅以對。

「禮」有其內在需求。這個課題乃荀學首要，不過回答起來卻不是那麼簡單。荀子不持康德式的極惡性論，也不是基督教的原罪論者，然而他確實從人性的角度在回答「禮」的問題，是在「人情之常」這個立足點上加以檢視。[35]〈性惡篇〉的論證有其特殊邏輯，惟荀子不從經濟匱乏這種危機談起，因為人性所難以養成者乃某些道德標準，例如孝親敬上或忠君愛國等等。這些都是社會理想，是社會福祉與存活所需的基礎理念。荀子倒認為某種外力應該介入。他對人性的瞭解就是這樣，是以所見所思才會和儒門先賢的論旨扞格不入。也是因此之故，荀子才會認為細辨事證刻不容緩，禮義法度也應該及早建立。[36]

葛爾漢嘗有一綜論，謂：「宋代理學中，情欲之『情』乃『性』的對立觀念。漢世以前，情字在文獻中尋常得很。雖然後人每以為『情欲』的聯繫出自《荀子》，但是容我斗膽放言：即使在《荀子》中，『情』字從來也不指『欲』而言。」[37]如果從前述荀子的認識來看，葛氏於此所言可就費解之至，仔細分析《荀子》內文，更是找不到論證上的奧援。這一點，我到目前的解讀已經說得夠明白。葛爾漢尋章摘句，把「情」字一一挑出，只可惜方向偏了，所以見樹不見林，認不清這個字在《荀子》中乃步步為營，或單獨演現，或疊詞合成，有其整體語意上的脈絡可尋。葛氏訓「情」態度嚴肅，誠然高山仰止，然而他這一偏卻把努力化為徒勞，把工夫變成烏有。此外，情欲論述有其特別著重的意義，在中國哲學史上串連出相當獨特的地位，而葛爾漢訓「情」也沒有觸及這些地方。宋代的思想家對漢人或先秦諸子容或認識有限，或者根本就是穿鑿曲解，然而不管如何，他們比起葛爾漢來，對「性情」或「情性」的內涵認識可就透徹得多了。中國佛教開始批判受想行識和色相的執著之前，漢代或魏晉思想家早就知道「性情」或「情性」有哪些內涵。

性與情的辯證

先秦諸子為什麼喜歡舊事重提，每愛言及人性與人情？當然，這是因為他們「言必古人」使然，所以養成喜歡重複前人之見的習慣。荀子斷言人性本惡，不過他也相信「聖人之所以同於眾，其不異於眾者，性也。所以異而過眾者，偽也」（〈性惡篇〉，頁二九二）。從古自今，有多少道德哲學家一心成聖。他們心誠志明，必然反躬自省，頻頻發問致聖之道或正果難成之由。孟子主性善，他和荀子倒有一同，亦即能成聖者唯某些人而已。這點和他們主善主惡其實無關。對儒家旗下的這兩大陣營而言，有德者的形成如果和行為（荀子用的是「偽」這個字）有關，是因修身養性而得，那麼癥結必然在下面這個問題：扼殺或敗壞行為的因素何在？

要回答這個問題，我們得再度回到「情」這個課題來。不過此刻我們所論，也要慮及這個字的用法中所珍攝的弦音「情感」。到目前為止，我對荀子的淺見都集中在觀念和語言上的「情欲」一體。「欲」一旦有所感，就會在功能上變成「情」的顯現。儘管如此，荀子的話卻也充分說明了許多古人的看法。他們認為人類主體的情感大略，也可以用感應的過程予以定義。只要語境和用法無誤，沒有人會混淆「情」或「感情」。人秉四情，我們常受影響而不自知。莊子有一次大唱反調，從緣起的渾沌和渾成下手觀察。他下筆行文，「情」或「感情」用得是一目了然：

> 喜怒哀樂，慮嘆變慹，姚佚啟態；樂出虛，蒸成菌。日夜相代乎前，而莫知其所萌。[38]

莊子雖然沒有稱開頭的「喜怒哀樂」為「情」，[39]可是他的話卻可能為荀子立下根基，讓他衍生出「性者，情也」這種講法。荀子先是說「生之所以然者謂之性，性之和所生，精合感應，不事而自然謂之性」，繼而又說「性之好、惡、喜、怒、哀、樂謂之情」（〈正名〉，頁二七四）。前一段話中情感是機制，後一段話則說得具體具象，彷彿有意為之。

上面荀子所說的人性六境，漢人或漢代以後的文獻每稱之「六情」。其間順序或許稍有出入，但大體一致。[40]雖然如此，〈正名篇〉稍後，荀子再添第七情，謂之「欲」也（頁二七七）。在漢人所用的《禮記》裏，「七情」之說已然定調，後世沿用至今。這本書裏問道：「何謂人情？」答案是：「喜怒哀懼愛惡欲，七者弗學而能。」[41]《禮記》是「經」，從唐儒到宋明理學家都可聽到所狀人情大要的回響。[42]

此一論述有一特色耐人尋味，亦即以「情」為「性」的對立面這種看法始自何時？在這方面，葛爾漢的意見就有待商榷，因為《春秋繁露》果為董仲舒所撰，[43]則從這本書開始，這種對立就已經浮現。董氏說「天地之所生，謂之性情。性情相與為一瞑情，亦性也。謂性已善，奈其情何？故聖人莫謂性善，累其名也。」萬民雖具「善質」，因天而生，但若乏「教」化，其質必瞑，不能行也。感應之說曾為古代中國許多思想奠下基礎，董仲舒這裏的思考似乎也在回應這種說法，而為之導引者似乎也是陰藏與陽動的不同辯證，目的在保存人類主體根本的統一性。用董仲舒的推理來說，這有如「目之瞑而覺，一概之比也」，所以在教化未施之前，人性之動靜，本質如一。[44]

不過在這個層次上，有些事情我們可以鼓而興之，有些則不應。「身之有性情也，若天之有陰陽也。」[45]董仲舒的宇宙觀有其次第，陰陽並非對等的力量，而天也不是一視同仁。由於董氏所思若此，遂覺性情雖全於一身，兩者卻應分別處理。他的推論還是建立在「天兩，有陰陽之施」這種二元論上，故此「身亦兩，有貪仁之性」。[46]陽之施也乃天之所向，於陰則禁之。同理，身當然也得節制性中的部分。董仲舒的結論取譬於太陰，宏大深廣，頗有助於瞭解他的論點：

> 月之魄常厭於日光，乍全乍傷。天之禁陰如此，安得不損其欲而輟其情以應天？天所禁，而身禁

之，故曰身猶天也，禁天所禁，非禁天也。[47]

馮友蘭說董仲舒的天性觀有孟子和荀子的影子。[48]這話說得一點也不錯，因為性在這裏具有雙向性，既可涵養善質，可以較諸孟子的「根始」之說，也可以養成另一有賴教禁所促成的基質。[49]據《漢書》所載，董仲舒甚至還下了個這麼明白的定義：「性者生之質也，情者人之欲也。」[50]這個定義果然是董氏所下，則葛爾漢在古籍中所見之「情」不僅有誤，甚至也在顯示董氏每能調和其與儒家先賢之異。由是觀之，反「人情」就未必等於反「人性」，因為我們的動作都是某自然過程的一部分，有如日光常能壓抑月魄。

董仲舒設譬以推理，不過他這樣做能否取信於人還是個問題。他的理論呼應了荀子之見，顯然在告訴我們「情」無定性，乃人性中潛藏的顛覆因子。節欲導情，自此得一後盾，有其正當之處。下面這些重點，還是情欲論述的發展基盤。首先，我們對「情」的討論都應該置諸漢世以後興起的相關宇宙觀的修辭裏。在《春秋繁露》中，許多篇章都認為人情一體，互有關聯，像喜與怒、哀與樂的分合就可見其大要。這種關聯還可配以四時推移，明暗交替，寒暑互易，甚至是陰陽的消長。[51]第四十三篇題為〈陽尊陰卑〉，可謂關鍵樞紐，因為其中公然讚揚「丈夫雖賤皆為陽，婦人雖貴皆為陰」這種觀念。[52]接下來的〈王道通〉一篇又籠統說道：「陰，刑氣也；陽，德氣也。」[53]因為萬物的盛衰「隨陽而出入」，所以董仲舒又說「三王之正，……貴陽而賤陰也。」[54]

這種分類會形成什麼後果呢？答案我們幾乎不用多想就會知道。這裏不但明文指出陰「賤」，而且還積極加以貶抑，從態度到價值都不放過。在這種做法裏，建立在換喻的基礎上的聯想是一切。許慎在西元一二一年編纂的《說文解字》是中國第一本字書，其中就直接呼應了董仲舒之見，把「情」字訓為「人之陰氣，有欲者」。55《白虎通》又申說其意道：

性者陽之施，情者陰之化也。義稟陽氣而生，故內懷五性六情。情者靜也，性者生也，此人所稟六氣以生者也。故《鉤命訣》曰：「情生於陰，欲以時創也。性生於陽，以理也。」陽氣者仁，陰氣者貪，故情有利欲，性有仁也。56

人體中既有如此明顯的二元結構，宇內和陰有關的的一切現象，其命運自然可想而知。人道何以會有嫁娶，《白虎通》侃侃而談，說是「情性之大，莫若男女」。然而在此之前，因為性情的立足點都不平等，其間差異自然就變成社會習俗與結構的性格的比喻。《白虎通》又問道：「禮男娶女嫁何？」答案是：「陰卑不得自專，就陽而成之。」57

《白虎通》對「禮俗」所做的闡發明白顯示，「情」、「陰」和「女」在類比上已漸歸同類。《易經》的象徵系統用的是抽象的圖卦，而此時已得風氣之先的各種家訓則好為人物分類，為道德繫名。不論是哪一個傳統，其換喻系統的設計都是從父權而發，每擬導正或降服「情」、「陰」和「女」等範疇。58「陽尊陰卑」，很容易就會轉成「天尊地卑」。班昭（約四五—一一六）學識淵博，《女誡》馳名史上，第五篇對「夫」下了個定義，含義之廣篇中未曾之見：「夫者，天也。天固不可逃，夫固不可離也。」59〈卑弱第一〉一篇，明代有人如此注道：「天尊地卑，陽剛陰弱，女子之正義也。苟不甘于卑而欲自尊，不伏於弱而欲自強，則犯義而非正矣。雖有他能，何足尚乎？」60

唐君毅研究早期中國哲學時，告訴我們漢儒「尊性而賤情」。唐氏所見甚是，只可惜他不曾示人從何細案。[61]職是之故，我們的情欲論述就得另覓他解。漢儒於「情」實則也是漸有所感，表現在這個字和七情六欲的密切聯繫上。此一聯繫尤因荀子和董仲舒等人已經示其梗概，故而對「成聖」這個重要理想造成相當大的困擾。至少在道德的層次上，這裏面有個問題涉及了性惡觀。上古以來，西方人每認為神雖容許罪惡存在，但其正義與神聖性不會因此而有所斲喪。在中國的文化語境裏，這種神義論（theodicy）可就得換個方式講了：如果聖人生而為善，那麼惡從何而來（*sicut sapiens bonus, unde malum*）？聖人如果和所有的人都有一樣的「性情」或——調個字序——「情性」，那麼這種聖凡皆有的「情」又要做何解釋？

要為這個問題作答，情欲論述的第二個強調若非讓聖人忘情，就是讓他們形塑出一套全面禦情的系統，從而如唐君毅所說的開始「尊性而賤情」。漢人何晏（二四九年歿）說聖人沒有「喜怒哀樂」，良有以也。不過在另一方面，王弼（二二六—二四九）又說聖人「同於人者五情也。……然則聖人之情，應物而無累於物也」。[62]王弼為古籍疏注，於後世卓有影響，他所爭辯的問題等於也在為宋儒伏筆。聖人滿街走，和你我沒有兩樣，可是太上又可忘情，這是否有矛盾，又應該如何調和之？這些問題，宋代的理學家一再爭論不休，沒有定論。以程灝為例，他說「聖人之喜怒，不繫於心，而繫於物也」，[63]從而以「情動於外」取代了「情動於中」。七情若「熾而益蕩」，一致於「其性鑿矣」，則「覺者約其情，使合於中。」[64]

在先秦儒家之初，孔夫子不是說他四十而不惑，心境已臻澄然自得的化境？兩百年後，門下孟子不也說他「四十而不動心」（〈公孫丑上〉，第二章以下）？孟子這句話可不是隨便說說，而是特有所指。如果情與欲都有害，那麼在隨後的儒家論述裏，不論是聖人之「心」或聖人之「性」就不得露出柔弱的樣態。用柏拉圖和亞里士多德的話來講，聖人不能「不知自制」（akratic），不能因為理智或感情出了問題就犯下道德過錯。對程灝來講，「正其心，養其性」的目標是要感知「聖人之常」，亦即感知聖人「以其情順萬事而無情」。[65]這裏程子可能是想到了莊子，也可能受到佛教對欲的批評的影響，所以有時就繞著圈子在講話，說聖人可以遺世獨立，常保心平氣和，道德上也是誠篤廉直。這種遺世獨立，也能使那感人者感而有所應。

其實，程灝的看法，唐儒李翺（七七四—八三六）是先聲。〈復性論〉裏，他一開頭就直指「人之所以為聖也，性也。人之所以惑其性者，情也。喜怒哀懼愛惡欲七者，皆情之所為也。情既昏，性斯匿矣。」[66]後世的道學家批情批欲，順的都是李翺舖下來的道路，而他對這兩個字其實一點好感也沒有。他雖然承認「情由性而生」，也知道情是「性之動」，[67]然而他也把情叫做「性之邪」，[68]蓋「妄」也。[69]情既是幻，也是虛，所以李翺一面要人「弗思弗慮」，[70]長保心境平和以復性，另一面也希望我們「動而中禮」，於感所應皆能有「節」。[71]

「動而中禮」一句倘參之以程灝所謂「合於中」之說，則教人想起大家耳熟能詳的《中庸》書首。「中」在這裏一字雙關，可指「中道」、「中間」和「中心」，也可以從去聲當動詞用，指「擊中」或「射中」而言。雖然稱不上妙技巧術，不過《中庸》第一章的論旨卻也因此一互動推展而出：「喜怒哀樂之未發謂之中，發而皆中節，謂之和也。」[72]對李翺來講，「禮」者，顯然就是「節」之施也。

禮與欲則

談到「禮」，我們就得回到荀子。他多方論欲，於「禮」和「禮儀」也強調得不遺餘力，論述上抑且周延了許多。此外，不論他觀念中「禮」的意義和發展的面向有多複雜，他的哲學始終有一中心主旨，俱和「以禮節情」有關。[73]上文已經指出，「情」或「性情」都是人性的根本，其意涵也可以擴及「喜怒哀樂」和「好惡」等四情或六欲，也就是現代人講的敦倫之禮和財命或飲食大欲。在荀子的認識中，「情」的這種多義性也會讓人深覺有加以節制的必要。用他自己的話來講，我們要能「養情」(〈禮論〉)，[74]要能「治情」(〈榮辱〉)，也要能「由禮」致「情」(〈修身〉)。由於類似強調在《荀子》中不斷重複，我敢說「情」咄咄逼人的力量，荀子可是深得個中三昧。他在〈禮論篇〉中甚至說道：「苟情說之為樂，若者必滅」(頁二三三)。

由於「情」有礙個人與社會的健康，當然要有反制的利器。道家與稍後的佛教都有節情導欲的良方，儒家的荀子則在「禮」字以外幾無對症良藥。荀子認為「禮」者「表」也，詳細的解釋是：「水行者表深，表不明則陷。治民者表道，表不明則亂。禮者表也；非禮，昏世也；昏世，大亂也。」(〈禮論〉，頁二一二)

這段話是類比，字面所指極其顯然，乃怠禮所會導致的惡果為何。「略過不表」與「故意不表」都可能種下災難。荀子和李翱在其他地方稱為「情之節也」的東西，在這層意義上其意涵就十分類似「表」了，因為這兩者都有規範與禁制的作用。中國古典哲學把「道」字解為「大道」，指「引導論述」而言。「表」的規範作用彷彿其然，不僅界定了禮儀所應施予的場所，同時也「細表了」其應有的內容。相反，「表」的禁制作用則警告我們不得踰矩越禮。

上面所述，荀子深有所感，故有以禮導情之說。[75]禮的這種能力，他論葬儀時有最詳盡的闡發。荀子的論述有其在中國哲學史上的基本前提，首先是人或人欲所撩撥出來的情欲乃自然所難以根絕者。有鑑於此，孔子認為我們不應剷除七情六欲，而應多方予以疏濬。荀子的第二個前提也一樣明顯，唯有家國這種社會體系才能建構人類主體。[76]因此，親屬與政治結構才會規範主體性所應座落的位置。主體性要如何表達，如何運作，也受其節制。「禮」是制訂來為這些結構服務的，既引導又約制上述的「表達」和「運作」。[77]

喪親固痛，可有什麼痛會痛過失怙失恃？我這樣問，其實是想讓中國人的傷慟之忱和柏拉圖做個比較。柏氏「傷朋悼友」（*hetairos*），心中之痛每不下於手足或子息之殤（*Republic* 387e）。他於此之思想，其實在《伊里亞德》（*Iliad*）最後數卷就可以找到最佳的例子。其時派特克勒士（Patroklos）的惡耗傳來，阿基力士（Achilles）慟而大怒。此情此景，恰和普萊姆（Priam）在海克特（Hector）屍首旁飲泣形成強烈的對比。對中國人來講，這種「親友不分」的情況不可思議，因為整飭人倫以親為先，我們的情感也必須以他們為重。至親殞逝，儒家尤其強調要居喪三年，所以啣悲負哀，而這也是人性與道德上的起碼要求。荀子說：「凡生乎天地之間者，有血氣之屬必有知，有知之屬莫不愛其類。……有血氣之屬莫知於人，故人之於其親也，至死無窮。將由夫愚陋淫邪之人與？則彼朝死而夕忘之；然而縱之，則是曾鳥獸之不若也。」（〈禮論〉，頁二四七；另參酌頁二四一）

此外，荀子在儀式理論上也是貢獻卓著。他不但規定要慎終追遠、哀悼故親，也條分縷析方便追思與節哀順變的各種情況。「葬禮」變成殯殮儀式，未亡人按例而行，表達孝思。根據荀子，「喪禮之凡：變而飾，動而遠，久而平。」

為什麼要如此善待亡者？荀子的回答頗具洞見，以為慎終始，即使是至親之喪，本身也是件既嚴肅又嚴重的事。蓋「死之為道也，不飾則惡，惡則不哀；尒則翫，翫則厭，厭則忘，忘則不敬」。故此葬禮所訂的薦器與規矩——例如「沐浴鬠體飯唅」（頁二四一）——不僅在使亡者得其所歸，更是用來回向未亡的親人，使之蒙恩得利。

如果我們可以克服對遺體的畏懼不安，不啻在降低或滌淨我們對死亡的疏離恐懼。這也是掌控死亡、馴化死亡的妙方。漢世以後，志怪小說盛行一時。我在一篇拙文裏，曾經指出這種文類常用對句的方式強調生死與人神兩界的差別。[78]生死之隔，大如鴻濛。從儒家的觀點來看，我們之所以訂定儀式，目的正是要在這兩界搭起一座溝通的橋樑。孔子在《論語》中教過我們：「祭如在，祭神如神在。」（〈公冶長〉，第十二章）他又強調內在修身養性的重要，和上引若合符節，可能就直指司祭者的態度。有趣的是，孔子的訓誡雖短，荀子卻擴大說明如下：「物取而皆祭之，如或嘗之。毋利舉爵，主人有尊，如或觴之。」（頁二五〇—五一）話說回來，有禮如此，葬儀似乎已經轉為一種審美觀念，而且一應俱全，羽翼已豐。「如」字有假設意，卻指動作或時空背景已昭公認，而上述葬儀就建立在這種類似性上面。道德心理學於此已經讓位給戲劇之學。屍身要「飯以生稻」（頁二四三），壙壟則要「象室屋也」，而「棺槨其貌象版蓋斯象拂也，無帾絲歶縷翣其貌以象菲帷幬尉也」（頁二四五）。葬儀中這些人為的特色，簡直是在「不在」（absence）中搬演「在」（presence）的情況。荀子的結論高潮迭起，他說：「哀夫！敬夫！事死如事生，事亡如事存，狀乎無形影，然而成文。」（頁二五一）簡言之，儀式可以演得像齣戲。

儘管喪禮的這些美學特色十分精緻，本身卻沒有任何內在而超越性的訓規。人活著都在追求社會與政治利益，所謂「聖人」與那「在上位者」都是「利益」的擬人化說法。毋庸置疑，這些利益位居首要，因為推敲到最後，我們發現榮耀亡者其實是在確定活人道德高尚，而亡者已矣，也不必再施罵名（頁二三八）。荀子之學以揚天頌禮著稱於世，但是這些觀念中的人神同形論在下面的強調中也同樣顯然：倘要澄清天下，人類有意之「偽」就必須結合並完成宇宙的生生之氣。荀子故謂：「天能生物，不能辨物也。地能載人，不能治人也。宇中萬物，生人之屬，待聖人然後分也。」（同上頁）[79]喪禮之所以稱得上和「末世神話」有關，原因在「死之為道也，一而不可得再復也」。儘管如此，喪禮仍然具有高度生人的世俗性，因為這是那「在上位者」可以「致重其君」，或是為人子者可以「致重其親」的最後機會（頁二三九）。「喪禮者，以生者飾死者也，大象其生以送其死也。」（頁二四三）這種「禮」，因此也不過是些半途流產的「小說」或「虛構」。在亡者口中「飯以生稻，唅以槁骨」，或在耳內實以絲絨等等做法，就好像引適壙壠的屍體也得伴以無馬匹可拉的輿乘一般。同時為伴的還有「笙竽具而不和，琴瑟張而不均」。荀子說對死者來講，這些假扮之物可以「明」所徙者乃不同的路，而所攜之物也是「不用」的（頁二四四—四五）。如果喪禮中的美學只是用來辨明「死生之同」，那麼儀式本身最後似乎就是實際上的「死生之異」的寓言性詮解。

儀式中的虛構原則乃在所謂「現實原則」嚴格的節制之下，而美學也非得依附於政治學不可。因此，倘就這兩點而言，我們或許也可以看出對荀子而言，儀式產生或銷毀其發生上的動力，畢竟是有其原因的。上述「動力」，實乃儀式得以存在的基礎。「假作」有其限制，因為情欲和因此而生的七情六欲也都有其限制。在這裏，禮與情或美與情的各種辯證關係又變得明顯可見了。

荀子說，「祭」乃因「思慕之情」而起（頁二四九—五〇）。饒是如此，由於情係人性之本，上引聯繫卻也只能用來強調情欲究竟如何為一切禮儀奠基罷了。如果在上位者恒能慎終慎始，則因儀禮而可見出的生命吉凶——亦即那「憂愉」之情——依荀子之見也就可以代表人類之情了，因為這些吉凶都是「人生固有」之「端」（頁二四三）。生命無常，「憂愉」是我們感之體之而後之所發，也是我們感情的全部。自然與文化，亦即所謂「野」與「偽」，俱在其中矣。正如一顰一笑乃哀樂「發」而見之於外觀者，而高歌狂笑或飲泣唧悲亦哀樂「發」而見之於音聲者，所以即使是食物、衣冠和住所的使用或許也可以指出人的不同主體情境（頁二四二—四三）。

上面所解釋的「禮儀記號學」——即所謂「情貌之變足以別吉凶」——其實和現代學者所謂中國文學傳統裏的「表意理論」有呼應之妙。[80]所謂「表意理論」，簡言之，指文學創作和自然符徵如體態或文化符徵如音樂之聲調一樣，都是人類內在情感——不論是以「志」或以「意」的方式來表現——充分而具體的表示。雖然「表意理論」不過是中國文學傳統裏諸多理論之一，在尤其是文化主流的儒家傳統裏卻是甚具影響，地位高超，我們輕忽不得。

早在《尚書》之時，中國人就認為符徵可以表達「心志」。《尚書》所指乃詩與樂，所見早已歷百代而不廢。[81]不過或許從陸機（二六一—三〇三）開始，不同的聲音才出現。此時「情」取代了「志」，變成人之所欲表達者。繼之而來的，是「情」和「志」是一碼事或風馬牛不相干的爭論。[82]且不談這個問題要怎麼解決，有一點倒明顯可見，就是情志雙方都同意所指乃主體性及其外現的情況。後世劉勰（約四六五—五二二）的《文心雕龍》一言九鼎，其中便這樣分疏道：「夫情動而言形，理發而文見，蓋沿隱以至顯，因內而符外者也。」[83]

荀子生當戰國走向大一統的帝國，不管論禮說樂或談情都在承先啟後，尤其下開漢世《禮・樂記》、《史記・樂書》，以及《詩・大序》等傳統。他和諸作的思想若有重疊，學界早已知之甚詳。[84]話說回來，荀子雖同意情動於中而形於外之說，他的看法卻無關我們目前的討論。有之，所涉者反而是所「動」與所「形」者都應加規範的堅持。

《詩・大序》有段話我們常見：

詩者，志之所之也。在心為志，發言為詩。情動於中而形於言，言之不足，故嗟歎之；嗟歎之不足，故永歌之；永歌之不足，不知手之舞之，足之蹈之也。情發於聲，聲成文謂之音。[85]

歷來疏注這段話的文字不知凡幾，但是當中我們仍有發言的空間。我們首先要注意的是「志」與「情」在文中都和「心」有關。雖然〈大序〉不曾為這三個人類特徵詳加定位，然而一經統合，其在文本中的意義顯然就和主體性的內在「空間」有關。在這一層意義上，〈大序〉可謂在為某藝術理論奠定基礎，而此一理論則植基在「某更廣為人所接受的心理情況」之上。[86]其次，這當中有一等級差異，表面上是由自然的反應所促成，而且程度逐漸在遞升之中。令人訝異的是，此一等級居然把語言交付給達意功效最差的那一個層次。《詩經》乃用人為的語言寫就，〈大序〉旨在為其重要性美言一番，此一等級反而擴大了其他的符號，亦即非屬語言的肢體動作居然可以成「形」，繼而還可以變成足以表意之「文」。等級中另有音調與節奏的暗示，實則已經使中國上古詩、歌與舞等活動中的強調明白變成各種語言模式的類比，指出彼此系出同源，都在八紘之內。[87]此一等級亦有助於解釋何以在早期儒家的文本中，以禮制「音」的關懷總是遠甚於對語言的各種類似之忱。第三，這段話也斷言一旦心中有情，則發洩的管道必不可少，更不可能壓抑得住。[88]如果有方法不足以達意，其他方法可在「不知」或「不覺」中援引以為輔佐。所謂「達意」，因此是一種本能，是自動自發的行為。

情動之後所可能激發的行為，〈大序〉中說既不能抑，也妥協不得。我們如果分開來讀，則其中所述可能和孔門禮教大有牴觸，說來還十分弔詭，因為對荀子這一類的人而言，以哀樂為人情之端並不是說我們的「七情六欲」便可漫無節制。「情」有其自然本源，但「情性」卻永遠有賴於人加以導治。荀子說：情者，「夫斷之繼之，博之淺之，益之損之，類之盡之，盛之美之，使本末終始莫不順比純備，足以為萬世則，則是禮也」（〈禮論〉，頁二四三）。這段話所用的動詞珠連而來，個個精簡異常，具體而微勾勒出禮的仲裁作用，也釐清了「情」和「禮」或「美」的關係。下引《禮記》之文，其內容亦因此而豐富多了：「聖人作則必以天地為本，……禮義以為器，人情以為〔修身之〕田。」[89]

儒家以「野」為卑，以「文」為尊。上引《禮記》中的農喻雖然完全合乎儒家的論調，卻也可以遠溯荀子，為他筆下「禮」的特色與理想再下注腳。荀子說：

> 凡禮，始乎梲，成乎文，終乎悅校。故至備，情文俱盡；其次，情文代勝；其下復情以歸大一也。（〈禮論〉，頁二三六）

所謂「大一」，有注曰：「質素」也，而復情以歸之，「是亦禮也」（同上頁）。這個詞在這裏可能是個修辭，用來懷柔那些同情原始道家的人。不過顯而易見，「大一」在荀子的分類中地位並不高。不論在《荀子》或在《禮記》中，未經文飾的「情」都不會受到重視，不會具有規範性的地位。這種情況，一般儒籍亦然。我們必須小心翼翼，不使「情」流於氾濫。此所以我們必須導情有則，濬之有方。此亦所以荀子不斷呼籲我們要以「中流」為尚，視之為「省禮」的理想（頁二三八及二四二）。

此外，荀子的處方也可以讓我們瞭解一件我們從未仔細瞭解過的事情。在中國文化中，「文」大體上指「文學」而言。但是在荀子的用法中，這個字雖指抽象之圖或素面之形，卻不像字典或字源學者所說的是個中性字詞。[90]在情欲論述中，「文」早已染上意識形態，有「節欲」之指。唯有從此下手，我們才能體會《詩．大序》中這句箴言的邏輯：「故變風發乎情，止乎禮義。發乎情，民之性也。止乎禮義，先王之澤也。」[91]〈大序〉和儒家道統和合為一，畢竟毫無齟齬，此其然也。手舞足蹈雖乃應乎自然而發，矯虛兩缺，但馬上也要導之以則，節之以禮。

孔門論藝，繼而常見的爭辯確實就是任情及其後果不能兩全，而縱情與斂情也難以隨心所欲。在中文裏，「音樂」的「樂」和「娛樂」的「樂」是同一個字，荀子說：「夫樂者，樂也，人情之所必不免也。……故人不能不樂，樂則不能無形；形而不為道，則不能無亂。先王惡其亂也，故制〈雅〉、〈頌〉之聲以道之，使其聲足以樂而不流，使其文足以辨而不諰。」（〈樂論〉，頁二五二）「樂」與「亂」乃人性的必然；在這兩者的拉扯中，「制情」遂成勢不可免。

從這個角度看，「形」與「文」的使用就不僅在表達或模仿感情的經驗，因為美學必須服務於「道」，必須為某些至高無上的指導原則或理想所用。[92]在這種指導論述的導引之下，政治、美學、倫理學和心理學都會有層次之分，有高下之別。「民之性」果如〈詩序〉所述，可以在情動之下發而為詩為歌，這種「性好」接著就非得向「先王」的好惡屈膝不可。在孔門論述裏，治亂就有如孟子之論義，最後都可視為「情」的發抒，而這一切又都得經先王往聖與君子施以「德澤遺緒」才能成就。因此，對儒家來講就如同對古代的雅典一樣，士農工商本身就代表倫序之別。[93]「故曰：『樂者，樂也。』君子樂得其道，小人樂得其欲。以道制欲，則樂而不亂；以欲忘道，則惑而不樂。故樂者，所以道樂也。」（〈樂論〉，頁二五四）儒家的論旨，至此亦可謂功德圓滿，蓋美的表現和情動的難免，必然就如同指導此一情性的論述一樣，會主導一切，宰制一切。依此一情欲論述看來，言之不足必然手舞足蹈。動必有因，這世上可沒有什麼「思無邪」或「致中和」這檔事。

情本說和情性的正當化

孔門論藝，對媒介的本質和功能每每往覆辯論。不過這一來兩者的負擔也加重，而且殊性各具。由於「形而不為道，則不能無亂」，所以荀子的樂論主張達情的方式同時也得是導情的工具。只要是音樂，就不能自外於這種無所不包的訓誨與規範性的目的。先王之所以「制〈雅〉、〈頌〉」，目的是要使其聲「樂而不流」，使其文「辨而不諰」，進而「使其曲直繁省廉肉節奏足以感動人之善心，使夫邪汙之氣無由得接焉」（〈樂論〉，頁二五二）。

我們剛剛已經明白指出，這種載道思想對詩之所以為詩也有直接而深刻的影響。設使文學確實可以分毫不爽的反映人性，那麼這種「反映」的內容是什麼，涵蓋面又可以大到什麼程度？如果天地不全，人性會流於亂，那們我們又要怎麼「操作」那些傳遞情性的媒介？類此問題所凸顯者，實則在詩

「言志」或詩「言情」這類剪不斷理還亂的謎題外，還包括「流聲」或「淫辭」的節制等相關的疑慮。此外，這些問題還顯示在孔門論述之內，凡屬內情之外顯者，都有接受細查的必要，因為不論聲音、話語、語言、姿勢或表情，只要是達意的工具，就可能是任性或品性的表示，都有其敘述上的意義。孔子聞〈關雎〉之歌，擊節三嘆，史家每以為所指係其聲而非內容，這表示誨淫誨盜的道德責難乃始自漢儒的繁瑣作風，而他們的詮釋固有可能是對，但重點全失。因為用「樂而不淫」來形容雎鳩之聲或任何曲作，本身就已經是一種道德評判或價值詮釋。

「詩言志」一語聽來令人肅然，對詩作和詩論影響深遠，可見在文學傳統裏重要非凡。所謂「作者意圖」、「詩或語言的效力」、「再現的本質」、「詩的實用價值」、「詩的指涉」和「閱讀理論」等詮釋學上的課題，在在都因此語而生，而且牽絲攀葛，無孔不入。這句話還不僅是個儒家觀念，話中意義即使在《莊子》一類的道家文獻裏也可以看到。[94]不論這句話是出現在先秦典籍中的哪一部，我們會想到的問題之一必然是：詩所言之「志」究屬何人？《左傳》經常見引的段落裏，有些是誦《詩》以會盟（如〈襄公十六年〉、〈二十七年〉及〈召公十二年〉）。所引詩中作者原先的意圖，在這些段落裏每轉化為引誦者之「志」。

且舉〈襄公十六年〉為例。這一年所發生的事情顯示，凡有人引詩「不類」，則可能招怨激怒，引發「異志」而致危難踵繼。在這種狀況下所引之詩已經是政治商品，要為其意義負責者應該是消費者，而不是原來的詩人。另一方面，〈召公十二年〉的故事則說周穆王的輔臣謀父作〈祈召〉之詩，目的在勸阻他周行天下。〈祈召〉係謀父所作或他僅屬本詩之引用者，我們不得而知。不過故事所顯示者乃中國詩學中久為人所珍視的一個信念，亦即詩可以「諫」，有警人之力。曹植作〈七步詩〉，以豆與萁係同根所生力諫其兄魏文帝。後者面有慚色，從而饒其性命。[95]這個典故我們知之甚稔，而穆王聞〈祈召〉後據說也有類似之舉，乃暫息征行之念。然而穆王有所不同於文帝者是他難以遂行儒家「自克」的理想，仍孤意「肆心」而周行天下。

〈祈召〉之旨，〈召公十二年〉引仲尼「克己復禮，仁也」總結之。左丘於此所作為絕非無的放矢，蓋「詩言志」的觀念儒家傳統確實大力在推動。而「詩」者，「志」也，儒家觀人之術亦因此而得以彰顯。《論語・學而篇》曰：「父在，觀其志。父沒，觀其行。」（第十一章）這句話類屬動作的詮釋學，亦即言語和語言率皆觀人的關鍵文本。如果觀其人即可以知其行，那麼他的言語或語言必然也會是心志的外現。《論語・先進篇》第二十六章長甚，孔子在其中以公職誘座下弟子盡言以觀其「志」，知其「治」。言語的作用，在這一章裏一覽無遺，而儒家向來不分人的道德與政治志向，章中也充分顯示。座下有人言志，而「夫子哂之」。這「哂」字曖昧到不由得人不問原因，有如一面在說明，一面又在審斷這位弟子「其言不讓」，於禮有虧。

這位弟子乃子路。他大言不慚，可謂出言不遜，謂：「千乘之國，攝乎大國之間，加之以師旅，因之以饑饉，……比及三年，可使有勇且知方也。」但「其言不讓」這句話也可以指自滿或風度，如果合之以對照他講話「率爾」的描述，則我們當然可以下一結論，謂子路已經踰越言語和態度上的分寸。孔子強調的是「為國以禮」，子路不讓同門而搶先回話，話又講得自信滿滿，早已有違夫子的謙遜本意。

孔子對子路的反應，也可以澄清我目前所論的一個重要問題：「志」與「情」的關係為何？這個小故事再度告訴我們，在儒家傳統裏，似乎大家早已承認道德與政治之「志」非得因「情」而發、因

「欲」結果不可。而如同我們已經討論過的，「情欲」可以順「性」而行，亦為其不可分割的一部分。根據這種說法，天性中的「情欲」一旦挑起，則感情、道德與政治皆可假其名以遂行。此所以《左傳・召公二十五年》論禮之起源時，有一段話對這些關鍵字詞皆有開迷解惑的說明：「民有好惡，喜怒哀樂，生於六氣，是故（聖王）審則宜類，以制六志。」（Legge 5: 704, 708）

我們都知道，在先秦其他文獻中，所謂「六氣」亦做「六情」，是以孔穎達（五七六—六四八）在注〈召公二十五年〉這段話時如是說道：「在己為情，情動為志，情志一也。」[96]孔氏定義的前半句，荀子想來會心有戚戚焉。但就其觀點整體言之，我們知道情動後往往是以「欲」收場，更難怪漢初注家趙歧注《孟子・萬章上篇》第四章曰：「志」者，「詩人志所欲之事也。」[97]趙歧把「志」當動詞用，名詞的「志」在這個定義中遂與「欲」結為一體。我們或可因此而結論道：儒家的情欲論述所不斷體認到的是一種感情走向，會傾斜到希臘人所謂的「欲望」（the oretic）去。[98]準此，道德性之「志」就會變質而淪為肆無所羈的野心或異心。

由此看來，「胸懷大志」這個常用成語似乎「不懷好意」，是道德有疵的負面描述。從孔門的立場看，此一成語的主體可能「心懷不軌」，有「異心」或「野心」。此外，有關此一主體「情性」的所有符徵——不論所指係其姿態、語句、所作或所引之詩句——都可能引人會心一笑，另有體悟。《禮記》裏有段話據傳為孔子所說，似乎——不，應該說「無疑」——也在為我目前所論做注：

> 子夏曰：「……敢問何謂五志？」孔子曰：「志之所至，詩亦至焉。詩之所至，禮亦至焉。禮之所至，樂亦至焉。樂之所至，哀亦至焉。哀樂相生，是故正。……志氣塞乎天地，此之謂五

至。」[99]

「志」、「情」一家乃推衍自前引《左傳・召公二十五年》，在古籍中儼然已成傳統，上面孔子所言都屬之。孔子表出志與情的關係，言簡意賅，所憑藉者不僅是文中一眼可察的「志」與「至」的同音雙關關係，也包括文中有一互典的現象，可以讓人想起此處欠缺的其他同音而未必同聲的字。《詩・大序》裏所說的「詩者，志之所『之』也」，或是詩者，「發乎情，『止』乎禮」等等，我們都可以因上引文而馬上聯想到，一點也錯不得。《左傳・召公十二年》裏有段話，同樣也會立即奔到腦海裏：「謀父作〈祈招〉之詩，以『止』王心。」這些文字遊戲複雜得很，其間相互的呼應亦然，在在都強調詩源乎情的說法，也在說明道德與政治的組成非得賴詩來維繫不可。在這方面，詩的能力不可小覷。有位現代學者下過一個結論，略謂孔子教學方法的核心「是要動人天性中之情，順此而循循善誘，使人養成道德判斷的能力。孔子所強調者不在『何謂善』（因為善的標準大家都知道，至少讀書也知道），而是在『如何變成善』」。[100]上述文字遊戲及其呼應上的複雜性，似乎便在確認這裏所引的結論。

換成是文學這個領域，中國文學史會問的問題是：情之以動果真能因「循循善誘」而讓人「養成道德判斷的能力」？發乎情的詩文果真又可以「止乎禮」？我們倘再移之於閱讀與接受這個範疇，接下來會浮現的問題便會這樣包裝：假如有文本觸犯了儒家已經眾議僉同的信念，而且察而可見，我們非得加以處理不可？文學傳情，於法並無不合，然而若有作品旨在傳情，毫無保留，這種作品又合法嗎？最後，如果確實文如其人，那麼「虛構」還可以稱為「想像的真實」，而世上果然也有所謂「坦白陳述的偽作」嗎？如果放在中國文學史的脈絡裏細究，這些問題會帶出來的課題包括寓言解讀（allegoresis）或創作和詮釋上人為的意義錯置等等。女性的角色，如今人類的情感和某些文學類別早已多所重視，而虛構及其呈現間的種種問題也是定見顯然。我們若細究前述問題，上述角色和定見同樣也會裸露在中國文學史上，值得顧而探之。這些課題攸關《紅樓夢》的閱讀，這點我們不用費神，倒可思之過半。

美國學者范左倫（Steven van Zoeren）寫了一本《詩經》的詮釋史，讀來過目難忘。他說《詩經》經歐陽修（一〇〇七—一〇七二）重詮之後，從道德寓言到濃鬱的情詩都可見，歐陽氏因此變成宋代一場牽連甚廣的經解運動的代言人。「千年來，《詩經》論者大力否認的觀念」，如今已經有人加以討論了，而「經中有些詩的情愫和態度非但可能不夠或不合『正典』，實際上還大有可能牴觸了儒家基本的社會和道德觀。」[101] 由於歐陽修好填艷詞，[102] 我們或許不用訝異他所持的淫詩之說，不過回顧文學史，有一點我們倍感興趣：經中某些詩的意義，歐陽修和同時的注家果真代表新的體認，而千年來的寓言解讀法果然是因詩中淫穢不堪所致？

且舉〈王風・大車〉一詩為例再談。這首詩如下：

大車檻檻，
毳衣如菼。
豈不爾思，

畏子不敢。

大車啍啍，
毳衣如璊。
豈不爾思，
畏子不奔。

穀則異室，
死則同穴。
謂予不信，
有如皦日。

儘管這首詩的字詞和句構都不難，某些字句的異解還是可以改變全詩的意義。解讀因人而異的例子，中國詩史上不勝枚舉。〈大車〉的爭議處首見於第二章最後的「奔」字。為方便討論，這個字我解為「奔逃」。但是話說回來，這個字的解釋也常因人而異，其詮釋歷代不同。

由〈小序〉著手開釋，全詩旨趣如次：「〈大車〉刺周大夫也。禮義凌遲，男女淫奔，故陳古以都今。」[103]從這段話我們可以瞭解，疏家把「奔」字視同「私奔」，[104]乃男女不嚴禮義之防而致邪淫使然。[105]不過所謂「奔」者，《周禮》中〈地官二・媒氏〉一條早已備陳其詳：[106]「中春之月」，媒氏「令會男女。」[107]這個時候，奔者不禁。

某些版本學家認為，這段寫媒氏的話可能是漢人對前本的增補，較為晚出。且不管這段話的繫年為何，疏家所謂「於是時也，奔者不禁」，其實是個權宜說法，有些人乾脆視同越矩逾禮。這些種種，宋代許多人在解《詩》之前，實則都已了然於胸，包括歐陽修和朱熹在內。[108]〈大車〉確實是「淫詩」，文本中的女性發話人語帶挑釁，要求情郎一起私奔。這一點，《詩・小序》裏的上古讀者或宋代的批評家都看出來了，一點困難也沒有。這首詩的問題因此不是字面意義為何，而是此一「意義」是否意在言外。「意」與「義」向來並置而用，我們遵行有年，這裏倒是應該區而別之。[109]

就這方面來講，若能體得〈小序〉釋旨釋義之法，俾益甚大。〈小序〉一旦確定〈大車〉是「淫詩」，馬上轉化字面旨為隱涵義，謂其「陳古以都今」。不論所陳之「古」為何，也不論如此記載下來的「古」會有多冒犯，這個「古」如今都已為某眾議僉同的使命在服務。論及儒家詩學和樂論，蘇源熙（Haun Saussy）說得好：儒家「以樂論詩，其旨在『達』；取而代之的理論則以『範』為要。……樂因國因地而異，其理論則中國有志一同。」[110]由是觀之，我們或可以說詩所表達者雖為特殊的情與境，論詩與詩人的詩學卻可能把個案提升為普世準則，把孤例化為萬世典範。

上文將「詩人」也臚列進來，因為儒家處理表現藝術時，論述每每面面俱到，舉凡源流、媒介和效果都會加以照顧。詩之成也，據稱文王位居關鍵。待「政教失，國異政，家殊俗，而變風變雅作矣。」至於詩之旨，則歷代共用，沒有時間差別。凡此種種都構成〈大序〉和〈小序〉的內容，也是漢儒注《詩》的基本信念。《詩・序》源遠流長，係累世詮釋過程的開花結果，有些地方則可以回溯到孔子本人。即使到了宋朝，《詩・序》的詮釋基準也沒有改變，遑論棄置。朱熹的《詩集傳・序》

曾就此有所說明：

吾聞之，凡詩之所謂風者，多出於里巷歌謠之作，所謂男女相與詠歌，各言其情者也。維〈周南〉、〈召南〉親被文王之化以成德，而人皆有以得其性情之正。故其發於言者，樂而不過於淫，哀而不及於傷，[111]是以二篇獨為風詩之正經。自邶而下，則其國之治亂不同，人之賢否亦異。其所感而發者，有邪正是非之不齊，而所謂先王之風者，於此焉變矣。[112]

朱熹為一代師表，萬人景仰。他用這段話回答自己的一個修辭反問：「國風雅頌之體，其不同若是，何也？」答案中薈聚文學和文類史之精要，又附會之以「道德史」這個話題，[113]頗可收互補之效。而其主要力量仍然在詩的傳統性格，寫來有如某種倫理和政治指標，可視為「達情」之準繩。「情」者，人性中非常重要之一面也。

以情為本這種詩學，說來不應以前現代批評家為限。當代學者陳子展閱讀〈大車〉，便也在其中看到滌情淨性、勸人行善守義的企圖。[114]在〈小序〉裏，〈大車〉淫邪的一面只是政治諷喻的工具，陳氏的現代讀法卻是換個歷史框架就把全詩給「淨化」了。他的靈感得自《列女傳》，因為書中的息夫人曾引〈大車〉最後一章，而且是逐字逐句徵引。「夫人者，息君之夫人也。楚伐息，破之。虜其君，使守門，將妻其夫人而納之於宮。」夫人見其君，謂之生則同室，死則同穴，其志不改。這段話，她引〈大車〉以明之，書中卻道是她自然而然之所作。夫妻倆當日俱死，而「楚王賢其夫人守節有義，乃以諸侯之禮合而葬之。」[115]陳子展重訂〈大車〉的歷史背景，全詩因此不再是激人私奔的淫詩，而是合於婦節夫義的正風，想來必可邀孔子激賞。

《列女傳》中的記載，陳子展字字都視為理所當然，從而循此推展詮解。息夫人「作詩」明志，吟出〈大車〉最後一章，他以為實情就如此。對陳氏或是他所徵引的版本權威而言，這最後一章其實大有可能是為附和全詩所生的衍體，乃上古人士所為。全章情操高貴，而這也合於〈王風〉的性格，收進《詩經》之中，理之必然。陳子展所沒有想到的是，從反方向來讀這首詩也沒錯。他更沒料到漢代《列女傳》的編纂者為證實息夫人的節烈，早已挪用過〈大車〉的一部分。[116]讀《列女傳》，的確沒有人會疏於一點，亦即這些烈女的故事都按照美德分別纂集，例如息夫人就放在〈貞順〉類。也沒有人會略過一個事實，亦即書中各篇每好引《詩》為證，以評價貞婦烈女的事蹟與性格。各篇所引經常斷章取義，而這正是儒家論證的典型。

〈大車〉最後一章，陳子展大書特書。但是一窺他的語體文翻譯，他對最後一章的強調其實正在破壞詩中前兩章他所以為的意思。「畏子不敢」和「畏子不奔」中的「子」，一般做「你」解，可是陳氏以「稱謂」視之，解為「楚子」或「楚王」。從文字用法的角度看，這種「新解」或有道理，不過「詩義」卻也因此而變成「死譯」了，因為陳子展把這裏的女性聲音解成：「難道不想你？／害怕楚子我就不敢！」另一句則作：「難道不想你？／害怕楚子我就不奔！」息夫人的處境至艱，說出這些話可以理解。但想到最後一章她表現得大義凜然，寧可從容赴死也不願苟且偷生，則前兩章的語譯讀來一點幫助也沒有，徒增自我掌摑之譏。

符號可以表意，而要確保意義不變，免得疑慮叢生而致無所適從，文本上有關「情」的字眼的意涵，儒家都會想方設法予以固定。要做到這一點，就要能「作」能「創」。下面權且先引南宋黎立武

的《經論》為例說明：[117]

少時讀箕子〈禾黍歌〉，愁焉流涕。[118]稍長，讀〈鄭風・狡童〉而淫心生焉。[119]出而視鄰人之婦，皆若目挑心招，怪而自省。夫猶是彼狡童兮，不與我好兮二語，一讀之而生忠心，一讀之而生淫心者，豈其詩有二乎？解之者故也。然則解詩當慎矣。從來君臣朋友間不相得，則託言以諷之。〈國風〉多此體，而逞臆解說，鍛成淫失，恐古經無都之旨必不若是。

這段話是否為黎立武所撰，這裏不想爭辯。而〈狡童〉是否為「淫詩」，歷代以來為之大展辯舌者不少，[120]這裏也無意多談。和我的論旨相關，也比較有趣的，是我們所見黎氏對這兩首詩的反應及其調合這兩首詩的方式。我們必須注意的首要問題是：黎氏幾乎不假思索就認為這兩首詩有些句子重疊。不錯，二詩的結構和用語頗見雷同。然而先秦詩作每每精簡凝鍊，一字之差都可能造成大異。在〈傷殷操〉中，我們要問的詩句是：「彼狡童兮，不與我好兮。」這句詩有點模稜兩可，因為「好」是一個相當含糊的字。這個字沒有什麼上下文可以幫助理解，其主詞可以是個情人，是個長官，是個朋友，或是個親人。話說回來，「好」的內涵究竟為何，答案卻要看我們如何認定「狡童」的身分，也就是我們所知要超出詩行之外。不過如果像司馬遷一樣，我們對這主人公的身分有所瞭解，我們或可接受那殷人之見，以為托意商紂。我們也可以了解談起詩中那種「長安不見」的愁景，黎立武何以感同身受，充滿同情的口吻。

相形之下，《詩經・狡童》裏的兩章不僅用實例細寫主體的敵意（「不與我言兮」及「不使我食兮」），而且也詳述了詩中說話者因此所生的悲意（「使我不能餐兮」及「使我不能息兮」）。這些詩句中行動與狀況的殊性顯示，不論說話者和主體之間的關係是實質或單戀，這個關係都比想像中親密得太多了。這位狡童是誰都不打緊，然而上述「親密關係」確實變成說話者之所欲，而所欲者顯然還帶有肉體上的弦外之音。黎立武讀〈狡童〉而自我移情為詩中的受話者，從而把「鄰人之婦」讀進文本的符號系統中。他的戚然之感，只要對上述「關係」有所感知，其實來得相當「自然」。

儒家文化與孔門教養繼而介入黎立武的閱讀過程，向他目前所處的欲望險境示警。這時他雖有抗拒之心，卻並不想像我剛剛試著解明的一樣，在細查二詩異同後再行解讀〈狡童〉。相反，他的努力則熟悉漢人所寫之《詩》序者應該都不陌生，因為他倡言〈狡童〉另有深意，故而略過字義不加追究：「從來君臣朋友間不相得，則託言以諷之。」我們或許可以說，對黎立武或對整個中國古典詩學而言，「寓言」的產生不必然是本體各界或某二元形上學分裂後的結果。基本上，語言符號的本質乃代數性的，而要探討這一點，所需者唯創作意志的率性操作罷了，意在言外的「諷」與「刺」也會因此而產生。

我們目前所需注意最重要的一點是，這種「操作」的意圖，這種「寓言解讀」的動力一向都是明言直陳，毫不掩飾就向我們宣示所見或聽聞而得的符號究竟何指，說是其實也，未必就等於字面上的意義。例如「孫悟空是英雄人物」這句話雖可做字面或諷喻解，不過單獨出現時卻不能要求讀者不從字面看。如果要跳出這層理解上的語意限制，所需者恐怕是更深一層的脈絡說明，例如「我這樣說指的是……」這種直述句，又如「寫了本一百回的小說，我有想說明的旨意」這種線索與說明兩者兼備的修辭巧局，最後還有「余國藩在此所指的是……」這類解釋性的穿插，而其發話者雖另有其人，卻可能一肩挑下讀者與作者這雙重的身分。[121]我們要辨別不同層次的語意，接下來似乎應該再行強調一點：寓言、諷刺或反諷這類「非字面」一詞可以道盡者，都有賴字面義來斷定。諷刺或反語（irony）這類言外意，語言結構「本身」是道不出的。「言非所指」這句老話，只有在字面義這個前提下才說得通。職是之故，雙關語（puns）、同音雙關字（paronomasias）、反語（和字面義恰恰相反者）和寓言所說者其實是「差異」。這種「差異」，我們必須巧讀字面，詳加分辨，才能撥雲見日。[122]

我們既然知道語意是如此形成的，則黎立武論說〈狡童〉的意義應該可以再得三分。首先，這首詩是「風」，而此說也不過是順著〈小序〉之見而已：「〈狡童〉，刺忽也。不能與賢人圖事，權臣擅命也。」[123]其次，詩中從字面到諷諫的意義變化乃《詩經》典型，而這種認識係由字義的瞭解而來，亦即從「淫欲」（即使不完全亂倫）的認識而得。黎立武的說辭故此代表一種漢人或宋人都有的企圖，也就是想把詩義從悖德的欲念折射而出。不過中國疏家也瞭解，這種看法如果要具有大影響，他們一定要知道詩志為何，把終極權威就建立在這上面。這點顯而易見，我上面所引的話就已經清楚道出。清代的注家也有類似之見；章學誠在其〈婦學〉中說道：「古人思君懷友，多託男女殷情，若詩人風刺邪淫。」[124]

章學誠的旨意當然有前例可循，不僅可見諸漢人解《詩》諸作，即使在《楚辭》的修辭中亦可訪得，〈離騷〉和〈九章〉等篇章尤然。屈原好以女人自居，以女聲發話，在這些篇章中分明可見。他從而「用性別語言呈現君臣的關係（亦即「君王」為那避不見面的「情人」，而「詩人」則自比「棄婦」）」。這種語意挪用顯示詩人志在教化，另一面則是「私心」自用，希望以此曲承上意。漢賦每每敷演女人「凝妝」的動作，李惠儀於此之分析鞭辟入裏，謂其常「透過誘惑和教導的互動以剝露意義」。[125]

情欲一事，孔門每加偽飾，希望我們能夠克制。文學將男音變聲，扮以女人的角色，恰好可為孔門上述目標服務，所以變成文學史上標準的寫作模式。政治與社會上的磨擦，黎立武的詩人倘可以「托言」呈現，則按章學誠之見，我們所需者可能是主體得先「托情」，然後再用比較起來甚至是更完整的書寫章法來表呈。不論是就倫理或因此就政治而言，寓言解讀都是不得不然，因為如同范佐倫所說的，「《詩》在傳統上，一向就應允要提供某種典範，亦即中古詮釋學所謂詩之『至』也，以及宋人取而代之的所謂詩之『意』。讀者出入於『至』與『意』，人格於焉形成。」[126] 毋庸贅言，此一人格必因有一值得取法的對象而形成。道德上所出現的景象若令人不安，這種景象是否能教人誨人，令人如沐春風，又合情入理得一如我們在亞里士多德的悲劇理論中所發現者？在倫理上，我們的感性如果有瑕疵，則這種感性是否又可能產生恒久而可以提升人格的文學虛構？布思（Wayne C. Booth）的《合群：論小說的倫理學》（*The Company We Keep: An Ethics of Fiction*）一書，就是受到上述感性鼓舞而撰就。話雖如此，上述中國人的《詩經》詩學對前述問題則不可能戚然而有情同意同之感。

由於儒家詩學幾乎排斥亂倫之欲，繼之難免就會出現某種弔詭：儘管悲劇盈史，在人生中不曾間斷，可是用藝術來表現這些悲劇卻為詩教所不容。如果踰越分寸，即使只露出一點蛛絲馬跡，中國人也得想方設法，用各種詮釋予以控管。中國古代，《詩經》開卷的〈關雎〉一篇，男童和少部分有機會讀書的女童都耳熟能詳。從字面上看，詩中所寫顯然是男子的浪漫之情。然而因詩首提到「雎鳩」這種鳥兒，而且因其姿儀可為懿德法式，所以漢代《詩經》的注家就已經迫不急待的要對此大書特書了：

> 雎鳩，王雎也，鳥摯而有別。……后妃說樂君子之德，無不和諧，又不淫其色，慎固幽深，若關雎之有別焉，然後可以風化天下。「夫婦有別則父子親，父子親則君臣敬，君臣敬則朝廷正，朝廷正則王化成。」[127]

孔門教化詩學流布兩千年，所以〈關雎〉的兒女情必須由另外一種來取代。這種政治義務代代相傳，幾無例外。根據章學誠等清人之見，男女殷情只有借思君之忱以行之，才不會招惹他人的非議。

儒家情欲論述的內容，上文已經討論得很明白。這種論述架構在文學（詩）、詩學（疏傳和哲學）、倫理學、政治和歷史之上，其中意義環鉤釦結，自成網脈。我們要認識主體性、自然，以及「情」的各種運作形式，都唯此一意義是問。我們檢視「情」字自古以來的各面貌，發現以其為人性之本這個定見不僅讓尤屬文學的情境增色不少，也不僅為其用法帶來一些困擾，重要性不相上下的更有中國人的語言和再現觀念，也因「情」字而有巨大的變化。[128]

前面各節中，我或隱或現都提到藝術中的表現理論。這種思想主張「情動於中」而後詩、歌和舞生焉，從而因「情深而文明」。[129]即使是聖人之「情」，也得用「書契」來表現。[130]在人類與外物的交感這種「動應」觀念中，心動或動心因此才會常常和情動或動情形成對等性的呼應。果有「物」能如鍾嶸（四六九—五一八）《詩品・序》所說的「搖蕩性情」，[131]而「言」又如揚雄《法言》所謂「心聲」，或「書」者，「心畫」也，則「聲畫形，君子小人見矣」。[132]人類主體在此和情之動合為一體，萬狀紛陳，又結合行為、語言和形式而形成一個大母題。即使行為之中，都包括言語、姿勢和其他歌、舞等符號系統，龐雜無比。這個母題，從漢前到唐代的各種文獻中，我們都可聞得回響。

這一路發展下來，中間另又出現了一個中國文藝美學上的基本信念，亦即「情」與「感」都可以用語言有效傳遞。後世所謂「情文」，語言藝術可以達其令人仰止的頂峰，因為語言咸信可以傳達內外之情，渾無罣礙。早期文人之中，集史家與賦家於一身的班固對此深信不疑。《漢書》中清楚說道：

> 詩之為學，情性而已。五性不相害，六情更興廢。觀性以曆，觀情以律。[133]

英國詩人艾略特（T. S. Eliot）說得好：情性昇華至極，音律生焉。上引班固的話似乎在為艾氏此語開道，聽來毋需訝異。[134]中國人不把強調放在詩的形式問題上，不過和艾略特一樣，他們也非常看重語言溝通情感的能力，甚至是溝通有關情感的觀念的能力。詩因此就如同魏晉和六朝作家所說的，是一種可以「吟詠情性」的活動。這句話出自〈大序〉，聽來令人生敬，不過意義在後代也有穩定的變化。[135]

寓言何以為政治所需？〈大序〉裏「吟詠情性」有其原始語境，正是我們聞斯濫矣的答案：「國史明乎得失之跡，傷人倫之廢，哀刑政之苛，吟詠情性，以風其上。」[136]這是漢人的儒風。依此之見，則《詩經》之作唯《楚辭》中斯人獨憔悴的屈原可以印證其學：

> 惜誦以致湣兮，
> 發憤以抒情。

結微情以陳詞言，
矯以遺夫美之。
誰可與玩斯遺芳兮，
晨向風而舒情。[137]

對史上屈原的讀者而言，抒情恒為仕途蹇困時特有的欲望發洩法，幾乎也是政治挫折的同義語。[138]

另一方面，鍾嶸有關情性的說法也在提出某種不同的語言理論，而且論調相當大膽。詩非但可以方便情欲的傳導，使之了無困阻，而且就如陸機所說的，詩亦「緣情而綺靡」。[139]孔子本人和《詩‧大序》的傳統都說過，由於「情」有雙重偽裝，既可以是「情感」，也可以做「情欲」觀，所以律呂亦可包含道德的弦音。正因此故，語言如今也可以因其潛在的力量而感動人心。我們如果接受蕭華榮的解釋，那麼「綺靡」指「語言的鮮明」和描寫上的優雅。[140]據陸機的《文賦》，像「誄」這種文類之所以能夠成立，係因其中用語具有高度的感染力使然。劉勰的說法更全面，直指文字和意旨的關係「是以繪事圖色，文辭盡情，色糅而犬馬殊形，情交而雅俗異勢。」[141]後世的文學史，可以效法劉勰此見而建立起某種文體化的主體性，然後在此一基礎上為詩與散文再分類。由於詩的氛圍和情感都涵容在語言之中，是以像宋詞這種主要詩體才會分有「婉約」或「豪放」等次要的文類。[142]職是之故，從中國傳統詩學的角度來看，詩的語言如果不是以情為主，就不成其為詩的語言了。我之所以這樣說，是因為思想都是以意義為導向的。這個意義層假設主體性的現呈不會有任何問題，也認為內情可以立即外現，而且可以外現得恰如其分。[143]「情」字除指「感情」之外，可指「欲」，可指「感」，都是圓滿自足的事物基準。

如同魏晉南北朝的文人所發展出來的，這種情本說（pathocentricism）意義別具，有其新的特色，既可做投射之用，也可經人想像成形。難怪陸機、鍾嶸和劉勰等人都一再強調：作家應該具備無與倫比的跨時越空的能力。《文心雕龍‧神思篇》中，劉勰所看重者不僅包括作家不受年齡和地域所限的心力，也包括他用「感情」描寫所思所想或無生命體的功力。神思操控得巧，作家可自律則和形神之勞的枷鎖中自我解放，進而把人安插在那表呈的物事之中，有如「登山則情滿於山，觀海則意溢於海」。[144]此一投射而出的主體性既可活化周遭世界，又可透過語言而情化之。後代詩學時常論及的「情景」之說，這主體性中早已端倪可見。[145]

劉勰堅持禮教，固執儒家思想，在《文心雕龍》中當然特重所謂真人真情。他喜歡「為情造文」，不喜歡「為文造情」。這種偏好自有基礎，因為劉勰相信「風雅之興，志思蓄憤，而吟詠情性，以諷其上」。至於諸子之徒，則「心非鬱陶，苟馳誇飾，鬻聲釣世」，乃「為文造情」者也。依劉氏之見，他們「為文者淫麗而煩濫」。[146]

劉勰的結論是，「為情者要約而寫真。」[147]這個看法和鍾嶸之見互成犄角，因為鍾氏的詩學似乎更重想像。他知道在某些典型狀況下，情可以動：

> 嘉會寄詩以親，離群託詩以怨。至於楚臣去境，漢妾辭雲。或骨橫朔野，或魂逐飛蓬。或負戈外戍，殺氣雄邊，塞客衣單，孀閨淚盡。又士有解佩出朝，一去忘返。女有揚蛾入寵，再盼傾國。

凡斯種種，感蕩心靈，非陳詩何以展其義，非長歌何以騁其情？故曰：「詩可以群，可以怨。」[148]

我們應該注意一點：儘管鍾嶸無疑視屈原和昭君為歷史實人，對他而言，文之真的前提卻未必是真人真情。他所舉之例，反而指向包括歷史與想像性的各種情況，製造出來的是一種典型之風，是確然而可以產生「真實感」的情況。倘據蕭華容的說法，引文中鍾嶸的第一句話實則主控兩種情感，亦即「歡情」與「悲情」。情動後的主體風情不一，這兩種情感可以攏括之。良友嘉會，揚蛾入寵，指的因此是歡喜之景，而所舉其他情境殆為悲景。[149]如此一來，鍾嶸這長串情境無異古來喜怒哀樂的反響，也是四情的例述。不過仔細再看，則主體情動的所有例子其實皆因「欲」而生，因為楚臣自我放逐之意堅決，顯示他為人正直，對君王與朝中亂象有所不滿，而女有揚蛾，說明她美目盼兮，對君王寵幸心生感激。

鍾嶸所舉的例子都是在為「情欲」分門別類，透過標準化各種「情」為成規。過程之中，歷史和文學建構都變成模式典範。我們應該注意一點：鍾嶸的話並未明白指出以詩歌吟詠情性者的身分。拿這個問題問他，他可能會回答心中所存既是史上的屈原，也是任何際遇一樣的文人。因此，以忠君為念，以人格相期的人必然以屈原自況，方性情於他，就好像解得孤寂者必然也會想到那衣單塞客或淚盡孀閨。文學確具孔子論《詩》時所舉出來的崇高社會理想，即使固定形象與性格也可以引人超拔乎獨立主體的孤絕。形象與性格之所以得臻此境，原因在我們相信文學想像的力量並非因「新」與「殊」而起，而是見諸我們對「典型」的回憶。由是觀之，孔門論述所建構的文學傳統便又具有道德教育的功能，係其內涵與過程。文學既可抒情，也可為情劃疆定界，呈現出各種可能。由於歷來疏家與注家的努力，文學傳統裏的屈原早已位列仙班。就此而言，他離群索居值得仿效，雖然我們也只能以此為限，不宜比這「楚狂」更放蕩。劉勰故而結論道：「詩者，持也；持人情性；三百之蔽，義歸無邪，持之為訓，有符焉爾。」[150]

劉勰的詩義，走的是儒家所訓，非常正統。我們可以取為方便，由此踅回章首訓情所引起的爭議。我們猶記得葛爾漢的說法：在漢代以前，「情」指物之「質」或人之「本」，不曾和「欲」的貶義聯想在一起。葛氏的結論確實不枉，因為「情」不僅為人之本，也是宇宙萬物之本。儒家堅稱，情原則上不可否定，也不該壓抑，遑論一筆抹殺。葛氏的結論可以解釋儒家何以固執於此。不過誠如我們在先秦諸子的種種討論中所見，情的語意範疇遠非葛氏的訓詁可限。漢前到唐前的中國思想家論「情」，就有如西方大量道情之作一樣，也會把這個字化為觀念。我們今天稱為「情」、「欲」與「知」的種種因素，他們都會考慮在內。[151]先秦諸子多半認為「欲」可以固情，也以可強化道德與政治上的奮鬥。事實上，他們在情欲論述上最大的貢獻，可能唯此而已。

如同我們解讀荀子和相關諸子時所見，人類因為好惡相同，都同意食色為性，故此不斷在爭論我們也有同樣的悲喜七情。情與欲的合而為一事屬關鍵，上述看法乃就此所形成的洞見。但是我得指出，現代中國學者由於汲汲於鑑別所謂「感情」與「兒女私情」，所以早已失去洞見的能力。他們的鑑別常常帶有一明顯的假設，以為前者乃文學之總源，而情色之作難免偏狹而會招致批評。[152]

《禮記》云：「飲食男女，人之大欲存焉。死亡貧苦，人之大惡存焉。」[153]先秦典籍，有的寫得就像《禮記》這段話這麼坦率，和現代人的道德觀大相徑庭。這段話觸處皆機而又生機撩動，到了二十世紀還引出一部出色的電影來。因為人之大欲確為人「情」之「本」，所以這段儒家性論才會出現一種悖論，堅持「情」有其不可不馭者。我們所以為的個體最基本與最持久的因素，不論是其實現、發展或圓成，在中國文化中反對者其實不多，在西方意識裏更已變成恒常的主題，從史詩、悲劇到現代人的成長小說（*Bildungsroman*），都可一見。也因為有極其顯然的理由，儒家美學的各種正典才會再三強調一點：藝術表現的媒介，也必須具有律己的功能。

詩人與詩的走向大概已經變動不得，儒家因此憂慮不已。上面所述，是否意味著儒家所慮確實可以挽回情動的狂瀾，從而扼殺詩人與詩在創造與表現上的能力？我們只消一顧近人所編的一本歷代禁書大全，上面這個問題是無論如何也肯定不了的。[154]歷代禁書無數，書單列出來可是很有意思：人類之所以寫作不輟，是因為人稟七情，由是而情欲不滅使然。社會中總會有潮流向情欲挑戰，質疑其合法性。然而情欲既合，驅之不散，也會奉陪到底，永遠處於奮戰不懈的狀態中。因此之故，中國文化遂生主情與制情兩派，彼此對立，累世可見。

余英時說：「漢末之際，個人主義興起。」由於漢世的「個人主義」可能大異於現代個人主義，所以他的看法不見得人人同意。然而談到魏晉之際就不一樣了，此時攸關孔門社會、政治和道德秩序的許多信念都大受挑戰，中國史上未曾之見。[155]所質疑者非唯君臣、父子、夫婦等綱常，魏晉文人的叛逆之風也涉及名教、大膽肯定自然與縱情放欲等作風。[156]阮籍的故事我們熟悉得很，他放浪形骸，順性任情，可謂敗壞倫常道德，因以成「名」。他嫂嫂有次回娘家，阮籍居然跑去「見與別」，時人因其違反禮教而譏之，怎奈阮籍回道：「禮豈為我輩設也？」[157]儒家好以禮教制情，庠序所傳莫非如此，稽康（二二四—二六三）見而嘆曰：

《六經》以抑引為主，人性以從容為歡。抑引則違其願，從欲則得自然。然則自然之得，不由抑引之《六經》。全性之本，不須犯情之禮律。[158]

向秀（約二二二—三〇〇）據傳曾注《莊子》，所見和稽康誼屬一脈，但是尖銳尤甚。他用下面的話回應稽氏：

有生則有情，稱情則自然。若絕而外之，則與無生同。何貴於有生哉？且夫嗜欲，好惡榮辱，好逸惡勞，皆生於自然。……且生之為樂，以恩愛相接。天理人倫，燕婉娛心，榮華悅志，服饗滋味，以宣五情。納御聲色，以達性氣。此天理之自然，人之所宜，三王所不易也。[159]

余英時看《紅樓夢》裏的「反傳統思想」，發現泉源所自乃情與禮教的對立，其間毫無妥協的餘地。他因此援引上引之文，以為魏晉情思不論是否已遭扭曲穿鑿，必然曾直接影響到千百年後《紅樓夢》的作者。[160]如同我們目前可見的主要材料和研究顯示，上述對立在文學上的表現是一段長而複雜的歷史。本章中雖不可能縷述一一，我覺得還是應該指出大要。

古來君臣之義常以兩性關係做比，其中所括乃一道德諷諫的載道思想。儘管有詩學若此，不合於這種詮解的詩作在古來的傳統中卻也未曾間斷。曹植（一九二—二三二）和其他為數甚夥的男性詩人，同時也喜歡收編女性的聲音，把貶臣比為棄婦。這些詩藝堪稱便利，然而尋常百姓——男女都有——所寫的文學作品，在《樂府詩集》和其他古體詩的集子裏也頗可一見，似乎都在傾訴婚姻關係的憂喜與哀樂。康正果說得好，「在宗法制家庭中，夫婦的情深義厚本身就對專斷的家長意志起著離心作用。」[161]不過康氏此一現代洞識的效果，在明代反傳統主義者如盧坤和李贄等人的著作中俯拾即是。他們籲請重訂倫序，將夫婦置於五倫之首。康氏洞見，歷代詩人中有許多可能早已不自覺加以肯定。[162]陸游（一一二五—一二一〇）的母親曾逼他休妻另娶，〈釵頭鳳〉寫的便是他再遇離婦的心頭之痛。這首詞或許不足以抗議所謂「母命不可違」，但在那棄婦所譜同一詞牌的回答的襯托之下，陸游的詞仍可視為夫妻真情的最佳典範，謂之代表性作品亦不為過。[163]

這種情形常在睡夢和奇想中滋長，再由文學作品孳生繁衍，所奮鬥者無非要垂諸永世，希望超越倏忽的人世和無情的時空，因此播下後代《牡丹亭》的種子。湯顯祖這齣戲寫情最大膽，在奇想中甚至要讓「情之至」摧毀那生死的界囿。[164]悲詞或悼詞的形式雖然簡短，想像力也不夠豐富，但在傳達追思與哀思上卻證明是經得起時間試煉的，力量一點也不輸戲曲。就此而言，蘇軾（一〇三七—一一〇一）悼念王氏所寫的〈江城子〉成就可就大了。在這首詞中，「亡婦」取代了「為人拋棄的歌伎」，效果完全超越了所謂詞語的衍生和傳統主題的變化。[165]蘇詞頗似唐代元稹（七七九—八三一）的〈遣悲懷〉系列，所追憶的夫婦之情可能是儒家論述最難纏的對手。儒家解「情」，一切回歸政治，這種方式在這裏卻完全派不上用場。[166]

儘管如此，且不談這些歌伎是否為棄婦，她們倒都大大擴大了文學表現的場域，也讓這些場域盡情挖掘或頌揚兩性間的情欲。說來諷刺，唐代官伎大增，可能也增加了文學才女的數目。[167]宮廷或王公宅第都曾盛行文學活動，社會邊緣人如嬪妃、歌女歌伎，甚至是尼姑道姑也會結社唱和。但是不論何者，他們的活動除可為歷史添加紀錄外，也曾使整個情欲問題在文學上的合法性變得更加複雜。[168]

這些才女的作品常在凸顯女性閨怨和心事之犖犖大者。[169]另一方面，她們的人和作品無形中也在刺激男人情欲。北里歌伎貌美多才，雖然身處在聲色場所，吟詩表露心跡時各個卻有如貞婦烈女。她們集純潔與污穢於一身，既是女神，也是神女，表露出來的人格恰可彰顯公門詩人的善變、無情與薄義。魚玄機有一首詩說：「易求無價寶，難得有情郎。」因此之故，後世男性也把她們理想化了，說是不論在家或出家，她們最是人間奇女子，本身都足以變成「情」的化身。[170]不過男人與這些才伎的關係，另方面也不斷在加速他們填詞時的露骨，使他們像歐陽修一樣把情色放進作品中。設若不作此圖，他們也會將女人的聲音和經驗據為己有，從而證明自己高風亮節，藉以減輕仕途蹇困的失意之感。[171]諷刺的是，在閨怨和閨情偽裝下的後世之作大增，結果是男性作詩填詞的技巧和感性日益精進。不顛倒性別而能讀懂這些作品，簡直就匪夷所思。[172]

元稹追悼亡妻韋叢，寫過系列的〈遣悲懷〉。不過他的風流韻事也多，因此而譜下了不少艷詩。這種矛盾，證諸上文，一點也不足為奇。陳寅恪指出，我們其實可以依循上面這兩種詩，為元稹自訂的詩集分類。[173]不論是合法或非法的「男女情」，元稹都看重。像他這樣的詩人，居然又是〈鶯鶯傳〉的作者。這種矛盾，其實也犯不著大驚小怪，因為不管我們最後會怎麼看待篇中女角的命運與覺醒，這篇傳奇歷久不衰的力量，其實是要由後世戲曲說部如《紅樓夢》來見證。戲曲中一再重演故事，而說部的情節動機和修辭主要也都因為這傳奇而來。話說回來，在我們眼前的論述語境中，比較有意義的一點是，〈鶯鶯傳〉有如其他傳世的唐傳奇一樣，在情本思想上遠勝其他同類的文本。

到現在為止，我所談的都集中在詩和詩學上，不過唐人傳奇挾其元明劇種的力量，早已為此一主題增添過許多文類。其數量多而變化大，直接影響所及，因此是後世各種足本說部的派生。湯顯祖的喜劇中，鶯鶯讀《詩經》後心旌搖蕩。道德釋詩已有數世紀的歷史，如果這種風氣窒息不了鶯鶯動情，那麼要應付那些讀來不難、也不費幾個子兒便唾手可得的文本，我們所需究竟是何種論述象徵學？小說這種因情而生的文本，後世可有千萬種。《嬌紅記》和《西遊補》一類的說部產生後，閱讀的效果與命運又會走到哪個田地去？這些個問題，我們也可以拿來一問《西廂記》和《牡丹亭》等戲曲，遑論《金瓶梅》和《肉蒲團》等「惡名」遠播的作品。[174]

明清許多文學作品的接受史，因此確可視為制情遏情的危機處理史。然而如同剛剛我所暗示的，這些發展早已端倪可見。韓南（Patrick Hanan）嘗謂：《情史類略》的內容顯示，此書之編次者馮夢龍（一五七四—一六四六）「把焦點集中在英雄心與兒女情的結合上」。果然如此，則這種結合早可見諸魏晉時期的〈韓憑記〉和〈賣粉兒〉，在唐人小說如〈李娃傳〉、〈步飛煙〉和〈任氏傳〉中無疑也已經人一探了。[175] 儘管這些故事顯示「女色惟危」，必須予以壓抑與疏導，[176] 不過也有數量不相上下的其他作品說女人不讓鬚眉，慷慨貞烈，堪任行為的表率。任氏者，女妖也，但在故事結束時她卻印證了敘述者所謂「異物之情，猶人也」的詰論。我們若僅悅其美色而不發其「情性」，則無以知、無以識其人矣！

如果有人要從女人的立場來了解女人，無異是在向長久既存的社會倫序挑戰。如果有人主情，所重者若尤屬男女之情，那麼這個人也形同在向社會宣戰，因為不論是情在生命中的教育或疏濬的功能，其力量都足以顛覆正統的社會觀念。馮夢龍在《情史類略》的編序中寫了一首五言偈子，大談

「情教」，所見已在儒家之上：「有情疏者親，無情親者疏。」更令人驚訝的是：這一切在有明一代變得愈形明顯，因為不論詩、戲曲、小說、文章、筆記或書信，一切似乎都已混聲合唱，似乎都在呼應馮夢龍用佛偈寫下來的話：「願得有情人，一齊來演法。」所謂「以情演法」，可不止是盲目拜神或奇思玄想。馮氏的《類略》所分已道盡情的「種種相」，[177]所以明清兩朝其他著作也都喜歡「談情說愛」。這些文本喋喋不休而又夸夸其言，把那情本說的各種面向盡情剝露。此際的情觀，更因佛教介入而變得益加複雜。種種演變發展到後來，可想必然會出現某一自謂「大旨談情」的敘述，而「情教」的法與真諦若有所謂的「合理性」，此一敘述的促成必然遠勝其他的文本。

註釋

❶ Cf. *SS* 1:51; Yang Hsien-yi and Gladys Yang, trans., *A Dream of the Red Mansions*, 3 vols. (Beijing: Foreign Languages Press, 1978), 1:5; and Li Tche-houa and Jacqueline Alézaïs, *La rêve dans le pavillon rouge*, 2 vols. (Paris: Gallimard, 1981), 1:12.

❷ 脂硯齋用「情情」和「情不情」來討論黛玉和寶玉對「情」兩不相同的態度，就是例子。《評語》頁八一和八二七嘗就此二詞在彙篇中的用法做了個對照表，或可參考；另請參考《卷》，一：五一中花月癡人的評語。

❸ 有關「自由」與「固定」(bound) 詞位的差別，或中文中詞組的形成，請見Jerry Norman, *Chinese* (New York: Cambridge University Press, 1988), pp. 154-156.

❹ 見〈讀花人論贊〉，在《三家》，一：二七，四八。

❺ 見蘇鴻昌，〈論曹雪芹在《紅樓夢》創作中的「大旨談情」〉，《紅樓夢研究集刊》，第十一期（一九八三），頁三九—五八；以及周汝昌，《紅樓夢與中國文化》（臺北：東大，一九八九），頁一九三—二〇五。

❻ 最近論及《紅樓夢》中「情」的問題的專著，可見Haun Saussy, "Reading and Folly in *Dream of the Red Chamber*," *Chinese Literature: Articles, Essays, Reviews* 9 (1987): 25-48；汪道倫，〈中國傳統文化中的情學與《紅樓夢》〉，《紅樓夢學刊》，一（一九九〇）：一〇五—三〇；以及Wai-yee Li, *Enchantment and Disenchantment* (Princeton: Princeton University Press), chapters 4-6。

❼ 例子可見A. C. Graham, *Disputers of the Tao: Philosophical Argument in Ancient China* (La Salle, Ill: Open Court, 1989)。

❽「言說」之「道」見《論語・季氏篇》第五章；「導引」之「道」見〈學而篇〉第五章、〈為政篇〉第三章和〈顏淵篇〉第二十三章；至於「路途」之「道」，見〈子罕篇〉第十一章、〈里仁篇〉第十五章和〈公冶長篇〉第六章等等。下引《論語》，概據〔宋〕朱熹編，《四書集注》（臺北：世界書局，一九九九）。

❾ 見Chad Hansen下列諸作：*Language and Logic in Ancient China* (Ann Arbor: University of Michigan Press, 1983), chapter 1; "A Tao of Tao *in Chuang-tzu*"；以及*A Daoist Theory of Chinese Thought: A Philosophical Interpretation* (New YorK: Oxford University Press, 1983), pp. 68-93及他處。在原始儒家中，「道」的用法每有歧出，相關論述見David L. Hall and Roger T. Ames, *Thinking through Confucius* (Albany: State University of New York, 1987), pp. 226-37。

❿ Michel Foucault, *The Archaeology of Knowledge and The Discourse on Language*, trans. A. M. Sheridan Smith (New York: Pantheon Book, 1972), p. 25.中譯引自米歇・傅柯著，王德威譯，《知識的考掘》（臺北：麥田出版，一九九三），頁九九。「論述」一詞，王譯原做「話語」。

⓫ 葛爾漢之見最早是發表在《清華學報》，第六卷第一、二期（一九六七），頁二五九—六五，乃所著"The Background of the Mencian Theory of Human Nature"的一部分。他另有專節析論「言」字旁的「請」字，見A. C. Graham, *Later Mohist Logic, Ethics and Science* (Hong Kong: Chinese University Press, 1978), pp. 179-182。

⓬ A. C. Graham, *Studies in Chinese Philosophy and Philosophical Literature* (Singapore: National University of Singapore Press, 1986), p. 63.

⓭ 同上注。在*Later Mohist Logic*這本書裏，葛爾漢又指出《呂氏春秋・情欲篇》（卷二和卷三）裏的「情欲」亦可作如是

觀。所謂「欲有情，情有節」，他乃解釋為「欲有其根本者，而根本之情也應有其基準」。見該書頁一八二。

⓮ 唐君毅，《中國哲學原論・原性篇》（臺北：臺灣學生書局，一九八四），頁八九。

⓯ 例如〔清〕王夫之在《讀〈四書大全〉說》（北京：中華書局，一九七五），頁八：一〇乙一一一甲裏就曾說過：「禮雖純為天理之節文，而必寓於人欲以見。……離欲而別為理，其唯釋氏為然。……即此好貨好色之心，而天之以陰騭萬物，人之以載夫地之大德者，皆其以是為所藏之用。……於此聲色臭味，廓然見萬物之公欲，而即為萬物之公理；大公廓然，物來順應，則視之聽之，以言以動，率循斯而無待外求。」

⓰ Chad Hansen, *A Daoist Theory of Chinese Thought*, pp. 276, 406, and 325-327.另見韓氏近文："*Qing* (Emotions) in Pre-Buddhist Chinese Thought," in Joel Marks and Roger T. Ames, *Qing in Asian Thought: A Dialogue in Comparative Philosophy* (Albany: State University of New York Press, 1995), pp. 181-211。韓森又推衍舊著中的思考模式，在後文頁一九六說「情」乃「感官體悟外物」（sensory input）所得的「回應」，也是對「現實所引起的分辨」所做的反應，更是「行道者有別於人的彈射行為」。韓森之見，無異在強調「情」的各種認知層面。他不是無的放矢，乃循諸子的語言哲學而有此一說。所謂「語言哲學」其實還在萌芽階段，是韓森自己從古典萃取而得，墨家給他的靈感尤大。話說回來，要細談這點，我們還得從「感應美學」穿針引線才成。

⓱ 〔清〕王先謙，《荀子集解》（臺北：世界書局，一九八七），卷二二，頁二八四。〈正名篇〉傳統上都列為卷二二，但梁啟雄編，《荀子簡釋》（北京：人民出版社，一九五六）卻列之於卷二四。王先謙的《集解》同頁訓「欲」，說這是「情之所應，所以人必不免於有欲也。」

⓲ Graham, *Studies in Chinese Philosophy and Philosophical Literature*, p. 65.此處葛爾漢把他所謂「『性』的第一義」回溯到同書頁一五自己的各種界說去。

⓳ Hansen, *A Daoist Theory of Chinese Thought*, p. 334.本書頁四一六注六九中，韓森不僅引到《荀子》這段話，也引出卷十九開篇性質近似的一段話。

⓴ Aristotle, "On the Soul," 433a: 16-20, in Jonathan Barnes, *The Complete Works of Aristotle* (Princeton: Princeton University Press,

1984), 1:688.

㉑ 牟宗三或許是怕讀者得出這麼個結論，所以乾脆把「性者情之動」裏的「性」解釋成為「性能」。不過他的論證薄弱，難以令我信服。牟氏之見見所著《心體與性體》（臺北：臺灣學生書局，一九六八—一九六九），二：二八六。

㉒ D. C. Lau, "The Doctrine of *Kuei Sheng* in the *Lü-shih ch'un-ch'iu*," *Bulletin of the Institute of Chinese Literature and Philosophy, Academia Sinica* 2 (March 1992) : 59.

㉓ 韓森討論過上引《荀子》這段話，請酌參所著 *A Daoist Theory of Chinese Thought*, p. 334。

㉔《呂氏春秋》，二：五甲（《四庫備要》版）。

㉕ 朱熹編，頁四一四。

㉖ 朱熹編，頁三七〇—三七一。

㉗《呂氏春秋》，二：三甲（《四部備要》版）。

㉘ Lau, "The Doctrine of *Kuei Sheng*," p. 55.

㉙ 同上注。

㉚ 方之「貴生」的觀念，《列子・楊朱篇》（先秦或魏晉以前之作）對欲望的看法可能適得其反，強調要滿足的雖是有所選擇與分辨的欲望，不過所選卻是安逸富貴之欲，身強體健的長久之計非其所慮。見A. C. Graham, trans., *The Book of Lieh-tzu: A Classic of the Tao* (New York: Columbia University Press,1990), pp. 135-157。相關的討論見Fung Yu-lan, *History of Chinese Philsosphy*, trans. Derk Bodde (Princeton: Princeton University Press, 1952-1953), 2:195-204。

㉛ Lau, "The Doctrine of *Kuei Sheng*," p. 90.

㉜ 這兩句話，我從唐人楊倞的解釋。

㉝ Hansen, *A Daoist Theory of Chinese Thought*, p. 337.

㉞ 同上書，pp. 336-337。

㉟ 那布羅（John Knoblock）的觀察正確無誤，他說「對荀子而言，罪惡的問題和情欲有關。」參見所著 *Xunzi: A*

Translation and Study of the Complete Works, 3 vols (Stanford: Stanford University Press, 1993), 1:98-100。羅愛芝（Heiner Roetz）的說法更是切中肯綮：「天地不全，所以人非聖賢，所以必須孜孜受教，所以得用各種組織維繫生存。荀子認為人生而如此，而這也是荀子的性惡論在發展上的主因。」有關此一「新人性觀」（*natura noverca*）的簡論，請見羅著 *Confucian Ethics of the Axial Age* (Albany: State University of New York Press, 1993), pp. 224-226。羅氏所見鞭辟入裏，所論則擴及此一「新人性觀」在荀子的道德理論裏所衍生出來的問題。

㊱ 見 Benjamin Schwartz, *The World of Thought in Ancient China* (Cambridge: Harvard University Press, 1985), pp. 292-293。如果要為荀子說句公道話，則他的思想不能見容於孟子的地方可能高過孔子。學者經常指出，孔子雖然對人類志道行仁頗具信心，卻也一再述及依仁而行乃屬理想，而且困難重重。例子可見《論語・憲問篇》第一章。其中孔子特別表示要人「克伐怨『欲』」，難矣哉！我這裏的解讀和費爾（Noah Fehl）也有點差距。他認為荀子的種種「情」可不像「四聖諦」一樣可以「診斷其異」，可不能「分門別類化為諸種惡。情其情，欲其欲，也沒什麼錯的。」見費著 *Rites and Propriety in Literature and Life: A Perspective for a Cultural History of Ancient China* (Hong Kong: Chinese University Press, 1971), p. 164。但是問題不在情欲是否為惡，而在荀子於下面一點猶有爭辯：某些情欲可以使人拒絕將個人好處置於社會利益之下。總之，荀子的論點似乎在說「自私」乃與生俱來，而無私係後天教導所成。下引韓森的話言之成理：「荀子論傳統上『禮』的重要，其論證乃建立在人欲有多種的假設之上：人有先天之欲，有自然之欲，有教而後得之欲。這些欲望凡屬動物皆有，難免也會帶來失序亂象和爭鬥失和。道家以為欲乃傳統生成，而且生生不息。荀子卻不作此想，反而辯稱傳統只能決定什麼是欲求的適切對象，又說孔門古來都是以禮馭欲。」韓語見所著 "*Qing* (Emotions) in Pre-Buddhist Chinese Thought," p. 200。

㊲ Graham, *Studies in Chinese Philosophy and Philosophical Literature*, p. 59.韓森在近著中批評葛爾漢，認為他沒有指出「情」的變化過程，也就是沒有看出「情」從「形上而客觀（實體、本質、事實）」的一面轉為「主觀而心理（欲）的變化」。儘管如此，韓森又說「葛爾漢對『情』的基本看法確屬洞見，……無懈可擊。」不過我自己在文本上窮源搜流，倒很懷疑所謂「洞見」與「無懈可擊」之說。韓森又大而化之的說，只有「西方浪漫派」才會認為「『情』（feelings）者，凡人皆

不可或缺」。這些話見所著“*Qing* (Emotions) in Pre-Buddhist Chinese Thought,” p. 201，我實難苟同。先秦諸子無不認為喜怒哀樂乃人情之常，「不可或缺」。這點我在本章裏已經討論得很明白了。如果喜怒哀樂不算「情」（feelings），我倒想知道那算什麼？

38 《莊子・齊物論》，在黃錦鋐註譯，《新譯莊子讀本》（臺北：三民書局，一九七四），頁六一。

39 在〈德充符〉裏，莊子說：「是非，吾所謂情也。」而「吾所謂無情者，言人之不以好惡內傷其身，常因自然而不益生也。」在黃錦鋐註譯，頁一〇〇。這裏所引莊子的第一句話，我從葛爾漢所斷，而「情」字葛氏則解為「常情」（essentials）。見所譯*Chuang-tzu: The Inner Chapters* (London: George Allen and Unwin, 1981), p. 82。對莊子來講，「情」似乎是別是非的智慧，是以「覺」（feelings）察世的方法。

40 參見《左傳・召公二十五年》，在James Legge, trans., *The Chinese Classics* (1892; rpt. Taipei: Wenshizhe, 1972), 5:708；班固，《漢書》，卷七五〈翼奉傳〉（北京：中華書局，一九六二），頁三一六七以下；《白虎通德論》（《四庫備要》版），卷八〈情性篇〉；及陸機，〈文賦〉，在蕭統編，《文選》（一九三六；香港：商務印書館重印，一九七四），卷一七。

41 《禮記訓纂》（《四部備要》版），卷九，頁八甲。

42 見韓愈：〈原性論〉，在《韓昌黎全集》（《四部備要》版），卷一一，頁五一—五六甲；朱熹，《近思錄》（《四部備要》版），二：一乙；及王陽明，《傳習錄》（《四部備要》版），二：三二。

43 《春秋繁露》是否為董仲舒所撰，近人頗有疑慮。我無意在此挑起這個問題，但相關評論與意見可參考Gary Arbuckle, “Some Remarks on a New Translation of the *Chunqiu fanlu*,” *Early China* 17 (1992): 215-38。

44 董仲舒，《春秋繁露》（《四部備要》版），卷十，頁四乙。

45 同上注。

46 同上注，卷十，頁三乙。

47 同上注。

48 Fung Yu-lan, 2: 35.

49 王充（二七—一〇〇）論「本性」時引過董仲舒。他把人分成三等，極力調和其中的異見與歧歸。第一等是孟子所述「中人以上者」，其次則為荀子所說的「中人以下者」，最後則為「中人」。後者之性，則如揚雄所謂「善惡混者」。見《論衡》（《四部備要》版），卷三，頁一五乙。

50 卷五六〈董仲舒傳〉，頁二五〇一。

51 參見《春秋繁露》第四七、四八、四九、八〇與八一各篇。

52 《春秋繁露》，卷一一，頁四甲。

53 同上注，頁六乙。

54 同上注，頁三乙。最近有關董仲舒陰陽論的評述，參見韋政通，《董仲舒》（臺北：東大圖書公司，一九八六），頁七六—八三。

55 段玉裁注，《說文解字》（《四部備要》版），頁十乙及二四甲。

56 《白虎通德論》（《四部備要》版），卷八。

57 同上注，卷十。

58 有關《易經》在這方面的傾向，見Richard W. Guisso, "Thunder over the Lake: The Five Classics and the Perception of Woman in Early China," in Richard W. Guisso and Stanley Johannesen, eds., *Women in China: Current Directions in Historical Scholarship* (Youngstown: Philo Press, 1981), pp. 51-54。人物與道德的分類，見班昭，《女誡》（一九八〇；上海：大眾書局重印），第二—三篇。常人釋「陰」，多見負面解釋，前人因相關聯想所做之分類，可迤邐到清代的思想家如王夫之（一六一九—一六九三）等。王氏在所著《周易內傳》卷三說：「陰之為德，在人為小人，為女子，為夷狄。在心則為利，為欲。」《周易內傳》引文收於王著，《船山遺書（全集）》，第一冊（臺北：中國船山學會和自由出版社，一九七二），頁三四五。蒲安迪（Andrew Plaks）所謂陰陽在文化意識形態上的「二元互補」觀，或僅見於魏晉以後的文本中。見王冰注，《內經素問》，二冊（《四部備要》版）卷二，第五—七篇及卷二四，第七九篇。

59 班昭，《女誡》，頁一七。

❻⓿ 同上注，頁四。
❻❶ 唐君毅，《中國哲學原論‧原性篇》，頁八〇。
❻❷ 裴松之（三七二—四五一）注《三國志》時提過這兩個看法，見所著《三國志注》（北京：中華書局，一九五九），卷二八，三：七九五。
❻❸ 朱熹，《近思錄》（《四部備要》版），卷二，頁三乙。
❻❹ 同上注，頁一乙。
❻❺ 同上注，頁二乙。
❻❻ 《李文公集十八卷》（《四部叢刊》版），卷二，頁五甲。
❻❼ 同上書，頁五乙。李翺這裏的話可能是在呼應荀子的〈正名篇〉，尤其是在回應荀子所定義的「情」：「性之好、惡、喜、怒、哀、樂謂之情。情然而心為之擇謂之慮。心慮而能為之動謂之偽。」見《荀子集解》，頁二七四。
❻❽ 《李文公集》，頁八乙，及一一乙。
❻❾ 見上書，頁八甲：「弗思弗慮，情則不生；情既不生，乃為正思。正思者，無慮無思也。」而頁八乙又說：「情者，性之邪也。知其為邪，邪本無有；心寂不動，邪思自息。惟性明照，邪何所生？如以情止情，是乃大情也。」李翺這裏的修辭是個雜燴，顯然混合了道家和禪宗語彙。
❼⓿ 同上書，頁八乙。
❼❶ 同上書，頁六乙。此一動作有一隱涵的性格，再度為理學家的思想預為伏筆，尤其是他們對聖人「格物」的強調：「物至之時，其心昭昭然，明辨焉而不應於物者，是致知也，是知之志也。」（見同書頁九甲）頁一一甲某處，李翺又引《尚書‧舜典》說：「堯舜之舉十六相，非喜也；流共工，放驩兜，殛鯀，竄三苗，非怒也。」
❼❷ 朱熹注，頁二六。
❼❸ 有關《荀子》論「學」、「法」和「命」的討論，請見 Fehl, *Rites and Propriety*, pp. 151-212。
❼❹ 「養」在這裏不做「滋養」解，不應局限之以單義。《周禮》（《四部備要》版），卷五，頁二乙「凡療傷，以五毒攻

之，以五氣養之，以五藥療之，以五味節之」一句中的「養」就做他解。現代人所謂「養病」，指的是「療養」。不過《孟子‧公孫丑上》所謂「吾善養吾浩然之氣」中的「養」字（第十一章），應該就有「滋養」的意思。「養神」一詞，衍生自此。這兩條線脈的「養」字意義，在荀子「養情」一詞上俱可見到。

75 見Hansen, *A Daoist Theory of Chinese Thought*, p. 312。

76 在原始儒家的研究界，這當然是個我們耳熟能詳的主題。這方面的近期研究，方便者可見Ambrose Y. C. King, "The Individual and Group in Confucianism: A Relational Perspective," in Donald Munro, ed., *Individualism and Holism: Studies in Confucian and Taoist Values* (Ann Arbor: University of Michigan, 1985), pp. 57-70。

77 由是觀之，則中國人的禮儀正可說明Jonathan Z. Smith, *To Take Place: Toward Theory in Ritual* (Chicago: University of Chicago Press, 1987) 書中之見。Smith言簡意賅說「禮儀」涉及身分與時地之宜。古人行禮，不論是從閫內到公堂之上，從居喪之處到墳場，從內房到祠堂，或是從家庭到家國，都要按高下尊卑來做，不得越位，而且隨時都得注意。所謂「高下尊卑」，本身就和「位置」有關。儒家一向認為「君」重於「親」，包括所謂「至親」。何以如此？荀子有詳細的說明，見〈禮論篇〉，頁二四八—四九。他又引《詩‧泂酌》為證，說「君」乃民之「父母」也，從而再證《孟子‧梁惠王》之說（上篇，第四—五章；下篇，第六—七章）。

78 Anthony C. Yu, "'Rest, Rest Perturbed Spirit!' Ghosts in Traditional Chinese Prose Fiction," *Harvard Journal of Asiatic Studies*, 7/2 (1987): 413-415.

79 這段話相當具有啟發性，不過一般人都以為位置有誤。見Burton Watson, *Hsün Tzu: Basic Writings* (New York: Columbia University Press, 1963), p. 102。

80 James J. Y. Liu, *Chinese Theories of Literature* (Chicago: University of Chicago Press, 1975), p. 53-87.

81 《尚書‧堯典》，在屈萬里，《尚書集釋》（臺北：聯經出版公司，一九八三），頁二八。參較Legge, *The Chinese Classics*, 3: 28。

82 相關之討論，見畢萬忱，〈言志緣情說漫議〉，在《古代文學理論研究》第六期（一九八二）：五七—六九。亦見

Stephen Owen (宇文所安), *Readings in Chinese Literary Thought* (Cambridge: Harvard University Press, 1992), pp. 130-131。畢萬忱和宇文所安似乎都認為「志」和「情」乃不同的概念。宇文著頁一三一說道：「陸機〔〈文賦〉所謂『詩緣情而綺靡』一句〕『擴大』了『詩』原來的定義。如此一來，『詩』真正的意涵才解釋得清楚。」或許吧！不過放在情欲論述的脈絡中，陸機的定義可能是在呼應而非擴大論點，因為我們如果把對詩或音樂的起源的討論放在對禮儀的起源的討論中來看，「情」的中心位置馬上顯現。是的，〈大序〉的修辭結構確實讓「志」和「情」處在最為接近的位置中。

❽❸ 黃叔琳，《文心雕龍注》（臺北：開明書店，一九五八），卷六，頁八甲。

❽❹ 從荀子到《禮記》所頌揚的禮的理想，甚至是到〈毛序〉所論的詩所具有的教化力量，歷來論者頗不乏人，例如Bernhard Karlgren, "The Early History of the *Chou Li* and *Tso Chuan* Texts," *Bulletin of the Museum of Far Eastern Antiquities* 28 (1931): 1-58；唐君毅，頁七九—八九；John Knoblock, 1: 36-44; Haun Saussy, *The Problem of a Chinese Aesthetic* (Stanford: Stanford University Press, 1993), pp. 100-105及p. 224注73。

❽❺ 〔清〕阮元，《十三經註疏（及補正）》（臺北：世界書局，一九六三—一九六九），一：五甲。

❽❻ Owen, *Readings in Chinese Literary Thought*, p. 41.

❽❼ 有關這裏所謂「強調」的討論，見高友工，〈詩與音樂〉，《中國時報・人間副刊》，一九九三年十二月五日。

❽❽ 宇文所安對這段話的解讀相當有趣，可參見*Readings in Chinese Literary Thought*, p. 42。宇文借某種「氣」的理論，在此說明「情之動」有其強度等級之別。

❽❾ 《禮記訓纂》，二冊（《四部備要》版），卷九，頁十甲。

❾⓪ Liu, *Chinese Theories of Literature*, pp. 7-9有精簡之論。另見Stephen Owen, *Traditional Chinese Poetry and Poetics: Omen of the World* (Madison: University of Wisconsin Press, 1977), pp. 17-28; Owen, *Readings in Chinese Literary Thought*, pp. 283-298（論《文心雕龍》）; Peter Bol, "*This Culture of Ours*": *Intellectual Transitions in T'ang and Sung China* (Stanford: Stanford University Press,1992), pp. 84-107。漢世以降，書寫在中國文化中每具樞紐地位。「文」的觀念在近世之前早已變成意識形態，一部二十五史就是造成並散布這種思想的利器。這些事實，Bol所著立論周延，舉證尤詳。

91 阮元，一：一四甲。

92 有關西方人的類似表述，可見Susanne K. Langer, *Philosophy in a New Key: A Study in the Symbolism of Reason, Rite and Art* (New York: New American Library, 1942)和*Feeling and Form: A Theory of Art* (New York: Charles Scribner's Sons, 1953)二書。

93 有關希臘人這個道德觀，見Moses I. Finley, *Ancient Slavery and Modern Ideology* (New York: Viking Press, 1980)。

94 例如《莊子·天下篇》又謂：「《詩》以道志，《書》以道事，《禮》以道行。」在黃錦鋐註譯，頁三七〇。

95 見劉義慶著，余嘉錫撰，《世說新語〔箋疏〕》（臺北：華正書局，一九八九），頁二四四。

96 《春秋左傳註疏》，在阮元編，卷五一，頁四乙。

97 王雲五編，《孟子正義》（上海：商務印書館，一九三五），頁一〇一。

98 英文中"oretic"一字源出希臘文*orego*，意指「達到」或「開展」（to reach or stretch out）。該希臘字的名詞形為*orexis*，亞里士多德曾借來指各種「欲望」或「感情走向」：「這種感情有其運動對象，會由內心積極主動的開展。」請見下面書中的探討：Martha C. Nussbaum, *The Fragility of Goodness: Luck and Ethics in Greek Tragedy and Philosophy* (Cambridge: Cambridge University Pess, 1986), pp. 273-298。有關「志」與「情」進一步的討論，請見朱自清，〈詩言志辨〉，在《古典文學專集》（上海：古籍出版社，一九八一），一：一八三—二三四；郭紹虞，《照隅室古典文學論集》（上海：古籍出版社，一八九三）一：二三—二六；或見Steven van Zoeren, *Poetry and Personality: Reading Exegesis, and Hermeneutics in Traditional China* (Stanford: Stanford University Press, 1991), chapter 3。

99 《禮記訓纂》，卷二九〈孔子閒居〉，頁一甲。

100 van Zoeren, *Poetry and Personality*, p. 54.

101 同上書，頁一六九。

102 例子見唐圭璋編，《全宋詞》，五冊（北京：中華書局，一九六五），一：一五〇—五五。

103 阮元編，卷四，頁一六甲。

104 高本漢（Bernhard Karlgren）亦持此見，見所譯*The Book of Odes* (Stockholm: Museum of Far Eastern Antiquities,1950), p.

49。

105 范佐倫頁一六九以「放蕩」(debauched)釋「奔」，我難以苟同，因為從〈小序〉到宋代歐陽修、朱熹或其他的注家，「淫詩」顯然和「淫奔」有關。「放蕩」或非誤解，但在語境中有點格格不入。

106 我從Charles O. Hucker, *A Dictionary of Official Titles in Imperial China* (Stanford: Stanford University, 1985) 之見，以「地官」職司「教育」，而「媒氏」掌男女嫁娶。

107 《周禮正注》(《四部備要》版)，卷一四，頁六乙。

108 例如歐陽修，《詩本義》(《四部備要》版)，卷一，頁七乙—八甲；朱熹，《詩集傳》(《四部備要》版)，卷四，頁二九甲—乙。

109 有關這兩個字的討論，范佐倫所著頁一六二—一六六相當有用。但是他以「義」指「重要性」，我礙難同意。

110 Saussy, *The Problem of a Chinese Aesthetic*, p. 108.

111 語出《論語・八佾篇》，第二十章，唯朱語稍異。

112 《朱文正公文集》(《四部備要》版)，卷七六，頁一三乙—一四甲。

113 「道德史」(moral history)一詞引自Owen, *Readings in Chinese Literary Thought*, p. 47。

114 陳子展，《詩經直解》，二冊(上海：復旦大學出版社，一九八三)，一：二三五—二三六。

115 劉向，《列女傳》(《四部備要》版)，卷四，頁四乙。

116 陳子展引各種文獻和疏傳，主要目的在示人史上確有息夫人其人。他由此再論，所處理的當然就是息夫人做過什麼營生，是否還有其他的名字等。《列女傳》引《詩》，迄今沒有人考慮過是否和修辭有關。

117 引於陳子展，《詩經直解》，一：二六四。宋亡以後，黎立武拒絕出仕，又與文天祥、謝昉等忠臣烈士遊。其生平與著作情形可見於〔清〕黃宗羲，《宋元學案》(上海：商務印書館，一九三五)，卷二八。

118 此詩又名〈傷殷操〉，本事可見於《史記》(百衲本)卷三八(宋微子世家第八)，謂箕子至周廷，見商都既頹，唯禾黍叢生其間，故悲而哭之。但他又唯恐涕泣如婦人，乃吟此詩以悼之。全詩另一部分為「麥秀漸漸兮，禾黍油油。彼狡童兮，不與我好兮」。讀《史記》者都知道這裏的「狡童」指殷紂。有謂聞此歌之作，殷民皆流涕。

⑪⑨〈狡童〉（《毛詩》第八六首）全詩如下：

彼狡童兮，
不與我言兮。
維子之故，
使我不能餐兮。

彼狡童兮，
不與我食兮。
維子之故，
使我不能食兮。

⑫⓪黎立武的（經論），我遍尋不獲，不知尚存否。上引唯見諸清儒施閏章的詩話。後者經毛奇齡編輯成書，題為《白露州主客說詩》，詳見陳子展，一：二六三。

⑫①赫許（E. D. Hirsch, Jr.）的《詮釋的效用》（*Validity of Interpretation* [New Haven: Yale University Press, 1967]）廣受討論，我因上文故而對他在書中擬澄清自己立場的企圖頗為同情。赫許辯稱在詮釋的行為中，作者的意圖是合於規範的意義決定因。《詮釋的效用》生出不少事端，大多因為下面問題所致：所謂「作者意圖」指的是「原作者」，而我們又要如何決定那「意圖」的內涵？赫許在不久前所寫的一篇文章中，似乎胸有成竹的下此結論道：在事關詮釋的爭辯中，我們應視「作者」為一具邏輯與功能性的範疇，而不應以經驗論局限之。見所著 "Transhistorical Intentions and the Persistence of Allegory," *New Literary History* 25/3 (Summer 1994): 549-67。

122 即使一語雙關，這種情況亦然，德希達（Jacques Derrida）以「我看巨人」為例說明。這句話如果只是在狀摹眼見之物，據德氏則可能僅為隱喻。然而倘在表示害怕，則照字面解之即可。見所著 *Of Grammatology*, trans. Gayatri Chakravotry Spivak (Baltimore: Johns Hopkins University Press, 1976), pp. 275-276。話說回來，德希達的瞭解有一前提，亦即在我們所知的世界中根本無所謂「巨人」這回事。雖然如此，如果有個五歲的小男孩看到某職業籃球隊裏的五名球員，然後大叫一聲：「我看到巨人。」他的話很可能有字義、有喻義，我們也不必說這句話非指「害怕」不可，因為言下意從驚訝到仰慕都有。

123 阮元編，卷四，頁一一甲：一：一七三。

124 章學誠，《文史通義》（《四部備要》版），卷五，頁二九甲。有關〈婦學〉的近期研究，請見Susan Mann, "'Fuxue' (Women's Learning) by Zhang Xuecheng (1738-1810): China First History of Women's Culture," *Late Imperial China* 13/1 (1992): 40-62。

125 Li, *Enchantment and Disenchantment*, p. 19.

126 van Zoren, p. 247.

127 鄭玄，《毛詩鄭箋》（《四部備要》版），卷一，頁二乙。括號中為強調；括號係我所加。

128 有關這方面的詳論，請見Siu-kit Wong, "*Ch'ing* in Chinese Literary Criticism," Ph.D. dissertation (Oxford University, 1969)。這篇論文幾乎一網打盡歷來「情」的用法，但分析上的功力則有所不足。

129 在《禮記》卷十九，這句話至少出現過兩次。

130 見《繫辭下傳》，第二章，在朱維煥，《周易經傳象義闡釋》（臺北：臺灣學生書局，一九八六），頁四九四。

131 《詩品》（《四部備要》版），卷一，頁一甲。

132 揚雄（西元前五三—一八），《法言》（《四部備要》版），卷五，頁三乙。

133 〈翼奉傳〉，在《漢書》（百衲本），卷七五。這段話也可以附會到漢人時興的對等宇宙觀去，尤其是其中的小宇宙這一面。這種觀念以五行滋情養德，「難用外察，從中甚明」。另請參見《白虎通德論》，卷八，〈情性篇〉。

134 根據艾略特，詩可以達情，效果甚佳，詩因此也是通性或共性最好的媒介。「情感強烈的人類靈魂，會用詩奮力表現自己。……我們如果想求得永恆，獲取共性，自然會用詩表現自己。」見T. S. Eliot, *Selected Essays* (New York: Brace, 1932), p. 46。在*On Poetry and Poets* (New York: Noonday Press, 1961), p. 87，艾氏深一層說道：「感性的某些範疇凝聚得最為稠密時，可以用戲劇詩來表現。值此之際，我們會觸及某些感情的邊緣。這種感情，只有音樂才能表現出來。」

135 如〔梁〕鍾嶸，《詩品・序》（《四部備要》版），在卷一，頁一甲；〔梁〕裴子野，〈雕蟲論〉，在嚴可均編，《全上古三代秦漢三國六朝文・全梁文》，五冊（上海：中華書局，一九六五），卷五三，頁一六甲；以及〔梁〕蕭統，〈與湘東王書〉，在嚴編，《全梁文》，卷十一，頁三乙。

136 鄭玄，卷一，頁一乙。

137 這些詩句引自《楚辭・九章》中〈惜誦〉、〈抽思〉二篇及〈遠遊〉一篇。見孔一編，《詩經・楚辭》（上海：古籍出版社，一九九八），頁一三九、一四一及一四七。

138 見蕭華榮，〈吟詠情性——鍾嶸詩歌評判的理論基礎〉，《古典文學理論研究》七（一九八二）：一六〇—一七五。不過蕭氏此文致力於「詩言志」和「詩言情」的區別。他認為前者和儒家所強調的政治及道德說教有關，後者則至少在陸機和鍾嶸的用法中為文藝美學的嚆矢之一。

139 〔晉〕陸機，〈文賦〉，在《陸士衡集》（《四部備要》版），卷十七，頁七甲。陸機這句話馳名史冊，得放在他其他詩文的類似語構中才能看得分明。〈思歸賦〉中有這樣的句子：「悲緣情以自誘」（卷二）。在〈歎逝賦〉中，他則說：「哀緣情而來宅。」見《陸士衡集》，卷三，頁三甲。這兩句詩都指出，「情」這個觀念乃人類主體或情事的性之本也，可以激盪出哀、悲、喜、樂等特定的情感回響。

140 蕭華榮，頁一六七。

141 黃叔琳注，卷六，〈定勢〉第三十，頁二四甲。

142 有關詞的抒情性的簡論，見Pauline Yu, "Introduction" to Yu, ed., *Voices of the Song Lyric in China* (Berkeley: University of California Press, 1994) 及Shuen-fu Lin, "The Formation of a Distinctive Generic Identity for *Tz'u*," in Yu, ed., pp. 3-29。儘管

「婉約」和「豪放」大多用來為詞分類，也有人用「豪放」或「溫文儒雅」區別散體。

⓭ 我重彈情本說的舊調，當然和某些當代中國學者所謂中國文學裏的「抒情傳統」有關。陳世驤收於楊牧編，《陳世驤文存》（臺北：志文出版社，一九七三）的短論〈中國的抒情傳統〉，是這方面的開山之作。他雖然沒有注明引用文獻，文中的觀察卻犀利深刻，說是整體而言，中國的文學道統確以抒情為主，見該書頁三四。高友工則把外現的抒情之風發展成一批評觀念，用於小說的解析上。所著〈文學研究的美學問題〉下篇，《中外文學》，第七卷第一二期（一九七九），頁四—五一，也把抒情和「言志」並論而談，其中聯繫我們早已耳熟能詳。陳世驤和高友工所見雖有價值，但是他們用英文"lyricism"迻譯中文「抒情」一詞，也有一些屬於語言和哲學上的問題。從字源上看，"lyric"（希臘文*lyra*，指豎琴）和音樂及「耳聽」的關係大於其與情感之表達者。此外，在西洋古典觀念裏，"lyric"僅指任何非敘事與非戲劇性的詩，本身並非情感傳遞最佳之選擇。然而陳世驤和高友工在形塑中國抒情傳統時，卻拒絕其與「情」、「志」和「欲」的聯繫（見高著，頁四五）。他們如此否認，不啻混淆了中國語文觀念中的情本思想，也因此而否認了倫理和政治上的「導欲」和「節欲」等相關傾向。在這方面，呂正惠的近著有較切實際的討論，見所著《抒情傳統與政治現實》（臺北：大安出版社，一九八九）一書。

⓮ 黃叔琳注，卷六，二六：一甲。

⓯ 有關劉勰在這方面的論述，見張淑香，《抒情傳統的深思與探索》（臺北：大安出版社，一九九二），頁六三—八四。有關「情景」說，見蔡英俊，《比興物色與情景交融》（臺北：大安出版社，一九九〇）一書。

⓰ 黃叔琳注，卷七，三一：一乙。

⓱ 同上注。

⓲ 鍾嶸，《詩品・序》，頁五乙—六甲。引文最後一句話出自《論語・陽貨篇》，第九章。

⓳ 蕭華榮，頁一七二。

⓴ 黃叔琳注，卷二，六：一甲。

㉑ 西方人論情的著作，下面一書方便可見：Justin Oakely, *Morality and the Emotions* (London and New York: Routledge, 1992)。

至於H. M. Gardiner, Ruth Clark Metcalf, and John G. Beebe-Center, *Feeling and Emotion: A History of Theories* (New York: American Book Company, 1937)一書雖然有點過時，但仍為西方人就這個主題所寫的相關史論中最周詳的一本。

152 蕭華榮，頁一六七。其他例子可見周汝昌，《紅樓夢與中國文化》，頁二一九。周氏在此引了一段馮夢龍《情史・序》裏的話：我在讀他的簡釋時，有一點覺得很吃驚，亦即博學如周氏，居然也會誤解馮氏的諷刺。馮氏談明代小說家反傳統的心意和情感時，愛用「情志」的結構以凸顯之。這點周汝昌沒有掌握到。儘管馮夢龍在此用最強烈的口吻表出他深知情——包括「情色」（周氏的引文把和此相關句子給省略了）——在人生裏無所不在，重要性超過一切，周汝昌的評論卻斷然說道：馮夢龍的情觀和兒女間的情欲無關。從周氏的說法中，我們可以清楚感受到中國人對情色之愛有如芒刺在背，古來故而不得不以寓言說之。當代詩人張錯（張振翺）著有雜文集《兒女私情》，他在序文文首說讀完所著，讀者自會瞭解所謂「兒女私情」實則為「家國大事」（頁一）。如果連張氏這樣的詩人都得堅持情色主體的必然性，覺得只有在集體意識中才能找到其最具意義的表現，從而稱之為「家國大事」，那麼下面詹明信（Fredric Jameson）如今眾所周知的論斷，中國文學的批評家可能就找不到碴了：「第三世界的文本，即使是那些看來私密、充滿了原欲的力量者，也有必要用國家寓言的形式來投射其政治面向：個體命運的故事，一向是第三世界公眾文化和社會交戰的寓言。」見所著"Third-World Literature in the Era of Multinational Capitalism," *Social Text* 15 (1986): 69。

153 《禮記訓纂》，卷九，頁八乙。

154 見章平秋與章培恒編，《中國禁書大觀》（上海：上海文化出版社，一九八八）。這本禁書大全編得鉅細靡遺，有趣而又令人佩服。不過所編僅止於民國以前，一九一一年以後居然從缺。

155 Ying-shih Yü, "Individualism and the Neo-Taoist Movement in Wei-Chin China," in Donald Munro, ed., *Individualism and Holism: Studies in Confucian and Taoist Values* (Ann Arbor: University of Michigan Press, 1987), p. 122; cf. Thomas C. Heller, et al., eds., *Reconstructing Individualism, Autonomy, Individuality and the Self in Western Thought* (Stanford: Stanford University Press,1986).

156 Yü, "Individualism," pp. 122-125.

157 語出〔晉〕干寶，《晉紀》，引於劉義慶，頁七三一。

158 嵇康，〈難張遼叔自然好學論〉，在嚴可均編，《全三國文》，卷五十，頁六乙—七甲。

159 向秀，〈難嵇叔夜養生論〉，在嚴可均編，《全晉文》，卷七二，頁六甲—七甲。

160 余英時，〈曹雪芹的反傳統思想〉，在《紅樓夢研究專刊》，五（一九八〇）：一六五。

161 康正果，《風騷與艷情》（臺北：雲龍出版社，一九八八），頁一三二。從比較文學的角度來看的有關謫貶之臣與棄婦的對比，亦可見諸Lawrence Lipking, *Abandoned Women and Poetic Tradition* (Chicago: University of Chicago Press, 1988), pp. 127-134。

162 〔明〕李贄之見，在所著《焚書》（北京：中華書局，一九六一），頁九〇；呂坤之見，見Joanna F. Handlin, "Lü K'un's New Audience: The Influence of Women's Literacy on Sixteenth-Century Thought," in Margery Wolf and Roxanne Witke, eds., *Women in Chinese Society* (Stanford: Stanford University Press, 1975), p. 34。

163 陸游的詞見唐圭璋編，三：一五八五。他的前妻唐氏所譜見同書三：一六〇二。

164 《牡丹亭》的作者序，可見於徐朔方編，《湯顯祖集》，二冊（北京：中華書局，一九六二），二：一〇九三。

165 Ronald C. Egan, *Word, Image, and Deed in the Life of "Su Shi"* (Cambridge: Harvard University Press, 1994), p. 317.蘇軾的〈江城子〉，請見唐圭璋編，一：三〇〇。

166 元詞見《全唐詩》，十二冊（北京：中華書局，一九六〇），四：四五〇九。

167 參見下列著作：王書奴，《中國娼妓史》（上海：生活出版社，一九三五）；岸辺成雄，〈娼妓の活動〉，在所著《唐代音樂の歷史的研究：樂制篇》（東京：東京大學，一九六〇），一：九五—一〇六；石田幹之助，〈長安の歌妓〉，在所著《增訂長安の春》（東京：平凡社，一九六七），頁一〇〇—一二五；以及陳東原，《中國婦女生活史》（臺北：臺灣商務印書館，一九七七）。

168 例子見胡文楷，《歷代婦女著作考》，增訂版（上海：古籍出版社，一九八五），頁一七—三九。亦請參見K'ang-i Sun Chang and Haun Saussy, *Women Writers of Traditional China: An Anthology of Poetry and Criticism* (Stanford: Stanford University

Press, 1999).

169 參見陳東原，頁九八—一〇一的例子。有關唐代女詩人李冶、魚玄機和薛濤的討論，見Maureen Robertson, "Voicing the Feminine: Constructions of the Gendered Subject in Lyrical Poetry by Women of Medieval and Late Imperial China," *Late Imperial China* 13/1 (1992): 74-79。

170 在這方面，明代文人呂坤的看法很有代表性，見Handlin, pp. 13-38；另見同作者著，*Action in Late Ming Thought: The Reorientation of Lü K'un and Other Scholar-Officials* (Berkeley: University of California Press, 1983), pp. 149-160。明清之際女性詩人詞客多甚，浪漫之「情」亦經多方頌揚，相關論述見Paul S. Ropp, "Love, Literacy, and Laments: Themes of Women Writers in Late Imperial China," *Women's History Review* 2/1 (1993); K'ang-i Sun Chang, *The Late Ming Poet Ch'en Tzu-lung: Cries of Love and Loyalism* (New Haven: Yale University Press, 1990), chapters 2 and 3；以及後者所著"Ming-Qing Women Poets and the Notions of 'Talent and Morality,'" in Theodore Huters, R. Bin Wong, and Pauline Yu, eds., *Culture and State in Chinese History: Conventions, Accommodations, and Critique* (Stanford: Stanford University Press, 1997)一文。

171 見Robertson, p. 69：中國男性詩詞中，「說話的聲音常經戲劇化，變成女性聲音的一種形式。不過這些話和主體實際位置的源頭，詩中卻很容易洩露出來。男人所寫的女人都被動而自憐，痛苦也都經浪漫化，一眼就可看出那窺視者正是詩人或詞人自己。從他們所縷述的閨房衣物及其陳列，這點也不難見微知著。……這些詩人詞客所凸顯的女人叫不出名字來，形象也是傳統固定的類型。她們反應而出的聲音只是空洞的意符；走進這些意符中，男性作家或讀者就可以投射自己的情欲。」儘管如此，由於中國歷史悠久，也不是每個男性文人都會用這種模式來作詩填詞，明清時期著名的例外可見Paul Ropp, "A Confucian View of Women in the Ch'ing Period— Literati Laments for Women in the *Ch'ing shi tuo*," *Chinese Studies* 10/2 (1992): 399-435。

172 Lipking, p. 132 .

173 陳寅恪，《元白詩箋證稿》（上海：古籍出版社，一九七八），頁八一。

174 有關《嬌紅記》和晚明文化困境的研究，參見Richard G. Wang, "The Cult of *Qing*: Romanticism in the Late Ming Period

and in the Novel *Jiaohongji*," *Ming Studies* 33 (August 1994): 12-55。《西遊補》與《紅樓夢》似乎共享某些母題，相關論述見周策縱，〈《紅樓夢》與《西遊補》〉，在《紅樓夢研究集刊》，第五期（一九八〇）：一三五—一四二。有關《金瓶梅》對《紅樓夢》的影響，見Mary Elizabeth Scott, "Azure from Indigo: *Hongloumeng's* Debt to *Jing P'ing Mei*," Ph.D. dissertation (Princeton University, 1989)。.

175 〈賣粉兒〉原本收於劉義慶的《幽冥錄》，不過已經編入李昉，《太平廣記》，萃文堂本，五冊（臺南：明倫出版社），卷二七四，三：二一五七。

176 這是倪豪士（William H. Nienhauser, Jr.）研究包括〈李娃傳〉在內的三組作品後的結論，見所著 "Female Sexuality and the Double Standard in Tang Narratives: A Preliminary Survey," in Eva Hung, ed., *Paradoxes of Traditional Chinese Literature* (Hong Kong: Chinese University Press, 1994), 1-20。有關情色在唐傳奇中的顛覆性本質，見馮明惠，〈唐傳奇中愛情故事之剖析〉，在林以亮等編，《中國古典小說論集》（臺北：幼獅文化出版社，一九七五），頁一一一—一五一。

177 馮夢龍，〈《情史》敘〉，見古本小說集成編輯委員會編，《古本小說集成・情史》（上海：古籍出版社，出版年份不詳），頁七—一〇。

第三章
石頭

冷冷然如汝心滅情不牽，
而我尚未能忘已於石頭。
（Alexander Pope, *Eloïsa to Abelard*）

虛構的石頭

由於《紅樓夢》稱其「大旨談情」，所以上面一章的重點在儒家情觀的部分系譜。我擬藉此指出在脈絡化書中「情」字的研究時，此一論述對我們有何幫助。不過有一點我們應該立即指出，亦即《紅樓夢》之所以會談到「情」或「欲」，一大原因是書中寫天地不全，有賴「石頭」予以修葺。天亦有缺，神瑛侍者有需求，有不滿，也有渴望。由是觀之，我們或可謂打一開頭，《紅樓夢》言及的主要問題便不僅關乎情欲的正當性，也包括對這一點的認識。神瑛侍者乃仙界靈石，但凡他的起源、他和僧道的對話，以及他終於撞入紅塵，驚天動地等事，莫不和情欲有關。即使他幻形變成一顆石頭，上鑿的故事和經歷，也都環繞著情字而轉，涉及了情之生與情之驗，廣涉我們如何再現、如何認識這個情字。

上述有關情的諸多問題，無一不和《紅樓夢》通書有關。而欲知這方面的大概，我們得由神話中的神瑛侍者談起，因為《紅樓夢》的俗世悲歡，殆因仙界欲念而起。我們也得暫回第一回回末：我曾指出這裏有些修辭技巧，足以消解是書內容和時代的歷史聯繫。易言之，這一回中所寫的時間雖涉故事的緣起，卻發生在洪荒太初之際，虛無縹緲。女媧煉石補天，時有棄石一塊。此石幻化之後遍歷凡塵，而後《紅樓夢》遂有《石頭記》的「原名」；也因此故，《紅樓夢》才會在「此書從何而來」一事上再三著墨。棄石的故事，同時也不斷在強調荒唐的表相之下，其實蘊藏有無限的真實。歷來的史學撰述，總是把敘述時間再度銘刻在宇宙的時間之中，亦即將之銘刻在和宇宙的「歷史」並行的時序之中，❶而《紅樓夢》開書所謂小說中的故事「無朝代年紀可考」，顯然便和上述觀念殊途二橛。故事源自太初之世，不啻在說小說有「異」，蓋時、事雖然無可稽考，小說卻有其敘述邏輯，將那石頭誤入紅塵的動機一一道來，確可「使閱者了然不惑」。《紅樓夢》這種筆法乍看老套，似乎從業報輪迴的角度立論，實則卻是情節上的一大而且是雙重的進展，充分建立起文本的身分。綜言之，《紅樓夢》用玉石這個大母題強調自己存在的模式，亦即我們一般所謂的「虛構性」。本章所擬檢視者乃《紅樓夢》係一有關石頭的故事，亦即神瑛侍者乃書中主角的事實。這一點千真萬確，程度不下於石頭究竟為何這個問題，亦即這石頭也是一個文本，以語言再現，也以虛構示人。我另感興趣的包括「接受」的問題，亦即閱讀石頭我們所得為何。換言之，我的論點不脫故事正文的暗示：主角在小說裏的劫數也就是他證悟的需求，是他遁脫情網、跳出葛籐的追尋。這個過程亦可轉喻虛構作品的形成與接受。在此之外，我另擬指出棄石墜凡的故事語言深刻而又富於人情，其敘說與閱讀本身早就交織著某種內省性的互動。我們唯有正襟危坐，深究中國哲學與宗教上的某些大主題，才能體察此等衝撞之極。

這些大主題各有細微的差異，也有各自的發展。要掌握這些種種，我們得先探討書首女媧神話的意義。古籍所見此一女神的故事說法不一，而且時見牴牾。但我們綜合各家著錄，仍可發現其中至少仍有兩個重要的母題。[2]首先，女媧常以伏羲為伴，兩人同時並現，似乎都屬於某創世神話的部分內容。話說回來，包德英（Derk Bodde）卻從宇宙先其存在的事實否定她們造物主的身分。[3]是以女媧倘真令人思及洪濛初判，則其所闡釋的宇宙形成觀恐怕會永無定論，徒然在《楚辭・天問》裏留下個疑問便了：「女媧有體，孰制匠之？」此一問題簡直大開倒車，而且沒有個歇止處。因此，女媧縱能代表洪荒太初，其地位與意義顯然也要大打折扣。

雖然如此，《四部備要》版《淮南子・覽冥訓》頁七甲的敘述，[4]卻是個頗見歧異的故事：女媧曾煉五色石補天闕，斷鼇足以立四極，又積蘆灰以止淫水。共工與顓頊爭帝位，怒觸不周山，折天柱，絕地維，幸賴女媧修復之。換句話說，《淮南子》無非強調若無女媧，文化將傾，分崩離析。共工的故事也是版本不一，但總與太古洪荒的水難關係密切。他撞倒不周山，天傾地斜，振滔洪水。[5]既敗，遂遭流放，象徵渾沌退讓，秩序生焉。[6]女媧煉石補天，當為重建秩序的一大功臣。

在女媧神話中，上述兩大母題顯而易見。她與伏羲婚媾，正可象徵皇天后土，匡正亂象。蒲安迪故此草萊初創，從這個觀點研究《紅樓夢》，使女媧神話成為其原型解讀的基底。女媧和伏羲「本為兩不相干的天神」，然而在漢代的神話中卻結為一體，武梁祠的石刻上就是如此表示。他們亦分亦合，弔詭得很。在蒲安迪眼中，這恰可象徵「中國文化好在同時呈現正反互補的傾向」。蒲氏還發覺，《紅樓夢》的意義與結構中，也充斥著這類現象。[7]

從《紅樓夢》的大設計來看，蒲安迪的解譯或許有理，但是有關渾沌初開的各種疑竇，他就難以為人解蔽，更不提說明得了女媧神話在小說中的用意。誠如《紅樓夢》的內文所示，女媧故事僅於消極處暗示小說的情節根由，說那媧皇煉石補天用了三萬六千五百塊彩石，單剩一塊棄置未用——蓋「獨自己無材不堪入選」也（《紅》，一：二）。棄石的浮沉於茲始焉，而所涉的關鍵首先便在「材」字。不管他人如何解釋與定義這個字，也不管古人今人如何書寫此字，就此刻《紅樓夢》的文義格式衡之，「材」者「才」也，而這可能也是此字最佳的解讀之道。❽棄石「無才」，故從靈界墜凡。這段傳奇，黃衛總看得真，批來可謂一針見血：

> 這裏寫得很清楚，傳達的是空負奇材而無用武之地的挫折。三萬六千五百零一這個數目值得細味：女媧只用了三萬六千五百塊彩石，獨有一塊多餘，乃棄置不用。三萬六千五百這個數目，符合中國傳統曆法中百年的天數。「無才不用」的象徵意涵顯然。更有甚者，談到曆書上一年的時日之際，作者或敘述者汲汲要我們注意的便是「時」這個傳統上的大觀念，也要我們注意「生不逢時」這句話。文人蹭蹬，總是用這句話自我開罪。❾

《紅樓夢》的作者是否也想「自我開罪」，這點可由得我們不斷的思考下去。不過有一點幾可肯定，亦即書中的頑石打一開頭確實敏感，有一種米爾頓（John Milton, 1608-1674）式的「余生也晚」的感嘆。石背即鏨有一偈：

無才可去補蒼天，枉入紅塵若許年。
此係身前身後事，倩誰記去作奇傳？（《紅》，一：四）

這首詩沒有什麼玄妙之處，但也不是一無文字上的破綻：首行的「可」字在句構上即顯得模稜兩可。許多讀者把此行視做陳述句，但是若以匠心獨運的反問（rhetorical question）看待，則其中自然充滿無奈與怨忱：我既然「無才」，難道也可以去補天嗎？句中意思明白之至，而其自疑自問，同見強調，蓋莫非因此而見棄墮凡？果真又愚騃闇昧，難以同參天工造化？⑩棄石志既未伸，於是胸懷鬱結。詩中第二行的「枉」字便在續託此心。此字或指「枉然無益」，而倘然以此印證，則其尋常解法便非無的放矢——前身既無用武之地，即使撞入紅塵仍為棄石！既然先天不良，又何能補天？所以轉世投胎，命局不變！相反，我們若將「枉」字解為「冤枉」，則這行詩就益發凸顯首行問天時所寄的悲意。

詩行本身有其兩面性，都涉及了說話者的身前身後事。且不問拉直這種悖反的方法，說話者確實有意將前世今生托付「奇傳」。把這兩個字解為「發表」（publish）或「刊行」（publication），其實都不如《紅樓夢》的法譯本稱之「奇文」（*un merveilleux récit*）來得巧妙，富於隱喻性。⑪「奇傳」一詞確有深意，因《紅樓夢》隨後即以「問世傳奇」一詞呼應之（《紅》，一：四）。顧其詞而思其意，「傳奇」所「傳」者「奇」異之事也。唐人首先以此詞名其文言虛構，明清「南曲」復冠此名。前者的文體特色見於首句多出以某生者某時某地人也，而該「生」亦慣以姓稱而不名。我們觀其篇末微旨，又可判別情節大要，而敘述中插詩抒情，議論中不乏史筆，尤屬常態。「南曲」動輒三、四十折，戲目常為隱喻，不是用「笄」命篇，就是以「琵琶」或「扇」為名。

南曲、傳奇的特色，《紅樓夢》都可一見，但不是照樣搬演：小說有其用意在焉。例如某些頗具傳統的手法不是大刀闊斧改動，就是迭經諧擬。開卷首回非但沒有沿用老套明說某生某時某地人也，反而從不同角度起筆開說，地理背景又含糊得好似哪裏都像，弄得人滿頭霧水，遭到揶揄都還不自知。例如首回提到的「甄士隱」，其祖居現址之名便費人疑猜，批評家莫不從同義字尋其奧旨。如此一來，葫蘆廟就變成「葫蘆妙」（《卷》，一：一八五），而十里街又遭解釋為「勢利街」或「實理街」（《三家》，一：六）。⓬話說回來，薛寶釵的金鎖和賈寶玉的通靈寶玉在小說中確寓弦外之音，雖然《紅樓夢》的複雜多樣也已清楚指出任何象徵——包括「夢」、「鑑」或「金玉良緣」——都難以曲盡小說的意義。閱讀此書尤其要認清的是：其套襲南曲、傳奇的筆法有如蜻蜓點水，真正的目的卻在援用文學史以強調筆下故事本為虛構。既然獨鍾「傳奇」，難怪發話者要「倩誰記去作奇傳？」而這個問題必然又有愚弄揶揄的暗示：《紅樓夢》開篇即謂成書之根由乃某人半生潦倒，見棄於世；又謂全書來歷荒唐無稽，背景失落難考，如此則故事所欲「傳」者究有何「奇」？這當真是個費解的悶葫蘆。

當然，問題的部分答案在於棄石如何淪落凡間，而後者正是《紅樓夢》全書開展之處，也是前述謎題消解的所在。足本《紅樓夢》顯示，棄石下凡這個劇變的細節與一僧一道突然出現有關。此石在女媧補天之前業經鍛煉，「靈性已通」。茫茫大士與渺渺真人又大施幻術，縮之為鮮明瑩潔的扇墜美玉，決定攜之下世，「到那昌明隆盛之邦，詩禮簪纓之族，花柳繁華地，溫柔富貴鄉去安身樂業」（《紅》，一：三）。⓭這幾句話對仗工整，頗有駢文氣勢，頓令棄石喜不自禁，會心唯唯。雖然如此，轉世投胎，歷凡啟蒙的工作仍得由僧道決定。棄石或曾因無材補天而怨愧悲號，但在靈性已通，形體已成靈物之後，他仍得待茫渺二仙師到來，才能脫卻舊胎，改變環境。

雖然如此，乾隆甲戌本《石頭記》所存的此一情節，強調的卻是棄石自願歷劫，藉以啟蒙。僧道說笑之間，曾提到「紅塵中榮華富貴」。而棄石乍聞之，念念間凡心已動，乃央求仙師攜去成全。不料茫渺二尊者俱不以為然，乃厲言拒絕：

> 善哉，善哉！那紅塵中卻有些樂事，但不能永遠依恃；況又有「美中不足，好事多磨」八個字緊相連屬，瞬息間則又樂極悲生，人非物換，究竟是到頭一夢，萬境歸空，倒不如不去的好。（甲戌本頁四—五；另參《紅》，一：三）

這幾句話說得夠警省了，奈何棄石凡思已熾，哪裏聽得進去。而僧道見其不可抑，乃觸動慈悲心腸，轉口歎道：「此亦靜極思動、無中生有之數也。」

茫茫大士和渺渺真人是扭轉棄石命運的關鍵人物，然而這點在乾隆庚辰本中重要性卻大為減少，在隨後諸本中更見式微。棄石初遇僧道，確屬奇特，只可惜《紅樓夢》的版本沿革看不出轉轍遞降的緣故。[14]脂硯齋的夾批曾指出，「究竟是到頭一夢」等語「乃一部之總綱」（《評語》，頁六）。此語確實犀利見血，雖說棄石與僧道的長篇對談仍可能因敘事聲調不諧而遭到閹割。二仙師警人之語未免老套，說教的企圖又分外明顯，作者可能有感於此，最後則乾脆一筆削去。此外，棄石口口聲稱心慕「那人世間榮耀繁華」，和往後諸回自己的心性發展卻又矛盾互攻，蓋尾後的寶玉常視富貴如浮雲。就在僧道問答不久，《紅樓夢》中另一神話隨即登場。棄石的慕切衷腸與此更不搭調。他和絳珠仙草造有宿世奇緣，若對塵世的繁華過分企慕，徒然擾亂讀者耳目，分散他們對此轉世因緣的注意。

相反的，一九八二年的最新版《紅樓夢》，卻以乾隆壬子年刊刻的程乙本為底本，加插甲戌本棄石慕凡一景。可見今日編者眼中的版本閱讀，已不再自囿於時序的先後，反以編述動機為焦點重心。甲戌本凸出棄石「凡心已熾」，不啻在聚照「欲望」的問題。王國維（一八七七—一九二七）認為「玉」者「欲」也，而這正是貫穿全書的引導母題（leitmotif）。[15]我們若以思凡為棄石種種因果緣生的認識基礎，則王國維的批評不無意義。那棄石堅持己意，再不理僧道正色危言，命運理當一肩承擔。女媧不讓他補天的決定容或師出無名，一頭撞進紅塵卻是自招自惹。瑩潔美玉，靈性已通。這點恰與人嘲自嘲的「蠢物」一詞形成對照，而甲戌本的抉擇益發顯出此一對照中的諷喻。在《紅樓夢》的長篇敘述裏，此一對照也可以為男主角的心性發展做一定位。此一發展還涉及某些複雜的問題，諸如質蠢卻又性靈、出塵之思與欲望交戰等等。在百廿回本《紅樓夢》的完結篇中，我們故此看到寶玉在各種機緣下掙扎求悟。自娘胎帶來的通靈寶玉，在證悟的過程中幾經危險，而離奇失蹤的情節一再上演，最後轉成「還玉／欲」的寓言（參較第九十四、一〇六至一〇七諸回）。

不管版本問題要如何解決，早在《紅樓夢》卷首，我們就已看到棄石幻形轉世的契機，程度不輸這個變化本身。隨著小說開展，接下來我們又了解棄石原為赤瑕宮的神瑛侍者，係某故事中的某一角色。非特如此，他還以折衷的方式二度現身，一面是小說的敘述者，再方面也是我們閱讀的文本。《左傳》中有個人物係後世許多典故的出處，正是《紅樓夢》這裏的「能言石」或「石能言」。棄石曾苦求茫渺二師相助，謂之有「補天濟世之材」（《紅》，一：二）。這話聽來不無諷意，不過二仙聞後

「大施佛法」，卻也讓他「幻形」一番，變得既有「性靈」，又得「奇貴」（《紅》，一：三）。「幻形」一詞，在此不僅有「轉世」與「歷劫」的意涵，也有「真事隱」和「假語存」的「虛構」意味，更有「銘刻」之意，因為那佛道二師就在「石頭」的背上鑿上「石頭記」。有關棄石的「身前身後事」，在小說中是由空空道人這個角色全本道來。他始則撮述之，次則「全述」之，講的都是文本「閱讀」與「接受」的過程，有待我們回顧其實，將那留白處填滿。[16]曹雪芹筆法高超，這點我想才是他創新的寄意。這也就是說，曹氏的《石頭記》非得恆以「預辯法閱讀」（proleptic reading）不可，否則存在不了。任何人捧讀這部小說的時間，都不會比空空道人早，讀得也不會比他好。上文的另一層意涵是：棄石逐漸抬頭的主體性，非得字字如實地體現在「欲望」的書寫中不可。《石頭記》主情，焦點自然是「情」的各種生命。

這個「情」字緣何而來？讀者接下讀到那「赤瑕宮神瑛侍者」時，自然會見分曉（《紅》，一：八）。「神瑛侍者」不是別人，正是棄石在神話上的另一分身。他以神話人物現身這情節，實乃《紅樓夢》二度開筆處。理論上，女媧拒其補天為《石頭記》一名的由來，但典據雖然如此清楚，書中男角女角的來歷卻仍有賴上述神話來解釋。他們在俗世的所作所為，前世業已注定，緣報的玄機是一點也不玄。那縮成扇墜的棄石，據說曾經茫茫大士攜往警幻仙子的宮中。太虛幻境各處，皆屬仙子轄下。小說走筆至此，又抬出一僧一道，讓我們複述一遍棄石的遭遇。然後在一聲霹靂中，甄士隱（真事隱）才倏地醒來。他乃統攝《紅樓夢》的角色，適才所述的石頭故事，原本只是南柯一夢。

僧道告訴士隱的故事，大家耳熟能詳，不用贅述。但有一點卻得仔細考量，亦即棄石在赤瑕宮造因所結出來的果：

西方靈河岸上三生石畔，有絳珠草一株，時有赤瑕宮神瑛侍者，日以甘露灌溉，這絳珠草始得久延歲月。後來既受天地精華，復得雨露滋養，遂得脫卻草胎木質，得換人形，僅修成個女體，終日游於離恨天外，飢則食蜜青果為膳，渴則飲灌愁海水為湯。只因尚未酬報灌溉之德，故其五內便鬱結著一段纏綿不盡之意。（《紅》，一：八）

為報答神瑛侍者慷慨的灌溉之德，只要他們可以下世為人，絳珠仙子誓以「一生所有的眼淚」還報大恩。

我們既知前情，則棄石此刻的「幻形」就格外引人注意。當年在青埂峰下，棄石因為無材而見棄於女媧，「遂自怨自嘆，日夜悲號慚愧」（《紅》，一：二）。如今身為神瑛侍者，自非昔日吳下阿蒙。且不管何以欲求補天而不可得，此時身在太虛幻境的棄石確實自在逍遙，可以隨心所欲施捨甘露，造惠物類。從受其恩者的角度來看，他眼觀四面，宅心仁厚。從當代人的角度來看，他的行為顯然又「性」味顯然。⓱由是再觀，我們便也得重新考慮棄石是否「有材可用」的問題。絳珠草日受灌溉滋養，確實因此而得天精地華，脫卻草胎木質，化身為「有情」。因此，「灌溉」這一動作或可視為另一種的「修補」或「滋補」行為。

易言之，神瑛侍者對絳珠草所施之「法」，乃《紅樓夢》另一種自我反思的姿態，籲請我們注意文本的本質和語言。因為到目前為止，《紅樓夢》開書那些故事都再三演示「擬人法」這種修辭巧技，而且確實表現得很巧。「擬人法」化沒有生命的東西為有生命，詳情下一章我會再述。這裏應該指出來的是，「擬人法」常常會讓我們想起傳統智慧中傳諸久遠的一些成語。中國人的思想和文學著作中，一再強調「木石無情」或「草木無情」，而且常有「人非草木」之說，言下是「孰能無情」？這兩種說法互為因果，卻可能是足本《紅樓夢》的象徵母題，係其整體情節敷衍的主力。我們接下來也會看到，情節繼之會由對立事物拉開，發展成象徵性的結構，例如「金玉良緣」對「木石因緣」，或如儒門的玉石神話對佛門的頑石傳說，又如佛道的夢觀與小說於此之挪用與重詮等等。

神瑛侍者區區舉手之勞，居然就可化腐朽為神奇，化無情為有情，則節外生枝定屬必然，蔓延處亦勢如野火燎原。卷首神話裏的棄石似無女媧的育孕能力，但對絳珠草所施的恩德卻可視為另一種造化。⓲後者修為女體之前，「心扉」已開，暗慕神瑛，才能在其「滋補」下脫胎換骨。棄石的沃野豐饒，或可為其早先熾欲說明一、二。茫渺二仙前謂「靜極思動，無中生有」一語，因此便指此一欲動的過程。《老子》第四十章曾謂「有生於無」，如此則「無中生有」豈非此一名言的直接迴響？從上下文看，老子的話實為某種創世紀觀，但二仙所指，卻是棄石凡心昌熾後的欲動，因此也不無諷刺之意。「無中生有」如今在口語上已經是言說者眾，指推理上荒誕無稽，也有人拿來玷污小說，變成語無可徵的隱喻。不過就《紅樓夢》而言，「欲」字卻是把兩面刃，意涵二指。棄石自慚不得任用，故渴慕下凡以彌此憾。他心生則欲動，故事率皆由此產生。另一方面，作者若要開講《石頭記》，事先也非得有「無中生有」的工夫不可。⓳職是之故，女媧的「豐饒」器量更見釋出。在神話中，她是人類始祖之一；在《紅樓夢》裏，煉石補天已然變成幻緣傳奇的源中緣。故棄石雖未蒙女媧垂青，補天不成，卻也在另一方面致力於一種「造化」神工。她和女媧其實都在反映藝術活動，做的都是「開靈」與「賦形」的工作。這種「工作」，本質上其實都是虛幻的，而「虛幻的事情」當然也只能在「太虛幻境」上演。

在另一方面，絳珠草既感神瑛德惠，五內結了「纏綿不盡」之意，便希望付出而有所回報。他們彼此情欲既熾，當然也就造下來生夙緣，風流情債看來是逃脫不了。我們知道：情欲的再現有其運作之道，唯「交換的經濟學」是問。不過《紅樓夢》也黽力暗示類此活動總是要冠上「癡情」之名，帶有迷狂的性格。中國文化中，政治與道德的禁忌無所不在。《紅樓夢》偏偏逆流而行，肯定「相對性」乃「情」之所需。一旦如此，「情」便不會因誰或因何而起，要問的唯有那孤絕的個體。藝術、音樂和語言乃「情」再現的媒介，「情」也會透過這些媒介的感染力而四處傳播或與人分享，如同第四章我們行將看到的。但是異性之間最強的情卻容不得取代，也容不得第三者的介入。「情」可做欲望解，可做感覺觀，可做情操看，可做知覺用，也可做愛情使。我在上一章裏論述所得，因此都非空穴來風。和「情」相關的種種概念，可以說明木石何以必須敬重彼此，也可以解釋何以他們的情緣又得闖蕩在輪迴的業報狹路上。木石轉世投胎，造劫歷世，一生就在前業與今情中跌撞。我們當然知道：不管執迷或開悟，他們的「公案」總得了結。

空門

談到「開悟」，我們腦海中浮現的當然是《紅樓夢》書末，是賈寶玉決心皈依佛門或「出家」的經驗。累世歷朝的中國文化中，「開悟」的意義與重要幾乎都因佛教而形成。在《紅樓夢》裏，這個觀念每因佛道傳統語彙而四處閃現，可以說明我們對世相本然的直觀體會。相關的「悟」、「覺」與「醒」三個字，於是便變成破俗諦入真諦的不二法門。這些觀念都可大開癡頑，使人渡脫苦海，不過當然也帶來一些辯證上相對的概念，例如「迷」、「幻」和「業」等等。梵典常常用到這些字眼，但是除了上一章所述者外，「情」在觀念上的系譜，我們也不能略過這個字的意義不論，更不能略過其在佛教中的積澱不談。因此，在本節和下一節中，我擬借寶玉遁入空門的過程，一探「欲望」或「情」在佛教裏的糾葛。寶玉得道開悟，《紅樓夢》用「夢」和「鏡鑑」說之。這兩個主要意象，小說中都巧設善使。本章最後一節裏，我因此想談一些佛教觀念。《紅樓夢》中，這些觀念或許不曾系統陳述，但我認為對情節與人物的謀定卻有關鍵作用，也強化了小說反思自己虛構性的暗示。

《紅樓夢》一開說，筆法就變化多端，忒見巧思，讀者陷入迷魂陣者大有人在。前五回妙著處處，分別從神話、寫實與敘述性的角度堆疊出一個三合一的架構：故事的時空背景與人物由此表出或登場，往後複雜的情節也在此埋下發展上的伏筆。至於小說的結局——依我淺見——成就非凡，絕不輸全書開卷。初唐以來，中國人的小說世界就充斥著桑門僧尼，讀者對他們是一點也不生疏。文學和藝術作品裏，常常也可以看到瘋瘋癲癲的和尚，例如頭痂皮癬的濟公和傳說中的禪宗始祖菩提達摩等。雖然如此，用整本小說來鋪寫出世思想卻無前例可援，更不用說主角一意超脫苦海，最後則絕塵而去。寶玉年紀輕輕，行為卻與眾不同，意義別具。不過小說中早有人從各方面在預言此事，而且涓滴不漏。作者也到處留白，碰到寶玉似有醒悟的跡象，隨即會創造出一幅幅警訊與不安交錯其中的畫面。讀者若想了解他遁跡空門的要義，得先深入考察上述的現象。寶玉的心志是賈府的亂源，痛苦與恐懼俱因此而形成。更糟糕的是他心思難度，威脅猶在腦海，他在書末居然也實踐之。

那麼或許有人會問道：寶玉決定成為僧伽，決定加入所謂佛教「聖職」的行列，為何會讓賈府鬧翻天，讓每個人都如喪考妣一般？答案不難理解，蓋佛教和中國社會倫常間最基本也是最嚴重的齟齬，便出在對於「出家」這種特殊的宗教天命的看法上。中國人以正統孔門思想維繫社會綱常，對家庭關係尤其看重。他們諄諄教誨，反覆致意者莫非父慈子孝，繼之則為延續人倫的希望。發願「出家」因此不啻斬斷家庭臍帶，如斷線的風箏？所以遁入佛門者若非不孝就是不忠，對國對家都已烙下殘缺的印記。用韓愈諫迎佛骨的名表中的話來講，佛門之人乃「不知君臣之義、父子之情」。⑳

佛教徒也曾致力於掃除信仰的障礙，努力化導中國群黎，籲請他們不要泥執文化傳統，應該歸向理論上較佳的生命理想。比方說，在《文殊師利問經》裏，他們曾力辯「在家」與「出家」的功德。在《盂蘭盆經疏》裏，他們又透過作疏的華嚴宗大師宗密謂：「釋迦牟尼佛不紹家業，願為僧侶以還報父母恩愛。」㉑此論令人驚慴者，在佛門的孝親觀可能比儒門高貴，因為只要順從法門，開于蘭盆祭，似乎便可超度遠祖，為雙親贖罪，使其免墮惡趣。王國維實則也曾據這種推論理路，評估寶玉最後離家絕世的動機：

〔寶玉〕知祖父之誤謬而不忍反覆之以重其罪，顧得謂不孝哉？然則寶玉「一子出家九祖升天」之說，誠有見乎所謂孝者在此不在彼（案指傳統孝道而言），非徒自辯護而已。㉒

王國維這種說辭似在示範某種佛教護教學，但中國讀者聽得進去嗎？答案因人因時因地而異。神學上的悖論難以克服的棘手問題，不僅包括照顧父母、敬事長上等等，還有生子以傳承香火的男嗣重任。倘若立願不娶，單身以終，則有害繁衍家族的重責，使之形同「絕後」。《紅樓夢》裏賈府備嚐哀榮，小說的大關懷便係著眼於此，可知孟子「不孝有三，無後為大」的名言對他們的影響有多深。[23]中國人聽慣了這句話，故而從此解釋賈府一聆「出家」便闔府騷動，如遇鬼魅，亟欲除之而後快的情形，不也滿有道理？一旦「遁入空門」，又意味著脫離家庭，排除社會恩怨，尋求心靈上的避難所。在大失意大苦難或家庭橫遭不測之際，古佛青燈可以擔保某些人心靈的平靜。然而從某一觀點看，恐怕也只有男僕女婢、殘兵敗將或是聲名有虧的官吏才能把空門當做靜謐的避風港。簡言之，無家可歸無親可畀命若飄蓬的人，不適合旃檀梵唄。[24]寶玉的同堂姊妹惜春，便因生在官宦之家而「不便」有「出家」之思（《紅》，三：一二五五）。惜春一意為尼，稍後真的絞斷青絲，準備木魚篤篤。王夫人聞悉她素志已堅，只得勉強答應道：「咱們這樣人家的姑娘出了家，不成了事體。」（《紅》，三：一六〇五）。如果富貴人家的姑娘出家是驚世駭俗，「不成了事體」，那麼像寶玉這樣的人出家怎生了得？他兄長早殤，本人正是賈府指望香火不墜的命根子。雖然如此，他也注定要遁入空門。《紅樓夢》早就在暗示這一點，而且有脈絡可循。

這「脈絡」得回溯小說首回。故事的來龍在這幾頁頗引人注目，而我們於此也得悉《情僧錄》正是《紅樓夢》的各種書題之一（《紅》，一：六）。當然，我們此時尚不知「情僧」何許人也，因為書名所指的不過是全書所涉及的某「僧」罷了。話說回來，有一點倒值得注意：「情僧」一名隱含一種矛盾的困境，把人性和天職的鑿枘不合述說殆盡。我們回頭注意這種依違之餘，似乎也應深入求解一番。首回之後的前數回，曾對讀者和不知內情的小說人物談到情海翻騰是禍非福，災變會迫在眉睫。這些警告多少說明了書題《情僧錄》的緣由。而我們從第一種警告得悉的印象，不外眼前的小說基本上是訓誨警世之作，雖然這種印象經不住小說繁複技巧的考驗，最後總得改變或修正。至於第二種警告，正是《紅樓夢》僅此一家的原因，蓋小說開頭就毫不猶豫的宣稱道：本書係悲劇，從情節的進展到結尾收梢都是如此。

《紅樓夢》開頭的幾回中，這種人世悲苦的哀音不斷重現：驚夢與破碎的愛情、死亡終究難逃與賈府最後的敗破，也夾雜在悲聲之中。寶玉在第五回夢遊太虛幻境，警幻仙子兩度為他預言金陵十二釵的命運。寶玉當時年幼，但稍長到了青春期，這十二位女子都會捲進他的生命之中。警幻所演《紅樓夢》十二闋，聲聲預示金陵十二釵來日命苦。寶玉的流年也批示在內，雖然讀到的和聽到的他一概懵懂。這幾首預言詞最後一首有兩行道：

看破的，遁入空門；
癡迷的，枉送了性命。（《紅》，一：八九）

單就這首詞而言，其主詞恐怕不是「某些人」，而是背景各異的「幾種人」，如為官的與富貴人家，又如有恩的與無情之人等。不過〈紅樓夢〉組曲的前數闋，倒都以某些特定的人為主詞。儘管這樣，由於曲意不拘一時，主角的命定困局似乎也已難逃。寶玉的故事並非三言兩語可以罄述，但中心情節總與他的成長有關。他命運過程的轉折與最後勘悟人世，也應該是重點之一。寶玉初聆警曲，可能深為哀韻所動，但詞意深邃，遙指未來，就不是他力所能解，徒感玄惑罷了。警幻見其甚無趣味，因而嘆道：「癡兒竟尚未悟！」（《紅》，一：八九）在「仙闈幻境」，兒女之情猶不可靠，則「塵境之情景」豈非等而下之？（《紅》，一：九〇）寶玉這個「癡兒」要痛悟這一點，前路還長遠得很。只有等到他委身綠窗風月、繡閣煙霞，或體會到歲月青澀、進退失據，才能真正領識佛見不俗。至於月下徘徊，伊人不來，或是生離死別等等的嚙心之痛，也是最後讓他「看破」世相、披鬀而去的原因。

批評家嘗指出，《紅樓夢》所有男角當中，只有寶玉在驚歎時有呼佛號的習慣。㉕他和眾姊妹優遊在大觀園內，所見世界也多局限於此，但賈府的廣宅華廈仍然和方外人家交往頻仍，僧院尼庵乃至道觀佛寺都常見往還。㉖寶玉打從襁褓起就寄名馬道婆做義子，圖個保佑以免災除難（第二十五回）。這馬道婆可能是某座佛寺的廟祝。常伴在寶玉身邊的，還有那面貌姣好但個性狂傲的女尼妙玉。寶玉日常起居熙攘熱鬧，卻不礙他到各廟走動，甚至也不礙他上香拜佛。在帝祚未弭的家天下中國，寶玉的行動社會上十分慣見，絕不足以視為他因「起信」而有感的決定性因素。寶玉第一次提要到當和尚，只是信口在開玩笑。但從《紅樓夢》中，我們知道他這次的出塵之思，實與表妹林黛玉有關，正是煩惱相尋極樂與極悲輪替下的產物。易言之，他和林妹妹的感情日滋一日，心喜與心挫就一日不離，情投意合與誤會多心也會交相出現。五內翻騰，矛盾互攻，自會衍生削髮出家的念頭。第三十回的情節正是如此。其時寶黛這對冤家又想把心事說出，又怕道破會羞煞人，正為不知如何是好而時起勃谿——

> 林黛玉心裏原是再不理寶玉的，這會子見寶玉說別叫人知道他們拌了嘴就生分了似的這一句話，又可見得比人原親近，因又掌不住哭道：「你也不用哄我。從今以後，我也不敢親近二爺，二爺也全當我去了。」寶玉聽了笑道：「你往哪去呢？」林黛玉道：「我回家去。」寶玉笑道：「我跟了你去。」林黛玉道：「我死了。」寶玉道：「你死了，我做和尚！」林黛玉一聞此言，登時將臉放下來，問：「想是你要死了，胡說的是什麼？你家倒有幾個親姐姐親妹妹呢，明兒都

死了，你幾個身子去做和尚？明兒我倒把這話告訴別人去評評。」寶玉自知這話說的造次了，後悔不來，登時臉上紅脹起來，低著頭不敢作聲。幸而屋裏沒人。林黛玉直瞪瞪的瞅了他半天，氣的一聲兒也說不出來。見寶玉憋的臉上紫脹，便咬著牙用指頭狠命的在他額顱上戳了一下，哼了一聲，咬牙說道：「你這——」剛說了兩個字，便又嘆了一口氣，仍拿起手帕子來擦眼淚。寶玉心裏原有無限的心事，又兼說錯了話，正自後悔；又見黛玉戳他一下，要說又說不出來，自嘆自泣，因此自己也有所感，不覺滾下淚來。要用帕子揩拭，不想又忘了帶來，便用衫袖去擦。林黛玉雖然哭著，卻一眼看見了，見他穿著簇新藕合紗衫，竟去拭淚，便一面自己拭著淚，一面回身將枕邊搭的一方綃帕子拿起來，向寶玉懷裏一摔，一語不發，仍掩面自泣。寶玉見他摔了帕子來，忙接住拭了淚，又挨近前些，伸手拉了林黛玉一隻手，笑道：「我的五臟都碎了，你還只是哭。走罷，我同你往老太太跟前去。」林黛玉將手一摔道：「誰同你拉拉扯扯的。一天大似一天的，還這麼涎皮賴臉的，連個道理也不知道。」（《紅》，一：四二〇—四二一）

上文我長篇徵引，原因在寶黛這對秋水伊人在故事中難免口角，讀來令人神傷又神往。這段敘述變化緊湊，多少也在預告《紅樓夢》全書的後文，讓檀郎簫女初經人事的千絲萬縷一覽無遺，雙方的身段與姿態也盡在不言中，而命運的悲劇走勢更經此洩露而出。對林黛玉而言，這段文字明白剖示：少女情懷在出落為及笄佳人之前，必先歷經花落誰家的疑慮與不安。她發現自己對表兄寶玉的情日深一日，卻只落得疑竇頻啟，日重一日。她復以幼為孤女，寄人籬下，而感到情勢危殆。她的身體每下愈況，大夫已診斷為憂勞成癆，而賈府眾姊妹還有為博寶玉歡心而致爭風吃醋之嫌。這一切如何不讓黛玉又心急如焚？[27]因此，她斥責寶玉「涎皮賴臉」，實非由衷之言。不但不表示她怒火攻心，更不表示她重視孔門訓示，而在大談男女授受不親。相反，這暴露她意緒纖敏，早已察覺兩人「一天大似一天」。黛玉面露惱色和寶玉講話，我相信部分原因是她已「察覺」大夥兒都已成人。寶玉一聽黛玉說「死」，不假思索就說要當和尚去。他的話還不當真信口開河：黛玉罵他，也有責怪他怎沒想到都到該成婚的年齡了。即使在這節骨眼之前，黛玉也為這件事想得心焦，不斷出花樣要試探寶玉的心。不幸的是，兩人本來一心，多生了枝葉，反弄成了兩個心，鎮日怨這怨那，連平時疼他們的賈母都看不過去，乃在第二十九回歎道：

> 不是冤家不聚頭。（《紅》，一：四一七）

在中國人的語言文化裏，賈母的話早已變成陳腔濫調，主要針對已婚夫婦而言。不過這句話也不無諷意，在在暗示命定的姻緣難得和氣。雖然如此，敘述者此際卻又適時點出：原來寶黛從未聽過這句俗語，如今首度聽到，竟「好似參禪的一般，都低頭細嚼此話的滋味，都不覺潸然泣下」。在敘述者有意無意的口氣中，宗教心理經歷乃遭移置，變成體驗語言功能的比喻。

殷鑑未遠，第三十回黛玉卻仍想再探寶玉的心，而且還拿生離死別的重話來刺他：「從今以後，我也不敢再親近二爺，二爺也全當我去了。」她話中表面帶刺，隱涵的卻是抓不準情郎的心的少女亂緒後的疑竇：我要是不在了，你要怎麼辦？

寶玉的回答倒把兩人都嚇一跳。他來瀟湘館就是要賠不是；機會允許的話，還要把「心事」向黛玉吐露。兩人乃有一番說說答答。此時寶玉看起來卻像楞頭小子，講話顛三倒四，總是彈錯心曲，章法亂極，不復平時的冷靜斯文（第三十二回也有類似的情形，可以互參）。眼前這回的敘述者雖然寫道「寶玉自知這話說得造次了」，但如何冒犯到黛玉，下文卻未詳述。黛玉二罵寶玉，充其量反映她「口是心非」。

前引文中黛玉問說：寶玉的親姊妹倘都死了，他有幾個身子可以當和尚？這個問題實為巧辯，暗示黛玉了解一點：寶玉對未來的承諾，正是他對愛情的信誓。比起早先寶玉拿她和紫鵑開的玩笑，寶玉的信誓莊重得多了。第二十六回，紫鵑不顧黛玉「禁令」，先為寶玉倒茶，而寶玉卻笑引《西廂記》兩句風流戲詞調侃黛玉主僕：

> 若共你多情小姐同鴛帳，
> 怎捨得叫你疊被鋪床！（《紅》，一：三六七）

《西廂記》的曲文雖然關涉到婚姻，但寶玉卻興沖沖拿來逗弄黛玉和紫鵑，難怪黛玉登時拉下臉來嗔道：「我成了爺們解悶的？」相形之下，寶玉要出家當和尚的話無疑是個重咒。眾姊妹和其他親人或許都會亡故，但這種傷痛不至於使人投身佛門。話說回來，「非卿莫娶，非君莫嫁」的浪漫癡情就不一樣。諷刺的是，黛玉提到其他的姊妹，語含醋勁，頗有不屑與之並論的意思：「難道我不比其他姊妹對你更重要？」倘使黛玉在寶玉來訪前就已深思過他的話，也知道這些話「可見得比人原親近」，則寶玉突如其來嚷著要出家雖可使她懸著的心稍稍寬解，但對如今都已體知的情意卻未嘗不是一樁麻煩。

前面的結論，可由兩方面再加伸說。首先，寶玉的「和尚說」令人讀來不對勁，就好像在傳統中國社會公然談情也會令人渾身難過。一般讀者更不會相信黛玉會如她所說的把寶玉的話「告訴別人去評評」。黛玉沉下臉衝著寶玉追問的話，其實剛好和寶玉暗自慶幸當時「屋裏沒人」看到他發誓的心理形成強烈的對比。這當然是黛玉說不出又道不得的窘境，蓋她其實渴望寶玉擔保此情不渝，而寶玉果真如此說，卻又會沖犯社會大忌。中國舊社會裏的少年男女，我們不能期望他們個個像莎士比亞的茱麗葉一樣對著意中人說道：「如果您真的對我有情，有多少就請說出多少吧！」把這句話搬到舊中國，父母親為兒女「終身大事」做主的特權，便會首當其衝受到挑戰。寶玉當時顯然已把心意道出，但即使他已經這般在為愛情背書，黛玉仍然受制於禮法，不得不把他的擔保當做笑話看。在第三十一回某個場景裏，她也用嬉皮笑臉、事不關己的態度來看寶玉的另一場「笑話」。且說這一回花襲人情願一死，也不敢踰越身分。寶玉隨即當眾笑話自己道：襲人死了，他也做和尚去。黛玉這一廂聽說，便豎起兩根指頭，把寶玉挖苦了一番。倒是襲人的辯駁聽在他耳中嚴肅多了。

然而閨房裏的黛玉並未會錯寶玉的驚人之語。就她來日不定的地位所生的疑竇而言，她無心提到的死亡確實也是一語成讖。此其窘境另一面也，因為她總不能真拿自己的生死問題考驗寶玉是否忠誠。此外，寶玉果真出家所會引起的困擾，她也不能故作不知。寶玉是賈府單嗣，不日就要克紹家業，挑起全族的重擔。「二爺」這個稱呼可是意涵深遠，因為「大爺」早就夭折了。出家人獨守其身，捨棄後代子嗣，寂滅門故此是名副其實的死亡之門。這一點夠嚴重，此所以黛玉聞悉寶玉之言即狠狠刮了他一句話：「想是你要死了！」霍克思的英譯本《石頭記》沒有譯出這句話，想來可惜。而黛玉反詰寶玉時所謂姊妹這麼多、有幾個身子入空門一語，也因此糾纏著一團心結：如果寶玉連「當和尚」意味著什麼都不知道，那他怎能信守對眾姊妹的承諾？既然如此，又怎能啟口對她說這種話？這豈非又在侮辱她，因為愛情神聖而寶玉居然如此輕言信誓！儘管心亂已極，黛玉接下來仍然問不出稱心的答案，弄不清寶玉待她的心是真是假。黛玉在困惑與窘迫下，就像渴望已極的人遽受打擊或高度恐懼中的人受到撩撥，氣得連一句話也說不出。這一點，作者刻劃得生動無比。

寶黛在第三十回見面那一景，氣氛鬧得很僵，不過這對表兄妹的真情也因此不落俗套。情天慾海，最後竟然吞噬了他們。在舊中國的舊文化傳統裏，父母擁有無上的權力，可以一手安排子女嫁娶。兩性婚前的感情不易維繫，因為雙方罕有機會互通音訊，更不用說在花前月下互訴衷腸或互道殷勤。這種情形在文學史上倒有兩個例外，出現時間皆早於《紅樓夢》，而後書也曾向其借典。第一個例外是跟《西廂記》有關的戲曲或傳奇，不過其中未曾媒聘的男女主角雖能暗通款曲，下場卻令人骨悚汗冷。第二個例外是《牡丹亭》——生旦先頭就在夢中相會，玄之又玄。曹雪芹的故事則前所未見：他的男女主角長時相處，情意日增，而且長上都曾點頭稱許。他們青梅竹馬，不由自主心慕對方，培養出來的情誼忠悃不移。他們雖曾謔而不虐彼此打趣，但皆心領神契以迄長大成人。這種賈盟發展成默許本極自然，不過過程多少也淪為口舌戰場，在情海裏因癡迷而數落對方，甚至觸痛心弦。

他們的關係以溫馨的友誼為根本，然後深入發展，變成彼此在多方面的了解。某些批評家因此誤以為他們的愛情不脫自我陶醉與浪漫渴望，而就某些讀者看來，林黛玉尤其神經兮兮，又孤芳自賞，除了自己以外，誰的問題都不關心。即使如此，寶玉仍然是她過分自憐的鬆弛劑，時時都在為她排憂解悶，讀來令人感動。在第三十回的情節裏，黛玉可能確為悲怒所苦，但寶玉仍然是她所疼惜照顧的對象。寶玉的事，黛玉樣樣都關懷，連夏天穿的袍子讓他自己的眼淚弄污了也不例外。第三十回那一景臨結束前，小倆口又暫時偃鼓息兵，惜乎千頭萬緒的心結都未曾消解。

從《紅樓夢》通篇看來，舒緩煩緒的跡象要到最後才能見著。後四十回縱使不是字字為曹雪芹所寫，精神庶幾近之，已經深得原著的三昧。我相信這四十回應非全屬偽託。果然如此，則寶玉最後是否信守誓言，答案恐怕會令人彷彿置身在舞臺之上。

《紅樓夢》前八十回中，到處可見寶玉斷塵之思。機緣之多，本章難以盡述，不過值得徵引之處，應該包括第二十二回寶玉聽曲悟禪、引文作偈一景。《魯智深醉鬧五臺山》裏的戲文，他感同身受，視如命運機括：「我是『赤條條來去無牽掛』。」聽罷戲他不禁大悲，乃濡筆占偈，和黛玉寶釵競比禪悟。這一幕這一景行將結束前，寶玉放棄參禪。不過全景於此又再度凸顯出他生命的弔詭：寶玉喜歡自由自在和府內姊妹在一起過日子，拼命想揮開惆悵挫敗與種種的棼絲煩緒，卻沒料到兩者如影相隨，根本是互為因果。

後四十回初登場，寶玉大約十七歲。全書完結，他已經十九歲。然而寶玉在前八十回裏的經驗，很多人可能要一輩子才能體會得出。第五回，寶玉初試雲雨情。第三十三回，他在嚴父震怒下吃了不少家規的苦頭，不過他也從前一回就開始領略靈犀互通及心有所托的喜悅。第五十三回，寶玉看遍家慶的喜氣奢華，不意到了第七十七與第七十八回，他卻在生離死別裏心如刀割。生命中的酸甜苦辣，寶玉無一不嚐，但要能挺過這些，就需要他想開一切。矛盾的是，寶玉具有人類天賦的責任與義務感，也具有遁世離情逍遙世外的傾向。第二十一回才開講不久，我們不經意即看到少不更事的寶玉強自想要解開人世的謎罟。當時他和襲人賭氣，一併連麝月也不理，只有個四兒招呼喚使。作者寫道：

至晚飯後，寶玉因吃了兩杯酒，眼餳耳熱之際，若往日則有襲人等大家喜笑有興，今日卻冷清清的一人對燈，好沒興趣。待要趕了他們去，又怕他們得了意，以後越發來勸；若拿出做上的規矩來鎮唬，似乎無情太甚。說不得橫心只當他們死了，橫豎自然也要過的。便權當他們死了，毫無牽掛，反能怡然自悅。因命四兒剪燈烹茶，自己看了一回《南華經》。正看至《外篇‧胠篋》一則，其文曰：

故絕聖棄智，大盜乃止；擿玉毀珠，小盜不起；焚符破璽，而民樸鄙；掊斗折衡，而民不爭；殫殘天下之聖法，而民始可與議論。擢亂六律，鑠絕竽瑟，塞瞽曠之耳，而天下始人含其聰矣；滅文章，散五采，膠離朱之目，而天下始人含其明矣；毀絕鉤繩而棄規矩，攦工倕之指，而天下始人有其巧矣。

看至此，意趣洋洋，趁著酒興，（寶玉）不禁提筆續曰：

焚花散麝，而閨閣始人含其勸矣；戕寶釵之仙姿，灰黛玉之靈竅，喪滅情意，而閨閣之美惡始相類矣。彼含其勸，則無參商之虞矣；戕其仙姿，無戀愛之心矣；灰其靈竅，無才思之情矣。彼釵、玉、花、麝者，皆張其羅而穴其隧，所以迷眩纏陷天下者也。（《紅》，一：二九一—二寶玉必須遵行道家遊宴自如、忘其肝膽的大自在精神，並徹底拔除其轇轕根源，才能翕然逍遙，超脫乎迷惘之上。他下筆徜徉恣意，才質堪比南華真人。筆端寄意卻是眾美務必「趕盡殺絕」，如此方能消其心中梗阻。寶玉的解脫之道，當然是故弄玄虛，乃無中生有之譚。他少年冬烘，洋洋自得，陶陶然滿不在乎，實則無端弄筆，連自己在扯什麼都搞不清楚。他忍看黛玉靈竅盡「灰」，情意「喪滅」麼？

九三）《紅樓夢》最後數回，讀者讀來莫不同聲一哭，其原因正繫乎上面問題的解答。寶玉得怪病，夢中歷幻，昏沉沉任人將新娘掉包。他聞悉黛玉香魂已散，又悲痛難抑。這點在在說明寶玉和黛玉一樣，都承受不了失去對方之苦。黛玉彌留之際，寶玉的影子猶揮之不去。亡後數月，情哥哥再訪大觀園，「只見滿目淒涼」（第一〇八回），家道中落之象歷歷可見，而園中姊妹也已一一棄此而他遷了。管園婆子趕上來，說溜口提到瀟湘館不時聞鬼哭，驚得寶玉心弦斷裂，失聲嚎啕：「林妹妹，林妹妹，好好兒的是我害了你了！你別怨我，只是父母做主，並不是我負心。」（《紅》，三：一四七九）

寶玉的丫鬟晴雯生前顯然甚得寵愛，歸天後怡紅公子特撰悼文，字斟句酌，極盡柔情蜜意。但此時他痛哭黛玉，直陳心聲，求情與抗議兼而有之，剛好和寫晴雯的悼文形成尖銳的對比。晴雯病入膏肓，寶玉潛來見她最後一面。他一把拉住她的手，百般愛憐；晴雯也鉸下兩根長指甲贈他，權做個生死紀念（第七十七回）。在很多讀者的推想中，這一景當非憑空編造，確有史證可據，似乎有意在「暗示」將來黛玉彌留之際的實況。儘管如此，由於寶玉在兩個場合中所說的語言不同，我相信作者必然別有用意。不用多說，寶玉晴雯彼此都有心，但後者去世後，前者感念之餘所撰的誄文卻雕金鏤玉，頗見斧鑿之痕，充其量只是尚詞藻以文為戲，奠儀既備「盡了禮」便罷的東西（《紅》，二：一一二九）。敘述者的提醒倒滿有意思：他說寶玉大肆妄誕，杜撰成文。而黛玉的評語更見公允：「未免熟濫些。」（第七十九回）即使到了第八十九回寶玉一度為追念晴雯而填詞，我們觀其脈脈輕愁所由，卻也不過是不忍再見她昔日所補的雀金裘。對照上述種種，寶玉觸思痛哭黛玉，當非任何詩詞歌誄能寄悲情。

《紅樓夢》後數回，寶玉幾度涕淚縱橫。他雖非處處為黛玉銜哀傷慟，但心痛已極，弱體難撐（第一〇九回），也不是我們矢口否認得了。紫鵑怕勾起寶玉舊病，不忍當真奚落。第一一三回又思前想後，心中暗道：

> 寶玉的（婚）事，明知他病中不能明白，所以眾人弄鬼弄神的辦成了。後來寶玉明白了，舊病復發，時常哭想，並非忘情負義之徒。今日這種柔情，一發叫人難受，只可憐我們林姑娘真真是無福消受他。如此看來，人生緣分都有一定，在那未到頭時，大家都是癡心妄想。乃至無可如何，那糊塗的也就不理會了，那情深義重的也不過臨風對月，灑淚悲啼。可憐那死的倒未必知道，這活的真真是苦惱傷心，無休無了。算來竟不如草木石頭，無知無覺，倒也心中乾淨。（《紅》，三：一五五九）

紫鵑釋舊憾，不再苛責寶玉，正是感其情癡所致。她當然沒有看走眼：寶玉確實未能「忘情」，而其五內所忍受的煎熬，正表示對黛玉之心不移，只可惜自己不幸成為家人心計的祭品。紫鵑倒有一點錯估了，亦即她認為活人「竟不如草木石頭，無知無覺」一語。之所以錯的原因如次：從《紅樓夢》據為故事前緣的神話架構來看，木石非但不是「無知無覺」，抑且還甚為「有情」！前述的神話架構，其實多和佛教有關。

《紅樓夢》開篇即已言明：寶黛這對前世冤家，一個乃赤瑕宮神瑛侍者下凡，一個係靈河岸絳珠仙子轉世。後者受神瑛侍者甘露灌溉之惠，發願拿一生所有的眼淚償還。從雲山霧海的仙界角度來看，這對木石俱因「思凡」而墮落紅塵，可謂蠢思蠕動引來浩劫。然而他們在凡世初會，卻又湊巧如戲，一個大聲笑叫，一個悶嘴心驚，但彼此都覺得眼熟面善，彷彿曾經見過（第三回）。《紅樓夢》這樣寫，當在強調他們是前世故交，命局已定。見面時雙方都吃了一驚，心如雷擊，正是在確定投為人身後彼此皆未忘懷的過去。

天竺佛法的遺澤，在這方面顯得分外清楚。歐孚蕾爾蒂（Wendy Doniger O'Flaherty）在其相關著作中曾經指出：「記憶不滅，轉世不息。萬法之源，厥為情牽不斷。……業力推演肇乎情，轉世重生亦始乎此。」[28]我們可以想見，佛教的解脫觀乃緣此立論，以追求業障的消除與輪迴的終止為目的，以跳出記憶與感情輪轉的惡網為依歸。

自《紅樓夢》觀之，「業力推演」確實「肇乎情」，不過有感於情且易為情所困者，不惟人類而已。《紅樓夢》以前的中國文學傳統中，講亡魂轉世投胎的作品汗牛充棟，內容不外乎神人甚或狐仙蛇妖轉世，為了還前世業障而受苦受難。在諧擬這種傳統的晚出著作裏，《紅樓夢》是奇花異葩，其前無古人的寫法可由開篇神話看出，蓋無情無感之物於茲已化為罕見情種，會因感時感事而濺淚。古人不同文類的著作，早已積聚許多格言警語。這些通俗的智慧一再斷定草木或木石無情。且看荀子是怎麼說的：「水火有氣而無生，草木有生而無知」；[29]再看司馬遷的哀嘆：「身非木石，獨與法吏為伍」；[30]而嵇康論情的破壞力，也有如下讜論：「香芳腐其骨髓，喜怒悖其正氣。……夫以蕞爾之軀，……易竭之身，而內外受敵；身非木石，其能久乎？」[31]至於鮑照，他的一句詩更絕：「心非木石，豈能無感？」[32]

《紅樓夢》中所謂仙佛者，或會再三以「癡情」為世人戒，然而同一小說卻又指出：草木並非「無情」，對前世作為反皆有所感悟。在佛教的教義裏，「無情」而會以「有情」之身示現。這個觀念早在劉勰《文心雕龍》中即可見到，一度還是個重要而且爭論不休的問題。中國人老是三申五令，以為言可達意。劉勰論及這個我們再熟悉不過的問題時，說道：

> 夫桃李不言而成蹊，有實存也；男子樹蘭而不芳，無其情也。夫以草木之微，依情待實，況乎文章？[33]

這種「情觀」或是「情」的用法可真難解釋得清楚，因為「情」字的雙重意蘊，這裏的「情」充分表現出來了，亦即「情」既可以因「性」而成，也可以由「感」而知。我們常以書寫或言為心聲，這個概念這裏卻像《淮南子．謬稱訓》所言而有性別之分，似乎假設女人比男人知的「情」多。此所以「男子樹蘭而不芳」。草木的狀況與人類之間的類比，乃劉勰的論證無可批駁的原因。但是相反的，如果要證成此一論點，我們也唯有同意劉勰的「草木有情」之說才成。

《文心雕龍》乃中國詩學的里程碑。劉勰在書中雖然看來像儒家，晚年卻剃度出家變成了個和尚。上文所引，是否暗示佛教的思想已經入侵劉勰的思維？這個問題有趣，不過不管我們怎麼回答，這裏我們應該注意的重點是，劉勰所見和我們眼前於木石神話之所論有直接的關係。木石神話在《紅樓夢》中位居關鍵。從佛教的角度來看，「有情」的「情」和「感情」的「情」一樣，曹雪芹可能也從此深入「有情」，把這個佛教語彙解釋得細微又細緻。[34] 如果木石也能有「感」、有「情」，則「有情」開悟的機率又有多高？由是觀之，那麼寶玉在第七十七回因海棠垂死所說的話，無異便在諷刺《紅樓夢》的故事，也足以為全書做註：

> 不但草木，凡天下之物，皆是有情有理的，也和人一樣，得了知己，便極有靈驗的。若用大題目比，就有孔子廟前之檜、墳前之蓍，諸葛祠前之柏，岳武穆墳前之松。這都是堂堂正大隨人之正氣，千古不磨之物。世亂則萎，世治則榮，幾千百年了，枯而復生者幾次。這豈不是兆應？小題目比，就有楊太真沉香亭之木芍藥，端正樓之相思樹，王昭君冢上之草，豈不也有靈驗？
> （《紅》，二：一一〇五）

寶玉的說法顯然為中國古訓，由佛理引申者尠。然而讀者對佛教史若有所鑽研，則讀其草木有情之論，當可感到弦外之音若隱若現，蓋中、日釋門皆曾展開激辯，為草木能否證悟成佛求一正解。[35] 雖然如此，上文非在暗示《紅樓夢》多少也為此一論戰搖旗吶喊過。佛門高僧判教的樞要，在佛祖無量慈悲是否普及無情無識，乃至於其能稱名稱法否？曹雪芹的目的卻始終如一，都是要把玄妙奧義化為美學。因此，《紅樓夢》的卓越之處，便見於轉化神話與宗教為實物實景的功力。小說中的草木之情，亦因此故而深具人味，讀來難忘。《紅樓夢》裏的木石絕非攀援在歷史傳奇邊緣的絲蘿，而是藉藝術幻景還魂的情識眾生——活生生的，有愛也會死。故而黛玉去世，寶玉便神明內疚，哀音不絕，任誰都勸他不了。寶玉茶飯不思，美景視若無睹，更可想見。他縈繞心頭逢人常問的一個問題故此是：「你想我是無情的人麼？」（第一〇四回）他和髮妻寶釵之間的情感並非自然流露，真心奉獻，而是經人作弄後的結果。故此他們頗為自持自制，雖已圓房，仍然貌合神離。第五回的警曲之一，便是在訴說這一樁事（《紅》，一：八四—八五）。因為他「只念木石前盟」，終不忘那已經仙逝的「世外仙姝」，所以才會「嘆人間」到底有「美中不足」處。對寶玉而言，所浩嘆的「美中不足」者有二：一為寶釵已有孕在身，他不及一見子嗣便得飄然遠去；次則為他省試已過，高中舉人，但未及放榜與返家光宗耀祖，便又得避走他鄉。「意難平」使寶玉心萌素志，終於飛身投入空門，以古佛青燈為伴。

《紅樓夢》可否稱為一設局龐大的道德譬喻，著重處乃佛徒浮沉與最後得悟的過程？有鑑於男女主角及其他幾位次角的心路歷程，我們想不用嚴肅態度肯定這一個問題其實也難，何況《石頭記》以外的三個本書書題——《情僧錄》、《風月寶鑑》與《紅樓夢》——也都帶有強烈的佛教色彩，而小說涉及佛教主題與修辭方式的語句或典故又多如恒河沙數，彼此交錯而形成一片迴腸蕩氣的意義網路。寶玉的一生若為求悟的過程，全書最後五回便可視為證悟的最後渡筏，寫來大開大闔，酣暢淋漓。寶釵也在這五回裏正色諫夫，即使往後機緣不再。她心念儒門教訓，汲汲以「忠孝」規勸寶玉，但後者唯念人心貪嗔癡愛，「無明」（*kleśas*）常牽，反以佛理課諫妻子。寶玉胸中所思，因此盡為絕塵脫苦之道：「我們生來已陷溺在貪嗔癡愛中，猶如污泥一般，怎麼能跳出這般塵網。如今才曉得

「聚散浮生」四字，古人說了，不曾提醒一個。」（《紅》，三：一六一三）

寶玉最後自認「醒」得，了解生命真如，乃在離家赴試之後永別紅塵。所選的時機雖然允稱得當，可也十分諷刺。他和家人訣別一景，彼此各會其意，言行古怪得很。然其感人之深，肺腑令人亦幾為之摧（第一一九回）。寶玉揮淚跪別母親之後，乃向寶釵深深作揖，然後仰面大笑道：「走了，走了！不用胡鬧了，完了事了！」讀者若隨著寶玉漂浮至此，其實用不著再看他最後一「程」，也應可了解浮生確實若夢（第一二〇回）。寶玉這個「癡兒」終於渡過迷津，曉得生命原來是幻海。我們如果如此看待寶玉的一生，當然就得承認「夢」在《紅樓夢》裏的樞紐地位。這個字不僅鏤刻他在俗世的生命，也為他的故事的本質定位。

夢與鏡鑑

我們還記得，寶玉神遊幻境，看盡閨閣眾女定數，也等於閱遍個人與家庭的哀榮。警幻實則曾在某一時間點上對他說道：寧榮二公之靈俱曾以賈府「運終數盡」告知，謂「不可挽回」也（《紅》，一：八二）。但對癡兒寶玉來說，他眼前不知人世悲辛，只道自家功名奕世，富貴流傳，長上視若寵珠，皇恩浩蕩繼之而來，卻不料——

> 家富人寧，終有個家亡人散各奔騰。
> 枉費了，意懸懸半世心；

好一似，蕩悠悠三更夢。（《紅》，一：八八）

然而警幻警曲所寓的內涵，有賴更開闊的經驗才能領會，「癡兒」寶玉豈不太年幼？至於曲文中的「意懸懸」，相對指出小說的敘述時間不能漫無節制。《紅樓夢》的情節架構確實隱含許多諧諷，令人目眩驚詫。敘述時間既有限制，則全書如急景後退的多元敘述間架，迅即為我們指出一層至理：年命如朝露，運轉如飛絮，而演示這種夢幻人生的「夢」其實不好懂。故年在志學的寶玉雖從殘夢驚醒，卻發覺世界仍然是個夢，和睡夢中耳聆的《紅樓夢》無異。他要等到遍嚐人世辛酸，才能真正從夢中醒來，才能體悟「日常經驗中的現象與人情，其實都有違我們的希望與懸念，必然會在時間的滔滔洪流中消逝無蹤」。[36]《紅樓夢》的情節像史詩一般宏富，不過卻因上述緣由頻啟讀者疑猜：夢中與夢醒的區野何在？夢中人與沉酣者又有何異？小說還下了一個詭論：人世倏忽，萬法皆空，然而不透過時間，我們又無以感識及此。由是觀之，《紅樓夢》也具有中國及其他國家「夢境文學」的某些基本特徵。[37]

當然，「浮生若夢」不是佛教的專利，熟悉道家經典者馬上會想起「莊周夢蝶」的名訓：要道破夢中夢醒的區別，當真嘎嘎乎難矣哉！莊子體知的世相不僅如此，且看他又說道：

予惡乎知說生之非惑邪！予惡乎知惡死之非弱喪而不知者邪！……予惡乎知夫死者不悔其始之蘄生乎！夢飲酒者，旦而哭泣；夢哭泣者，旦而田獵。方其夢也，不知其夢也。夢之中又占其夢焉，覺而後知其夢也。且有大覺而後知此其大夢也，而愚者自以為覺，竊竊然知之。君乎，牧

乎，固哉！丘也與女，皆夢也；予謂女夢，亦夢也。❸❽

我們另可在《列子‧周穆王篇》看到類似之見。茲篇涵括數則軼聞，有一笑鬧趣聞語及鄭國某薪者。此公忘其所獵之鹿所藏之處，遂以為夢焉。順塗以告傍人，後者據言得鹿，歸諸己，笑薪者直真夢矣。其室人不以為然，反道其「真得鹿，是若之夢真邪？」薪者隨後訟而爭鹿，求士師判鹿歸所。士師「請二分之」，不服。鄭君奇之，「訪之國相」，遽料曰：「夢與不夢，臣所不能辨也。欲辨覺夢，唯黃帝、孔丘。今亡黃帝、孔丘，孰辨之哉？且恂士師之言可也。」❸❾

莊子與列子都強調夢與現實難分，但這兩位道家古哲卻又暗示「神凝者想夢自消」。❹⓿我們可以抱持「浮生若夢」的態度直到老死，可以「大覺」的方式看待人生，也可以學現實點——「好死不如賴著活」。總言之，唐人筆記〈張生〉結尾一曲最後二行，或許最足以扼要說明道家的慧見：

何必言夢中？
人生盡如夢。❹❶

道家哲人口說之「夢」有玩世的況味；相形之下，傳統說部講「夢」，縱非全屬悲觀，至少滿紙低調。在〈枕中記〉、〈南柯太守傳〉與〈櫻桃青衣〉等唐人小說裏，夢裏經驗常取為警世之用。夢境過客未必親歷諸般浮沉，夢中卻可聞悉「寵辱之道，窮達之運，得喪之理」，以及「死生之情」。❹❷故「夢」之為用大矣，適可表現小說的教化功能：❹❸雖未躬親其事，夢中人卻已親閱其境，當可體悟世道實情。儘管如此，夢鄉怪譎多樣，雖則化人之理一般，總在世俗成就無住，人生歡樂無常。〈枕中記〉言之悲切：「蒸黍未熟」，榮寵已過。

中國小說的強調，當在反映佛門訓幻之理？《紅樓夢》用字奇特，意在深邃，上述問題的答案故而極為肯定。寶玉在第二十五回著魔道，不省人事，俄而現身的癩頭和尚嘆其未來道：

沉酣一夢終須醒，
冤孽償清好散場。（《紅》，一：三五七）

夢醒戲散，夢裏無債：佛教遺詞搭調，佛教所見甚是。癩頭和尚所說的話，直指生命幻景：倥傯一場原是戲！不過他的話同時也在凸顯一些更為重要的知識問題，表露心我的地位，說明消解凡人凡見的可能性，以及我執偏見又是否能夠破除的問題。《金剛經》有名偈如此勸世：

一切有為法，
如夢幻泡影，
如露亦如電，
應作如是觀。[44]

《楞伽阿跋多羅寶經》也說道：「……諸餘沙門婆羅門，見離自性浮雲火輪揵闥婆城，無生幻焰水月及夢，內外心現妄想，無始虛偽不離自心。」㊺然而芸芸眾生乏此慧見，不知目為之眩、神為之迷者盡屬中國人所謂「空中樓閣，鏡花水月」。

迷者的解脫之道，故此在破「幻」、袪邪與去分別（*vikalpa*），以滌淨一切煩惱因（*abhiniveśa*），而其最終目的就是要悟空而達涅槃化境。臻此之道，唯般若智慧與無上聖智可恃。此外，至少就《楞伽經》的傳統而言，悟境必須透過「阿賴耶」識的「相應」（*parāvṛtti*）才能達到。此乃有情「根本之心識，含藏過往一切記憶與心思，可化為攝受之動因」。㊻禪宗思想直承《楞伽經》而來，我們加上上文的認識，便可想見某浸淫禪理的現代「紅迷」何以認為寶玉叛離家庭與前述之心理「相應」有關。這位研究者力稱，《紅樓夢》通篇皆係「寓言」；寶玉象徵「行者」，一心想脫出記憶的識藏。㊼

這種解讀方式，譽為洞見或貶為牽強皆可，要之皆憑讀者和小說融通的程度而定。不過我現在極思強調的是，認同這種佛教現實觀，只能讀到《紅樓夢》的一面，而且會忽略了曹雪芹的手法中較為玄妙的一端，亦即他把浮生若夢、富貴如浮雲的觀念轉化為一種靈巧有力的小說理論，而且常藉此混淆讀者耳目，讓他們對現實產生幻覺。

我在本書第一章就已指出，這種跡象《紅樓夢》開卷首回早已清楚可尋。中國文學史上，罕見如同本書作者之不憚絮絮煩言者，蓋小說從何而來，他道其根由，頗費心思。第一回有詩謂「都云作者癡」，由於全書中隱喻「夢」的地方不少，所以這裏的「癡」字，中國人讀來必會想到這句著名的「癡人說夢」成語。此一成語亦可做其本身意義的反面解，指某「癡人」或某笨伯在述說一己夢中的經歷。有不少人正是持這般的用法，雖則所用另有典據，我們不可龍蛇不辨。有道是僧伽龍朔遊行於江淮間，遇好事者問曰：

「汝何姓？」答曰：「姓何？」又問：「何國人？」答曰：「何國人？」唐李邕作碑，不曉其言，乃書傳曰：「大師姓何，何國人。」此正所謂對癡人說夢耳。李邕遂以夢為真，真癡絕也。[48]

此一軼聞頗見機鋒，雖則也有鬧劇性質在焉。儘管如此，撰作《紅樓夢》的清人必然也能體察其中因錯解錯讀而致的諧諷之感，蓋「都云作者癡，誰解其中味」正是在強調讀者對他的評價與讀者本身的癡愚不解：誰才是真正的「癡人」啊？是「癡兒」寶玉和「癡女」黛玉這對主角？是「不解其中味」的眾看倌？還是披閱有年數易其稿的原作者？《紅樓夢》全書一再戲侃「癡人說夢」，而成語本身的兩面性似乎也在譏刺作者和讀者的努力。

我們可以深入再問：作者何以云「癡」？簡單說，他一來想和讀者猜葫蘆，二來就像上引軼譚中的和尚，想要把話講得像謎語，像機鋒。此理甚明，因為作者把自己的作品貶為「滿紙荒唐言」——雖然就像本書下一章我們會看到的，「荒唐言」可能也是他形容所作最大膽而在政治上也是最危險的話。非特如此，在所謂「書首總評」中，作者所布也是這種疑陣：

此開卷第一回也。作者自云：「因曾歷過一番夢幻之後，故將真事隱去，而借通靈之說，撰此《石頭記》一書也。」故曰：「甄士隱」云云。（《紅》，一：一）

這段話，多數學者認為有濃厚的自傳色彩在焉，而我認為最有趣的是「夢」與「幻」兩字的聯用。其重心不僅在作者自云的經歷，還應包括寫作手法及其藝術：作者以「幻」釋「幻」。梅維恒（Victor Mair）訓敦煌「變文」的「變」字，見地甚是，可以啟發我們深入認識上引《紅樓夢》的「書首總評」：

「變文」的「變」字，指的是將某情況或神祇化為「幻境」。能夠如此「變幻」的創作觸媒，或為某佛某菩薩或某高僧。有道是：說書高手或賣解名優，……也具有複製創作上之「變」的行為能力。而這種「變」最終的宗教目的，是要使情識眾生永遠不再墮入生死輪迴的惡趣。俗眾聽講變文，反思回想，便可獲得啟悟。㊾

敷演《紅樓夢》故事的最終目的，是不是要達到崇高的宗教境界，不無可疑。然而曹雪芹顯然熟知「變幻」的作用，故而一開始就把寶玉帶到「太虛幻境」，然後用詩用曲——倘不介意，姑稱之「文學性的虛構」——做為振聵警鐘，使寶玉悟道向佛。

寶玉在第五回所歷諸幻，不僅是夢中之夢或虛構裏的虛構，更因情節的敘說異常而凸顯出通回爭辯不休的一個問題：「真假」的本質為何？這個情節以寶玉夢遺作結，而佛典常強調此一生理現象，以其可證明夢最實際的功能故也。曹雪芹希望讀者也能加入真假之辯，所以太虛幻境入口的牌坊也強調「真假」的問題。這段故事，林順夫有縝密的分析，道是警幻所擬教給「癡兒」寶玉的係情欲的悖反本質。林氏又謂：情欲得饜固可帶來暢順滿足之感，「但因情欲是幻，可能令人萬劫不復，所以我們也不應沉迷其中。……弔詭的是，除非我們已經遍嚐情欲的味道，否則就無從了解情欲的虛幻本

質。」㊿

林順夫的解讀或許符合《紅樓夢》的表面意思，卻錯過了小說修辭常用的一種兩面性，亦即語言與觀念俱有某種反諷式的運作在焉。從字面上看，警幻於「性」似有呵責，所以她的話或許當真有道想載，有訓教人。她想教給寶玉的道理，不意最後卻促成這癡兒興雲弄雨，夢到自己和警幻之妹翱翔於巫山之上。這個「妹子」無如名喚「可卿」，卻又是寶玉自己的堂姪媳。夢醒之際，日頭可能已經西斜。是以夢遺之後，寶玉乃央求襲人，同領雲雨之事。而這次他可不是身在夢中，所歷乃貨真價實的性經驗。

寶玉有雲雨之夢，現實中又緊隨著巫山之會，這次對象還是活生生的人。凡此種種，都強化了《紅樓夢》情節想說的一件事：夢既是欲望的產物，也代欲望行事。用我們現代人的話來講，夢既指「日有所思」，也指因此而來的「夜有所夢」，既是真實的經驗，也是心中的渴盼。我們若了解夢的這種雙面性，就不能僅僅視之為短暫倏忽的隱喻。警幻猶可謂情欲是幻，但是夢就不能如此大而化之了。我們說人生如夢，目的在斬斷我執之念。如此一來，上面的發現反而會讓人「倍」覺困擾，因為我們不但要抗拒我們曾耳提面命的我執，我們其實也常為警告示戒的夢所吸引。雖然如此，現實是幻，也以幻示人，而且因為迷人不斷，所以也誑人不絕。寶玉見秦氏而勾動天雷，又因其香閨而地火蠢動。他日有所思便夜有所夢，而且還夢遺了，可見欲也可以因夢而生。精神分析和文學上所見證者因此是——不論在東方或在西方——我們非僅持續做夢，我們對夢，對我執之執著，也在確保我們會一直夢下去。

夢和欲在我們的生命中迴環，不斷延續下去，我們「樂此不疲」，而一旦體知這點，我們又會想到另一件事，亦即現實與夢中幻境之別。用佛洛伊德的術語再談，這也就是說快樂原則在此和現實原則其實有直接的關聯。印度哲學——包括歷史上的佛教——和西方的精神分析都談過這個課題，絕非巧合。兩造所談，都從「夢的生理學」下手，夢在本體上令人困惑的雙面性才會表現得最為明顯。下面的幾個問題，因此就難免一見了：如果我們因為夢境和做夢俱都屬「幻」而謝絕之，那麼我們要如何解釋春夢這類顯然可辨的身體症狀及其效應？如果我們可以認清夢中有「真」，那麼做夢和夢境之中，這種「真」我們又能看到多少？

歐孚蕾爾蒂說過：「夢遺顯示的意涵其實兩可，因其非特是激情外現的明證，本身也在經歷『真正』的高潮——『真』得一如打濕了腳。夢遺故此既是『內情』，也是此『情』的『外現』。在仙界歷險，和神女共結露水姻緣，因此記錄的都是夢，也鮮活跨接了現實與幻域的畛界。」[51] 夢遺可以跨過這條界線，因其顯或不顯的內容我們俱可經驗、體察、重出，甚或「讀出」。即使此一內容沒有實指，我們也可共享。夢與人交所例示的實為含糊不得的唯我論，是假「雙方之樂」為名的我執行為，因此也是「隱無」中的「現呈」，是「符號」中的「經典符號」。像《紅樓夢》第五回所寫的文學上的夢，不但可調和神遊其中的小說角色的快樂與情欲，也可讓他在情欲中得享敦倫之樂。如果這裏我所言不虛，則「文學性的虛構」也可以有同樣的效果，因為這種「虛構」的本質也「鮮活跨接了現實與幻域的畛界」。《紅樓夢》第五回所寫，也不過是這種「虛構」具體而微的類比罷了。曹雪芹在這一回裏強要讀者知道的，不一定是警幻仙子於情愛之所訓，而是寶玉神遊太虛幻境清楚之垂示，亦即「再現」的力量與持久的能力。太虛幻境入口的牌坊上書「假作真時真亦假，無為有處有還無」，因此不僅妥當，也是生命教訓。

《紅樓夢》裏多處用到「鏡」或「鑑」的意象，以鞏固「夢」這個隱喻。佛門宗派曉諭眾生，開說妙諦，也都愛用鏡鑑做為明喻或隱喻，而且歷久不廢。據魏門（Alex Wayman）的研究，鏡鑑意象涉及三條思想脈線：

> 第一，在原始佛教中，鏡為心之象，可能集塵而汙。在無著及其瑜珈宗的理論體系裏，鏡的重要性因此甚高。密宗接著又在法會中加入拭鏡的儀式，其中有神像映焉。第二，龍樹所注的般若部佛典避免以鏡為隱喻，反視之為明喻，以便開演諸「法」。密宗亦以鏡為啟蒙法器，在短暫儀式裏簡要反映龍樹派的鏡旨。第三，古人好以鏡為預言的工具，最後都會……演變……成為某種常見的「鏡卜」。[52]

這三條脈線皆可在《紅樓夢》中看到端倪。賈瑞見鳳姐起淫心，卻因此得了個致命惡疾，為第一條脈線留下一幅諷刺性的寫照。第十二回，他急病亂投醫，已經到了無藥不吃的地步。某日，忽遇一跛足道人，送來一面背鏨「風月寶鑑」的鏡子，乃將正面一照，見其苦相思的鳳姐在招手，蕩悠悠遂入鏡中與她燕好。出鏡跌回床上，鏡子從手裏掉轉過來，卻見一個骷髏立在裏面。賈瑞最後汗涔涔沒了氣，身子底下遺了一灘精（第十二回）。

送鏡的跛足道人說，風月寶鑑出自太虛幻境空靈殿。而寶鑑之名，同時也是《紅樓夢》的書題之一。這兩件事，充分說明賈瑞的故事和第五回的警世之音前後相連，外帶憑虛別構的況味。倒轉寶鑑，美人變骷髏。此事實在重複佛教——尤其禪宗——常見強調的一個主題。第一回甄士隱的〈好了歌〉注解，便有兩句話為此預言：「昨日黃土隴頭送白骨，今宵紅燈帳底臥鴛鴦。」（《紅》，一：一八）賈瑞故事的寓意，當然不僅在肉體之美瞬息即逝，同時也在警告縱慾玩忽，果報不遠。賈瑞之死，或許也在暗示《大莊嚴論經》所斷的蒙垢之心：破瓶之水不聚月，不潔靈臺難駐佛。㊸賈瑞的故事表面上是迷信，值得注意的仍為其中反映的真假問題。鏡鑑雖如夢幻不實，卻能毀人索命。賈府塾師賈代儒乃賈瑞的祖父，頗思將這風月鑑火焚銷滅。第四十二回薛寶釵家禁止她和家人讀禁書，從而也有打罵和火焚之舉。有趣的是，前者的火焚和寶釵在第四十二回所說的打罵和火焚同樣都有開示人心之功。㊹烈焰正要吞噬風月鑑之際，第十二回又有一段精采的敘述：

只聽〔那〕鏡內哭道：「誰叫你們瞧正面了！你們自己以假為真，何苦來燒我？」正哭著，只見那跛足道人從外面跑來，喊道：「誰毀了『風月鑑』，吾來救也！」說著，直入中堂，搶入手內，飄然去了。（《紅》，一：一七二）

賈瑞死得悽慘又滑稽。對那些當場目睹的小說中人，風月鑑變成那「怪道」可怕的利器，「若不早毀此物，遺害於世不小」（《紅》，一：一七二）。不過賈瑞「以假為真」在鏡中之所見卻應了艾柯（Umberto Eco）的話，是「某個現呈的『症狀』」，是「記號現象的影子」。㊺易言之，鏡象乃符號的虛構。但是這種看法對賈代儒顯然內涵太深；他不過是個冬烘先生，名字透露出自己根本是個替代品，不是真儒家。世人觀鏡便忘憂，看到虛構的影子便無慮，諷刺的卻也會燎起情欲之原，甚至遺精而死。代儒矢志保護這些人，下定決心要毀去這類魔鏡。他忘了——就像《紅樓夢》的讀者也常忘了

——「賈瑞」這個塾中子也不過是個「假」的「祥瑞」罷了。[56]

就寶玉在《紅樓夢》全書的成長而言，鏡鑑往往是心與識的樞紐象徵。第二十二回他和黛玉占偈比禪悟，寶釵伺機進言，告以神秀惠能的著名公案，勸他莫要移性。據云五祖欲求法嗣，上座神秀出偈示悟，以心如明鏡常加勤拭為要。六祖惠能時猶童僧，聞偈嘆其未了，遂乃自唸一偈求教：

> 菩提本非樹，明鏡亦非臺，
> 本來無一物，何處染塵埃？（《紅》，一：二〇九）[57]

神秀和惠能的兩首偈子，是禪宗漸悟和頓悟說的重要分水嶺。持此見者頗有其人。[58]然而，在《紅樓夢》裏，寶釵卻拿兩位禪師的故事取笑寶玉，刺其識見猶淺，不足參禪，奢言覺悟！

夢與鏡的意象綰合得最妙的地方，當推第五十六回。稍前，小說藉機說道：世界之大，無奇不有，同名同性情者古今多有，像寶玉便有一模一樣的兩個人，一個姓甄（真），一個姓賈（假）。第五十六回，有人提醒寶玉有這麼個模樣相仿的人兒。不料他聽後心中一悶，回房上榻就昏昏睡去，不知不覺間遂到了一座花園，其景緻並丫鬟行景都與大觀園一般。最後，在一處院落榻上，他見到了自己的「外相」（*Doppelgänger*），也就是看到了甄寶玉這個「鏡象」：

> 寶玉……忙說道：「我因找寶玉來到這裏。原來你就是寶玉？」榻上的忙下來拉住：「原來你就是寶玉？這可不是夢裏了。」寶玉道：「這如何是夢？真而又真了。」一語未了，只見來人說：

「老爺叫寶玉。」唬得二人皆慌了。一個寶玉就走，一個寶玉便忙叫：「寶玉快回來，快回來！」襲人在旁聽他夢中自喚，忙推醒他，笑問道：「寶玉在哪裏？」此時寶玉雖醒，神意尚恍惚，因向門外指說：「才出去了。」襲人笑道：「那是你夢迷了。你揉眼細瞧，是鏡子裏照的你的影兒。」寶玉向前瞧了一瞧，原來是那嵌的大鏡對面相照，自己也笑了。（《紅》，二：七九六）

這一景雖小，但迂迴曲折，令人嘆為觀止。寶玉的心理，還有青春期難免要追求的自我，放眼這一景，不難讓人捉摸。景中對話讀之糊塗，顛三倒四不斷在雙關兩個寶玉之名，其實再度照亮了真假的問題。這一刻，眾人認為是「真」寶玉的「賈」寶玉，還有待尋找真正的自我，認清自己究為何人。而「甄」府的寶玉隨著夢境朦朧而去，看來竟像「假」寶玉。到了第一一五回，寶玉再度會見自己的「夢中像」，但發現兩人雖然外貌酷似，內心所思卻是冰炭不合。看來同名未必同性情。《紅樓夢》作者的寫作手法，竟然重見於二十世紀的波赫士（Jorge Luis Borges）或羅斯（Philip Roth）。作者繼而續道兩人之所想，以分別「甄」與「賈」的所在。兩位俏公子也互探對方，而彼此認識的結果是以「實人」演示了夢境、鏡象或虛構作品實際上所會傳達的事實：真中有假，假中有真。就某種意義而言，佛教的人世本體論，如今倒已變成「變文」式的類比，變成了敘述藝術的本體論。

在此等認識的淪啟之下，我們就可以開始「細按」《紅樓夢》的「趣味」。作者要我們「細按」的，乃「一把辛酸淚」所寫成的「荒唐言」何以令人難以釋手？小說要告訴讀者的是什麼訊息？這個訊息虛假，而且如鏡如海市蜃樓一般虛幻，是否應當見棄於世？或者就像佛家所言，大圓智鏡（*ādarśa-jñāna*）乃內外無染，一塵不落，故能反映最純粹的知識？[59]生命果然如夢如虛構那般空幻，我們就不得不再問道：何以虛構人生的作品又會充滿幻景，令人著迷？《紅樓夢》裏的佛教色彩呈現的是二律悖反的走向，曹雪芹的手法又虛虛實實，水中映月。然而細索上文後的問題，確有助於看倌在這些惱人處稍獲喘息，甚至處之泰然。

寶玉感人世悲辛，從而有出塵解脫的念頭。《紅樓夢》的情節亦因寶玉的追尋，呈現出弧形的發展。讀者隨此進入小說主體，難免感到佛教靈見確為小說模倣的對象。然而本文的分析倘非捕風捉影，則我相信佛教自有一套「解讀」人世的妙方，而我們也有一套解讀文學性的虛構的方法。兩者間的歧異，正是上述「趣味」落筆之所在。桑門可以強調人世如夢幻泡影，就如俗人也可以說小說虛假不實，但此間有一重要關目為其區野所在。佛教解讀世相，結論為出世乃終極智慧，然而至少根據《紅樓夢》作者的看法，閱讀小說必得「細按」全書，否則讀了不啻白讀。因此，在小說中，傳達訊息的媒介便混淆了訊息本身。這也就是說，語言遮蔽了語言所擬訴說的道理。饒有興味的是，開卷首回，曹雪芹即寫了一段話，準備讓讀者據此思索《紅樓夢》閱讀的「效果」：

> 空空道人聽如此說，思忖半晌，將《石頭記》再檢閱一遍……。雖其中大旨談情，亦不過實錄其事，又非假擬妄稱、一味淫邀艷約，私訂偷盟之可比。因毫不干涉時世，方從頭至尾抄錄回來，問世傳奇。從此空空道人因空見色，由色生情，傳情入色，自色悟空，遂易名為情僧，改《石頭記》為《情僧錄》。（《紅》，一：六）

中國人早就習慣於把消隱的符號誤解為實際或歷史性的意符，但色是幻境，「自色悟空」又是怎麼個「悟」法，中國人卻閃爍其辭。在《紅樓夢》中，空空道人是讀者的化身，然而曹雪芹也在扮演同樣的角色。了解上面的基設，我們就不會怪曹雪芹把自己寫進小說之際，卻還敢高聲笑話空空道人：「似你這樣尋根究底，便是刻舟求劍，膠柱鼓瑟了。」（《紅》，三：一六四七—一六四八）若要抵擋「尋根究底」這種傾向，非得讓自己適度也加入《紅樓夢》的文本「遊戲」或「消遣」不可，也得視之為假語村言方罷！《紅樓夢》的「作者、抄者並閱者」，似乎都不明白這只是一部「遊戲」筆墨。

論列藝術魔力或文字魅力的學術性論著中，歐孚蕾爾蒂的話最中肯，容我再引數句說明：「藝術家介於行者和俗眾之間。他消極的接受夢，但積極學著駕馭夢，並轉夢為我們能見能觸的實體。藝術家不僅以說夢為滿足，他還能把我們帶進夢境中，猶如親歷。這個本領，沒有藝術細胞的俗人只有熱戀時才有。職是之故，大家都身臨其境的夢中『玄境』，就會變成真有其形的『幻設』，是藝術力量所創設的另一個『現實』。」[60]

佛教在這方面的解釋，用詞頗玄。《華嚴還原觀》云：「謂塵無自性，即空也；幻想宛然，即有也。良由幻色無體，必不異空；真空具德，徹於有表。觀色即空，成大智而不住生死；觀空即色，成大悲而不住涅槃。以色空無二，悲智不殊，方為其實也。」[61]《紅樓夢》的文藝「空」觀，全書最後的四句偈子或許最能道其精要：

說到辛酸處，荒唐愈可悲。
由來同一夢，休笑世人癡！（《紅》，三：一六四八）

既云「休笑世人癡」，無異坦承小說有其效驗與幻設，是以這句詩確實也顯現了「大悲」與「大智」的精神！

石頭的虛構

佛教解讀人生，既像又不像我們解讀虛構。《紅樓夢》於此似有定見；果然如此，那麼這個論點我們也可以小說主角為證，可以見諸他的生命教訓。換言之，「石頭」的故事一面有其合理進程，一面也會順勢收束。不過故事寫到轉折處，卻也會指明或澄清自己的故事本質，甚至會說明自己不過是一個文本，是寫來還能感人的虛構罷了。寶玉大開癡頑的過程曲折感人，論者因此多以為《紅樓夢》是中國啟蒙小說的代表作。《紅樓夢》的作者巧思頻見，開書收卷都用到一些再樸拙不過的中國口語，一方面暗示寶玉開迷歸悟的過程，另方面則告訴讀者其內容神妙莫測，確有微言大義，值得學習。不過這兩種教育層次大不相同；小說會肩負也會反省此一工作，而其運作之法正是以上述樸拙之語的選擇為中心，目的在指出並繁化開悟的過程，也在暗示故事越是往前推展，所講的道理也就越深刻，常常還是我們智所難及。

第一回裏，僧道答應要在玉墜上鐫數字，然後帶到花柳繁華地安身。石頭聽了便請示欲銘何文，將去何處。不意那僧笑道：「你且莫問，日後自然明白。」（《紅》，一：三）《紅樓夢》通書，「明白」這個俗常之語便如此頻見使用，多數場合當然了無玄義，無非「知道」的意思罷了。然而在某些章回，此詞不是用「知不知道」就可說明得了，蓋其尤指回顧與前瞻，是否能夠觸處皆機。

舉例言之，寶玉在第五回神遊太虛幻境，敘述者說他對警幻仙子所示畫冊並詩「不甚明白」。冊籍所繪乃寶玉命中女伴來日的運數，但此時他卻愚騃不解，反問「是何意思」，終於對所見「不甚明白」了（《紅》，一：七七—七八）。❻❷又有幅對聯道是：「春恨秋愁皆自惹，花容月貌為誰妍？」寶玉瞧見，「便知感嘆」（《紅》，一：七六）。可是就在前此不久，他兀自還為「古今情不盡」與「可憐風月債」而迷惘不已（《紅》，一：七五）。警幻曾說寶玉所閱者皆生命教訓，意在警其癡頑，使其跳出迷人圈子。榮寧二公之靈巧遇警幻，又告之曰：賈府「運終數盡，不可挽回」，家道中落固不遠矣！二公特央警幻諄囑後人，規引入正。警幻慈心一發，於是引寶玉至太虛幻境，令其「歷飲饌聲色之幻，或冀將來一悟，亦未可知。」（《紅》，一：八二）

我們如果稍微留心，便會發現寶玉這裏所接受的「教育」竟然和首回僧道欲棄石下凡經歷者若合符節。更有趣的是，首回與第五十二回中有關「明白」二例，確能逗人深思，細索佛教對世相的體悟。隋僧慧遠（三三四—四一六）嘗謂：「根深因在，我倒未忘，方將以情欲為苑囿，聲色為遊觀。」❻❸對棄石或寶玉來講，這些話都在預言其來日的生命，而且絲毫不爽。寶玉年紀輕輕，當然要浮沉一段歲月才能歷盡「飲饌聲色之幻」。百廿回的《紅樓夢》所敘，才不過寶玉十來年的生活，可能連他二十歲生日都付闕如。第五回的夢境中，寶玉時而不禁感到好奇，「倒要領略領略」那古今情與風月債（《紅》，一：七五）。但夢中的寶玉實如走馬看花，哪容他細繹眼前的天機與所歷的經驗。警幻適時所下的斷語是：「癡兒竟尚未悟！」（《紅》，一：八九）寶玉要走到覺迷渡口，日子仍長，因為縱使「仙闕」都屬「幻境」，更「何況塵境之情景哉？」（《紅》，一：九〇）到了那曲終人散時，即使寶玉對周身一天「明白」過一天，父母妻妾對他的言語行動也只會越來越糊塗（例子可於第一一六至一一七回見到）。

寶玉二遊太虛幻境，事因麝月一語而起。此一情節中，上述發展顯而易見。麝月說話無心之前，寶玉離奇失玉，卻蒙某怪僧適時送回。玉石失而復得，寶玉心裏歡喜，卻不料麝月忘情說道：「真是寶貝，才看見了一會兒就好了。虧的當初沒有砸破。」（《紅》，三：一五八〇）才不過幾句話，寶玉內心便波瀾再起，是何緣故？毫無疑問，他心裏有個左右不是的兩難困境，雖然無意掀露，卻也歪打正著，讓他苦痛不已。第三回寶玉初見黛玉，高潮掀滾。當時他果真摜了玉，去了欲，命盤可能大大改觀。從《紅樓夢》的寫實手法看來，玉石若碎，賈府是否還會為了招出玉塊而設謀撮合金玉，未嘗不是一個疑問（參閱第八、二十八、二十九、八十四及第九十六回）。玉石若碎，至少不會離奇失蹤，如此寶玉就不會突發怪病，不會因靈臺昏沉而最後娶了個替身新娘。但是從《紅樓夢》寓言性的修辭設計看來，寶玉果然摔破玉石，或者令其失落不見，卻可象徵他已衝出「欲望的葛藤」。

截至麝月刺痛寶玉為止，《紅樓夢》並沒有讓各種可能成真。黛玉係寶玉所欲者，但後者既沒娶她，也沒在她去世後就把前情盡拋。寶玉實則掙扎在兩難的夾縫中，因此注定要再訪太虛幻境。這次他回首前塵，故人浮現，歷歷如真。而處在生命的急流迷津，他若要了悟前緣，也非得再踐斯土不可。既然如此重臨幻境，其中自然有小說結構上強調的地方，更有主題上的摘要重現處。蓋寶玉曾經自云：「我少時做夢曾到過這個地方。」（《紅》，三：一五八二）他接二連三重逢過往姊妹的魂魄，包括鴛鴦、尤三姐、晴雯與黛玉。這些夢景的功用大，正可襯出那送玉怪僧要他細細記著的話：「世上的情緣都是那些魔障。」（《紅》，三：一五八七）都有礙精神進境。

待寶玉甦醒過來，平素牽掛的親人都已哭得眼泡紅腫。親娘王夫人感痛無已，乃對寶釵說道：

那年寶玉病的時候，那和尚來說是我們家寶貝可解，說的就是這塊玉了。他既知道，自然這塊玉到底有些來歷。況且你女婿養下來就嘴裏含著的。古往今來，你們聽過這麼第二個麼？只是不知終久這塊玉到底是怎麼著？就連咱們這一個也還不知是怎麼著？病也是這塊玉，好也是這塊玉，生也是這塊玉。（《紅》，三：一五八八）

王夫人話中思索玉石何以得來如此奇怪，又是否真能「通靈」？說著說著，疑團更加難解，更不懂這事怎麼竟發生到自己的寶貝兒子身上來？包括王夫人在內，賈府上下都覺得這玉石奇得像謎：來無蹤，去無影，任誰都猜不透葫蘆裏到底賣的是什麼？

寶玉此時一言不發，更顯示他已經走到得悟的關頭。王夫人說不出兒子忽死又活的原因，打住嘴不免流下淚來。但「寶玉聽了，心裏卻也明白，更想死去的事愈加有因。」從此刻到他最後離家，《紅樓夢》逐步推演他開悟的經過。寶玉以赴試為名「離家」，最後卻「出家」當了僧伽。此其間他對自己的決定守口如瓶，眾人見他忽笑忽悲，也只能跟著憂心煩惱。《紅樓夢》的作者為了反襯這種現象，不斷用到「明白」二字。寶玉隨後在自家門口遇到一僧，其形貌與自己昏死過去時所見者一般無二。那僧在夢裏曾經為他指引迷津，如今重逢，寶玉「心裏早有些明白了」（《紅》，三：一五九二）。他本來穎悟，當下即決定還玉。襲人聽了，連忙央說使不得，否則又要病著。寶玉卻回道：「如今不再病了，我已經有了心了，要那玉何用？」（《紅》，三：一五九三）

事情剛過，寶玉堂妹惜春便鬧著要削髮為尼，闔府都在攔著此事，唯獨寶玉評了句「難得」。王夫人益加困惑，乃道：「你如今到底是怎麼個意思，我索性不明白了。」（《紅》，三：一六〇六）。寶玉離家前的故事，各個感人肺腑，雖則不明白他內心的也不僅止於王夫人一人而已。第一〇九回寶玉方和寶釵圓房，此後後者對他才略有認識。儘管如此，大多數時候，寶釵自己也不甚明白丈夫的言語行動。寶玉越想離情遁世，她就越發不解。第一一八回，寶玉細玩《莊子》，寶釵看他只把那「出世離群」的話當真（《紅》，三：一六一二），心緒亂極，乾脆破斧沉舟，像回目所寫般出口欲「諫癡人」。她勸丈夫拋棄這類書，兩人為此還往來辯論了好一會兒。但一個堅稱「古聖賢原以忠孝為赤子之心」，一個卻滿心想要「出世離群」。兩下總是勾不著。最後，寶玉顯然讓了一步；寶釵頗感詫異，可也欣喜異常。不久，寶玉即命人把《莊子》和《五燈會元》等道經佛典都搬去擱下，隨口又解釋了幾句：「（我）如今才明白過來。這些書都算不得什麼，我還要一火焚之，方為乾淨。」（《紅》，三：一六一五）

寶玉口口聲聲說「明白」，寶釵卻很諷刺的更「糊塗」。兩人靈犀難通已極：寶釵盡可認定寶玉已接受勸告，寶玉卻是心意篤定，要出家棄俗才「乾淨」。耳聆夫人諫之以收心用功，庶幾不枉天恩祖德，寶玉的回答仍然曖昧得玄妙，我疑是有鑑於上述的原因：「（考試要考）第一呢，其實也不是什麼難事，倒是你這個『從此而止，不枉天恩祖德』卻還不離其宗。」（《紅》，三：一六一四）寶玉口說的「不離其宗」，其實不符寶釵心裏所想那般，蓋他行將赴科趕考，以舉業回報天恩祖德，然後就此「出家」，斷絕塵緣。他心意一下，連平日耽讀的書也變得俗不可耐了。

寶玉從胸懷「空門」到「出家」的決定，確實意義重大，因為這個行動本身象徵中國傳統文化有一對立之局，亦即佛門的實踐觀與理論觀——不論是社會性或倫理性的——殆屬互斥。寶玉長兄早夭，如今他乃賈府單嗣，有延續香火之責，一旦出家，是否逃得了「不孝有三，無後為大」的求全之責？他若能得子接續祖基，或可免於詈言。但寶釵腹中所懷若為女兒，而寶玉又已削髮為僧，則賈府嫡傳不再，後果就不堪設想了。《紅樓夢》經歷高潮之後，劇情轉入大悲：在朝為官的身受冤屈，家產被抄，甚至有人下獄。然而，由於皇上「聖明」（第一一九回），賈府最後轉禍為福，不但罪名洗刷，連家產也如數償還。愈是如此，結尾的悲劇感愈重，因為寶玉迷失，皇上縱已降旨查訪，卻也無法替賈家解決男嗣已斷的難題。寶玉離家赴試前，話別聲中另有弦音，意在深山古剎、青燈古佛。對賈府而言，他這一「走」，不也等於人沒有了。聖寵加被，降旨訪人，原因繫此，只是一切都已來不及。《紅樓夢》後四十回的作者或編者不斷以諷筆陳喻賈府，刺其未來，疑為偽托者故而病之為上邀聖寵的御用之作。

佛教傳統的護衛者一再聲明，信佛者為父母祈福，依「法」而舉行法會，在在都可使父母百年後得以「超度」，至不濟也為遠祖積德，使其脫出輪迴之苦。這種說詞，王國維早已據為寶玉出家的解釋，章前已明。不過此中我仍然覺得疑點重重，頗落把柄，值得商榷。王夫人希望寶玉揚名科場，走上仕途，然而寶玉離家赴考前的話顯然僅在投合一時的期盼。考完後，寶玉自有主張：「母親生我一世，我也無可答報，只有這一入場用心作了文章，好好的中個舉人出來。那時太太歡喜歡喜，便是兒子一輩的事也完了，一輩子的不好也都摭過去了。」（《紅》，三：一六二〇）寶玉科場得意，最後落得絕塵離家，永不回頭。此時寶釵卻已有孕在身，但孩子的性別到《紅樓夢》結束時也沒有交代，香火問題在小說中遂不了了之。雖然如此，此時問聲王夫人得的是什麼樣的「歡喜」，也並沒有什麼不對。在第一百二十回，已經出家的寶玉一語不發，倒身便向舟中的賈政下拜。他「報答」母親的做法，何異於此？不過口惠不實，何能云「報」？

一人出家，雞犬都能升天？答案迷濛不清。但是寶玉再清楚不過的是，一旦這樣做，主因黛玉亡故而種下的痛苦與罪惡之感或可一掃而空。寶玉故而得超越「欲望的葛藤」。問題是，出家之後，他當真能夠獲得解脫？答案不無疑問。儘管如此，寶玉斬斷俗緣，當然是「得悟」的具體明證。他少時癡頑闇昧，無明纏身，此時顯然卻已「明白」。佛門奧義，以「無明為惑網之淵」。[64] 寶玉的心性，在《紅樓夢》收梢處已經發展到了成熟的階段。小說開卷時佛道二僧應許他的話，此刻也已經做到了。我們猶記得，棄石墜往花柳繁華地之前，嘗問所去處與即將經驗事，那僧卻笑道：「你且莫問，日後自然明白的。」

棄石最後的「明白」，不啻在將其「來歷」予以「註明」（《紅》，一：一），使閱《紅樓夢》者了然不惑，終可渡離人世迷津。此「來歷」者，厥為某頑石的「身前身後事」，即其由棄石變成赤瑕宮的神瑛侍者，最後又轉世入凡，化身為賈寶玉的經過。若要細按《紅樓夢》的虛構性，我們非得由此「來歷」入手不可，蓋棄石的故事同時也是石上所銘之「記」。我們上溯其化身為「玉石」的迂迴始末，最後再回到真身「原形」去（《紅》，一：四八—四九；三：一六四三—一六四八），便可見虛構與敘述的接合點。

儘管如此，即使是石上銘文也有其明晦兩面。石頭曾經女媧鍛煉，晶瑩潔白，固「寶物」也。更可隨意變大縮小，而那佛道二師初遇之際，即已化之為扇墜大小的一塊玉珮。甄士隱無意中聽到石頭因果並那神瑛侍者與絳珠草的前塵往事，俱不能「明白」洞悉，而佛道二師即示以美玉本身，助其消釋懵懂。他們口稱棄石為「蠢物」，然而玉面上分明卻鐫著「通靈寶玉」四個字。士隱正待細看，卻已身入太虛幻境。寶玉隨後啣玉而生，這顆玉石終於俗世現身（第八回）。寶釵曾向寶玉求觀這塊玉，敘述者反而縱身介入故事，再度提醒讀者玉與石者，兩皆虛構也：

> 女媧煉石已荒唐，又向荒唐演大荒。
> 失去通靈真境界，幻來新就臭皮囊。（《紅》，一：一二三）

這幾行詩據云為後世某打油詩人的嘲弄之作。妙的是，敘述者在詩末還加注了一段話：

> 那頑石亦曾記下他這幻相並癩僧所鐫的篆文，今亦按圖畫於後。但其真體最小，方能從胎中小兒口內銜下。今若按其體畫，恐字跡過於微細，使觀者大廢眼光，亦非暢事。故今只按其形式，無非略展些規矩，使觀者便於燈下醉中可閱。今注明此故，方無胎中之兒口有多大，怎得銜此狼犺蠢大之物等語之謗。（《紅》，一：一二四）[65]

脂硯齋曾注意到這幾句話，隨手並做了個眉批，見地甚是：

> 〔作者〕又忽作此數語，以幻弄成真，以真弄成幻，真真假假，恣意遊戲於筆墨之中，可謂狡猾之至。做人要老實，作文要狡猾。（《評語》，頁一八四）

《紅樓夢》的作者自寫自諷，令脂硯齋過目難忘。前引之詩不憚其煩反覆申述的主旨，厥為《紅樓夢》緣起與本質上的虛構特性。敘事者在詩後的注文中，又語極囉唆的為此事大做辯解：玉上所鐫字體已經刻意放大，如此雖有不符原樣之憾，到底是無可如何！敘述者這樣說，好像讀者翻閱的是極其荒唐而且無中生有的著作，因此才需要一番特別的聲明，一度提醒閱者所讀皆深合邏輯，一無虛文。這種惺惺作態本為幻中之幻，而以此說明虛構當更加重其諷喻之感。《紅樓夢》的虛構以「真」為「幻」、為「假」，修辭氣勢與巧筆便都存在於這真真假假之中。脂硯齋固美言矣，然而言之不爽！

脂評不吝褒詞，其中確有洞見。不過作者遊戲筆墨的多面性，脂評卻也僅知其一，因為字裏行間的巧意，脂評即無從偵悉。第八回道：當日那癩僧於青埂峰下為玉墜所鏨不過篆文數字，意在藉其通靈去邪之力，以警其佩者「勿失勿忘」（《紅》，一：一二四）。此外，涉獵過前面情節的讀者，當不致於遺忘那僧人首見棄石時的笑言：「形體倒也是個寶物了！還只沒有實在的好處，須得再鐫上數字，使人一見便知是奇物方妙。」（《紅》，一：三）。從《紅樓夢》的首尾來看，那癩僧在石上所鐫「數字」不僅是驅魔避邪的符徵，來日尚且會變成棄石的「身前身後事」。質言之，亦即《石頭記》本身。

小說走筆到了凡世，玉上鏨文果然通靈。寶玉離奇失蹤，又不知所從復得。佩玉者一生榮枯浮沉，俱和此玉有關，可見那篆字與玉石或有預兆作用（參見第二十五、九四—九五與一一五—一一七諸回）。「通靈」含有憬悟玄機之意，故玉在，寶玉便能仙壽恒昌；玉失，寶玉便心迷竅阻。開卷第二回，那癩僧說要把棄石變成顆「奇物」，誠哉斯言！

但我們應該謹記在心的是，鐫上文字的玉石仍非真體，不過是另一塊上銘頑石故事的石頭的幻象罷了。《紅樓夢》終篇，「頑」與「石」互聯成詞，頗有癡愚拗戲的弦音。[66]不過其詞意縱有貶降的成分，卻也絕無惡意，恰和敘述者或其他角色在小說中描寫寶玉的字眼相映成趣：「蠢」、「呆」、

「癡」、「傻」或「瘋」等。這些字皆非恭維，而是嘲人；方之提及寶玉「天分」或「機智」的地方，簡直就呈尖銳的對比。我們由是不得不悚然驚心，不由得不想到某批評家的一個真知卓識，亦即《紅樓夢》每有「說兩面話的傾向」。[67]「頑石」也是那不折不扣的「通靈寶玉」。兩者結為一體，最後幻形入世的故事陳跡，正是寧榮二公特意央求警幻以「情欲聲色」教化寶玉，以「警其癡頑」的囑望（《紅》，一：八二）。

《紅樓夢》這種好說「兩面話」的傾向最明顯之處，當推行將終篇之際，賈寶玉及其外相甄寶玉見面一節。甄賈同名同貌，前者卻出口落俗，敷衍似的隨口稱美「寶玉」之名。那賈寶玉聽了有些不快，順口便回道：「世兄謬賞，實不敢當。弟是至濁至愚，只不過一塊頑石耳，何敢比世兄品望清高，實稱此兩字。」（《紅》，三：一五七三）。此景發生在寶玉離家赴試之前，也就是說，發生在他已下定決心要出家為僧之際。作者讓甄賈二人此時相會，無異令寶玉得暇細掂自己，也讓他盡吐胸中不值的祿蠹俗腸。寶玉發覺自己倒教訓慘痛。

雖然甄寶玉滿口舊套陳語，賈寶玉卻也隨俗應答，客氣的自貶一番。他們一來一往，表面上在謙抑彼此所冠的「寶玉」二字，重點反而是此名的深層內涵。兩人一路往下辯，每每觸及寶玉明心見性的大關卡。《紅樓夢》裏，「寶玉」之名有其象徵與字面意義，而且終全書都川流不息。寶玉最後能急流悟真，原因便在體知了尊名意蘊。就《紅樓夢》全書的用法觀之，賈寶玉之名想當然出諸《論語》。〈子罕篇〉第十二章人盡皆知：

子貢曰：「有美玉於斯，韞匵而藏諸？求善賈而沽諸？」子曰：「沽之哉！沽之哉！我待賈者也」。[68]

何以見得「寶玉」即取典乎此？《紅樓夢》中有一顯證。賈雨村乃貫穿全書情節的人物，在首回曾高吟一聯，上款即云：「玉在匱中求善價。」（《紅》，一：一三）以《紅樓夢》文字遊戲的筆法衡之，賈寶玉之名不但有「假」寶玉之意，也有「無價」美玉的言外旨。

至遲自宋代以還，上引《論語》便有人為之作疏，其辭曰：子貢所問實乃夫子願否出仕？孔子的回答毫不含糊，說是道能行否係其關鍵所在。[69]這種詮釋果真正確，則孔子求仕便師出有名，在中國文化傳統中也是至高的典範。〈子罕篇〉一語即後世文人進階的根據，更是士子投身宦海的道德權利基礎。

遺憾的是，「公職」卻是賈寶玉在《紅樓夢》中深痛惡絕的經國大業。他寧取詩詞曲賦，寧願和眾姊妹鬧著玩，也不願去求那第一等的功名。從開卷到終篇，寶玉這孩子無不沉迷於聲色之娛，每每惹得嚴父憂心，上下失和。小說第四十回，寶玉功課稍有進展，較能貫注在那正經書上。雖然如此，仕途舉業他仍然嗤之以鼻，視為庸碌小技。

第一一五回深意寓焉，全在寶玉上述的態度。但甄寶玉卻不管主人心意，一味高論那或可稱為儒門中的「美玉神話」，反而無睹於對方的斯文客套。我們且聽他續道：

> 弟少時不知分量，自謂尚可琢磨。豈知家遭消索，數年來更比瓦礫猶賤，雖不敢說歷盡甘苦，然世道人情略略的領悟了好些。世兄是錦衣玉食，無不遂心的，必是文章經濟高出人上，所以老伯

鍾愛，將為席上之珍。弟所以才說尊名方稱。（《紅》，三：一五七三）

甄寶玉第一句話的遣詞用字特別值得留意。「琢磨」一語亦本於《論語》而來，〈學而篇〉第十五章中——

子貢曰：「貧而無諂，富而無驕，何如？」子曰：「可也，未若貧而樂，富而好禮者也。」子貢曰：「詩云：『如切如磋，如琢如磨。』其斯之謂與？」[70]

《論語》這段話夠明白了。孔子談道德，務求語言精審，故不厭其煩，精益求精。子貢以《詩經》做比，說夫子「切磋琢磨」，可將魯劣的信念「修」為金科玉律。[71]這位孔門愛徒的比喻，顯然甚得師尊之心，而後世注《論語》的人也視子貢所引為巧喻，三言兩語即點出處世待人的不易。倘能安貧樂道，或是富而有禮，精神上必有回報。

孔子的言談心緒當可在賈寶玉身上聽到共鳴，而且鉅細靡遺。「祿蠹的舊套」便可見其犖犖大者（《紅》，三：一五七三）。賈寶玉聞悉甄寶玉的話並其性情後，心中老大不快，隨即「悶悶的回到自己房中」（《紅》，三：一五七六）。他朝夕盼望得一「知己」，結果反使自己更加確定不合世道。他把心中的不滿告訴寶釵，不料卻被搶白一頓，還拿那忠孝的孔門道理訓他。寶玉自此更是不樂，絕塵出家的念頭益發強烈與堅決。

由是觀之，寶玉自稱的「頑石」一詞當非隨機客套，而是有更深的用義在焉。我們會因此聯想到他的前世原身，也會因此而聯想到他「身前身後」的兩世幻化。對許多中國讀者而言，「頑石」還可引人回顧佛教傳說中的一個典故：「頑石點頭」。清人文集《通俗編》有明載：

〔晉〕竺道生（約三六〇—四三四）入虎丘山，聚石為徒，講《涅槃經》，群石皆為點頭。今言感化之深曰：「頑石點頭」。[72]

引文中提及《涅槃經》。我們從佛教史得悉，此一經籍常與竺道生並論，關係匪淺。大乘佛教的基本教義認為「有情都具佛性，人人皆可成佛」。竺道生開演《涅槃經》，便將經義做此解釋，使之與大乘結合。在中土，法顯乃《涅槃經》首位的譯者，嘗在某些章節指出，外道謗佛之「一闡提」係「樂欲」惡人，不可成佛。[73] 竺道生以法顯所譯必有闕疑，反而大聲疾呼大乘精蘊並不排斥一闡提，縱是斷善不信者亦具佛性。「頑石點頭」這個小故事，便在例示頓悟並無對象之限。其意義精深博大，涵攝宇宙萬象。因此之故，「頓悟」就變成竺道生視若拱璧的大乘解脫觀。

從「頑石點頭」的意義網絡觀之，可見《紅樓夢》以「頑石」稱寶玉的適切性，其寓意奧妙更不待言。眾石皆得補天，獨棄石不堪入選，因此投胎下世，闖入輪迴業報。他昔日為神瑛侍者，交善於三生石上的絳珠草，每日以甘露澆灌之。後者感此宏恩，遂有來生「還淚行」。神瑛與絳珠下世造歷幻緣，成就一段可歌可泣的情史。他們一念「欲」動，瓦解了中國民諺「木石無情」的真理性格。確然：警幻仙子嘗斷言寶玉「乃天下古今第一淫人也」。又伸說其義，謂寶玉情絲纖弱，難拒閨閣，「天分中」自亦「生成一段癡情」（《紅》，一：九〇）。脂硯齋一再批道，書中角色，寶玉係「情不情」

（《評語》，頁一九九，三五四，三七六，四〇五，四五五，四七七，五五一）。[74]此語甚是。寶玉果真執迷欲海，生為情牽，則其下世歷劫的始末便由不得我們不問一聲：「他癡頑如石，豈非『一闡提』之流，來日可能改悟回頭否？」《紅樓夢》開卷即見佛典「頑石」，然而讀者於此恐難窺知敘事殊義。待寶玉將斷俗緣，自稱「頑石」，我們終於恍然大悟，了解到此詞深刻而又令人心碎的諷喻。甄、賈兩位寶玉的對談，實則以曲折但亦不失明白的方式在演示儒釋兩家的對峙：一方是孔門的美玉迷思，另一方則為佛門的頑石神話。一如襲人在第五十六回應聲而出的「真言」：甄寶玉是賈寶玉的鏡象，也是他的另一個「自我」。長久以來，賈寶玉即不斷在追問自己是誰，整個生命又是怎麼一回事？甄、賈雅會一回，終於將此一「追問」推到高潮。《紅樓夢》提及甄、賈見面，後者原盼得一「知己」。此事不無意義，蓋閔福德曾把「知己」解為「另一個我」（alter ego; *SS* 5:277）。但此詞亦有「知友」、「腹交」之意。曩前寶玉僅把「知己」保留來稱呼黛玉，不過到了目前這個經驗階段，他似乎定心在問：自己到底是屬於哪個玉石神話？

甄寶玉果為賈寶玉的「另一」自我，則套用他的話，賈寶玉事事堪誇，不但文章經濟高出人上，又得父母鍾愛，視為珍寶。他口中的賈寶玉，實則為孔門正統所期盼的形象，一面是社會棟樑，再則能光耀門楣，承歡堂上。《紅樓夢》裏的賈寶玉的「真」個性，當然與他牛馬不合。他的生命經驗也全然不是那麼一回事。如果「補天」之才確為高官厚爵的傳統隱喻，那麼寶玉這顆頑石當真是久不堪用了。在官場上，幻形入世的頑石自是一敗塗地，但是這顆「棄石」命中也要為世人造下「傳奇」，另立見證。寶玉的自況原為真性情的流露，只消一讀後四十回即知這裏所言不虛。寶玉詆盡流俗，不願委身儒家文化，視功名利祿如敝屣。這些俱見於回答甄寶玉的一席話。既為頑石蠢物，他在現世何能接受孔門「琢磨」？如果甄寶玉及修齊治平的大業果然就是寶玉的「鏡象」，是他的「第二個或分裂的我」，那麼就像現代主義文學裏的許多類似角色一般，此一「外相」必然也得遭拒。75 寶玉雖謙稱自己「至濁至愚」，背地裏卻也漸次憬悟。眼前的困境已經夠清楚，佛門解脫的保證自然就不遠。寶玉這塊「頑石」就要「點頭」了。76

寶玉的自謙之詞確實饒富意義，其典涉隔代共證，益見豐沃。讀者體察若此，自能領略「虛構」對小說的重要，而《紅樓夢》的倚重處當更不言可喻。棄石在悟知方向與價值之前果真要經歷一番夢幻，則對他而言，背上鏤刻的往事才真具有「實在的好處」，也才真能變之為「奇物」。石上遍述歷歷，所記就如同第八回詩中所云，乃始自女媧煉石，終演「大荒」。而石上所記，大旨談「情」，故能施幻符力、移心動人。空空道人因為注意及此，才「曉得這石頭有些來歷」。77 書首卷尾，他兩度現身，把《石頭記》翻鈔傳度，付與那作者並閱者。倘無空空道人這番明白，我們恐怕還不知棄石何以希望他的故事能「問世傳奇」。

勒石為銘，志在傳諸久遠，不使金匱湮滅。史籍佛典藉此保存，亦非一朝一夕的事。但碑銘早經使用，漢世益見頻繁，內容自有範格，原在「記載歷史上的大事，或者紀念逝去的人物」，有時則是為了「確定聖典，垂範百代」。78

方之任何名碑或石室芝蘭，《石頭記》弔詭的性格隨即再現。空空道人確實讀過石上改編的故事，但是有鑑於其一無「朝代年紀可考」，二乏「理朝廷治風俗的善政」（《紅》，一：四），不免心生疑惑。儘管如此，石上陳跡仍為某公卿子弟的「歷史」。其中縱無救度眾生之說，亦乏「大賢大忠」之流，但確實也在某人遁跡空門之前就已分疏其身前身後事。空空道人遇棄石於無稽崖。在此之前，棄石已下世歷劫，歸來後就在青埂峰下還復原身。石上所鑿情緣，道人均拜讀如儀。然而一切彷彿虛雲幻海，連塵劫都無從查考，空空道人就算將那《石頭記》抄去付梓，「恐世人〔也〕不愛看呢」！（《紅》，一：四）

上引空空道人的評語，石頭一笑置之。他說野史輒聞何必同蹈一轍，落了俗套反而不妙。石頭的答辯有擬諷之意，但也在改寫傳統小說的「讀法」。《石頭記》未借朝代年紀添綴，道人頗不以為然。不過石頭的看法又是一境：此《記》乃出諸事體情理，適可為俗套推陳出新。歷來小說率循舊章，《石頭記》所以「新奇」，正因其寫法不隨俗同。《石頭記》又不齒於「歷來野史」，蓋後者往往「訕謗君相，或貶人妻女，奸淫凶惡」。至若「風月筆墨」或「才子佳人」等書，則「淫穢污臭」，千篇一律，何足道哉（《紅》，一：五）？

據空空道人看來，棄石「半世親睹親聞」的故事，俱不過「幾個異樣女子，或情或癡，或小才微善」罷了（《紅》，一：四）。但石頭自認選題擇材皆不落窠臼，雖則其辯解所強調的反屬技巧，不是內容。石頭也不敢說碑上女性都「強過」前代的書中人，「但〔思索其〕事跡原委，亦可消愁破悶」或「噴飯供酒」（《紅》，一：五）。這種辯白輕描淡寫，可是也指向虛構作家的一大特權：他們可隨自己之意編造角色心理和情感。讀者透過閱讀成品，同樣也可以獲得類此特權。在西方人的觀念中，此一特權可化作家為神祇；但在中國傳統裏，此一特權卻使文史對立，爭妍鬥奇。棄石可是深得特權三昧，說起自己的故事來別有一番真誠。他甚至說故事中「至若離合悲歡，興衰際遇，則又追蹤躡跡，不敢稍加穿鑿，徒為供人之目而反失其真傳者」（《紅》，一：五）。霍克思英譯《石頭記》，將「穿鑿」解做「修飾」（touching-up; *SS* 1:50），可能是望文生義的結果。此一喻詞其實另有隱喻，指「以意爭談，妄生章句」。故「穿鑿附會」乃牽強亂解，天馬行空，不知所繇。棄石冀其故事所規避者，也不過類此的懸語舊套。[79]而他所謂故事之「真」，當非僅由「追蹤躡跡」而得，亦應乞靈乎「原委」過從，深索窮究。職是之故，此「真」者並不以「如實模仿」為重，情節上的「合情入理」才是尋章摘句的真正理據。

循此形成的本文，閱者應該如何解讀？愚意深信，《紅樓夢》中空空道人的反應，早已為我們提供解答的線索。他二度檢閱《石頭記》，思忖半晌，乃決定傳鈔問世。敘述者繼而寫道：「從此空空道人因空見色，由色生情，傳情入色，〔又〕自色悟空。」（《紅》，一：六）這個句子蜿蜒繚繞，錯綜複雜，顯然從宗教的角度在說明閱讀的成效。其中語詞多有佛教典據，係龍樹般若空智的正宗嫡傳。在中國，龍樹哲學影響甚廣，包括禪宗在內的主要浮屠宗派無不深受啟迪。[80]上引句子的修辭又令人聯想到馮夢龍為湯顯祖《邯鄲夢》所寫的總評：「玉茗堂諸作，《紫釵》、《牡丹亭》以情，《南柯》以幻，獨此因情入道，即幻悟真。」[81]而空空道人此刻既然也已見識到某種現實，以後自如飲醍醐，對此現實當又能生出他種體悟來。

根據佛教語言所舉的範例，「空」可為世相真如，但現實「幻界」並不會因「空」而消解。某現代學者嘗指出：「在龍樹的辯證性體悟裏，『空』即是對『存在』的真解，也是對『存在』之本然的示意——『存在』並無終極的基礎可恃。」[82]「空」和「色」又互為辯證的兩極，失卻彼此即乏獨立的意義與效驗。因此，「空」並非存在上的絕對體。然而「般若」卻為直觀智慧，是單面真智，乃源自對「空」、「幻」或一切「因緣」的解悟。陳觀勝因此曾擇要說道：

> 唯有先經歷因緣俗諦，〔才能擁有般若大智，〕此即〔龍樹〕「中觀」的兩面真理。論證與果報合而為因緣，凡人能見宇宙與婆娑世界，莫非因緣故；凡人能以所見者為「真」，亦率由因緣出。俗談不能化解因緣義，正如巧辯也不能消釋夢中夢。要知夢中假，唯賴初醒時。主體與客體因為因緣分，真諦與假名亦賴因緣別，輪迴和涅槃更需要因緣隔。……〔雖然如此，〕接受空義卻非表示我們得貶低人類的種種經驗，因為業轉與感悟都在「器世間」迴流，而我們在證得最後的絕對真理之前，也都得在此一世間浮沉歷劫。[83]

上述就「空」與「色」所做的論釋，果真是空空道人的經驗敘描，則我們或可結論道：道人的經驗雖然抽象如謎，卻有精神體悟上的層次漸進。實際上，敘述者的這番話可是有心寫下，根本就是用諷喻在比《石頭記》頑石主角的生命歷程。頑石出身大荒，乃「因空見色／幻」，「由色生情」，再「傳情入色」，最後又「自色悟空」，回歸大荒。講得俗白一點，賈寶玉幾經人世浮沉，遍嘗酸甜苦辣，總算大夢醒來，徹悟生命倏忽，一切虛若浮雲。讀者的解讀過程其實與此相去不遠：首先要「因空見色」，而色即是「幻」，情因此生。傳情入色後，讀者旋即悟悉某種真諦。問題是：這種「真諦」也是「空」。

棄石轉世投胎，寶玉生焉。倘若生命已經為他說明人世虛偽，則閱讀他的故事所悟知的「空智」究竟為何？難道這些「真諦」殆非文字能傳，反需在文本之外另行求解？我們又應該如何看待寶玉的故事？是視之為佛祖垂訓的譬喻呢，還是看做作者滄海桑田的一頁生命史？賈府大起大落，我們是否又可將《紅樓夢》當家族譜記看？小說裏細寫人情世態，難道這也是一齣社會檔案劇？官場上明爭暗鬥，宮裏宮外計謀四起，是否也在昭示這是宮廷寓言？依我之見，足以開示的答案仍然存在字裏行間。《紅樓夢》收煞之處，空空道人再度現身。此時他重錄《石頭記》，在賈雨村的「假語村言」慫恿下擬尋訪個曹雪芹，托他傳述面世。後者雖然同意，但空空道人此刻倒滿腹狐疑，不知曹某「何以認得……〔賈雨村〕，便肯替他傳述？」那悼紅軒主聞言笑斥：中國文人千古誤者一也，往往都要在著作另尋權威品題，有如非此不足以證明身價。他的斥語如下：

〔那《石頭記》〕是假語村言，但無魯魚亥豕以及背謬矛盾之處，樂得與二、三同志，酒餘飯飽，雨夕燈窗之下，同消寂寞，又不必大人先生品題傳世。似你〔空空道人〕這樣尋根究底，便是刻舟求劍、膠柱鼓瑟了。（《紅》，三：一六四七—一六四八）

空空道人聽罷，如捨下心頭重擔。但他大夢乍醒，必定深知人世空幻，也深知那《石頭記》原不過空幻虛構，何必認真！佛教認為現世空幻縹緲，因此《紅樓夢》裏的虛構世界必然也是一座「荒唐無稽」的「大荒山」，並「無朝代年紀」可考。在這個世界浮沉的人，包括賈寶玉、林黛玉、賈政與甄英蓮等等，都是文字遊戲的產物。書中的地名如十里街（勢利街）、仁清巷（人情巷）與葫蘆廟等，也都是語言遊戲的結果。賈雨村在「急流津覺迷渡口」一覺酣睡，不知《紅樓夢》已經講過大半。小說結束前，他這位隱喻「假語存」的人會告訴空空道人道：整部《石頭記》，他「已親見盡知」（《紅》，三：一六四六—一六四七）。[84]「虛構」因此是「假語」在夢中之所製，就好像情節實則也是文字花腔所促成，因為寶玉和兩位表姊妹的愛情悲劇無非按「金玉良緣」和「木石無情」等俗諺的詞義編派，頂多加點反諷便是。在此一世界發生的各種「實情」，我們毋須以歷史或經驗為其苑囿，否則就當真是在「刻舟求劍」了，而且舟木上的「記號所指」（referent of the sign）鐵定會在「意符」（signifiers）與「意旨」（signifieds）的急流中沖失。

《紅樓夢》裏佛門奧旨與文學理論呈互倚之勢，彼此皆可交相發明。有鑑於此，我們不禁又要問一聲：曹雪芹是否拿佛教的根本教義在尋讀者開心？人世原為幻境，曹雪芹又設計出如此磅礡難禦的藝術幻境以道破之，他難道能不借助於佛門的善巧方便嗎？由這根本處來看，藝術的終極目的不又是在為宗教契機服務嗎？面對這三個問題，相信有人會不由得道聲是，不過我總覺得其中仍有要點懸疑未解。至少就佛教徒而言，「悟『空』是日常生活的一部分，……毋須特別在意。」[85]但《紅樓夢》裏的賈寶玉執意出家，以斷絕塵緣做為出世的手段。有趣的是，空空道人讀畢《石頭記》非但未做出塵之思，反因「自色悟空」而「易名為情僧，改《石頭記》為《情僧錄》」（《紅》，一：六）。易言之，他陷溺於情節所挑起的幻設，乃至於移情於其中而忘卻本來了。

蒲安迪論《紅樓夢》的專著認為，「就此書的整體視境而言，不管真偽問題或是現實與幻設，在在都得視為互補的兩極，而不應做辯證性的對立觀。」對我來講，敘述者所陳空空道人的轉變，無異在質疑上引蒲評的旨要。在蒲氏的觀念裏，中國人的宇宙觀乃兩極互補。他對此一發現私心幸甚，因為在中國傳統說部中，這種現象確實也觸目可見。然而，即使這種宇宙觀精審無誤，也不能說就等同於讀者所體察到的美感。蒲氏又以「『有』與『無』的明顯對立為例，貫通〔《紅樓夢》中的〕現實與幻設。」因此，他確信「夢境與人類經驗相去不過毫釐」。然而就算蒲氏之見甚是，「紅樓」裏也不會有「夢」醒的一刻，這個「夢」也不會蝕解為「可有可無」。[86]《紅樓夢》的作者的確很「狡猾」

在「作文」，終全書此「夢」故而乃「類比」，必然也會顛覆某種幻設空談——我們固可視宇宙如幻如夢，但是虛構世界的「現實」及其感染力卻也絕非三言兩語就可一筆勾銷。易言之，虛構世界裏的幻設反而更能令人信服，也不易隨著時間湮滅。[87]空空道人乃虛構性的讀者，上述弔詭適可說明「情僧」何以是他而非寶玉。

在這種區分下，「明白」一詞實已變義二分，交織在全書當中了。小說裏的棄石須經欲念驅動，下凡歷劫，才能痛悟「來歷」。因此，有關寶玉的情節線脈基本上乃一環狀遞迴，不但可以表出棄石「幻化」的過程，也可以說明了他「物化」的經驗。這塊頑石既為神瑛侍者、玉佩護符，又是個俊俏的佳公子。各種身分可謂交相變現。然而其始末實則又指向一環程之旅，蓋劫終之日棄石仍須復還「原形」，更何況墮凡之前他已經知道這個業報輪迴。不過石頭最後的狀況，我認為在佛教的「返本還原」之外，又混合了《道德經》第十六章「歸根」的觀念。王弼注《老子》，以「各返其所是也」解釋這個觀念。[88]

《紅樓夢》若為人生舞臺，那空空道人便係「劇中觀眾」。不知經過幾世幾劫，他終於緣會棄石。此時後者已復還本質，「靜」處在青埂峰下，對現狀頗為滿足。《道德經》第十六章有「歸根曰靜」一語，意涵深刻，在此力量再現，和石頭的生命形成互典。他欲念一生，終於下凡造業。蓋據甲戌本中空空道人的說詞，「此亦靜極思動，無中生有之數也」。

棄石的自知之明乃生命劫數換得，又是《石頭記》的終極主旨，有勞空空道人助其問世傳奇。賈寶玉是那「肉身文本」、「生命故事」，也是書中的「石頭」，難怪終卷之前皇帝降旨，賜其「文妙真人」的絕妙道號。閔福德英譯《紅樓夢》，把「絕妙」的「妙」字解為「奧妙」（*Profundi*），令其失去本來的「奇妙」、「妙絕」與「高妙」本意。脂硯齋批者初評《石頭記》，用到「妙」字可謂不計其數。稱寶玉為「文妙真人」，高鶚或《紅樓夢》的編者可不像某些紅學家可能會說的，是厚顏無恥，用這個筆法又在奉迎皇帝了。這個道號反而像在形容故事，是在為《紅樓夢》謚聖，而且用得也不怎麼「微妙」。

儘管如此，空空道人畢竟要閱罷石上字跡、看過棄石的真身之後，才曉得事情的「來歷」為何。這「真身」說穿了也不過是「虛構」所造，而讀者走讀至此，其胸懷欲「靜」也難！一旦涉足《紅樓夢》的「色」相，想要往下讀的欲望就會沒完沒了。《中論》乃佛教中觀的經典之作，其中有謂曚昧者之覺彷如夢中醒來，不過誠如我曾辯稱過的，「做夢的效果」和「會遇夢的重現」對理論上已經開悟的人的影響力甚至更大。因此之故，縱使癡人已醒，他仍然可能抓住夢中之物不放，我執不止。[89]「空空」道人確實是有點「癡」，名字也矛盾之至，恰可洩漏出拜讀《石頭記》的「情僧」起伏衝撞的心緒。「情僧」明知世事空穴來風如同夢境，卻依舊得在急流迷津立身，得在塵囿中掙扎圖存。石刻上的「虛構的石頭」同時也是那「石頭的虛構」，而讀到「勿失勿忘」四個字，我們彷如大夢初醒，終於憬悟到那纏綿不盡之「情」才是這玉石神話讓我們神魂顛倒的根由。

註釋

❶ 有關史學撰述在這方面的實踐，見Paul Ricoeur, *Time and Narrative*, trans. Bathleen McLaughlin and David Pellauer, 3 vols (Chicago: University of Chicago Press, 1984-1988), 3: 104-126。另見Michel de Certeau, *The Writing of History*, trans. Tom

Conley (New York: Columbia University Press, 1988), pp. 88-89。

❷ 研究女媧與伏羲故事的文獻甚豐，但以下舉論述最稱詳實：聞一多，〈伏羲考〉與〈高唐神女傳說之分析〉，收於《聞一多全集》，四冊（上海：開明書店，一九八四），一：三一六八及一：八一一一一六；Marcel Granet, *Danses et légendes de la Chine ancienne* (Paris: F. Alcan, 1926), pp. 485-503；森三樹三郎，《支那古代神話》（京都：大雅堂，一九四四），頁一五一二二；出石誠彥，《支那神話伝說の研究》（東京：中央公論社，一九七三），頁三七一七〇及三三五一三四三；Derk Bodde, "Myths of Ancient China," in *Essays on Chinese Civilization*, ed. Charles Le Blanc and Dorothy Borei (Princeton: Princeton University Press, 1981), pp. 62-65；袁珂，《中國古代神話》（上海：商務印書館，一九五〇），頁四〇一四六；王孝廉，《神話與小說》（臺北：時報文化公司，一九八六），頁一三一五七；張光直，〈中國創世神話之分析與古史研究〉，《中央研究院民族學研究所集刊》，第八期（一九五九年秋），頁四七一七六；K. C. Chang, "A Classification of Shang and Chou Myths," in his *Early Chinese Civilization* (Cambridge: Harvard University Press, 1976), pp. 149-173；樂蘅軍，〈中國原始變形神話試探〉，在陳慧樺、古添洪合編，《從比較神話到文學》（臺北：東大圖書公司，一九七七），頁一五九一一七二；茅盾，《神話研究》（天津：新華書店，一九八一年重印），頁六三一九三；Andrew H. Plaks, *Archetype and Allegory in the "Dream of the Red Chamber"* (Princeton: Princeton University Press, 1976), pp. 27-42；劉城淮，《中國上古神話》（上海：文藝出版社，一九八八），頁五四五一五八七；Martin J. Powers, *Art and Political Expression in Early China* (New Haven: Yale University Press, 1991), pp. 113-123; Wu Hung, *The Wu Liang Shrine: The Ideology of Early Chinese Pictorial Art* (Stanford: Stanford University Press, 1989), pp. 111-118, 156-157, and 245-247; Jing Wang, *The Story of Stone: Intertextuality, Ancient Chinese Stone Lore and the Stone Symbolism in "Dream of the Red Chamber"* (Durham: Duke University Press, 1992), pp. 42-46。在女媧神話這個母題及石頭的象徵涵義上，後書是我所知迄今最完備的研究。

❸ 《風俗通》的創世神話保存在《太平御覽》，一：三六五（卷七八，頁五甲），這裏我的詮釋據 Bodde, p. 65。

❹ 同持此說或細節稍異的著作請見《淮南子・原道訓》，頁一甲一乙；王充，《論衡》，一五：一五甲一乙（《四部備要》版）；《列子・湯問篇》，頁三乙（《四部備要》版）。

❺ William G. Boltz, "Kung Kung and the Flood: Reverse Euhemerism in the Yao Tien," *T'oung Pao* 67/3-5 (1981): 147-148從結構與詞彙的角度力稱：「共工即『洪水』化身。」Boltz的考證大致可信，不過他訓《尚書》及《孟子・滕文公》裏的「流」字可就不然。在這些著作裏，「流」者，「流放」也，乃古人五刑之一：笞、杖、徙、流、死。《尚書・舜典》謂：「『流』共工於幽洲」，指的是「長期流放」或「永遠放逐」，除非另有雙關語意，否則絕非Boltz所謂「浚流」或「疏流」之意。參見James Legge, trans., *The Shoo King*（中英對照本：Rpt., Taipei: Southern Materials Center, 1985), pp. 39-40。

❻ Marcel Granet, *Danses et légendes de la Chine ancienne*, pp. 236-273; Boltz, pp. 145-148. 參較Plaks, p. 39：「『補天』如今已經變成『宇宙秩序的重建』。在此之前，宇宙曾短暫『失衡』，故『重建』者實近乎李維-史陀（Lévi-Strauss）所謂的『中斷後的持續運轉』。『五行』乃『天衡』的維護要件。伏羲制『八卦』，而『五行』的生剋極其類似『八卦』各象的運行秩序。故〔女媧〕煉五色石『補天』，必然是在回復『五行』的諧和有序。」漢代藝術中伏羲和《易經》——尤其是《繫辭傳》——的聯繫，見Wu, pp. 160ff。

❼ Hung, p. 117；另見Plaks, p. 40。

❽ 和乾隆甲戌本一樣，許多脂評抄本用的都是「材」字。但周汝昌，《紅樓夢新證》，二冊（北京：人民文學出版社，一九七六年），一：一五卻認為「材」字為另一力證，可說明後四十回的編次者高鶚選字時有其政治上的考量，因為周氏似乎以「材」指「官場上」的天賦，而「才」字才是個人的異稟，可藉以揚名科場，甚且「致仕」。然而我們多方考察抉覈，卻發現古時「材」與「才」通用，載籍不乏明證。周汝昌的「鐵口直斷」，因此令人備感困惑。此外，「材」、「才」因為同義，所以編次者也可能是在疏忽下混雜使用。或根本就是「手民誤植」的結果。

❾ Marin Huang, *Literati and Self-Re/Presentation: Autobiographical Sensibility in the Eighteenth Century* (Stanford: Stanford University Press, 1995), p. 86.

❿ 前揭周汝昌著一：三三一三七對「補天」的解釋，依據的是傳統上的看法，亦即視之為象徵，擬藉「公職」之力致力於文化改革。周汝昌居然認為這是寶玉的雄心壯志，更視之為作者曹雪芹的生平職志！雖然如此，周著一：三八也提到一些清代文人，尤其是尤侗（一六一八—一七〇四）。這些人把他們的曲錄或詩集都題為《補天石》，而周著即從此一觀點

辯稱「補天」確為文學隱喻，是個人在政壇失意時用來抗議或明志的手段。這方面的討論亦請酌參程鵬：〈曹雪芹補天思想再探討〉，刊《紅樓夢研究集刊》，第十期（一九八一），頁九－一六。周汝昌的評旨確能發人深省，不過我也得指出：他所引某些尤曲唱詞，講的其實是經國之士名落孫山的惆悵（《鈞天樂》），或是昭君見棄、美玉蒙塵的憂國（《弔琵琶》）。《紅樓夢》中當然出現過這些主題，不過作者的目的顯然大異其趣。參見周著二：八一一－八三七。

⓫ Li Tche-houa and Jacqueline Alézaïs, *La rêve dans le pavillon rouge*, 2 vols. (Paris: Gallimard, 1981), 1:10.

⓬ 霍克思在英譯這些地名時，係以脂評做為理解上的準據，見 *SS* 1:52，並請參較《評語》，頁一四。

⓭ 茫茫大士最後所說的「安身樂業」一語，其實早已見載於甲戌本中，但百廿回的程乙本反而闕遺，句末僅道「走一遭」。一九八二年的現代版，乃以甲戌本及程乙本會校而成。如此校訂頗不尋常，因為甲戌本寫僧道初會棄石一景，足足添加了四百九十二個字。其情節之長，諸本中無出其右者。

⓮ 胡經之：〈枉入紅塵若許年〉，《紅樓夢研究集刊》，第六期（一九八一），頁一四三－一五七認為，庚辰本才是較近作者「原意」的本子。不過胡氏沒有舉出實證來支持他的論點。胡著頁一四八又說：甲戌本中沒有警幻的情節。這似乎大錯特錯，實情是：甲戌本頁六乙曾以顯著的篇幅提到警幻仙子。

⓯ 王國維，〈紅樓夢評論〉，在《海寧王靜安先生遺書》，十四冊（臺北：臺灣商務印書館，一九七六），四：一六〇四－一六〇九。

⓰ 有關「石能言」的故事，見《左傳．召公八年》。其中有關此人的解釋，乃出現於師曠應晉侯之問的回答中：「石何故言？對曰：『石不能言，或馮焉。……抑臣又聞之曰：作事不時，怨讟動于民，則有非言之物而言。今宮室崇侈，民力彫盡，怨讟並作，莫保其性。石言不亦宜乎？』」（Legge, 5:622）清代中葉稍後有明義者，曾在一首詩中典射《左傳》這段話。劉夢溪《紅樓夢新論》（北京：中國社會科學出版社，一九八二），頁八一說：「《石頭記》之名與《石能言》典故」，「同樣具有政治含義，它反映了曹雪芹對處於末世的封建統治階級的憎惡態度和反抗的立場。」Marion Eggert, *Rede vom Traum: Traumauffassungen der Literatenschicht im späten kaiserlichen China* (Stuttart: F. Steiner, 1993), p. 150 也同意劉氏之見，認為這個源頭故事確有政治怨言寓焉。在這文脈中而有「石頭的故事」，則其扮演的功能明白就是對政治的挑戰

（[eine] politische Misstände.... In diesem Kontext wirkt ein 'Bericht eines Steins' geradezu als Herausforderung der Macht）。雖然我部分同意此一見解，我卻難以接受劉夢溪的另一看法，亦即《紅樓夢》「是千方百計用『談情』來掩蓋書中描寫的政治鬥爭。」《紅樓夢》在說的是：「情」的問題本身就是中國政治與思想上的一大問題，是其他重要議題的外殼。

⓱ Louise P. Edwards, *Men and Women in Qing China: Gender in "The Red Chamber Dream"* (New York: E. J. Brill, 1994), p. 59.

⓲ 參較 Wang, p. 219。

⓳ 我對「有」與「無」的理解乃從 A. C. Graham 的解釋，見所著 "'Being' in Western Philosophy Compared with Shih/Fei and Yu/Wu in Chinese Philosophy," *Asia Major* n.s. 7 (1959): 79-111。另見氏著 *Disputers of the Tao: Philosophical Argument in Ancient China* (La Salle, Ill.: Open Court, 1989), pp. 410-414。

⓴ 〔唐〕韓愈，〈諫迎佛骨表〉，在馬通伯校注，《韓昌黎文集校注》（臺北：華正書局，一九五七），頁三六五。

㉑ 《文殊師利問經》，在高楠順次郎、渡邊海旭編，《大正新脩大藏經》（下稱《大正藏》；東京：大正一切經刊行會），四六八，一五：五〇五；《盂蘭盆經疏》見《大正藏》，一七九二，三九：五〇五－五一二。有關釋迦牟尼一段，見 Kenneth Ch'en, *The Chinese Transformation of Buddhism* (Princeton: Princeton University Press, 1976), p. 31。至於探討佛教與中國傳統家庭關係的近著，請見 Stephen F. Teiser, *The Ghost Festival in Medieval China* (Princeton: Princeton University Press, 1988), pp.196-213。

㉒ 王國維，四：一六二〇。

㉓ 《孟子・離婁篇》，引自史次耘譯註，《孟子今譯今註》（臺北：臺灣商務印書館，一九八四），頁一九五。

㉔ 《紅樓夢》第七十七回中，有位尼姑庵的老師父力勸王夫人放了三個女孩為尼，道：「如今這兩三個姑娘既然無父無母，家鄉又遠，他們既經了這富貴，又想從小兒命苦入了這風流行次，將來知道終身怎麼樣，所以苦海回頭，出家修修來世，也是他們的高意。」（《紅》，二：一一一三）這些話是我此處的立論根本。

㉕ 張畢來，《滿洲紅樓》（北京：人民文學出版社，一九八七），頁四五五。

㉖ 薩孟武，《紅樓夢與中國舊家庭》（臺北：東大圖書公司，一九七七），頁一一一－一一二列有一份《紅樓夢》所述之廟

庵而與賈府有關係的詳表。

㉗ 這幾點詳見本書第五章的討論。

㉘ Wendy Doniger O'Flaherty, *Dreams, Illusions and Other Realities* (Chicago: University of Chicago Press, 1984), pp. 225 and 227.

㉙ 《荀子集解》（《四部備要》版），九：一六甲。

㉚ 〔漢〕司馬遷：〈報任少卿書〉，在〔梁〕蕭統編，《文選》（香港：商務印書館，一九七四），卷四一。

㉛ 〔晉〕稽康：〈養生論〉，在《文選》，卷五三。

㉜ 鮑照：〈擬行路難〉第四首，在〔清〕王士禛選，《古詩選》（臺北：廣文書局，一九七二），〔七言詩〕卷二，頁八。

㉝ 〔梁〕劉勰：〈情采〉，在周振甫注，《文心雕龍注釋》（臺北：里仁書局，一九九八），頁六〇〇。

㉞ 不過愚見非謂曹雪芹乃中國文學史上第一位長於長篇舖寫「情」這個主題的作家。就小說史而言，董說（一六二〇—一六八六）的《西遊補》才是《紅樓夢》之前最重要的「談情」之作。請參閱Frederick P. Brandauer, *Tung Yüeh* (Boston: Twayne Publishers, 1978), pp. 88-93；及Robert E. Hegel, *The Novel in Seventeenth-Century China* (New York: Columbia University Press, 1981), pp. 148-166所做的討論。

㉟ 論述此一主題的經典著作，是唐天臺沙門湛然（七一一—七八二）的《金剛錍》，收於《大正藏》，一九三二：四六：七八一—七八六。另請參見William R. LaFleur, "Saigyo and the Buddhist Value of Nature," *History of Religions* 13/2 (1973): 93-128; 13/3 (1974): 227-248。明儒陳士元（活躍於一五三七—一五七九）所著《夢占逸旨》，有專章論及夢境的植物象徵，以及草木與人類生理的類應。陳著此章之結論，對我們目前的討論甚具意義，蓋其中云「雖云植物之無情，亦見夢占之有象也」。見王雲五編，《叢書集成‧夢占逸旨》（上海：商務印書館，一九三九），頁六八。有關「無情說法」的可能性，請參見William P. Powell, trans., *The Record of Tung-shan* (Honolulu: University of Hawaii Press, 1986)一書。

㊱ William R. LaFleur, *The Karma of Words: Buddhism and the Literary Arts in Medieval Japan* (Berkeley: University of California Press, 1983), p. 5.

㊲ 見清水榮吉：〈中國の說話と小說における夢〉，《天理大學學報》，第七卷第三號（一九五六），頁八一—一九一；內

山知也，〈唐代小說の夢について〉，《中國文學研究會會報》，第五卷第一號（一九五六），頁六三—七三；內田道夫：〈唐代小說における夢と幻設〉，《東洋學》，第一期（一九五九），頁二—一二；David R. Knechtges, "Dream Adventure Stories in Europe and T'ang China," *Tamkang Review* 42 (1973): 101-121；劉文英，《夢的迷信與夢的探索》（北京：社會科學出版社，一九八九）；以及劉氏另著：〈中國古代對夢的探索〉，《社會科學戰線》，第四期（一九八三），頁三二—三九。當代中國學者研究夢的人當中，劉文英不論在資料或在理論上下的工夫最深。在中國文學裏，夢和神異及現實均有關，而處理此一課題的專論以Andrew Jones, "The Poetics of Uncertainty in Early Chinese Literature," *Sino-Platonic Papers* 2 (February, 1987): 1-45最富啟發性。在各種學術期刊上，不乏從各專業領域探討中國人論夢的專文。但是就中國文化史的立場來討論此一主題的系統之作，西方學者恐怕才剛剛起步而已，見Roberto K. Ong, *The Interpretation of Dreams in Ancient China* (Bochum: Studienverlag Brockmeyer, 1985); Michael Lackner, *Der chinesische Traumwelt: Traditionelle Theorien des Traumes und seiner Deutung im Spiegel der Meng-lin hsüan-chieh* (Frankfurt am Main: Peter Lang, 1985); Carolyn T. Brown, ed., *Psychosinology: The Universe of Dreams in Chinese Culture* (Lanham: University Press of America, 1988)。Ong和Lackner所撰的兩本著作，均附有一份豐富的書目。Brown所編的論文集，以Michel Strickman, ("Dreamwork of Psycho-Sinologists: Doctors, Taoists, Monks," pp. 25-46)和Roberto K. Ong ("Image and Meaning: The Hermeneutics of Traditional Chinese Dream Interpretation," pp. 47-53)所撰二文最能為我們的研究解蔽。這裏所列的資料，林順夫均取以分析《紅樓夢》，而且成就斐然。見Shuen-fu Lin, "Chia Pao-yü's First Visit to the Land of Illusion: An Analysis of a Literary Dream in an Interdisciplinary Perspective," *Chinese Literature: Essays, Articles, and Reviews* 14 (1992): 77-106。最後我要指出：中國夢境文學最有系統的研究應推上舉Eggert的*Rede vom Traum*一書。

㊳《莊子‧齊物論》，引自黃錦鋐註釋，《新譯莊子讀本》（臺北：三民書局，一九七四），頁六五—六六。

㊴見莊萬壽註譯，《新譯列子讀本》（臺北：三民書局，一九七七），頁一二一—一二二。

㊵同上註，頁一一六。

㊶原載李玫（活躍於八二七），《纂異記》，見李昉等編，《太平廣記》，五冊（臺北：文史哲出版社，一九八七），三：二

八二：二二五一。

㊷ 語見〈枕中記〉，在馬幼垣等編，《中國傳統短篇小說選集》（臺北：聯經出版公司，一九七九），頁四三八。討論《紅樓夢》和「夢」的關係的文章不多，其中周汝昌所寫卻認為小說的內容和莊子的關係可能不如唐傳奇和明代的戲曲來得大。參見周著：〈《紅樓夢》解〉，在所著《紅樓夢新證》，修訂版，二冊（北京：人民文學出版社，一九七六），二：八二二—八三一。可惜周氏完全忽略了中國戲劇理論背後可能有的哲學與宗教意涵。

㊸ 〔明〕謝肇淛，《五雜俎》（上海：中華書局，一九五九），頁四四七也指出這一點：「戲與夢同，離合悲歡，非真情也；富貴貧賤，非真境也。人世轉眼，亦猶是也。而愚人得吉夢則喜，得凶夢則憂，遇苦楚之戲則愀然變容，遇榮盛之戲則歡然嬉笑。總之，不脫處世見解矣。近來文人好以史傳合之雜劇而辨其謬訛，此正是癡人前說夢也。」另見內田道夫，頁一二。

㊹ 《大正藏》，二三五：八：七五二。譯者為鳩摩羅什。

㊺ 宋天竺三藏求那跋陀羅譯，《楞伽阿跋多羅寶經》，在《大正藏》，六七三：一六：四八三。

㊻ D. T. Suzuki, *Studies in the Laṅkāvatāra Sūtra* (London: George Routledge and Sons, 1930), p. 128.

㊼ 瀟湘（劉國香），《紅樓夢與禪》（臺北：獅子吼出版社，一九七三）。

㊽ 見《冷齋夜話》，卷二五四九，在《叢書集成》（臺北：藝文印書館，一九七一），頁四一甲。

㊾ Victor H. Mair, *Tun-huang Popular Narratives* (Cambridge: Cambridge University Press, 1983) pp. 2-3. 更深一層論列中國藝術中幻設的重要性的專文，見傅天正，〈佛教對中國幻術的影響初探〉，在《佛教與中國文化》（臺北：大乘文化出版社，一九七八），卷一八，頁二三七—二五〇。有關「幻」藝與創造力的深層析論，見O'Flaherty, pp. 114-122。此書的這一部分，對法力、幻設與迷景迷陣均有疏論。

㊿ Lin, p. 105.

51 O'Flaherty, p. 46.

52 Alex Wayman, "The Mirror as a Pan-Buddhist Metaphor-Simile," *History of Religions* 13/4 (1974): 252. 另請參較Wayman另文

"The Mirror-like Knowledge in Mahayana Buddhist Literature," *Asiatische Studien* 25 (1971): 353-363；戴密微（Paul Demiéville）可為群倫表率的會議論文 "Le miroir spirituel," in *Choix d'études bouddhiques (1929-1970)* (Leiden: E. J. Brill, 1973), pp. 131-156；以及John R. McRae, *The Northern School and the Formation of Early Ch'an Buddhism* (Honolulu: University of Hawaii Press, 1986), pp.144-147。鏡鑑亦可為我、他與靈的悟源，中國文學與文化史已經昭明此點，詳論請見Florence Hu-Sterk, "Miroir connaissance dans la poésie des Tang," *Études Chinoises* 6/1 (1987): 29-58。

53 引自Wayman, "The Mirror," p. 256。

54 寶釵和黛玉在第四十二回的對話，本書第四章會有進一步的疏論。

55 Umberto Eco, *Semiotics and the Philosophy of Language* (Bloomington: Indiana University Press, 1986), chapter 7, "Mirrors," p. 209.

56 Eggert於此有詳說，我的解讀深受啟發。見所著頁二四二—二四三。

57 此一軼史最早的材料可能出自慧能，《六祖大師法寶壇經，行由品》，在《中國佛教思想資料選編》，第四卷（臺北：弘文館出版社，一九八六），頁三二一—三二四。亦請參較McRae, pp. 1-4與pp. 235-240。

58 Demiéville, pp.132-135.

59 Wayman, "The Mirror-like Knowledge," pp.353-357.

60 O'Flaherty, p. 289.

61 法藏，《修華嚴奧旨妄盡還源觀》，在《大正藏》，一八七六：四五：六三八。

62 各家抄本中並沒有「不甚明白」一語；各種足本之所以會有此語，可能是晚出編者擅自加插所致。雖然如此，打一開頭，各種版本中就有「不解」兩字。

63 〔晉〕慧遠：〈沙門不敬王者論〉，在木村英一編：《慧遠研究・遺文篇》（東京：創文社，一九六〇），頁八五。

64 慧遠：〈明報應論〉，在木村英一編，頁七六。

65 霍克思的英譯本略去此段不譯，但乾隆甲戌本以來的諸家抄本、刻本皆含此段。有關外語譯本的問題，請參較Li Tche-houa et Jacqueline Alezais, trans., 1:149; Yang Hsien-yi and Gladys Yang, trans., *A Dream of Red Mansions*, 3 vols (Peking: Foreign

Language Press, 1978), 1:120。以及伊藤漱平譯，《紅樓夢》，三冊（東京：平凡社，一九六九），一：一一二。

66 Lucien Miller, "Masks of Fiction in *Dream of the Red Chamber*: Myth, Mimesis, and Persona," AAS Monograph 28 (Tucson: The University of Arizona Press, 1975), pp. 36-37, note76 , and p.82, notes 252-253.

67 Wang, pp. 265-272對此有精闢之分析。

68 〔宋〕朱熹注，《四書集注》（臺北：世界書局，一九九七），頁一一八—一一九。

69 參較〔清〕簡朝亮述疏，《論語集注補正述疏》（臺北：世界書局，一九六一），第五章，頁二六甲—乙。

70 朱熹注，頁六六。

71 簡朝亮述疏，第一章頁五九甲—六三甲。荀子或其弟子為此所做之解釋也頗具啟發性，見《荀子．大略篇》，在梁啟雄，《荀子簡釋》（臺北：成文出版社公司，一九七七），頁三七九：「人之於文學也，猶玉之於琢磨也。詩曰：『如切如磋，如琢如磨。』謂學問也。玉人琢之，為天子寶。子贛、季路，故鄙人也，被文學，服禮義，為天下列士。」如同郭紹虞所示，荀子這個學派對文化的了解反映的是儒門論述的深刻影響。不用多說，這種修身觀必是賈寶玉所惡的外相。

72 翟灝編纂，《通俗編》（北京：商務印書館，一九五八），卷二〈地理〉，頁三七。

73 Kenneth Ch'en, *Buddhism in China, A Historical Survey* (Princeton: Princeton University Press, 1964), p. 115，並請參較Whalen Lai, "Tao-sheng's Theory of Sudden Enlightenment Re-Examined," in *Sudden and Gradual: Approaches to Enlightenment in Chinese Thought*, ed. Peter N. Gregory, Kuroda Institute Studies in East Asian Buddhism 5 (Honolulu: University of Hawaii Press, 1987), pp. 169-200。

74 脂硯齋這「情不情」三字的意思實難說得明白，因為第一個「情」字是動詞，但其指涉並非那可「感」的主詞賈寶玉。此詞是指可在「不情」之物中引發或激盪出「情」來。

75 在現代文學裏，虛構中的雙重性不少。相關而又能引人深思的討論，可見Sau-ling Cynthia Wong, *Reading Asian American Literature: From Necessity to Extravagance* (Princeton: Princeton University Press, 1993), pp. 77-117。

76 《紅樓夢》之前，把「頑石」一典發揮得淋漓盡致的中國說部，還有人稱情色之作的《肉蒲團》。此書乃晚明文人李漁

（一六一一—一六八〇）所作，中國人早已熟悉不已。其中的浪蕩英雄未央生在離家徵逐聲色之前，早已經孤峰和尚嚴詞訓戒，示以來日劫數難逃。小說收梢結果處，這位紈袴子弟一心懺悔，二度求見孤峰，誓願皈依佛門，「自取法名叫做『頑石』，一來自恨回頭不早，有如頑石，二來感激孤峰善於說法，使三年不點頭的頑石依舊點起頭來。自此以後，立意參禪，專心悟道。」見《肉蒲團》（香港：香港出版公司，出版年份不詳），頁四三甲—乙。從引文看來，李漁對竺道生的故事似不陌生，他的主角無疑是頭色魔，是個典型的「一闡提」。賈寶玉則遠非浪蕩子之屬，《紅樓夢》也不是情色專著。不過，不論《紅樓夢》或《肉蒲團》，這兩部舊小說都用過「頑石點頭」的竺道生傳奇，顯示「直接的影響」大有可能。曹雪芹不改本色，使用文典每能收相得益彰之效。在《紅樓夢》之前另一和石頭有關的例子出現在傳為許仲琳所著的《封神演義》中。這本小說第十三回細寫周王的正義之戰，討伐的對象是商朝最後的暴君紂王。這段史詩似的征戰中有一細節，寫石磯娘娘為太乙真人所擒，最後被殺。和《紅樓夢》相關的母題在書中亦以「頑石」稱呼石磯娘娘。「頑石」實則為石磯真身：她經多年修煉後才聚天地靈氣，修成妖仙。見《封神演義》，二冊（香港：中華書局，一九七〇），一：一二〇—一二六。

77 早期各家抄本中，「曉得這石頭有些來歷」一語均缺。

78 錢存訓著，周寧森譯，《中國古代書史》（香港：中文大學出版社，一九七五），頁六四。

79 《文心雕龍》第四十三章題為〈附會〉，宇文所安以為有「流暢」（fluency）及「連貫」（coherence）之意，見Stephen Owen, *Readings in Chinese Literary Thought* (Cambridge: Harvard University Council on East Asian Studies, 1992), pp. 267-272。

80 有關此一傳統的論述，見馮友蘭，《中國哲學史》（臺北：出版單位不詳，一九九七年重印），頁六六—一九一；以及Ch'en, *Buddhism in China*, pp. 57-120。

81 毛效同編，《湯顯祖研究資料》，下冊（上海：古籍出版社，一九八六），二：一三〇五。

82 Frederick J. Streng, *Emptiness: A Study in Religious Meaning* (Nashville: Abingdon Press, 1967), pp. 156-157.最近有關「幻」最重要的論述，見C. W. Huntington, Jr., with Geshé Namgyal Wangchen, *The Emptiness of Emptiness: An Introduction to Early Indian Madhyamika* (Honolulu: University of Hawaii Press, 1989), pp. 55-59。

83 Ch'en, *Buddhism in China*, pp. 85-86.另請參較此書對天臺宗的討論：龍樹的「空諦」、「假諦」與「中諦」乃此派所持「三諦三觀」的基因。本書頁三一一又謂：「萬法無自性，一切故為『空』。主觀幻覺生，唯賴『空』破之，故而為真諦。萬法雖云『空』，卻非總是『無』。……〔因為〕在『空』中，尚有『因緣』聚，此名為『現象』，此乃『因緣諦』，或稱『破而立』。『法』乃『緣』所聚，『因緣』故為『識』，兩者互交通。」《紅樓夢》的內文或可見天臺思想薰染的痕跡，相關討論見David Hawkes, "*The Story of the Stone*: A Symbolist Novel," in *Renditions* 25 (Spring, 1986): 6-17。

84 Eggert, p. 246因此說得好：「不過在寓言或托喻的層次上，賈雨村正是『假語存』的同音詞（這個雙關語稍後小說也會用到）。而在小說最後，這個名字因此又在隱喻整部小說係生命經驗的虛構杜撰之說。如果賈雨村現在是個酣睡之人，那麼除了『夢』之外，『他』或『小說』內裏還有些什麼可言呢？」（Jia Yucun ist jedoch auf der allegorischen Ebene nichts anderes als ein Homonym für "fiktive Worte bleiben übrig" [das Wortspiel wird wenige Zeilen später verwendet], letzlich also ein anderer Ausdruck für den Roman selbst als das fiktive Endprodukt einer Lebens-erfahrung. Wenn nun aber Jia Yucun [die Person] ein Schläfer ist, was kann sein [des Romans] inhalt anderes sein als ein Traum?）

85 Streng, p. 160.

86 Plaks, pp. 222-223.

87 但蒲安迪的近著已經不再堅持前見。論及張竹坡評點《金瓶梅》時，他說：「『有』、『無』之間的辯證抽象得很，尤其不乏詭論與玄音，但就小說的藝術而言，此一辯證卻有特殊的重要性，因為在某一意義上，所謂『小說的藝術』就是要把虛構的空幻轉化成為『真實的』人類經驗，而要做到這種程度，『虛構』必然要能令人讀後不知手之舞之足之蹈之。」見Plaks, *The Four Masterworks of Ming Fiction* (Princeton: Princeton University Press, 1987), p. 180。我樂於貢獻一愚之得：上述蒲氏論張評的話，可能更適用於評論《紅樓夢》。

88 劉殿爵拒從迴環的觀念解釋「歸根」，見D. C. Lau, "The Treatment of Opposites in Lao Tzu," *Bulletin of the School of Oriental and African Studies* 21 (1958): 349-350 and 352-357。

89 參見C. W. Huntington, Jr., with Geshé Mamgyal Wangchen, pp. 162-163。

第四章
文學

他把想像都填滿了，
書中所讀到的故事猝湧而來。*

（Miguel de Cervantes, *Don Quijote de la Mancha*）

婚事．學業．舉業

話說蘧公孫招贅魯府，見小姐十分美貌，已是醉心，還不知小姐又是個才女。且他這個才女，又比尋常的才女不同。魯編修因無公子，就把女兒當做兒子。五六歲上請先生開蒙，就讀的是四書、五經；十一、二歲就講書、讀文章，先把一部王守溪的稿子讀的滾瓜爛熟。教他做「破題」、「破承」、「起講」、「題比」、「中比」、「成篇」。送先生的束脩。那先生督課，同男子一樣。這小姐資性又高，記心又好；到此時，王、唐、瞿、薛，以及諸大家之文，歷科程墨，各省宗師考卷，肚裏記得三千餘篇；自己作出來的文章，又理真法老，花團錦簇。魯編修每常歎道：

*原文為："Llenósele la fantasí de todo acquello que leía en los libros, . . ."

「假若是個兒子，幾十個進士、狀元都中來了！」閒居無事，便和女兒談說：「八股文章若做得好，隨你做什麼東西——要詩就詩，要賦就賦——都是一鞭一條痕，一摑一掌血；若是八股文章欠講究，任你做甚麼來，都是野狐禪，邪魔外道！」小姐聽了父親的教訓，曉粧檯畔，刺繡床前，擺滿了一部一部的文章；每日丹黃爛然，蠅頭細批。人家送來的詩詞歌賦，正眼兒也不看他。家裏雖有幾本甚麼千家詩、解學士詩、東坡小妹詩話之類，倒把與伴讀的侍女采蘋、雙紅們看；閒暇也教他謅幾句詩，以為笑話。此番招贅進蘧公孫來，門戶又相稱，才貌又相當，真是個「才子佳人，一雙兩好」；料想公孫舉業已成，不日就是個少年進士。但贅進門來十多日，香房裏滿架都是文章，公孫卻全不在意。小姐心裏道：「這些自然都是他爛熟於胸中的了。」又疑道：「他因新婚燕爾，正貪歡笑，還理論不到這事上。」又過了幾日，見公孫赴宴回房，袖裏籠了一本詩來燈下吟哦，也拉著小姐並坐同看。小姐此時還害羞，不好問他，只得勉強看了一個時辰，彼此睡下。到次日，小姐忍不住了；知道公孫坐在前邊書房裏，即取紅紙一條，寫下一行題目，是「身修而后家齊」——叫采蘋過來，說道：「你去送與姑爺，說是老爺要請教一篇文字的。」公孫接了，付之一笑，回說道：「我於此事不甚在行。況到尊府未經滿月，要做兩件雅事；這樣俗事，還不耐煩做哩。」公孫心裏只道說，向才女說這樣話是極雅的了，不想正犯著忌諱。

當晚，養娘走進房來看小姐，只見愁眉淚眼，長吁短歎。養娘道：「小姐，你纔恭喜，招贅了這樣好姑爺，有何心事，做出這等模樣？」小姐把日裏的事告訴了一遍，說道：「我只道他舉業已成，不日就是舉人、進士；誰想如此光景，豈不誤我終身！」養娘勸了一回。公孫進來，待他詞色就有些不善。公孫自知慚愧，彼此也不便言明。從此啾啾唧唧，小姐心裏納悶。但說到舉業上，公孫總不招攬。勸得緊了，反說小姐俗氣。小姐越發悶上加悶，整日眉頭不展。❶

這兩段文字出自《儒林外史》。其中寫到的人物，我們若姑隱其名，則全文看來確實有如從《紅樓夢》中直接引出一般。魯家小姐通四書，誦五經，能八股，而這樣樣俱合科場所求，乃舉業所需。《紅樓夢》雖然沒有把薛寶釵寫得恰似這般，卻也通書無遺，一再強調她博覽儒籍，寶愛並且身體力行其中所含價值的熱忱。《儒林外史》中蘧公孫對「俗世的名業」是一無興趣已極（三：一五九〇），《紅樓夢》裏的賈寶玉也是如此。職是之故，小說中才會不斷強調他惹賈政生氣，家中勃谿時起。寶玉和寶釵後來結成連理，只要機會得著，寶釵就會像《儒林外史》裏那魯小姐一樣「曉以大義」，要寶玉修心養性，以舉業為重。第十五回賈政令寶玉試為文章，要看看兒子的學業是否長進，寶釵聞後「倒也歡喜」（《紅》，三：一五六九）。探春即將遠嫁，寶玉得悉後又如往常哭倒在炕上（第一百回）。這時寶釵已經和他拜了天地，便委婉斥道：「大凡人唸書，原為的是明理，怎麼你益發糊塗了？」這句話，寶釵說得確有點道學家的味道。

百廿回本的讀者如果夠機警，當然會發現最後二十回寶釵下嫁寶玉乃她生命的另一個階段，集試煉與鍾鍊於一身，得把自己「模塑」成為儒家正統教條下的「賢妻良母」。❷比起《儒林外史》裏的魯小姐，寶釵要面對的奮鬥可更不體面，因為魯小姐要規勸的丈夫猶僅「醉生夢死」罷了。❸然而寶釵得對付的不僅是兄長無賴的棘手法律問題，還包括母親辦事糊塗，渾渾噩噩。非特如此，她還嫁了個鎮日哭哭啼啼的癡心漢，而癡心的對象居然是自己的情敵。寶釵得照拂寶玉不說，如今丈夫失心喪魂，情緒不穩，凡此種種又限制了他本來就有限的應考意願與能力，所以更得矻矻留意。此所以第九十八回敘述者道：寶釵為安定寶玉神志，時時得窺其心病，「暗下針砭」（《紅》，三：一三八二）。「針砭」這個醫學隱喻，在此無疑指她突然以黛玉之死相告，「使其一痛決絕」，冀得「神魂歸一，庶可療治」（同上頁）。雖然如此，這種「震撼療法」顯然並未窮盡這裏「針砭」的美意，蓋小說道是寶釵於寶玉仍得「每以正言勸解」（同上頁）。

這類的「勸解」，《紅樓夢》中還有許多。首先是第一一五回甄、賈寶玉會面那一景，其時寶釵勸寶玉得加把勁兒，努力求取功名。其次出現在敷衍得更細緻的第一一八回，當時寶玉以佛理解孟子的「赤子之心」，寶釵隨即由儒家的論旨加以反駁。寶玉深愛詩詞曲兒，而我們雖可確定寶釵不曾直言這些有礙功名，不過上述辯舌開展之際，她卻也有句話饒富深意，尤可表出浮沉在《紅樓夢》中的文化衝突。小說寫到某處，寶釵對寶玉說道：「我想你我既為夫婦，你便是我終身的依靠，卻不在情欲之私。」（《紅》，三：一六一三）

這句話乃儒門的陳腔濫調，然而就本章而言卻不無意義，因為儒家正統想要規範的夫妻關係，話中已經透露大半。中國人雖一再強調婚姻為「人之大倫」，傳統上卻認為這個關係從根本起就不穩定。父權在中國根深蒂固；就此而言，則婚姻也不過是在為夫家引進一個非屬本家的人，是在親屬結構上加磚添瓦而已。據麥蘇珊（Susan Mann）的了解，「中國家庭系統其實可做制度觀，其強調點都繞著女人轉。就像所有以男性為中心的家庭系統中的女人一樣，中國婦女對家庭結構的穩定與永續一向就是隱憂。她們位處邊緣，卻不斷在破壞家庭的界限。嫁出門，她們是新娘；迎進門，她們也是新娘。她們不但繁衍後世子孫，是婚媾體的固著點，又可令兄弟分家，演成鬩牆。」❹從夫家的觀點看，可能會威脅到這個「家」的確實不止「夫」這邊的兄弟，也包括家中其他的「關係」。新嫁娘所代表的因此有如毒瘤一般，危險及顛覆性有如敵方派來臥底的間諜。夫妻相敬如賓或許有助於家中的和諧，不過鶼鰈「情深」得過分，也會有人視之為警訊，因為房事過度的下場，中國人明白得很。在猶太教或西方基督宗教的傳統中，婚姻都建立在離開父母獨居的基礎上，是夫妻生命的結合，以便開創出另一新的生命周期。《聖經．創世紀》故謂：「因此，人要離開父母，與妻子連合，二人成為一體。」（二：二四）❺較諸中國傳統，西方人的看法有霄壤之別。媒妁之言，父母之命，古人引為美談，但和上引《聖經》經文便鑿枘不合，顯而易見。此外，即使新婚燕爾，新人的行為也不得踰矩，有負父母或親人的期望。中國人倡言「三綱五常」，目的在建立嚴格的倫序，以此降低社會的磨擦。新婚夫婦如果過分堅持自己的幸福，無異便在破壞這「三綱五常」的秩序。❻中國人好寫「家訓」，垂千百年而不止，而上述秩序之強調也是何以許多家訓特好闡釋夫婦之倫，強烈限制他們同時出現的時機的原因。夫妻什麼時候可以單獨用餐，什麼時候可以耳鬢廝磨，什麼時候可以枕邊細語，家訓中都規定得一清二楚。❼如此嚴詞所要防範者何？答案便是上引寶釵所謂「情欲之私」。

夏志清把「情欲之私」解為「個人的情感和欲望」，讀法雖然另出機杼，但是值得肯定，因為「私」字擾人心神的意涵在此表露無遺。❽所謂「私」常常是男女關係的問題核心，每因婚姻的介入而變質。由於家中掌權者殆為父親與母親，理論上一切都不該於他們有所隱瞞，也不能踰越他們的關懷或控制的範圍。「禮」是層級結構施行的過程與表現，家族倫序每賴以維繫。之所以如此，緣於「禮」可以「定親疏，決嫌疑，別同異，明是非」。❾就此而言，「私」就施展不開了，因為個人的嗜好、興趣和喜好都會逆「禮」而行。因此，不論是就道德或就語意而言，凡是只要涉及一個「私」

字，中國人很容易都會將之打成「有私心」。「自私」這個複語詞（tautology），於焉形成。

《禮記》又說道：「父母存，……〔為人子者〕不有私財」（一：六乙）。不特此也，這「童子」還得「不側聽」，因為《訓纂》注道：側聽者，「嫌探人之私也」（一：一一甲）。而「男女不雜坐，不同椸枷，不同巾櫛，不親授」（一：一一乙）。元人陳澔的《禮記集說》故謂：「此四者皆所以遠私褻之嫌。」❿

為人媳者的規範，《禮記》的啟示更大。本為個人所屬之「私」，在夫家一方，基本上就會因此而將她定位為「外人」：

> 凡婦不命適私室，不敢退。婦將有事，大小必請於舅姑。子婦無私貨，無畜私器。不敢私假，不敢私與。婦若賜之飲食、衣服、布帛、佩帨、茝蘭，則受而獻諸舅姑。舅姑受之則喜，如新受賜。若反賜之，則辭。不得命，如更受賜，藏以待乏。婦若有私親兄弟，將與之，則必復請其故，賜而后與之。⓫

如此「婦禮」，古來代代相傳，殆由卷帙浩繁的各種家訓詳予規範，或予增補。讀者如果洞悉其然，則《紅樓夢》各角言行的起因便不難覆案。在寶釵勸寶玉一景中，這些婦禮所示者當然是前者的儒家正統傾向。寶玉的個人私情，集中在他和大觀園中眾姊妹的關係上。小說第九十八回，可費盡心思要我們明白寶玉雖然為黛玉悲傷不已，卻是依然固我，看到美人就會魂不守舍，老毛病又犯。⓬就《紅樓夢》通書而言，寶玉這些私情也會影響到個人好惡，從而形成自己——也是寶釵——的命運。

寶釵勸他的話，實際上帶來的問題是：就我素日對你所知，我還能指望你私情盡拋，嗜欲盡棄，好好做個儒門良人，寒窗苦讀，把那功名來求？文化上的主流價值和個人理想一旦緊張對峙，而且浮上了《紅樓夢》的檯面，則寶釵和寶玉的爭論就會讓我們聯想到上面所引的《儒林外史》。沈復（一七六三—一八〇三）《浮生六記》裏的許多場景，也可以在曹雪芹的小說中找到類似之處。這三本小說彼此呼應，可以並比而觀，說來絕非偶然，因為所寫都繫於「情」字，都和科場進退有關，也都涉及了女性維護家庭價值、不使家道中衰的努力。[13]《紅樓夢》由於處理到這些關懷，所以貢獻卓著，而這些關懷一旦登場，我們又可看到中國傳統士子至高的行為價值為何，更可以宏觀其然。較諸其他兩本說部，《紅樓夢》寫來可能更為微妙，更是有戲可看。故事中所揭露的各種行為，每每挑戰倫理思想，又和政治或社會觀念牴牾。曹雪芹握管常帶現代人的弦音，清楚嘹亮，筆底乾坤因而可以映照文化衝突，甚至本身就是在製造這種衝突的文化文本。

讀過《紅樓夢》的人，沒有一位會否認寶玉和賈政的衝突每因寶玉讀書自律不夠而起。如同夏志清在評論《儒林外史》時所說的，「在中國古代，中舉和中進士都是個人晉身最好的方法，榮華富貴、加官晉爵都會隨之而來」。[14]用最近一份研究報告上的話來說，揚名科場顯非易事，「得耗時甚鉅，用功甚勤，還得經人指導才成」。生男而能在科甲功成名就，一般人視為孝道已盡，可以回報父母的養育之恩，告慰劬勞。[15]所以古來孝子無不寒窗苦讀，希望有朝一日金榜題名，以光宗耀祖於萬一。《三字經》下面這兩句話，真把科場功成的利害一語道出：「揚名聲，顯父母。」

就賈寶玉而言，功成名就的壓力當非因家貧所致。賈府祖上封爵錫祿，寶玉還有個姊姊入宮為妃，難道名聲還不夠顯赫嗎？寶玉責之所在，反而是要維繫家族的聲譽於不墜。這一點就賈府而言可是迫在眉睫的第一要事，因為賈政長子早殤，自己一脈至此單傳，男嗣唯寶玉而已。他對寶玉期待甚殷，偏偏次子又不求長進，讓他憤怒不已。他的憤怒師出有名，憂心如焚的乃家道可能自此中落。[16] 賈府一再做出枉法之事，朝廷恩寵不再，賈政的憂慮遂變成個人的偏執，揮之不去。賈母、鳳姊和黛玉亡後，賈政扶柩南返，行前特地交代寶玉和他侄兒賈蘭得認真念書，赴省城應舉，原因是他們倘「能夠中一個舉人，也好贖一贖咱們的罪名」（《紅》，三：一五九〇）。賈府此刻正面臨興衰存亡的關頭，科場得意當然另有意涵，意味著可以「贖罪」，可以卸下逼壓闔府的重擔。

寶玉和賈政為應試與否失和已久，父親要兒子做的並沒有最後禁止他做的那麼重要。寶玉年幼，對舉業正學一無興趣。這點《紅樓夢》開書就強調，第三回寄調〈西江月〉，批寶玉道：「潦倒不通世務，愚頑怕讀文章。」（《紅》，一：五〇）詞中「愚頑」二字的意思十分清楚，俱指寶玉怕做應試的「文章」。他越怕，父親跟著也越怕。賈政心中一直縈繞不去的，是指望兒子能有點向學之心，可因之而一改懶散的積習，奮發向上。第十七回大觀園落成，在元妃蒞臨前眾人先是賞玩一番，而賈政卻借機試才，命寶玉逢景題額，也把他望子成龍的心表現得一覽無遺。代儒是賈府塾掌，嘗對賈政稱讚寶玉「雖不喜讀書，偏道有些歪才情似的」（《紅》，一：二二五）。遊園一景甚長，賈政「試才」之心昭然，最後卻來個大逆轉，兩句「不好！不好！」便打發了寶玉，草草結束這場雅集。[17]

向後推展數回，賈政二度試才，對寶玉的考驗大多了。遊園一景也不過是做聯題篇，而且有景應和。第七十八回賈政談及漢代桓王女將殉主的俗典，可是大不易為。他拿來考寶玉，命他因事弔之，以詩輓之。寶玉也不推辭，起而應命，不過說這些「姽嫿將軍」有如花木蘭，皆不讓鬚眉之輩，那律詩絕句，不能盡其堂奧，「須得古體，或歌或行，長篇一首，方能懇切。」寶玉所詠或稍後為晴雯所填的〈芙蓉誄〉，就中國詩的標準來看，都是長詩，都以才女受屈或含冤這個常譚為題。桓王為黃巾、赤眉所敗，麾下官員均擬獻城，林四娘卻聚合女將，共議剿賊，最後殉主而亡，可謂愧殺王府文武。晴雯一心向主，貞節自好，卻淪為眾人嫉妒的祭品，變成大夥讒譏的犧牲，說來也足以令人一掬同情之淚。寶玉為四娘和晴雯所寫的兩首詩，就如同他在第二十一回擬《莊子》的文章，都可顯示自己文采斐然，擅長文體擬仿，也顯示他對詩詞體格體會甚深，非屬同輩可比，更顯示他偏愛藻飾，修辭華麗。後面這一點，黛玉在第七十九回怨稱「熟濫些」，⑱而寶玉所詠有關林四娘的詩固可位列中上，賈政似乎仍不欣賞，最後竟然如此評道：「雖然說了幾句，到底不大懇切。」(《紅》，二：一一二九)

寶玉喜歡作詩填詞，風雅一番。賈政對此顯然不滿，嘖有怨言。但這不是因為他自知不通此道所致(參較第十七回)，⑲而是因為學問上高低有別，他早已成見在胸，破除不易。寶玉年紀雖輕，然而教養與社會身分自有倫理要求，這也是賈政恨鐵不成鋼的理由。賈政最後不再絮絮叨叨，不再要求兒子苦讀應試，原因再也沒有他如下所陳那麼簡單了：

> 我還聽見你天天在園子裏和姊妹們頑頑笑笑，甚至和那些丫頭們混鬧，把自己的正經事總丟在腦後頭。就是做得幾句詩詞，也並不怎樣，有什麼稀罕處！比如應試選舉，到底以文章為主，你這上頭倒沒有一點兒工夫。我可囑咐你：自今日起，不許做詩做對的了，單要學習八股文章。限你一年，若毫無長進，你也不用念書了，我也不願有你這樣的兒子了。(《紅》，三：一一七二)

賈政這段話中意涵，《儒林外史》裏的魯編修一定舉雙手贊成。稍後賈政延族老代儒為師，請他好好管教寶玉。他和代儒的對話，把上引文又擴大重述了一遍：

賈政道：「我今日自己送他來，因要求托一番。這孩子（案指寶玉）年紀也不小了，到底要學個成人的舉業，才是終身立身成名之事。如今他在家中只是和些孩子們混鬧，雖懂得幾句詩詞，也是胡謅亂道的；就是好了，也不過是風雲月露，與一生的正事毫無關涉。」代儒道：「我看他相貌也還體面，靈性也還去得，為什麼不唸書，只是心野貪頑。詩詞一道，不是學不得的，只要發達了以後，再學還不遲呢。」（《紅》，三：一一七三）

賈政和代儒一唱一答，連想都不想就認定詩詞有礙功名。這種現象讀來有趣，但對古人科考稍知一二的人可能大吃一驚。唐代以來，某些科別確實只考經疏典注或史論，但聽來有點粗鄙的所謂「雜文」，在進士科的考場上其實仍有某種地位。[20]大約在西元六八一年，進士科就加考詩賦，要求舉子寫十二行的律詩，或是作較長的徘律。漢代大賦盛極一時，唐代也發展出律賦這種體裁，也可以令人在考場上一顯身手。[21]中國人幾乎從開科選舉以來，生員就得擇題選韻，試為詩賦。《文苑英華》和《全唐詩》等類書中的條目，就是最好的說明。一〇七二年宋神宗在位之際，進士科才因王安石厲行新政而廢考詩賦。儘管如此，一〇八六年時又恢復舊制。三年後，進士科其實已一分為二，產生了詩賦進士與經義進士兩種爵位。一〇九四年新黨重新掌政，詩賦進士再廢，直到一一二七年才據一〇八九年的舊律再開。此後二百五十年的發展，可謂擺盪在經義和詩賦二科之間。南宋末年，經義進士佔了上風，舉業的大勢似乎才告底定。[22]有明一代，詩賦進士完全銷聲匿跡。

逮至清代，朝廷沿用前明舊制，但鐘擺再搖，經義和詩賦進士的爭論又聞。[23]一七〇五年，有朝臣奏請再開詩賦科，不過上諭駁回，理由如下：

> 開科取士，以能明經義為重。若增入詩賦，則士子攻習詞章，反於經義疏淡，甚非國家磨勵實學之意。[24]

儘管如此，乾隆二十二年（一七五七）——也就是目前可見最早的《紅樓夢》手稿本在私人間流傳後的第三年——鄉試又增考五言八韻詩，亦即俳律，而省試和會試旋即跟進。即使在此之前，康熙也開過博學鴻詞科，要求各地生員加考詩賦。康熙親自閱卷，評比成績。[25]

在中國正史裏，以文學取士的時間幾近一千四百年。當中雖有喊停與爭辯的時候，歷史卻不可謂不長。有鑒於此，說部中人如《儒林外史》裏的魯家人或《紅樓夢》裏的賈府上下何以會對吟詩作賦敵意連連，確實就令人大惑不解了。這個問題的答案，或許有部分可見於史上對於科考的原則性爭辯，而上述虛構中人的言談舉止之所由來，也都可經此冰鑒洞悉。

王安石（一〇一九—一〇八六）是改革家，是宋代新政的推動者，非常反對徒知引經據典的機械化背誦之學，對詩賦一道也沒有好感。[26]他的看法，研究中國教育與考試制度史的學者多曾詳加注意。王安石有關各種國家政策的議論繁多，對「文」之為道也，他的理想寫來也是卷帙龐然。我們倘由這些傳世的文獻觀之，就不得不說王氏對詩的負面議論居然有限，令人錯愕！一〇六九年，他上奏皇帝，有句話道：「今欲追復古制以革其弊，則……宜先除去聲病對偶之文，使學者得以專意經義。」[27]一〇五八年，他又有名摺〈萬言書〉上奏仁宗，對以詩取士也沒有多所美言。不過由內容推敲，我們多少也可看出一點端倪，了解到他的確認為文學有成也未必擔保得了能夠扛起財務、斷案或儀典的重責大任。[28]王安石的長篇表奏寫來出色不凡，主旨所繫都在進言，希望皇帝能夠興學而廣被文教，重視人才的培育，或者善立舉業，不次拔擢，使學而能用。

王安石對於「文」的看法，散見於他的書札中。〈上邵學士書〉裏寫道：「某嘗患近世之文辭弗顧於理，理弗顧於事，以襞積故實為有學，以雕繪語句為精新。譬之擷奇花之英積而玩之，雖光華馨采鮮縟可愛，求其根柢濟用，則蔑如也。」[29]使命感特強的人，通常都相信語言是為「用」而存在，而「文」實際上只是「禮教」和「治政」的代名詞，使用時必須「有補世道」。繇是觀之，「詞」反而變成文之「容」也，有如花瓶上雕或繪寫的圖畫一般。「辭」或可以巧用，或可為飾，卻是一無「用處」。[30]

王安石一生寫過的詩超過一千五百首。在〈試院中〉這首絕句和另兩首題為〈詳定試卷〉的八律中，他確實明白鄙視以詩取士的做法。漢人揚雄（約西元前五三—一八）以賦名世，某次卻追悔少年所為皆「雕蟲小技」也。[31]王安石在詩中不斷援引揚氏為證，並方駢體文為青樓歌伎之藝，徒以雕鑿堆砌為能事，乃壯夫所不為。在王安石眼中，辭賦一道的地位，甚至在訓詁之下。[32]

綜上觀之，王安石認為科考不應以詩舉才，原因因此應該包有「題」和「文」這兩個問題。詩「題」無關經籍，和歷史事實及政治倫理因此也無涉。「文」如果指的是「文學」，則不過是在表彰自我，為內心之省罷了。[33]王安石是類的想法，數世紀後，我們仍可見諸思想家與維新運動人士康有為。一八九五年，康氏有名表上奏，論及進士科的取才問題。三年後，這份奏摺變成科舉改革的推動力，康氏曰：「推王安石之以經義試士也，蓋鑒於詩賦之浮華寡實。」㉞

在中國史上，「文」或「文學」之為道也，已經根深柢固。王安石或康有為對詩賦的評價，硬是把傳統對「文」或「文學」的看法強分為二。㉟這些「看法」複雜無比，其深度不是三言兩語可以道得。倘要深耕，目前篇幅不許，不過論戰的雙方有一共識，亦即語言會因處理的題材之故而扭曲事實，也可因自身的特徵而行顛覆之舉。賈政禁止寶玉作詩填詞，顯示他不止要求兒子專心舉業，也因詩詞有害人心，正人君子避之唯恐不及。當然，不管是賈政或是賈代儒，他們都講不清這於人心之「害」究竟何指。這一點倘要見分曉，我們得待薛寶釵現身才行。她是賈政未來的兒媳，也是大觀園眾姊妹中的儒門典範。作詩填詞或唱和酬答的重要意涵，她十分清楚。

禁書與批家

第四十二回寶釵「訓」了黛玉一頓，為的只是後者行酒令時引了些「不正經的書」。寶釵的「訓詞」有名頭，詳情如次：

> 你當我是誰，我也是個淘氣的。從小七八歲上也夠個人纏的。我們家也算是個讀書人家，祖父手裏也愛藏書。先時人口多，姊妹弟兄都在一處，都怕看正經書。弟兄們也有愛詩的，也有愛詞的，諸如這些《西廂》、《琵琶》以及《元人百種》，無所不有。他們是偷背著我們看，我們卻也

偷背著他們看。後來大人知道了，打的打，罵的罵，燒的燒，才丟開了。所以咱們女孩兒家不認得字的倒好。男人們讀書不明理，尚且不如不讀書的好，何況你我。就連作詩寫字等事，原不是你我分內之事，究竟也不是男人分內之事。男人們讀書明理，輔國治民，這便好了。只是如今並不聽見有這樣的人，讀了書倒更壞了。這是書誤了他，可惜他也把書蹧蹋了，所以竟不如耕種買賣，倒沒什麼大害處。你我只該做些針黹紡織的事才是，偏又認得了字，既認得了字，不過揀那正經的看也罷了，最怕見了些雜書，移了性情，可就不可救了。（《紅》，二：五八三—五八四）

寶釵的話，不同的人聽來讀來會有不同的反應。她原是說給黛玉聽的，說得她似乎「垂頭吃茶，心下暗服，只有答應『是』的一字」（頁五八四）。黛玉溫婉，脂評可能因此語帶嘲弄批了句話：「作者一片苦心，代佛說法，代聖講道。」（《評語》，頁六〇八）另一方面，晚清評者張新之則掌握住黛玉的行為與心中的不安，設身處地評道：「我始亦服，而今不服，而且畏之如蛇，避之如矢，我善看此書故也！」（《三家》，二：六七一）史上的讀者對於寶釵和黛玉的態度，可能呈正反兩極走，上引批者的話正可反映出來。雖然如此，這些評點卻沒抓住寶釵話中真正令人為之一震的地方。

寶釵話中首先顯示出來的是：儒家正統思想，她心悅誠服。準此而言，讀書識字並非好事，唯有在男女藉之「讀正經書」時才算好。男人「讀書明理」，以便「輔國治民」。這才是他們「分內之事」，而異性也得同意這種理想。那麼女人的「分內之事」究竟為何？和男人相形之下，女人不能作詩習書，只能和「針黹紡織」為伍。似此「男女之別」帶有權力意涵，雙方若不接受，當然不識字反比識字好。

至此，「識字」變成了權力和政治的問題。推而衍之，結果當然就是「文學與書禁的問題」，而這點正是寶釵話中的第二層涵意。「正經書」意味著人所不悅者，寶釵和兄弟姊妹背地喜歡讀的書，因此不是詩詞，就是戲曲。就後者而言，寶釵還道得出《西廂》、《琵琶》和《元人百種》之名。不過她話中說來卻也諷刺，因為關乎這類書的結果不是打，就是罵，而且還要一火焚之才能澆息她們的愛念。有趣的是，家中書禁雖嚴，卻也顯示「雜書」的力量確強，可以「移人」之「性情」。事若至此，那就「不可救了」。

我們把寶釵的「教訓」這般分析，可以看出她確實是在為賈政和賈代儒的話作注。賈政和代儒命寶玉「懸崖勒馬」，不過兩人卻也口拙而淺智，講不出一個下令的所以然來。寶釵訓黛玉，等於用主流文化的意識形態在燭照寶玉行為上的困境。第九回寶玉上學，唸了《詩經》，賈政問下人進展如何，話語間不自覺有鄙視之意。寶釵受過良好的教育，上引她的話——首先——似乎便在說明賈政何以如此。當時賈政的話如下：

> 哪怕再唸三十本《詩經》，也都是掩耳偷鈴，哄人而已。你去請學裏大爺的安，就說我說了：什麼《詩經》古文，一概不用虛應故事，只是先把《四書》一氣講明背熟，是最要緊的。（《紅》，一：一三五—一三六）

賈政輕薄《詩經》，顯示他對寶玉受教的內容如果不是無知，就是信口開河，態度馬虎至極。賈政看重《四書》固然沒錯，可是他應該知道《詩經》早已是「經」，其成經的時間甚至比自己所處的小說背景還要早很久。《詩經》中的詩，有一大部分已經人用托喻的方式詮解，化之為孔門修齊治平這套倫理論述的內容。歷代科考，「經義」所考之一便出自《詩經》。簡言之，寶玉倘要舉業得意，他非得精通《詩經》不可。[36]

賈政信口開河，態度輕率。下人回答所問時，情急智拙下稍微誤引的《詩經》經文，恰可看出他理性已失之一般：

> 呦呦鹿鳴，
> 荷葉浮萍。（《紅》，一：一三五）

這兩行是《毛詩．鹿鳴》之首，省試三年一輪，秀才中舉後常在慶功宴上吟誦之，所以有「鹿鳴之宴」之稱。[37]賈政如果夠機警、夠聰明，應該會趁下人背誦時來番機會教育，勉勵寶玉以《詩》為式發奮圖強，博取功名。這位父親卻不此之圖，昏庸得反而反其道而行，就像我們眼前在小說中所見一樣粗魯莽撞。

賈政目光如豆，又欠思考，不過在《紅樓夢》通書中罵起人來卻心口如一，總之就是希望寶玉戒讀他認為無聊而又有礙功名的書。賈政怎麼會把《詩經》說得如此不堪？《論語》不顯示孔老夫子每好稱許《詩經》嗎？在〈為政篇〉中，孔子不是說過「《詩》三百，一言以蔽之，曰：『思無邪』」？《詩經》首章乃〈關雎〉，孔子在〈八佾篇〉不也稱其意蘊「樂而不淫」？儘管孔子確認無疑，這些話也講得冠冕堂皇，可是後世的孔教信徒對《詩經》仍然心懷「畏懼」，唯恐經中之詩會動人情感，搖人心神。《詩經》的〈大序〉，有人繫於紀元前五世紀，也有人繫於紀元二世紀。從這篇序開始，一部《詩經》的解經史就常常在語言上動手腳，用道德詮釋法把有問題的都收編為正統。㊳不過這種收編也有失手之時，明傳奇《牡丹亭》有一景既諷刺又滑稽，就可以顯示這一點。劇中〈閨塾〉一折中，有迂儒大費周章把〈關雎〉曲意解為托喻，卻依然澆不息杜麗娘心中如火的欲念和脈脈的春情。㊴

談到了《詩經》，賈政心中就忐忑，或許也因他有杜麗娘之感。不過不論原因為何，賈政和寶釵的話都帶有某種權威感，可能會讓讀者想到清廷對一些文學作品所懷的矛盾心緒——這經常還是不懷好意的心緒。㊵一七一五年，康熙曾下詔，明令政府各部查禁小說，銷毀書版，而寶釵上引的話確實也有點像在呼應康熙敕文的內容。聖旨謂：「近見坊間多賣小說淫詞，荒唐俚鄙，殊非正理；不但誘惑愚民，即縉紳士子，未免遊目而蠱心焉。」㊶寶釵和康熙的話合而觀之，透露的不止是寶玉和姊妹所好的文學活動堪慮，也讓讀者直接面對一個事實，亦即《紅樓夢》有其煽動性，從一開頭就敢於一再重複所述者乃「滿紙荒唐言」。㊷

毋庸置疑，詩、戲曲和小說就算不是中國傳統文學的全部，也是其組成上的三大支柱。這三種文類如果都會引人走入歧途，那我倒有問題想問：這三種文類有「害」人心的能耐到底有多大？「害」人的是其內容、語言、訊息，還是其媒介物？這些問題，中國文論與詩學史可以解答，而且答法不一，強調也會有異。但曹雪芹所重者，似乎是閱讀的效果，亦即讀者逞想像進入小說世界後，隨之呈現的「情動」的現象。賈母在第五十四回談過才子佳人小說中的陳腔濫調，還發表了一番大道理，調侃一番。可惜現代讀者不察，居然錯以為這段話是作者文學觀的代表。賈母之言，實則把寶釵話中的精神都抓住了。第五十四回中原來有兩個走唱的瞎子進府，說是可以唱個《鳳求鸞》的故事，遂乃諸鳳姐之名，奉承賈家說書。史太君那套大道理因此便倒著講了出來：

> 這些書都是一個套子，左不過是些佳人才子，最沒趣兒。把人家女兒說的那樣壞，還說是佳人，編的連影兒也沒有了。開口都是書香門第，父親不是尚書就是宰相，生一個小姐必是愛如珍寶。這小姐必是通文知禮，無所不曉，竟是個絕代佳人。只一見了一個清俊的男人，不管是親是友，便想起終身大事來，父母也忘了，書禮也忘了，鬼不成鬼，賊不成賊，哪一點兒是佳人？便是滿腹文章，做出這些事來，也算不得是佳人了。比如男人滿腹文章去作賊，難道那王法就說他是才子，就不入賊情一案不成？可知那編書的是自己塞自己的嘴。……編這樣書的，有一等妒人家富貴，或有求不遂心，所以編出來污穢人家。再一等，他自己看這些書看魔了，他也想一個佳人，所以編了出來取樂。何嘗他知道那些宦讀書家的道理！別說他那書上那些世宦書禮大家，如今眼下真的，拿我們這中等人家說起，也沒有這樣的事，別說是那些大家子。可知是謅掉了下巴的話。所以我們從不許說這些書，丫頭們也不懂這些話。……我偶然悶了，說幾句聽聽，……（孩兒們）一來，就忙歇了。（《紅》，二：七五八—七五九）

聽罷賈母一席話，事情總算見分明。有些書是不能讀、不能聽的，因為這些書可以為了「情」就把禮教的臉都丟了，敢於讓禮教變成了跛腳鴨。青年男女再怎麼知書達禮，再怎麼好家教，轉眼間就可以把書本忘卻，把父母盡拋，為的就只是要和那「賊情」中的「賊」共效于飛。

賈母的看法，不過是用淺顯的白話擴大古來聖哲之見，呼應了《孟子．滕文公下》第三章中如下嚴峻的批判：「女子……不待父母之命，媒妁之言，鑽穴隙相窺，踰牆相從，則父母國人皆賤之。」從互典的角度看，孟子是在以「賊」喻那踰矩之女。不過這個隱喻的力量甚強，把情欲反名教的性格表露無遺，即使最嚴厲的倫常道德也力有難逮而形成不了保護牆，禁之不得。雖然節欲制情史上三申五令，從文學史的長河來看，我們卻也發覺情欲騷動的例子仍然比比皆是。《詩經》言情，一向自然流露；漢賦說欲，可是長篇大論；唐詩宋詞精緻無比，其中多的卻是不倫之戀或矢志不渝的「情奔」。至於明人所寫的《肉蒲團》或《金瓶梅》，則慾念橫流，如在目前，那就更不用說了。黛玉提及《西廂記》和《牡丹亭》不過是隨口，寶釵馬上半開玩笑就要她跪下懺悔。整件事其來有自，蓋這兩本元明戲曲講的分明就是花前月下的「偷情」，有悖傳統，違反禮教。簡言之，文學想像的力量確鉅，足以載錄、傳遞，甚至頌揚情欲所生的私情。張新之評《紅樓夢》第五回，便有點言不由衷地說：此書「面子是淫書，作者已直認不諱」（《三家》，頁八四）。寶釵讀類如《紅樓夢》的文本之所以會有上述反應，說來一點都不奇。

賈母輕描淡寫就道盡言情之作的舊套，這當中有「洞見」，也有「不見」。才子佳人小說大盛於明清之際，[43]賈母所說確實也說中是類說部——尤其是多數第二流者——在編次上的弱點。現代紅學家都以為賈母是在為曹雪芹代言，認為編排出賈母那段話是有意之舉，可藉以為自己脫鉤，不用讓自己的書和清代書肆充斥的俗濫言情小說扯在一起。這些研究者錯解的是：賈母對才子佳人小說冗長的批評，其實是反話說盡，意在揶揄。她根本不知道口中狠狠痛罵者，可以在寓言化或在實質的層次上罵到了活生生的自家人。她深恨的小說情節，萬萬想不到自己的親人會親身經歷，親自「演出」。孫女輩的林黛玉和薛寶釵，難道不是她所說的「才女」的翻版嗎？難不成這兩個人不都是獨生女，不都是父親的掌上明珠，不都出人意料受過良好的教育，不也都進退有據，是一切美德的典範嗎？而她的孫子賈寶玉相貌堂堂，至少曾讓眾女之一想要「托付終生」，難道不更是賈母口中的「才子」嗎？第一一〇回賈母臨終前，曾囑咐寶玉「要爭氣」。她料不到自己最疼的孫子來日甚至會忘了病場所言，不但拋棄書本，而且離開父母，孤伶伶「出家」去當和尚，原因就只是為了舊情難忘、舊愛難了！「出家」雖然不是「作賊」去，從某個意義上看，卻可能比「作賊」還要糟！[44]沒錯，史太君是可以倩人入府說書，在一家子少年男女前彈唱那風月情關，而且興趣盎然，熱忱不亞於媳婦兒王夫人，但是她卻不能欣賞語言感人的力量，也看不出小說的存在有什麼好處。《紅樓夢》稍後，王夫人曾經命人搜索大觀園，要把那些風月之書一一找出。賈母的態度也差不多：她像寶釵家的長者或古今政府中的查緝單位一樣，對小說就是看不慣。賈母抑且申張寶釵的控訴，把「情」或「小說」的力量講得更可怕。「小說」是「情」的「模仿」（mimesis）或「瀰散」（dissemination），既可瓦解倫常秩序，也以消弭這個制度的中心主軸。賈母「評書」時猶難知曉的是：小說變化人心之力，居然會發生在她口口聲聲最鍾愛的孫女身上，會出現在她極力要保護的家中孫兒身上。

設使賈母的長篇大論眾議僉同，是《紅樓夢》中主僕的共識，那麼《紅樓夢》的作者應該不會讓她善終。孫媳王熙鳳言辭犀利，在府中一向得理不饒人。賈母才講完話，她就步步進逼，質疑賈母的權威不說，還削弱話中的正確性。熙鳳替賈母斟了酒，希望她潤了嗓子「再掰謊」，而且當著家中大夥的面就「數落」起來：

這一回就叫做《掰謊記》，就出在本朝本地本年本月本日時，老祖宗一張口難說兩家話，花開兩朵，各表一枝，是真是謊且不表，再整那觀燈看戲的人。老祖宗且讓這二位親戚吃一杯酒看兩齣戲之後，再從昨朝話言掰起如何？（《紅》，二：七五九）

聽在兩位說書的女先生耳中，鳳姐這一席話倒替她贏得「剛口」的渾號。她不僅戳破賈母話中之意，也諷刺了原想笑人的賈母，而話中的話更是語語雙關，事實也向賈母表明所說是在自打嘴巴，在把家人化成說書人口中故事裏的角色。《紅樓夢》的主旨本來就在把玩真假的辯證，鳳姐的話將這點凸顯出來，有助我們更深一層體認小說好講兩面話的性格。賈府在《紅樓夢》中當然是實體，小說無不用寫實的筆調敘寫之，而如同熙鳳所說的，賈府的存在可以是小說時間地點中的這當下。鳳姐的意思是：賈府的確就是「歷史」。不過賈母所說的府中「故事」（tale），實際上卻也是個「故」事（story），因為這是她的恐懼和希望所構成的言情「小說」（fable）。兩位說書的女先生可能把人物講成的樣子，賈母興許也會照搬如儀——就為了貫徹自己的意思，為了讓自己和眼前的幾位「聽眾」聽得盡興。這種道德化的「歷史」，因此就有點一廂情願了。除了喜歡笑人的王熙鳳外，大家聽來一定平淡乏味。賈母批書犀利無比，然而她這評書人也因為上故而活在一本和自己所譏評者沒什麼不同的小說中。

欲望小說

賈母對才子佳人說部的批評果真是《紅樓夢》情節上的大諷刺，那麼鳳姐的話儘管毒，她「反將」

賈母這「一軍」其實也沒有把此一諷刺的力量表現得淋漓盡致。鳳姐左右開弓，罵得痛快至極。賈母這家人是「發乎情，止乎禮」，一切唯孔門教誨是問，然而我們若就此點質而再言，則鳳姐話中之意就一目了然了。「發乎情，止乎禮」這件事，對賈府上下實是酸文假醋，因為他們固然發乎情，顯然卻很少止乎禮。看看第二回賈珍恣意尋歡作樂，第十二回秦氏亂倫，賈瑞調情，或是第十九回寶玉窺香和第二十一回賈璉縱欲，整本《紅樓夢》可謂欲念橫流，更不談第六十五回賈璉私通尤二姊，第九十到九十一回寶蟾計誘薛蝌，而寶玉自己在第一〇九回也輕薄起五兒來。賈母口中的「宦讀書家」，看來必須拿這些最能代表他們的人來重評。

黛玉聽了寶釵一頓訓後，「滿臉飛紅，滿口央告」（《紅》，三：五八二），說來一點也不奇。她出現這些「症狀」固然因為讀禁書，心旌搖蕩，更因為她像作者巧示的早已親歷書境，知道是怎麼一回事。黛玉的故事再度顯示文學性虛構的力量有多大，閱讀文學又會生出什麼結果。

元明二代各有一本經典戲曲：王實甫的《西廂記》和湯顯祖的《牡丹亭》。《紅樓夢》的讀者一定知道小說中引經據典，常常提到這兩齣戲，為數不在八次之下，分別出現在第十八、二十三、二十六、三十五、三十六、四十、四十二及第五十一回。[45]和清朝許多王公貴人一樣，賈府中人俱愛聽戲，《西廂記》和《牡丹亭》不過其中之二。不論主僕或丫鬟小姐，賈府上下都熟悉戲文，而且樂在其中。戲中場景、人物對白或他們的一顰一笑，賈府中人多半也可信手捻來，隨口道出。這時曲文已不止是溝通彼此的媒介，也變成他們言行的注釋。

梨園乃合法的娛樂場所，不過像黛玉和寶玉等人所唱的曲文，一般人也視之為淫穢文字，因此深具顛覆性。我們如果想知道《紅樓夢》如何「閱讀」某些傳統中國文學，應該細探的便是這些文本滲透進小說中的過程，而小說中人的生活又如何受到這些文本的影響。

第十八回賈府設宴款待元妃返鄉省親，此時《牡丹亭》數度提及。儘管如此，曲文有些地方卻從第二十三回才開始受到重視，不斷談及。這時奉敕省親的元春已令寶玉住進大觀園，成為園內奼紫嫣紅中唯一的一點綠。元春體恤王夫人和賈母的關心，怕寶玉冷清了，遂下諭命他入園「隨講去讀書」（《紅》，一：三一九）。然而寶玉搬了過去後，心中所縈繞者卻非「讀書」二字。他「每日只和姊妹丫頭們一處，或讀書，或寫字，或彈琴下棋，作畫吟詩，以至描鸞刺鳳，鬥草簪花，低吟悄唱，拆字猜枚，無所不至」（《紅》，一：三二二）。

如同敘述者告訴我們的，寶玉的生活或許「十分快樂」。但是從儒家的觀點看，他看似無牽無掛的日子過得卻荒唐，可能走上不歸的險路，不但會如上所述飽受高堂的斥責（如第八十一回），而且也會引他墮入歧途。他的生活有多頹廢，可以進園後吟頌四時的四首八律為證。詩中有「霞綃雲幄」之詞，有「小鬟嬌懶」之說，有「寶靄檀雲」之唱，有「抱衾婢至舒金鳳」之句，有「錦罽鸘衾睡未成」之嘆，有「公子金貂酒力輕」之吟，傳統詩學一定會以為藻飾輕浮，不足為訓，但寶玉夸夸其辭，顯示他恣縱放任，容易失足，而誦其詩者早也知道這四時即事的下場是什麼。「再有一等輕浮子弟，愛上那風騷妖艷之句，也寫在扇頭壁上，不時吟哦賞讚。」（《紅》，一：三二四）

正因寶玉「淫逸」無度，生活如此荒唐，所以才會接觸到上述曲文。黛玉讀到其中之一，也是這位寶兄弟介紹的。第二十三回的重點和閱讀這些曲文的互動有關，因此才會詳明曲文在播遷上的自然和流動性。不過賈府雖然管教嚴格，卻也因此而「引狼入室」，傳播了些危險的遐想和價值觀進來。就如同寶玉的詩有人抄錄，在大觀園外傳觀，他自己也從跟前小廝茗煙那裏拿了一大堆的禁書。買這些書，寶玉是想解悶，打發無聊。書中有些顯然是情色之作，有些寫得卻是「文理細密」（《紅》，一：三二四），其中便有《西廂記》一本。㊻

《西廂記》——甚至包括晚出的《牡丹亭》——的起源、歸類及其對讀者的影響，我們俱可見於這齣戲在《紅樓夢》裏所帶出來的大諷刺。然而倘要細味此一諷刺，我們便得細剖寶玉的心理。寶玉心裏怎麼想，人就怎麼做。他在大觀園中愜意得意兩皆有之，敘述者卻說他——

> 誰想靜中生煩惱，忽一日不自在起來，這也不好，那也不好，出來進去只是悶悶的。園中那些人多半是女孩兒，正在混沌世界、天真爛熳之時，坐臥不避，嬉笑無心，哪裏知寶玉此時的心事。那寶玉心內不自在，便懶在園內，只在外頭鬼混，卻又癡癡的。（《紅》，一：三二四）

《紅樓夢》通書，這段話是刻劃角色內心較細者之一，把寶玉五臟六腑都掏得乾乾淨淨的。翻開甲戌本的《紅樓夢》，讀者應該記得寶玉的前身曾和一僧一道有過一段對答。只要回想及此，讀者隨之應該也會注意到大觀園中此刻已幻化成人的主角和他在青埂峰下的前身所處的情境類似。青埂峰下的頑石聞得塵世繁華，動了凡心，便請求下世歷劫，那僧道謂之「此亦靜極思動，無中生有之數也。」（甲戌本，頁四—五；《紅》，頁三）因此之故，敘述者才以「樂極生悲」一詞形容那凡心已熾的寶玉。㊼不論身前身後，主角由靜致動的過程殆因「情動」使然。

寶玉與頑石的經驗雖見呼應，其中卻也不乏大異。頑石凡心初動，緣於無意間聞知紅塵榮華富貴。易言之，他誤入凡塵，進入另類存在，事因「聽聞」——就算稱不上是「虛構」——而起。不過寶玉身為凡人，所處似乎卻和那頑石截然相反。他慵懶怠惰，不想涉入儒家功名的心一如他對宗教一無所感一樣。然而正因懶散至此，所以寶玉才會悠游在人群之外，即使短暫，也希望藉聲色想像求得慰藉。試想他曾說寧與女人為伍，尤其願意和自己年齡相仿的姊妹共聚，我們就不難知道他在大觀園內有多如魚得水。上引第二十三回那一段說他悶悶不樂，尤其似有「心事」，覺得連姊妹都難以了解，讀來令人確感突兀。

寶玉有點躁鬱，《紅樓夢》始終不願道其所以，而說其根源，我們讀來越發好奇。儘管如此，他來日的解脫之道卻也不是無跡可循。茗煙的個性經驗都和寶玉相仿，所以知道如何為主人求得「解藥」，乾脆買一堆「淫書」讓他解悶。這可投了寶玉所好，所以受之甚歡。寶玉容易為「欲」所左右，甚至身體力行。第五回於此著墨尤深，有警醒之意。茗煙贈書，益加可以導其所欲，抒其心結。第五回寶玉試雲雨，可謂贈書一段的前兆兼說明。

我們應該還記得，第十九回首茗煙和一丫頭正在燕好之際，寶玉不經意一頭撞見，硬是拆散了鴛鴦。寶玉怎會撞著人家的好事，又如何自圓自己這好窺之癖，第十九回下引這段話有分曉，也讓人想起第五回中的色香味觸法：

寶玉見一個人沒有，因想：「這裏素日有個小書房，內曾掛著一軸美人，極畫的得神。今日這般熱鬧，想那裏自然無人，那美人也自然是寂寞的，須得我去望慰他一回。」想著，便往書房裏來。剛到窗前，聞得房內有呻吟之聲。寶玉倒唬了一跳：敢是美人活了不成？乃大著膽子，舔破窗紙，向內一看——那軸美人卻不曾活，卻是茗煙按著一個女孩子，也幹那警幻所訓之事。

（《紅》，一：二六二）

所謂「警幻所訓之事」，指的正是第五回夢遊太虛幻境。上引文中提到此事並非無心，也不是作者為因情應景而設的修辭衍發，更不是繞圈子想讓我們知道寶玉已曉人事。相反的，這整段話的話中有話語，有意象，有動機，無一不在呼應第五回的情節。這一回寶玉的侄媳秦可卿邀他入府一眠，而進得門來，寶玉但見那屋內陳設盡皆道貌，深感懊惱。這一點，小說是這樣寫的：在那「上房內間」，寶玉抬頭所見乃是一幅勸人勤學苦讀的《燃藜圖》，又看到有副對子大談「人情練達」，並頌之揚之為「文章」，於是「心中便有些不快」（《紅》，一：七〇—七一）。㊽他的不快之感，只有在進入秦氏閨房，體得其中芬芳並看見擺設後才能除去。寶玉要待得下來睡覺，也要等到此時。即使《紅樓夢》開書才不過這幾回，日後對寶玉影響至重的心理問題也已經清晰可辨。從他對外界的反應觀之，讀者應可看出孔門孝道縱然只見於畫中，和情欲的力量也已對壘成局，可能還得臣服其下。

寶玉會在秦氏的閨房初試雲雨之樂，說來極其自然。他大夢一場後，到底是先和秦氏後和襲人有巫山之會，或者他褲底「冰涼一片沾濕」乃因春夢所致，其實我並不在乎。我想說的是：寶玉「初試雲雨情」，此其時，此其地也。他人在可卿房中，身在可卿床上，本身就是可試做不倫之解的行為。不過《紅樓夢》的敘述者窮經皓首，想在中國文化中覓得的似乎只是一個可以涵蓋一切的隱喻，希望藉此深入傳遞秦氏那綺靡的閨房所瀰散的感官誘惑。這種誘惑力量甚強，無疑已弄得寶玉心蕩神馳，遐想連翩。因此之故，可卿房中的寶鏡、金盤、木瓜、床榻、帳子、紗衾或是鴛鴦枕，個個便都和史上的美女有關，或和傳說中的麗人有涉。

這些華麗的物事，每個都可讓寶玉想入非非，可是香（他聞得「一股細細的甜香襲人而來」）、觸（「聯珠帳」、「鴛鴦枕」和「含章殿下臥的榻」）和——尤其是——色（房中的各種陳設）俱全。我們可以振振有辭的說，那最能撩人春夢、引人遐思的，正是那些最能吸引寶玉一睹的各種奇寶。他進入秦氏閨內，讓他第一眼就轉不開的竟是一幅唐伯虎的《海棠春睡圖》。畫中女子在海棠樹下沉睡，姿態撩人（《紅》，一：七一）。

《紅樓夢》並未多談這幅畫的作用，不過這幅畫確實馬上就引起寶玉的興趣，對他影響之大，應該是毋庸贅言。寶玉特別愛看美人，我們猶記得通書都是如此刻劃。他色眼瞇瞇，老是在女孩子身上轉來轉去，這點通書也寫過不止一次。他有次隨興外出，雖然坐在轎內，一雙眼睛卻在打量著路邊的兩位少女。茗煙偷情，他打斷人家的好事後，「一面看那丫頭，雖不標致，倒還白淨，些微亦有動人處」（《紅》，一：二六三）。之後不久，寶玉又到黛玉房中看她，所見卻是黛玉和史湘雲都還在衾內臥著：

> 那林黛玉嚴嚴密密裹著一幅杏子紅綾被，安穩合目而睡。那史湘雲卻一把青絲拖於枕畔，被只齊胸，一彎雪白的膀子撂於被外，又帶著兩個金鐲子。（《紅》，一：二八八）

幾回後，寶玉見了寶釵，看她手上籠著一串紅麝串子，便央她褪下給他瞧。寶釵勉勉強強才褪到，因為她天生「肌膚豐澤」，雙手豐腴得很，而「寶玉在旁看著雪白一段酥臂，不覺〔便〕動了羨慕之心。」實情是，寶釵早已令寶玉把她拿來比黛玉，還暗暗道出內心的感觸：

> 「這個膀子要是長在林妹妹身上，或者還得摸一摸，偏偏長在她身上。」（寶玉）正是恨沒福得摸，忽然想起「金玉」一事來，再看看寶釵形容，只見臉若銀盆，眼似水杏，唇不點而紅，眉不畫而翠，比林黛玉另具一種嫵媚風流，不覺就呆了。（《紅》，一：四〇一—四〇二）

寶玉才看一眼，就想佔有，才瞧一下，就想起生就的「金玉良緣」一說，可見「情欲」這兩個字在他心中分量有多重。孟子曾經感嘆魚與熊掌不可兼得（〈告子上〉第十章），寶玉此刻突然也因欲望有可與不可得而內心衝撞不已。上引文的諷刺，當然在寶玉的兩難某日會迎刃而解：時候一到，他真的可以「摸一摸」寶釵來，雖然那一刻他是萬般不願意。儘管如此，寶玉的欲望一眼就可挑起，第三十回更因寶釵這「肌膚豐澤」而擬之為楊貴妃，可見他確實容易為色所惑，正應了警幻仙子所稱「輕薄浪子」。第五回中，警幻如此形容他這種人：「世之好淫者，不過悅容貌，喜歌舞，調笑無厭，雲雨無時，恨不能盡天下之美女供我片時之興趣，此皆皮膚淫濫之蠢物耳。」（《紅》，一：九〇）

警幻後面用的「蠢物」一詞，[49]一針見血外，說來又是回馬的一槍，因為開書第一回的神話裏，那僧道用來形容寶玉前身那塊頑石者，正是此一名詞。清代有位批者有感於此，遂在評第五回時說道：「其實搦管所寫，亦只此事，亦只此物，但作一層遮隔也。」（《三家》，一：八五）這句話說得真是一點也不錯。湘雲和黛玉都是第一等的美人，寶玉趁她們在睡夢中，明白比較彼此吸引人的地方，也令人回想到他在太虛幻境邂逅過的一位佳人：有位仙子「鮮艷嫵媚」，「風流裊娜」，在在即讓寶玉聯想到自己的兩位表親姊妹。（《紅》，一：八九—九〇）更有甚者，警幻還介紹這位仙子不是別人，正是其妹「兼美」，字「可卿」，而後者也不是別人，正是回中秦氏的小名。「可卿」為「可親」

的諧音，一如「秦鐘」可做「情種」讀。凡此文字遊戲，熟悉淮陽江浙一帶口音者都可一聽了然。書中對賈府亂倫或相關的欲念，早已暗示或明言，無需單靠脂評來引知。寶玉最後夢見自己和上述那「可卿」軟語溫存，有了男女之事，亦可見他內心確實欲念盤錯，糾之纏之。[50]

感官刺激，寶玉終身寶愛。他對女體有份崇拜之忱，也是終身不渝。[51]這些種種，都是警幻據以警世的依據。男人的道學與推論上的虛假，仙子攻擊起來可是不假辭色：

自古來多少輕薄浪子，皆以「好色不淫」為飾，又以「情而不淫」作案，此皆飾非掩醜之語也。好色即淫，知情更淫。是以巫山之會，雲雨之歡，皆由既悅其色，復戀其情所致也。（《紅》，一：九〇）

警幻這番話令人想起先哲於「好色」之所訓：「色」者，我們罕能動搖之「性」也。情欲無所不在，警幻的話也把文情飾淫的人痛斥了一番，更掀開自以為可以抵擋情欲者的假面具。[52]寶玉好色知情；事實上，警幻反而因此而稱他為「天下古今第一淫人」。警幻又以情愛為幻，而就在寶玉方才有此經驗之際，她也因上引故而諷刺地強令寶玉留心於孔孟之道。

所幸寶玉是「人」，因此才不僅僅是警幻眼中的「蠢物」。警幻曾判他「天分中生成一段癡情」，又「推之為意淫」。幾百年來，後面一詞當然曾讓千百讀者思索良久。據脂硯齋之見，「寶玉心性，只是體貼而已，故為意淫」（《評語》，頁一三五）。這種解釋，可為警幻接下來之語辯解：在閨閣中，寶玉可為「良友」（《紅》，一：九〇）。霍克思的英譯本把這裏的「意淫」解為「淫心」（the lust of the mind），字面上似乎有「過分之思」的意思。《紅樓夢》的法譯本則稱之「思念太甚」（*luxure d'imagination*），似乎無意中又在回應張新之的評語，而且呼應得甚妙：「意乃心之所發」也（《三家》，一：八五）。[53]

不論「意淫」做何解釋，用這個詞來形容人當然寓有深意，而且一目了然。警幻既把寶玉比為「輕薄浪子」，描述中的寶玉在意的當然不僅是「感官誘惑」而已，蓋自佛教入華以來，「色」（*rūpa*）字已挾宗教力量指我們對形式之美的強烈愛慕。在警幻看來，「『意淫』二字」尤其「惟心會而不可口傳，可神通而不可語達」（《紅》，一：九〇）。由是觀之，她話中寶玉所歷之「情」的決定因，似乎寶玉本人的主體會勝過客體。比起俗世裏一般的聲色中人，寶玉在才與情上當然高明許多，因為他也可以藉記憶或想像體會或遙想「情」的力量。

我這樣解釋如果言之成理，應可在了解第十九回中寶玉的動機和反應時助我們一臂之力。寶玉說他要去看一位畫中美女，還要「望慰」她的寂寞。這當然是一種「癡情」——他「昏了頭」了。這種「情」也不是「盲目」或「不能自圓其說的」，而是寶玉——不論有多短暫——已經向自己的幻想投降，「意亂神迷」了。連畫中人都可視為實人，這不啻也在把實體界完全轉成想像界或想盼上的組成之一。確然，真相就是主體性本身。這是一種「自以為是」，可不可能已超出年輕人許可範圍內的遐想，指出寶玉部分的「意淫」確實是「欲」令智昏的「意淫」？寶玉想到賈珍「小書房」裏的畫中美人「極畫的得神」時，是否也會記得昔日他在秦可卿的臥房中也見過一幅畫？這兩幅畫如果匯合再看，是否可以視為是文學再現的形式與情欲的連環圖畫，互有關連？

我們閱讀時心中若存有這些疑問，那麼第十九回中相關的片段確可視為第五回的延伸，是寶玉此時性啟蒙的心理與象徵性的展延。寶玉夢遊太虛幻境，遂有雲雨之歡。這場巫山之會，繼而演變成後續交歡恒常的前奏和激勵。寶玉在恍惚之際，「依警幻所囑之言，未免有兒女之事」(《紅》，一：九一)，覺來就和襲人魚水交歡了(第六回)。設使夢中春情已經變成性事的秘「授」，而且寶玉確實也和襲人「同領警幻」的教導(《紅》，一：九三)，則他稍後看到「茗煙按著一個女孩子」，當然也會回想起昔日「警幻所訓之事」(《紅》，一：二六二)。《紅樓夢》所寫的寶玉內心的情欲，包括此情此欲不論用文字、意象或手勢所做的象徵性再現，實際上都可互借，乃互通有無。這些文字、意象或手勢相生共成，彼此相聯交涉。正因「情」常見於文學「再現」之中，所以文學「再現」也可以日久生「情」。

「模仿」與「情欲」所成就的這個共犯結構，在寶玉和黛玉的關係上可以得一確認，令人刻骨銘心。第二十三回茗煙見寶玉似乎不樂，買了一些淫書回來供他解悶。寶玉挑出留下以備日後再讀者，不是一連串的春宮圖，而是精緻的文學偉構。這一點所示，可不是他品味特高這麼簡單的一回事。茗煙求寶玉不要把書帶進大觀園，寶玉硬是不許，可見他喜歡讀這些書的程度不亞於任何人。《西廂記》細寫才子會佳人，紅娘又如何密謀再會，讓他們暗中偷情。寶玉讀後，應該也會欣然把自己假想成為是那曲中之人，把心中亂竄無名的情欲焦聚於其中。不過大觀園的景致要和戲中的偷情記象徵性的結合而為一，我們得待寶玉「細看」手中所持之書後才能覓得(《紅》，一：三二四—三二五)。這一幕裏「落紅成陣」，往往一語雙關。不意黛玉闖進，預示她往後不期然也會捲進藝術與生命媾合而成的渦流之中。[54]

猛不防黛玉問寶玉所讀何書，把寶玉嚇得驚慌失措。茗煙早就警告過他：《西廂》和其他的淫書一樣，乃大觀園內的禁書。寶玉深知這一點，所以藏之不迭，乃隨口搪塞道：不過儒家經籍，係《中庸》、《大學》罷了（《紅》，一：三二五）。黛玉硬是要他出示，寶玉無奈下也只好交出所讀。情之為厲也，連黛玉也不能免疫，因閱讀而織就的命運之網就此將兩人罩住。

寶玉和黛玉既有共同的文本經驗，也就放膽「調戲」起黛玉來，從而把自己的愛意傾吐而出。下面的引文，說來還不是他「借引述情」的第一遭：

> 我就是個「多愁多病的身」，
> 你就是那「傾國傾城的貌」。（《紅》，一：三二五）[55]

三回後黛玉又引到《西廂》的曲文，這時寶玉倒借戲中張生的話反問起黛玉的貼身侍女紫鵑來。他這一問，當然是掩飾，也是衝著黛玉說的：

> 若共你多情小姐同鴛帳，
> 怎捨得叫你疊被鋪床？（《紅》，一：三六七）[56]

中華文化博大精深的道統裏，詩的功能之一在「言志」，不論就私人或就公共領域都如此，所以上引戲文確實把寶玉的主體性表露無遺。如果不計成敗，則以詩言情或以物傳心，在《紅樓夢》中確實只有寶玉和黛玉才會這樣做。從第八十六到第八十九回，黛玉常彈琴抒發自己憂心寶玉，是以即使在她亡故之後，寶玉也常引白居易的〈長恨歌〉以表達自己的追念（第一〇九回）。寶玉如今是請張生或請玄宗代言，把心中所思清楚道出：生則同衾，死則同棺。

寶玉引《西廂記》笑黛玉，在第二十三回中曾引得她薄面含嗔，第二十六回則惹得她流淚痛斥。這些種種若非事出突然所致，就是因為窘迫不堪使然，說來我們都能了解。不過黛玉怒責寶玉也顯示：上引曲文中的「意思」，就如對寶玉或對當時的情景而言，黛玉其實都沒有怪罪的意思。就事論事，《紅樓夢》當時反為讀者細案者，乃在聞言之後，黛玉整個人都讓《西廂記》給懾住的一面：

林黛玉把花具且都放下，接書來瞧，從頭看去，越看越愛看，不到一頓飯工夫，將十六齣俱已看完，自覺詞藻警人，餘香滿口。雖看完了書，卻只管出神，心內還默默記誦。（《紅》，一：三二五）

《西廂記》這本書，寶玉也不過問了句：「你說好不好？」黛玉的回答卻比他的薦書之忱還熱切、大聲道是：「好文章！」（《紅》，一：三二七）從茲以還，就像寶玉一樣，書中文句常令黛玉魂縈夢牽，已經深深烙在她心上了。一不留神，戲詞就會脫口而出（如第二十六回），而看到瀟湘館的景色，也會令她想起曲文來（第三十五回）。第四十二回寶釵查了黛玉的書，但禁不了她慕書的心。第五十一回寶琴魚目混珠，把《西廂記》和《牡丹亭》當史典放進自己的懷古詩中。即使在此時，黛玉也曾為她辯護，劍及履及，無怨無悔。

黛玉這些行為顯示，她看文學作品，並非僅止於欣賞而已。閱讀時，她也會把自己投入其中，就像——或許更像——寶玉，把自己設想成作品中人。瀟湘館是雨也瀟瀟，淚也瀟瀟，黛玉想到自己命薄，總是形單影隻，就會把自己化為《西廂記》中的崔鶯鶯，讓曲文變成居亭的代喻。第三十五回寫道：

> 一進〔瀟湘館〕的院門，只見滿地下竹影參差，苔痕濃淡，〔黛玉〕不覺又想起《西廂記》中所云「幽僻處可有人行，點蒼苔白露冷冷」二句來，因暗暗的嘆道：「雙文，雙文，誠為命薄人矣。然你雖命薄，尚有孀母弱弟；今日林黛玉之命薄，一并連孀母弱弟俱無。」（《紅》，一：四七四）

瀟湘館孤單憂鬱，如果黛玉因此而擬自己為《西廂記》中的鶯鶯，那麼她幹嘛還要因閱讀而哀嘆「張生」何在，為愁思而感傷命中解人為誰？讀者如果連這些問題也要為黛玉傷腦筋，說來未免太過分。不過《紅樓夢》確實有引人如此一問的傾向，因為小說容不得我們無謂的多想，馬上就推展情節，又加重強調詩詞戲曲對黛玉心理的影響了。第二十三回有關大觀園一節中，寶玉黛玉分館而居。在這之後不久，黛玉再聆藝術的弦音，深為文學所動。這次她聽得的是《牡丹亭》，因為有十二位戲子在賈府演出其中的數景。她聽到一支小曲的幾個片段，曲詞之美令她低迴不已，暗暗覺得這可不是「取樂」而已。儘管她對《牡丹亭》初步的反應如此，這齣戲最後卻令她痛徹心脾，人為之醉。

黛玉聽著，聽著，這回又是另一支曲子了：

則為你如花美眷，
似水流年……。

急管繁弦之後，聲聲都令黛玉魂搖神動：

是荅兒，
閒尋遍，
在幽閨自憐……。

黛玉「如醉如癡」，一個踉蹌，「站立不住，便一蹲身坐在一塊山子石上」，細味著「如花美眷，似水流年」這兩句。就在此刻，腦中突然又閃過古人詩中的一句話：「水流花謝兩無情」。才這麼輕吟著，李後主（九三七—九七八）的兩句詞旋即奔到眼前來：

流水落花春去也，
天上人間。

同時乍現的是《西廂記》中這兩句：

花落水流紅，
閑愁萬種。

這些句子，黛玉都「一時想起來，湊聚在一處。仔細忖度，不覺心痛神癡」。小說中故而寫道：她「眼中落淚」了（《紅》，一：三二七—三二八）。

《牡丹亭》和《西廂記》俱為中國文學史上的名劇，頌揚異性之愛震撼人心，也曾細剖女性性心理的覺醒。《紅樓夢》形容黛玉喜歡，無非顯示她深為二劇所動，心中熾熱的渴盼因之燃起。《牡丹亭》和《西廂記》中的崔鶯鶯和杜麗娘都為情所驅，既未待「父母之命」，也沒有等「媒妁之言」。57 對黛玉而言，鶯鶯和麗娘固然逾矩，可也誘人心神至極——蓋「偷來的梨子」總是比買來的甜——可是這種銷魂逾禮，其實也不能完全解釋上述二劇對她的影響。58《紅樓夢》原先就言明：黛玉無意中聽到的曲文，句句都引她回想起其他的詩詞或戲文。而這些文本在在也都在強調：光陰似箭，歲月無情。

我們應該要知道，值此之際，大觀園還是「全新」落成。不過杜麗娘所唱各句都讓她側耳傾聽，心有戚戚，原因在黛玉神明黯然，這幾句戲詞恰和周遭形成強烈的對比。第一句如下：

原來是姹紫嫣紅開遍，
似這般都付與斷井頹垣。

接著又是：

良辰美景奈何天，
賞心樂事誰家院。（《紅》，一：三二七）

黛玉和杜麗娘一樣，目前都春情忽慕，而儘管大觀園富麗堂皇，黛玉所見卻像任何樓房一樣，是這座廣宅華廈終須傾圮，良辰不再。對黛玉而言，上文所謂「新」因此就有一層老舊敗死的感覺。在這層意義上，黛玉對曲文的接受，遂有如在預示大觀園最後無可避免的荒廢命運。賈府由榮轉枯可能在一瞬間，氣數的魔掌一步步逼近，寶玉和鳳姐早已心生警惕。黛玉際遇特殊，所以對他們二人也都特別在意，如今耳聞曲詞，生命無常的恐懼馬上刺向心田。年命如花謝，誰都倖免不得。女伶演習戲文所唱者，更加坐實了詩詞和曲文中這類的人世轉眼之感，證實了浮世無情之慨。「水流花謝兩無情」一句源出白居易的七律〈春夕旅懷〉，[59]黛玉從記憶中捻來，用得卻和後主的名句浹洽無間，而且新意別具。對黛玉而言，「落花」和「流水」重複出現所聚照者，正是時日的推移之速。白居易的詩吟就於旅次，而李煜的詞填妥於亡國幽居之際。兩人各自的遭遇，無疑都加深了黛玉的孤離之感。

由於此故，白詩和李詞的主題一旦合而為一，顯示的便是一個令人不得不為之唏噓的弔詭：只有像眼前的崔鶯鶯、李煜和林黛玉這種「有情人」，才能認清時間「無情」、人世無常和世事無住這些現實。話說回來，「眼前」黛玉的心頭之痛卻另有原委，非因體認了落花無情而起。黛玉讀曲聽戲，心頭有重擔。她在意識上的危機多半是：她的問題，是否能有一場及時雨來化解？她年紀日增，卻沒有適婚對象，而婚嫁無人就表示歸宿無著。黛玉由於這方面心頭有痛，所以聽曲時才會反應激烈，「如醉如癡，站立不住，便一蹲身坐在一塊山子石上」。《牡丹亭》中柳夢梅對杜麗娘的款款情思，令她纏綿感慨：

則為你如花美眷，
似水流年……。
……
是荅兒，
閒尋遍，
在幽閨自憐……。

這幾句曲文，柳夢梅唱在杜麗娘入夢時，唱在他們夢中繾綣前。而這幾句曲文必然也曾湊聚在一處，讓黛玉煩躁不安，心頭作痛。歲月如梭，她憂思成疾，而良藥與希望又在哪兒？黛玉眼前有良辰美景，但是「天」卻「奈何」！「對月臨風」的那一刻，她像杜麗娘一樣，也渴望有「賞心樂事」能出現，[60]有「誰家院」可以是歸宿。《牡丹亭》中，杜麗娘吐露心中幽怨之後，意中人馬上跟著就出現，病灶有解。易言之，杜麗娘為情死，死而終於有代價，因為她隨即就會有一場夢中的繾綣。如果黛玉也深鎖自己，「幽閨自憐」，那麼有誰會來找她，會來拯救她於「自憐」的痛苦中？[61]她的「意中人」，可不可能就像中國俗語所說的「遠在天邊，近在眼前」？這個「意中人」，可不可能就是幾分鐘前才和她一起共讀《西廂》，還拿其中感人的戲文笑她的那個人？從《西廂記》中引來的句子，難道真的是這位「意中人」的「心意」？這一系列的問題可以超越歷史與文化的限制，而黛玉又是否可以像但丁（Dante Alighieri, 1265-1321）《神曲．地獄篇》（*Inferno, La Comedia*）中的佛蘭西思加（Francesca da Rimini）問道：讓我魂搖神動者，是「那本書和『寫』那本書的他嗎？」（"*fu 'l libro e chi lo scrisse,*" 5: 137）

閱讀和命運

不論前世或今生，寶玉一面是黛玉的情感之「書」或黛玉情感的「作者」，一面也是這雙方彼此的媒介。我們如果了解這一點，那麼上引《神曲》的話聽來就不會有牽強附會之感。黛玉身前乃絳珠草，因神瑛侍者日日灌溉而心萌謝意。下引佛蘭西思加用複字法所描述的相互之愛，黛玉和寶玉的故事實可相提並論，而且對應強烈：「愛乃因愛而成其為愛」（"*Amor, ch'a nullo amato amar perdona*"）。[62] 這一類的話建立在「以淚還情」的基礎上，正是因此之故，《紅樓夢》才用「風流孽債」形容寶黛二人的關係，並用以描述他們在世的感情之痛。大觀園中的寶黛二人，當然不是《神曲》中在地獄垂淚的那對戀人，不過就像保洛（Paolo）和佛蘭西思加，我還是認為《紅樓夢》中這對愛侶的「人間之愛的本源」（"*la prima radice / del nostro amor*"），可以溯至他們閱讀文字或聲音文本的經驗。

《紅樓夢》談閱讀的詩學，用的是一連串的佛教名詞。由是觀之，寶玉和黛玉可謂「因空見色，由色生情」，然後再「傳情入色」（《紅》，一：六）。他們邂逅於虛構，不僅因此情思綿綿，也把這情思演成自己的戲劇，幕幕相連。在幻形入戲的過程中，戲已變成是他們情欲覺醒的文本。當然，對寶黛二人而言，此一過程最後也最具關鍵者，便是那「由色入空」的一幕。此幕此刻尚有待小說敷衍來證成，不過因為兩人際遇各殊，所以彼此證成的方式也不同。話說回來，儘管情節才走到這一步，寶黛二人的遭遇也已令人難忘，可謂西方人所稱「情與模仿的結合」最為感人的說明。保洛和佛蘭西思加的命運，紀拉德（René Girard）有如下的診斷，也可拿來試為寶玉和黛玉進一解：

> 那寫出來的字引起的遐思千真萬確，逼得〔保洛和佛蘭西思加〕這對年輕的戀人不得不據以演出，有如早已命定一般。那寫出來的字是面鏡子；他們注視其中，發現自己的影子和自己一樣秀異。……佛蘭西思加堅持道：在她命中媒介情色的惡魔就是這本書。她詛咒這本傳奇故事和寫書的作者，……。但丁所寫並非文學史，他強調的是：不論書是用手寫或用口頭講出的，一定有人的話中帶著情欲，……保洛和佛蘭西思加上當了，為蘭瑟洛（Lancelot）和桂妮微王后（Queen Guinevere）所騙，而後兩人又著了賈羅特（Galleot）的道了。接下來上當的是讀者，他們上的是保洛和佛蘭西思加的當。這種暗示與鼓勵也真夠毒，大家前仆後繼，永遠都是書本的祭品。[63]

保洛和佛蘭西思加讀到蘭瑟洛和桂妮微王后接吻時，彼此也情不自禁地擁吻起來。寶黛和他們不同，很少在身體的愛撫上享受情欲之樂，更遑論雲雨之歡。[64]儘管如此，黛玉因書動情，內心深處開始泛生浪漫遐想，也是無可否認。她有盞把工夫和寶玉共讀《西廂記》，有一陣子又聞女伶演習《牡丹亭》，我們都已詳細討論過。寶玉或許不是這些戲曲的「作者」，不過他的行為、他所送的禮物，屢屢都撩動黛玉蟄伏的情欲，是以稱之為「淫媒」，亦無不可。《紅樓夢》的寫法，讓我們注意到文本的物質性其力驚人，潛在而弔詭的影響更連黛玉的身體也不放過。曲文襲來，小說不是說黛玉弱體難支嗎？而話雖如此，語文的力量同時也是滋養品，讓黛玉倒而再起，黽力聽曲。《西廂記》的「詞藻警人」，黛玉看得心頭小鹿亂撞，卻也覺得「餘香滿口」，就有如《牡丹亭》一度也曾讓她「細嚼」其中的「滋味」一般。諷刺的是，這一套和「吃」有關的意象卻應了「淫媒」寶玉的話。介紹黛玉品嚐《西廂記》之前，寶玉話句句樸拙，卻是句句誠懇：「真真這是好書！你要看了，連飯也不想吃呢。」（《紅》，一：三二五）看來在黛玉接受《西廂》的過程中，語言已經取代了食物的力量與意義。

黛玉生不逢時，命中每每事與願違，所以第八十九回她的奮鬥接近尾聲時，人生之「杯弓蛇影」便使她想要以「絕粒」了此殘生了。不過在故事原先的發展中，黛玉和文學虛構的接觸卻令她神魂顛倒，反而因此而滋補生命。她細品《西廂》，消化之，吸收之，紀拉德所謂「夠毒」的「暗示與鼓勵」，這時都變成續命的金丹。得此之助，黛玉重獲新生，卻不知道自己已經淪為書本永遠的「祭品」。第二十六回黛玉在臥房引曲文道：「每日家情思睡昏昏。」（《紅》，一：三六六）寶玉湊巧聽到，她不覺紅了臉。之所以窘迫，原因在她知道所引出自何書，而這兩位有情人這下子也因共享禁書的秘密，所以心與心就更貼近了。意義殊勝的是，黛玉唱出的那句話深具性的暗示。在《西廂記》裏，張生在和鶯鶯交歡前，至少兩度唱出這句曲詞的部分。[65]

寶玉和黛玉互道心曲後，進一步便交換信物。這點第三十四回寫得最明顯。其時寶玉托付自己的舊帕，黛玉還為此研墨蘸筆在帕面題上三首詩，把情思表露無遺。《紅樓夢》所寫的寶黛故事和這些詩若合符節，而兩人的郎情妹意我們讀來雖感強烈，看到的始終卻是他們愛在心裏口難開，有情人難成眷屬。這三首詩的存在，寶玉後來略知一、二，但是始終連看都沒看過。黛玉寫時的心境和心意，小說中也講得很清楚。黛玉淚眼訴衷情，寶玉的信物適可象徵他對這點的感激。另一方面，這信物也有慰藉之意，顯出寶玉對黛玉的在意。從這些地方來看，黛玉的詩就如我在〈悲劇〉一章裏會指出來的，是她對寶玉情深意摯最真切的表示。第三十四回為強調黛玉把禮教當做耳邊風，敘述者在她濡筆題詩之際便說她「也想不起嫌疑避諱等事」（《紅》，一：四六九）。如同我稍前指出來的，禮教的一大原則就是要女人以「禮」為重，大意不得。對敘述者來說，如果要指出此刻黛玉的決心下得有欠思考，便不啻在說她題詩的動機和詩中內容都已跨越禮教的鴻溝。黛玉不避諱、不計嫌，在第三首詩裏把自己為寶玉所流的眼淚比為「湘江舊跡」，和湘妃哭舜、淚染斑竹的故事相提並論，說來令人感動。她的感情，她的詩，因此就不會有突兀之感，和禮教也不再扞格了。《紅字》（*The Scarlet Letter*）裏的潘蕾恩（Hester Prynne）「偷情越禮」，舉止行為比黛玉嚴重多了。不過黛玉盡可不管禮教在文化上的束縛，隨這位西方情媛放聲說一句：我所寫所吟如今都已「聖化」了。[66]前及黛玉的詩或許題來只為自己看，詩中卻充分道出她的「柔情私意」。此一主體心意，正孔門禮教所不容，亦黛玉死後寶釵控訴寶玉所放縱過度者（第一一五回）。

《紅樓夢》中寶玉和黛玉「緣訂三生」，可是不像西方的保洛和佛蘭西思加，也不如中國的張生和崔鶯鶯，更不似湯顯祖筆下的柳夢梅和杜麗娘，因為《紅樓夢》中，他們不論在現實或在夢幻中，從來就沒有過嚴格定義下的肉體接觸，慢說魚水之歡了。弔詭的是，小說部分的錐心之痛，正是因此而來。賈府內外偷雞摸狗的事情不少，但寶黛在情欲上從未流於亂。儒家的擁護者或會以為他們嚴守禮教，控制得宜，然而逾禮之行未發所說明者，唯兩人神清志明，知道如何表明心跡。他們大膽為之，免得為社會權威或家庭倫常所礙。《紅樓夢》轉為悲劇之前，他們的「心事」就已經變成了「心病」。就如這種病不能用尋常的藥醫，「心事」（*l'affaire du coeur*）也不是空間或教條束縛得住的。寶黛的命運如波瀾起伏，歲月悠悠，兩人多少也早有盟誓終身之意。一個是非卿莫娶，一個是非君不嫁。就此而言，他們不待「父母之命」與「媒妁之言」，確實就已有某種「婚約」了。第九十八回黛玉氣絕前，曾傲然對紫鵑道：「妹妹，……我的身體是乾淨的，你好歹叫他們送我回去。」（《紅》，三：一三八三）我們唯有體認到上面所論，才能感受到黛玉這句話的涵意有多深。

黛玉臨終前的請求，賈府當然沒有拒絕之理，因為闔府上下都知道黛玉守身如玉。不過話說回來，賈府上下難道也能確認她內心也和身體一樣「純潔」？這個問題直接的歸趨，會是黛玉矛盾的性格和曲折的際遇所匯聚出來的結果。易言之，這個問題會終結於寶玉斷然而行，以反諷與逆行收場，終而造下小說的悲劇。

上文的淺析，顯示《紅樓夢》常常用到先世的戲曲。儘管情欲有其重要性，這些曲文的功能可不僅止於其瀰散。《紅樓夢》中建了一座大觀園，是情色嬉樂的狂歡之處；《紅樓夢》中的男女主角，行事又都以才子佳人小說的傳統自居；《紅樓夢》在營塑寶玉和黛玉的傳奇時，還把情節構設在示愛的文學傳統中，或是架構在眉目傳情的誘拐裏。這些種種，顯示《紅樓夢》受《西廂記》一類文本的影響頗深。

王實甫敷演〈鶯鶯傳〉乃心意別裁，奚如谷（Stephen West）和伊維德（Wilt Idema）在其英譯本《西廂記》的〈導論〉上指出，紅娘這個角色係王劇的一大結構關目。[67]《西廂記》中，紅娘機伶智巧，生機勃勃，勤於為分隔牆東與牆西的戀人牽線。沒有她，《西廂記》就不成其為戲，難為其為劇了。《西廂記》這類作品又顯示，要期待「父母之命」來成就美眷，在中國古代幾乎希望不大，除非「媒妁之言」先行介入。崔母權威重，這點毫無疑問。兩位有情人心已擺盪到另一邊去，這點也毫無疑問。王實甫想像出來的「媒婆」紅娘，此時發揮中介作用，職責非僅傳統角色的扮演而已，也不止在情人合八字或代為通報聘禮嫁粧之類。《西廂記》中，紅娘在鶯鶯、張生和崔母之外，獨自形成三角關係的另一角。她乃全劇之總樞，不斷在雙方穿梭，「折衝樽俎」，協調差異。她「巧黠異常，總把崔母蒙在鼓裏，全劇才能圓滿結局」。[68]

由此觀之，《紅樓夢》不止效法、也在改寫前人。《西廂記》中有情人終成眷屬，《紅樓夢》卻顛覆之，為應和全書哀音而以悲劇收場。第三十五回黛玉感嘆鶯鶯的命運比自己好，因為她至少高堂仍存，自己相形之下就紅顏命薄，蓋「父母雙亡，無依無靠」（《紅》，一：三七一）。堂上俱亡表示人單勢薄，第三十二回乃說她終身大事無人傾訴，無人可以代為「做主」。黛玉可以完全信任的人唯有寶玉，可是造化偏偏弄人，她又不能對寶玉一傾相思之忱，甚至連寶玉對自己的感情也沒有十足的把握。縱然寶玉願意，他能力排眾議，為自己說話，而別人也願意接受嗎？

因此，就好像《西廂記》中的情景，《紅樓夢》裏這對有情人必須大力仰仗別人的善意與行動來為自己的命運另闢蹊徑。不錯，小說製造懸疑的主技之一，就是知與不知者都在為寶黛這對情人牽線，例如黛玉的侍女紫鵑在第五十七回就曾謊報主人即將南回，藉以試探寶玉真心與否。即使憤世嫉俗成性的王熙鳳，也常常語帶嘲弄地暗示寶黛彼此有心。不過就《紅樓夢》的情節整體觀之，襲人才是侍女中的關鍵人物。她一直想撮合主人和黛玉，希望皆大歡喜。

《西廂記》裏，紅娘助鶯鶯成其良緣，間接也希望從未來的男主人那裏領得一張「贖身狀」，不必再過侍女的生活。⑲但《紅樓夢》中襲人力促成寶黛璧人成雙，為的卻是主人終身的快樂與幸福。小說開頭不久，襲人和寶玉早已有肌膚之親，因為她「素知賈母已將自己與了寶玉的」（《紅》，一：九三）。兩人的故事接下來的發展，襲人是一心侍主，對寶玉的焦躁易怒毫無怨尤，對他怪異的癖好與偶爾的粗暴也毫不為意。第三十回寶玉皂白不分，在襲人肋下踢了一腳，就是一例。襲人反而矻矻操心，為寶玉的健康擔憂。日常生活，她也照顧得無微不至，像慈母，又像愛妻。紅娘對來日指望不多，第三十一回中襲人也有此傾向。第十九到二十回又顯示，只要寶玉聽得進她的忠告，襲人就算不贖身，一輩子侍奉他都甘心。第二十一回更指出：寶玉敬重襲人，主因她說話得體，設想又周到。而襲人忠心耿耿，腦筋清晰，責任感強，王夫人雖然身體不好，又有點糊塗，卻也因此而信任她已久。寶玉調戲金釧兒而讓賈政毒打了一頓之後，襲人就像紅娘一樣，一肩扛起看守主人的重責大任。⑳

《紅樓夢》之所以如此安排，最直接的原因，我們另又可見諸寶玉和異性之間的種種關係。第三十四回襲人和王夫人交談甚久，話中有辯駁，有議論，有攻防，巧妙得很，而襲人為自己著想的地方並不亞於為王夫人所做的設想。寶玉挨打，王夫人心疼不已。寶玉荒廢舉業，王夫人心懷憂戚。而寶玉挨打一事，王夫人雖把罪全怪到金釧兒頭上，說是這丫頭教壞了寶玉，但她也了解兒子畢竟已長大，已通人事了。凡此種種，襲人充分了解，所以在王夫人還沒警覺兒子可能陷入欲海前，第一回就已承認寶玉是得收心回頭、努力功課了。由於寶玉和大觀園中的姊妹都已長大，整座園子遂因古來「男女之分」的觀念而變成青年禁地（《紅》，一：四六七），亦即寶玉和姊妹們住在一起是件危險的事！寶玉和金釧兒胡來果然觸怒了王夫人，想想他和姊妹們會鬧出什麼事！就算他們廝混並不會「及於亂」，寶玉一生聲名可能還是會讓可能的醜聞給毀掉。果然如此，雖說自己是個下人，襲人還有人可以託付終身、還有人可以寄望幸福嗎？

襲人長篇大論，對寶玉和賈府可是關愛與忠誠溢於言表。她這番侃侃而談，收穫比隨口受誇大許多，因為王夫人的感激又是一番重要的談話：正如襲人已經許身給寶玉，寶玉如今也得從母之命，接受襲人的照拂。在《紅樓夢》的社會時空中，王夫人的托付無異是宣言，要求襲人盡到的乃所謂的「人妻之道」。她有權力，也有責任，而王夫人這回最後給襲人下的指令，自是威脅與承諾兼而有之了：「好歹留心，保全了……〔寶玉〕，就是保全了我。我自然不辜負你。」（《紅》，一：四六八）

襲人當然有自知之明，了解自己的社會地位低，不可能變成寶玉的正室。王夫人最後那句話，因此就容易理解成要她做側室。自茲以還，襲人的命運難免和寶玉綰結在一起，而且程度越來越深。這一點，襲人或讀者不用多想就都可了解。話再說回來，王夫人話中當然也有反諷，因為襲人的關懷和憂心會因為這些話而加劇。話說出來前，襲人早已知道寶玉真正的「情」是用在誰身上，而這點賈府上下此時卻都還蒙在鼓裏。第三十二回寶玉出神，錯把襲人當黛玉，內心深處的祕密就當著她的面不經意表出。襲人聞悉，唯恐將來鬧出「不才之事」，情急下就叫起王夫人來。

就像《西廂記》裏的紅娘，襲人這時心中也有難言之隱。不過襲人知道寶黛可能會生禍，所以自己最後一定得把話給抖出來。寶玉離奇失玉後，黛玉也在床上病得奄奄一息，所以第九十六回史太君顧不得禮，想方設法要寶玉早點和寶釵完婚。襲人體得上情，不日會向王夫人稟明寶黛的心事，接下來還會回給賈母知。她孜孜努力，希望講出事實，但也希望不要把事情鬧大（《紅》，三：一三五六）。此時的襲人，扮演的其實是古典「媒妁」的角色，就只有她這位「緊跟的……丫鬟」知道「小姐」或「公子」心中想的是什麼。前此史太君嚴斥才子佳人小說，其中「丫鬟」一角，說的不正是此

時的襲人嗎？（《紅》，二：七五九）

襲人大膽表明寶黛的心跡，而賈母為此所做最後的反應，確實也符合她痛批才子佳人說部的大要。賈母如今看黛玉這位最心疼的孫女，用的可是前此設下的標準，而黛玉也不比說部那些「賊情」中人好：

咱們這種人家，別的事自然沒有的，這心病也是斷斷有不得的。林丫頭若不是這個病呢，我憑著花多少錢都使得。若是這個病，不但治不好，我也沒心腸了。（《紅》，一：一三六三）

在家庭權威的結構中，「私欲」並無一席之地。㉑史太君上引這段話說得大義凜然，便有如在復誦此一萬眾景從的教條。長久以來，中國文化一向重大我、輕小我。史太君的話便和此一文化理想若符合節。她心口如一，說得出，更做得到。第一〇七回有一景令人動容：在賈府最慘澹的一刻，史太君以大我為重，拿出多年積蓄和個人細軟，闔府幸而賴以不墜。這一回回目的首句有「明大義」一語，儒家況味撩繞，而賈母的行為確實也在呼應這一點。孫子賈寶玉唯情是問，心中只有個人愛欲，方之以傳統禮教，未免渺小。史太君沒能讀過多少書，但藉寶釵訓夫的話形容，她可是個「明理的人」。

由是反思《紅樓夢》，我們是否可謂全書乃建立在「理」與「情」的矛盾衝突上？宋明理學家嘗為這兩個字大肆辯論，許多中國現代學者也都認為這是中國「悲劇」的基奠。㉒不過對《紅樓夢》來講，我倒覺得如此結論未免欠妥，因為小說悲劇強度最顯的一點其中有味，亦即「情」字本身難以妥協的衝突大家失察了。《紅樓夢》中的人物如果能夠回省所存在的社會，可能會發覺自己的認識有限，尤難認識他們所創造的自然律和「禮」的各種原則實則都是「情」或「欲」的不同形式。中國人說宇宙六合莫非「人倫」，而「人倫」正是建立在「自然」的基礎之上。倘衡之以上文所談，中國人的看法大剌剌可真是個神話，而且由來已久。「人倫」指的不外乎下對上的服從，女性對男性的屈從，個人之向社會遵從，而這些種種據稱都是在獲得或維護某種可以反映自然和諧與秩序的狀況。「人倫」這種規範性的了解，文學作品或會予以挑戰，《紅樓夢》正是一例。小說中顯示，「人倫」這種設定不大能裁決明爭暗鬥的一些合理的利益問題，也不大處理得來一些有關墮落和自欺而我們又不自知的性格傾向。《紅樓夢》的世界天道無常，我們唯一能確定的「天理」是賈府隳墮，早有預言。儘管如此，賈家上下似乎沒有人知道大難業已不遠。運終數盡既然天定，賈府維繫闔府和諧與家財於不墜的努力當然也是不自知流露的行為。他們墨守陳規，仗著皇室恩寵，又阿諛天家，還明爭暗搶，在貪瀆中墮落。急難時更貓哭耗子，會擺出一副無私的利他姿態。第五回那十二支《紅樓夢》中，有警曲說得是：

箕裘頹墮皆從敬，
家事消亡首罪寧。
宿孽總因情。（《紅》，一：八九）

這條因果律的組成固定，最後一句尤其是關鍵所在。人難免一死，而家大業大也會有敗光的一刻。樹倒猢猻散之時，再怎麼嚴整的倫序也不能保證不會垮。曲中前二句裏的「敬」與「寧」，都是儒家珍視的價值，但怎能抵擋得了一個「情」字勢如破竹的力量？

文前提到賈母批判起通俗說曲來不遺餘力，可見她對「情」無所不在的力量全然是盲目無知。情海生波，一旦氾濫，就會有如朱熹所打的比——即使高貴人家也築不出一道「鐵扉」或「鐵檻」（或是魯迅著名的「鐵屋」），予以有效地圍堵。[73]賈母打破了黛玉的希望後，也錯估了這位孫女的感情，不知道她對寶玉的情有多深。賈母拆散了這對鴛鴦，破壞了他們的情與愛，用的理由居然也是情與愛。這可真是個諷刺，而且悲劇感十足，足以讓人垂下千年之淚。

註釋

❶ 引自（清）吳敬梓：《儒林外史》（臺北：聯經出版公司，一九七八），頁一〇五—一〇六。

❷ Charlotte Furth, "The Patriarch's Legacy: Household Instructions and the Transmissions of Orthodox Values," in K. C. Liu, ed., *Orthodoxy in Late Imperial China* (Berkeley and Los Angeles: University of California Press, 1990), p. 202.

❸ 「醉生夢死」（bohemian）一詞取自注❷書，頁二〇四。

❹ Susan Mann, "Widows in the Kingship, Class, and Community Structures of Qing Dynasty China," *Journal of Asian Studies* 46/1 (February 1987), p. 44. 麥蘇珊還提到佛里曼（Maurice Freedman）在所著 *The Study of Chinese Society*, p. 272中的看法，以為「婦女不論是為人母或為人妻都角色矛盾」。艾白麗（Patricia Ebrey）認為從父姓的現代傳統可以溯至秦代，見所著 "Women, Marriage, and the Family in Chinese History," in Paul S. Ropp, ed., *Heritage of China: Contemporary Perspectives on Chinese Civilization* (Berkeley and Los Angeles: University of California Press, 1990), p. 201。這個結論可經《禮記》證實，因為是書謂「娶妻不娶同姓」，見《禮記訓纂》（《四庫備要》版，一：一二甲。《禮記》目前的章節可能定稿於紀元前一世紀。不過我要向李惠儀致謝，多虧她，我才知道這種習俗早已見載於《左傳》之中，見James Legge, trans., *The Chinese*

Classics, vol. 5 (Rpt. Taipei: Wenshizhe, 1972), "Duke Xi," 23.6, "Duke Xiang," 23.9及" Duke Zhao," 1.12。另見《國語．晉語》(《四部備要》版)，四。從林語堂的 "Feminist Thought in Ancient China," *T'ien Hsia Monthly* 1/2 (1935):127-150及陳東原的開山之作《中國婦女生活史》（上海：商務印書館，一九二八；臺北：商務印書館重印，一九七七）以來，有關中國婦女史的評述已經汗牛充棟。我這裏的討論，多承下列著作啟發而來：Erwin Rousell, "Die Frau in Gesellschaft und Mythos der Chinesen," *Sinica* 16 (1941); Albert R. O'Hara, *The Position of Woman in Early China According to the "Lieh nü chuan," The Biographies of Chinese Women* (1945; Rpt. Hong Kong: Orient 1955)；劉蘅靜，《婦女問題文集》（南京：婦女月刊社，一九四七）；湯淺幸孫：〈清代における婦人解放論〉，《日本中國學會報》，四（一九五二），頁一一一—一二五；Elizabeth Grisar, *La femme en Chine* (Paris Buchet/Chastel, 1957)；町井洋子：〈清代の女性生話：小說の中心として〉，《歷史教育》，第二輯（一九五八），頁三七—四三；Margery Wolf and Roxane Witke, eds., *Women in Chinese Society* (Stanford: Stanford University Press, 1975)；山川麗：《中國女性史》（東京：笠間書院，一九七七）；劉子清：《中國歷代賢能婦女評傳》（臺北：黎明出版公司，一九七八）；Siegfried Englert, *Materialien zur Stellung der Frau und zur Sexualität im vormodernen und modernen China* (Frankfurt: Haag und Herchen Verlag, 1980); Lionello Laniciotti, ed., *La donna nella Cina imperiale e nella Cina repubblicana* (Florence: L. S. Olschki, 1980); Paul S. Ropp, "The Seeds of Change: Reflections on the Condiiton of Women in the Early and Mid Ch'ing," *Signs* 2/1 (1976): 5-23; Mark Elvin, "Female Virtue and the State in China," *Past and Present* 104 (1984): 111-152; "Women in Qing Period China—A Symposium," *Journal of Asian Studies* 46 (February 1987); Rubie S. Watson and Patricia Buckley Ebrey, *Marriage and Inequality in Chinese Society* (Berkeley and Los Angeles: University of California Press, 1991); and Susan Mann, "The Education of Daughters in the Mid-Ch'ing Period," in Benjamin A. Elman and Alexander Woodside, eds., *Education and Society in Late Imperial China, 1600-1900* (Berkeley and Los Angeles: University of California Press, 1994), pp. 19-49。

❺ 經文引自新標點和合本《聖經》（香港：聯合聖經公會，一九八八）。

❻ 就此而言，珪索（Richard W. Guisso）的話一語中的。他談到古來的五經時，便曾如此評道：「五經中很少把女人當人

看。即使談到，也把她們定位為『女兒』、『妻子』和『母親』，只是某種理想化的生命輪迴的一部分。五經不一定認為女人是男人的『奴家』，也不一定完全擁護『男尊女卑』，但是都堅持一點，亦即『男女有別』。五經強調這種差別為天理的一環，而天理得以保存，全賴『嚴男女之防』使然。易言之，婦女在經籍中的地位不是因為超自然或任何神諭使然，而是儒家對秩序與和諧的敬重有以致之。儒家確信這是人世至高的價值，有賴倫序予以維持。」上引請見氏著 "Thunder over the Lake: The Five Classics and the Perception of Woman in Early China," in Richard W. Guisso and Stanley Johannesen, eds., *Women in China: Current Directions in Historical Scholarship* (Youngstown: Philo Press, 1981), p. 48。不用多想，珪索很快又指出中國人並不認為「天理」中的各「理」彼此平等，因為「秩序」在這種觀念的形塑中原來就和階級思想有關。此所以他又說道：「男女有別，但陰陽互補。只有就地在天或就月在日之下而言，才有所謂『男尊女卑』可言，否則就不一定了。……換句話說，女卑這個觀念，五經不是首開其說者，而是始『證』其說者。五經之所以有此一『證』，主因在女性本質經中都曾深思，也都把婦女柔弱卑下的一面表露出來。」見頁五〇—五一。

❼ Furth, "The Patriarch's Legacy," p. 196.

❽ C. T. Hsia, *The Classic Chinese Novel: A Critical Introduction* (New York: Columbia University Press, 1968), pp. 290-291.

❾《禮記訓纂》，一：一一甲。

❿〔元〕陳澔：《禮記集說》（《四部備要》版），一：一四甲。

⓫《禮記訓纂》，一二：五乙。

⓬ 警幻仙子在第五回提到「意淫」一詞，似在暗指寶玉個性中的缺點，百廿回本對寶玉的刻劃深合於此。儘管寶玉對黛玉情深意重，弱水三千，他似乎只取這一瓢飲，而黛玉香消玉殞後，他也悲痛莫名。但寶玉的情和愛其實不專，常為其他絕色所引，甚至是分享。由是觀之，寶黛對各自之情實則並不均衡。小說把這個差異發展得甚為完整，也當得上是別具心裁了。

⓭ 這三本小說的相關研究，可見陳毓羆：〈《紅樓夢》和《浮生六記》〉，在《紅樓夢學刊》，第四期（一九八〇）：二一一—二三〇；Paul S. Ropp, *Dissent in Early Modern China: Ju-lin wai-shi and Ch'ing Social Criticism* (Ann Arbor: University of

Michigan Press, 1981), and "Women between Two Worlds: Women in Shen Fu's Six Chapters of a Floating Life," in Anna Gerstlacher, et al., eds., *Women and Literature in China* (Bochum: Studien Verlag, 1985), pp. 98-140，以及Jonathan Hall, "Heroic Repression: Narrative and Aesthetics in Shen Fu's *Six Records of a Floating Life*," *Comparative Criticism* 9 (1987): 155-172。婦才勝過夫才的想像之作，吳敬梓、沈三白和曹雪芹各自的小說當然不是唯一，其他相關者也有不少。這個主題重要，寫來較有見地的研究可見Keith McMahon, *Misers Shrews and Polyganists: Sexuality and Male-female Relations in Eighteenth-Century Chinese Fiction* (Durham and London: Duke University Press, 1995), chapter 5: "The Chaste 'Beauty-Scholar' Romance and the Superiority of the Talented Woman"。

⓮ Hsia, p. 225.

⓯ Benjamin A. Elman, "Political, Social, and Cultural Reproduction via Civil Service Examinations in Late Imperial China," *Journal of Asian Studies* 50/1 (February 1991): 7-28.科舉制度的文化內涵，這篇文章廣事蒐羅，講得非常詳盡。遺憾的是，文內過分依賴下書中的資料，致使論證受損：Ichisada Miyazaki, *China's Examination Hell: The Civil Service Examination of Imperial China*, trans. Conrad Schirokauer (New Haven: Yale University Press, 1976)。後書謂每一位考生都得精通四書五經，這一點固然無誤，但是說他們因為這些書就得背下四十萬字的文本卻未免誇張了些。四書五經中重複的字句不少，許多章節也一再重複。此外，科考也不是全本照考，而是選文出題，鄉試尤然，參見商衍鎏：《清代科舉考試述錄》（北京：三聯書店，一九五八）一書。

⓰ 傅樂詩（Furth）在"The Patriarch's Legacy," p. 188認為「家訓」成書，起源於「古來儒家對『禮失』的恐懼之感」。為消弭此一恐懼，中國才「立家訓以為遺言」。不過我們若以為每一本家訓都是臨終之言，那就大謬不然了，因為《大學》首章即強調「齊家」之旨，令天下儒生奉為圭臬。在另一方面，傅樂詩的鴻文所闡明者也不僅是家庭的歷史意義，同時也若有所指的在談《紅樓夢》：「總而言之，對家中的長者來說，家最大的威脅並非出了孽子或逆子，而是子嗣安於享樂，不肯擔下家庭重責。長輩對兒輩所選擇的職業，……常常是憂慮與之，怕的是子嗣雖可成蔭，日後卻好逸惡勞，不成人子。」（頁一九八）賈政憂慮攻心，賈府少年的行為早已說明一切。

⓱ 這一景結束得突如其來，賈政顯得頗為不悅。霍克思在筆調上譯得似嫌過雅，和原旨落差不小，見 *SS* 1:348。

⓲ 脂硯齋認為，〈姽嫿詞〉可能在感情和語言上都意在襯托〈芙蓉誄〉。脂評論二詩中的「賓主」二字，我也是由此入手了解：〈姽嫿詞〉之為「賓」也，正如〈芙蓉誄〉之為「主」也（頁七一三）。脂硯齋又大力強調下面這一點：賈政合林四娘與黃巾赤眉為一談，目的在指出兩者不過是「此等眾類」（頁七一四），亦即俱為傳奇之屬。當代紅學家有鑑於此，隨即指出此乃小說中之隱語，意在遮掩明顯也敏感的時政，見蔡義江：《紅樓夢詩詞曲賦評注》（北京：北京出版社，一九七九），頁三一一—三一三；周汝昌：《紅樓夢新證》，增訂版，二冊（北京：人民文學出版社，一九七六），一：二三〇—二三一。林四娘的故事可見《明史》，卷一一九，以及王漁洋和蒲松齡等人的著作。

⓳ 參較寶玉在第八十二回的自剖：「我在詩詞上覺得很容易，在這個上頭竟沒頭腦。」（《紅》，三：一一七七）其時賈政嚴詞要求兒子好好讀那科考經籍，學學應試之文。

⓴ 中國考試制度方面的研究，參見前引宮崎市定和商衍鎏的著作。我另又參考過鄧嗣禹，《中國考試制度史》（臺北：臺灣學生書局，一九六七）；陳東原，《中國教育史》（上海：商務印書館，一九三一）；以及下引諸人有關宋代科舉制度的晚近之作：John Chaffee, *The Thorny Gates of Learning in Song China* (New York: Cambridge University Press, 1985); Theodore de Bary and Chaffee, eds., *Neo-Confucian Education: The Formative Stage* (Berkeley and Los Angeles: University of California Press, 1985); and Thomas H. C. Lee, *Government Education and Examination in Sung China* (Hong Kong: Chinese University Press, 1985)。

㉑ 十二行的律詩有別於八行律詩，常有人拿來和「八股文」各股相比，見陳東原，《中國教育史》，頁一七八。

㉒ Chaffee, *The Thorny Gates of Learning in Song China*, pp. 71, 271-272.

㉓ 宮崎市定謂：從鄉試到會試的各級考試均需考詩。見所著頁二二—二三、二七—二九、三八、四五、六七。不過，他的描述並未明陳清代各朝考試的內容，而這一點卻是各家爭論迭見。

㉔ 鄧嗣禹，頁二七五。他引的是《圖書集成》中的「選舉典」，卷七〇。

㉕ 同上注，頁二六二。有趣的是，〔清〕俞樾：《小浮梅閒話》（一八九九）之所以認為後四十回乃高鶚補作，原因正在

博學鴻詞科之開。俞氏的原文是：《紅樓夢》「書中敘科場事已有詩，則其為高君所補可證矣。」見《卷》，二：三九〇—三九一。

㉖ 有關王安石之見的簡述，見陳東原，《中國教育史》，頁二四四—二四六。王氏自己在寫作上的成就，相關論述見梁啟超，《王安石評傳》（香港：廣智書局，出版年份缺），頁一四〇—一五六。有關王安石在各種改革上的探討，見James T. C. Liu, *Reform in Sung China: Wang An-shih (1021-1086) and His Politics* (Cambridge: Harvard University Press, 1975) 一書。

㉗ 〔宋〕王安石，《臨川先生文集》（北京：中華書局，一九五九），卷四二，頁四五〇。

㉘ 見上引書，頁四一九。

㉙ 見上引書，卷七五，頁七九九。

㉚ 王安石：〈上人書〉，見上引書，頁八一一。

㉛ 〔漢〕揚雄，《法言》，二：一甲（《四部備要》版）。

㉜ 〈試院中〉收於《臨川先生文集》，卷三〇，頁三六六。另請參較王氏題為〈詳定試卷〉的第二首詩，在同書頁二三八。

㉝ 第二首〈詳定試卷〉的第五句謂：「賦」體之作，「細甚客卿因筆墨」。這一行典出揚雄〈長楊賦〉，而此賦之序文中，揚雄有「翰林主人」與「子墨客卿」的名號之譏，因為他認為「賦」體之製也，不過「聊因筆墨之成文章」而已。因此，揚雄的賦序雖稱此賦乃作以「風」上，實則並無真正的緣由。見〔梁〕蕭統編，〔唐〕李善注，《文選》（臺北：文津出版社，一九八七），一：四〇四。不過揚雄認為辭賦缺乏實質之見，王安石的態度可能更激烈。

㉞ 〔清〕康有為：〈請廢八股試帖改用策論〉，引於王德昭，《清代科舉制度研究》（香港：中文大學出版社，一九八二），頁七七。

㉟ 王安石所用的形容詞「巧」字，有孔子使用時的責難之意。《論語．學而篇》曰：「巧言令色，鮮矣仁。」見〔宋〕朱熹編，《四書集注》（臺北：世界書局，一九五六），頁六二。有關諸子對語言功能與用法的辯論，見Lisa Raphals, *Knowing Words: Wisdom and Cunning in the Classical Traditions of China and Greece* (Ithaca: Cornell University Press, 1992)。這「語言」所具有的「遊戲與表演」等「戲劇性的意義」，因為漢賦屬鋪陳上的故意之作，故可謂其開發上的幕後功臣。這

點可見Wai-Yee Li, *Enchantment and Disenchantment: Love and Illusion in Chinese Literature* (Princeton: Princeton University Press, 1993)一書中的討論。

㊱ 有關《詩經》在科舉上的重要性，見下文之討論：Benjamin A. Elman, "Changes in Confucian Civil Service Examinations from the Ming to the Ch'ing Dynasty," in Benjamin A. Elman and Alexander Woodside, eds., *Education and Society in Late Imperial China* (Berkeley and Los Angeles: University of California Press, 1994), pp.111-149.

㊲ 陳東原，《中國教育史》，頁三八一；商衍鎏，《清代科舉考試述錄》（北京：三聯書局，一九五八），頁七六。〔清〕袁枚（一七一六—一七九八）有個故事最可顯示鹿鳴之宴對考生的意義：他二十二歲（一七三八）中進士，其時便參加過一場這種慶功宴。大約六十年後，袁枚料想自己仍可層樓更上，二度參加鹿鳴之宴，便寫了系列九首的絕句，預為慶賀一番。詳見所著《小昌山房詩文集》（《四部備要》版），卷三七，頁一二甲—乙。

㊳ 《詩經》何以成「經」？這個問題的答案，可見朱自清，《古典文學專集》，二冊（上海：古籍出版社，一九八一），一：一八五—二九一。以政治倫理解《詩》，現代人不乏反對者，鄭振鐸的〈讀毛詩序〉可為代表，見顧頡剛編，《古史辨》（北京：樸社，一九二六），三：三八二—四〇一。有關《詩經》的托意讀法的近著，見Zhang Longxi, "The Letter and the Spirit," *Comparative Literature* 39 (1987): 193-217; John B. Henderson, *Scripture, Canon, and Commentary: A Comparison of Confucian and Western Exegesis* (Princeton: Princeton University Press, 1991); and Steven van Zoeren, *Poetry and Personality: Reading, Exegesis, and Hermeneutics in Traditional China* (Stanford: Stanford University Press, 1991)。

㊴ 見〔明〕湯顯祖，《牡丹亭》，錢南揚校點，二冊（上海：古籍出版社，一九八七），頁二四—三〇。

㊵ 在中國，查禁書籍的工作位尊望重。元代開始，中國就開始某些小說戲曲的查禁，王曉傳（利器），《元明清三代禁毀小說戲曲史料》（北京：作家出版社，一九五八）一書有詳細的研究。清代的禁書研究，見L. Carrington Goodrich, *The Literary Inquisition of Ch'ien-lung* (New York: Paragon Book., 1966); and "On Certain Books Suppressed by Order of Ch'ien-lung during the Years 1772-1788," *Proceedings of the XXV International Congress of Orientalists* 5 (1963): 71-77; André Levy, "La Condamnation du roman en France et en Chine," in his *Études sur le conte et le roman Chinois* (Paris: Ecole francaise d'Extreme-

Orient, 1971), pp. 1-13; Ropp, *Dissent in Early Modern China: Ju-lin wai-shih and Ch'ing Social Critricism* (Ann Arbor: University of Michigan Press, 1981), pp. 47-48; Ma Tai-loi, "Novels Prohibited in the Literary Inquisition of Emperor Ch'ien-lung, 1722-1788," in Winston L. Y. Yang and Curtis Adkins, eds., *Critical Essays on Chinese Fiction* (Hong Kong: Chinese University Press, 1989), pp. 201-212; and Chow Kai-wing, *The Rise of Confucian Ritualism in Late Imperial China: Ethics, Classics, and Lineage Discourse* (Stanford: Stanford University Press, 1994), chapter 1。清初諸帝的文字獄猶屬零星，乾隆開始就有系統得多了，所禁之書的種類也較明顯。我們只要查閱馬泰來（Ma Tai-loi）的研究，就可以發現乾隆的禁書錄上著錄著七本小說，分別和民族大義、政治反抗和軍事行動有關。馬氏鴻文文末所陳相當正確，道是「淫書未見著錄，特具意義」（頁二一二）。話說回來，凡是助長「淫詞」勢力的戲曲，順治開始就一概禁毀。這方面康熙朝變本加厲，頻率和刑罰之酷尤勝以往。以上請見上引王曉傳書，頁一九—二六。

㊶ 王曉傳，頁二四。

㊷ 康熙在一七一五年所頒的敕令不是「荒唐」二字唯一的出處。就小說的查禁而言，這個名詞實則經常可見。參見Ma Tai-loi, p. 210。

㊸ 這方面的完整研究僅見於Richard C. Hessney, "Beautiful, Talented, and Brave: Seventeenth-Century Chinese Scholar-Beauty Romances," Ph.D. dissertation (Columbia University, 1978)。《紅樓夢》和這類小說的關係，則可見黃立新：〈清初才子佳人小說與《紅樓夢》〉，《紅樓夢研究集刊》，第十期（一九八三），頁二五九—二八〇。

㊹ 「爭氣」一詞本指「爭意氣時所用的氣力」，《荀子・勸學篇》已用之，見〔清〕王先謙，《荀子集解》（臺北：世界書局，一九八七），頁一四一。賈母勸寶玉的話，因此有其實際上的考量。她要說的應該是：「你得力圖振作，否則不能讓這個家振衰起敝。」賈母話中的修辭力量，諷刺的是我們得回到第五回才能感受得到。此回預言賈府「運終數盡」（《紅》，一：八二），而這個「數」字指的正是「氣數」。

㊺ 徐扶明：〈《西廂記》、《牡丹亭》和《紅樓夢》〉，《紅樓夢研究集刊》，第六期（一九八一），頁一八一。徐氏文中不曾提及第十八回。

46 我用的是王季思編，〔明〕王實甫著，《西廂記》（上海：古籍出版社，一九八四）。

47 程乙本所補其實是「靜中生動」。

48 畫側張懸的這幅對子上書：「世事洞明皆學問，人情練達即文章。」這兩句箴言常人耳熟能詳，當然不是作者自創。

49 霍克思把「蠢物」譯為"absurd creature"，是有點「荒唐」。見 *SS* 1:54；原文見《紅》，一：九。

50 「金陵十二金釵」的故事似乎在預言寶釵和黛玉的命運不可分。這裏討論的這段故事、「副冊」第一首詞和小說中其他的細節若合而觀之，似乎早已讓早期《紅樓夢》的許多評者將這對表姊妹時而等同為一人。見《評語》，頁六〇六和本書第一章中的拙論。有關寶玉內心混亂思緒的研究，首見於下文：Shuen-fu Lin, "Chia Pao-yü's First Visit to the Land of Illusion: An Analysis of a Literary Dream in an Interdisciplinary Perspective," *Chinese Literature: Essays, Articles, Reviews* 14 (1992): 77-106。

51 第一〇九回黛玉已死，寶玉哀傷不已，自個兒睡在外間，只為讓黛玉的魂魄來入夢。即使到了這麼後面的一回，他也會因為有個侍女貌似晴雯，而看到呆了。這一幕有點諷刺，因為寶玉一面在等黛玉「來訪」，一面居然又想「拐誘良家婦女」。

52 參較《論語・子罕篇》第九章：「吾未見好德如好色者也。」這句話亦見於〈衛靈公篇〉第十三章。另參較《孟子・萬章上》第一章：「好色人之所欲。……人少則慕父母，知好色則慕少艾。」

53 *SS* 1:146; Li Tche-houa and Jacqueline Alézaïs, *La rêve dans le pavillon rouge*, 2 vols. (Paris: Gallimard, 1981), p1:138.霍克思的英譯，脫胎自〈約翰一書〉2:16：其中提到「肉體的情欲，眼目的情欲」(the lust of the flesh, the lust of the eyes)。見新標點和合本《聖經》（香港：香港聖經公會，一九八八），頁二六五。《說文解字》以「志」解「意」，後世因而才出現「意志」一詞（頁一〇乙，二四乙—二五甲）。Bernhard Karlgren（高本漢），*Grammata Serica Recensa* (Stockholm: Museum of Far Eastern Antiquities, 1972), #957a則稱「意」指「思、想、志、欲」(to think, thought, intention, will)。在同書#962e中，他則將「志」解為「標的、意欲或目的」(aim, goal; will, purpose)。

54 奚如谷（Stephen West）和伊維德（Idema）在他們所英譯的《西廂記》（*The Moon and the Zither: The Story of the Western*

Wing [Berkeley and Los Angeles: University of California Press, 1991]）之導言頁一四一—一四四中，籲請我們把其中的花園視為戲中「求愛與色誘」的旨意的顯現。寶玉讀到《會真記》中「落紅成陣」一句，恰巧「一陣風過，把樹頭上桃花吹下一大半來」（《紅》，一：三二四）。兩齣戲中的花園在此因而合而為一。《紅樓夢》中這表面上是自然界突如其來的現象，足以讓寶玉化生命經驗為所讀文本的模仿。在這深富意義的一景中，黛玉突然出現。此刻黛玉早已以「惜花人」自居，而我們也久仰其名。此所以第二十七回有「黛玉葬花」一景出現。從修辭的角度看，前引第十九回文最具意義的，當然是「落紅」一詞，因為這是處女破瓜後流血的固定隱喻。由是觀之，不論《西廂記》或《紅樓夢》，實已難掩其「淫書」的真身。「落紅」在二書中雖有傷春之意，卻也可暗示瓜熟蒂落，情欲難禁。

55 這兩行出自王實甫，第一折，第四幕。

56 這兩行出自上引書第一折，第二幕。

57 「父母之命，媒妁之言」出自《孟子》，杜麗娘還魂後，引來勸阻柳夢梅「步步進逼」，想要和她交歡的請求。麗娘回道：「鬼可虛情，人須實禮。」見《牡丹亭》，第三十六折〈婚走〉，在湯顯祖，頁三九五。

58 Cf. Augustine, *Confessiones*, in J-P. Migne, *Patologia Latina*, vol 32 (Paris: Garnier freres, 1845),2 :6.

59 見《全唐詩》，十二冊（北京：中華書局，一九六〇；臺南：明倫出版社重印，一九七四），十：七七八三。

60《紅樓夢》現代版的評者，把這裏的「賞心樂事」解為「愛情和美滿婚姻的心事」，我以為是。見《紅》，一：三二七，注一。

61 黛玉有強烈「自憐」的傾向，而且向來就是如此。第三十五回中，她比自己的命運於鶯鶯的，清楚顯示出這種性格上的特色。第三十八回的詠菊詩中，「自憐」這兩個字也因此才會在字面上出現。

62 這句話的義大利原文，由《神曲》第五節中的「愛」（*amor*）字三疊而成，而且也用到了首語重複法（anaphora）。宮廷愛情（courtly love）有其律則，有人認這句話可以傳達，尤其是其中所看重的感情速度（“Amor, ch’al cor gentil ratto s’apprende”），彼此難以捍拒的吸引力，以及最後以死殉情的希望（“Amor condusse noi ad una morte” ）。儘管如此，也有人斥責這句話，認為是在醜詆基督所強調的「愛」（charity）。參較Guido Da Pisa, *Expositiones et Glose super Comediam*

Dantis, p. 113; Charles Williams, *The Figure of Beatrice*, p. 118。不過辛格騰（Charles S. Singleton）引〈約翰一書〉4:19提醒我們：宮廷愛情裏的「互相愛慕」，本身就是從基督教轉化而來的。見Dante Alighieri, *The Divine Comedy : Inferno*, *translated* with a commentary by Charles S. Singleton, 6 vols (Princeton: Princeton University Press, 1970), 2. Commentary, p. 90。

63 "To Double Business Bound," p. 2.

64 《紅樓夢》第十九回寫寶玉和黛玉在嬉鬧之後「共枕」，嚴重違反了《禮記》嚴男女之防的道德教訓。不過此回中寶玉笑黛玉是小耗子精，黛玉擰他的嘴回敬之，小說倒清楚暗示這也不過是兩小無猜，不能當肌膚之親看（《紅》，一：二七五—二七六）。

65 參見王實甫，頁四六。

66 Nathaniel Hawthorne, *The Scarlet Letter: A Romance* (New York: Modern Library, 1950), p. 222.

67 Stephen West and Wilt Idema, "Introduction" to their trans., *The Western Wing*, pp. 121-141.有關鶯鶯角色的演變，參見Lorraine Dong, "The Many Faces of Cui Yingying," in Richard Guisso and Stanley Johannesen, eds., *Women in China* (Youngstown: Philo Press, 1981), pp. 75-98。

68 West and Idema, p. 125.

69 West and Idema, p. 127.

70 West and Idema, p. 129.

71 「私欲」乃新儒家的名詞，其意義可見Fung Yu-lan, *A History of Chinese Philosophy*, trans. Derk Bodde, 2 vols (Princetron: Princeton University Press, 1952-1953), 1:558-562。

72 見王季思：《中國十大古典悲劇》（上海：上海文藝出版社，一九八二），一：一〇—一一。在《紅樓夢》的時代，以「禮」制「情」的強調益加顯然。詳予研究，我們發覺論旨泰半可以見諸凌廷堪（一七五五—一八〇九）身上。凌氏是個理論家，生當《紅樓夢》作者之時，相關研究見張壽安：《以禮代理：凌廷堪與清中葉儒學思想之轉變》（臺北：中央研究院近代史研究所，一九九四）一書。

73 朱熹的《朱子語類》又謂：「心是管攝主宰者，此心所以為大也。心譬水也，性水之理也。性所以立乎水之靜，情所以行乎水之動，欲則水之流而至於濫也。」這段話我引自馮友蘭，《中國哲學史》的中文版（臺北：藍燈文化公司重印，一九八九），頁九一六。朱熹在性與情上的言論都很重要，他受佛教的影響也很大，相關而富於啟發性的論述，見Whalen W. Lai, "How the Principle Rides on the Ether: Chu Hsi's Non-Buddhist Resolution of Nature and Emotion," *Journal of Chinese Philosophy* 11/1 (1984): 31-66。在明清小說中，「鐵扉」這個隱喻意涵深刻，男女必須「導欲節情」時尤其如此。有關後一意識形態的討論，見Keith McMahon, *Causality and Containment in Seventeenth-Century Chinese Fiction*。「鐵扉」也是《肉蒲團》（香港：香港出版公司影印，出版年份缺）中某角色的名字，他女兒曾讓登徒子未央生給誘姦了，見該書第三回。鐵檻則是《紅樓夢》中某佛寺之名，位在賈府所在城市的郊區，賈家人也常在這裏辦法事。第十五回中寶玉的摯友秦鐘，便是在此誘姦了一位妙齡女尼。

第五章
悲劇

除了黛朵之死外，有什麼悲哀
會比不能弔慰自己，也不能哭泣更悲哀？＊
（St. Augustine, *Confessions*）

擇角

一九〇四年，王國維（一八七七—一九二七）發表〈紅樓夢評論〉。❶此文另闢蹊徑，所見不落前人窠臼，令人不得不歎道：王國維不愧一代文學史家兼批評宗師。近人的研究又指出，〈紅樓夢評論〉「肯定了一種批評態度」，「所提示的小說批評方法，乃是中國近代新美學的一個開端」。而我繼之應該補充的一點是，王國維在文中稱《紅樓夢》是「悲劇中的悲劇」，無疑也在總結歷來中國讀者對於這本小說的反應。❷《紅樓夢》刊刻於十八世紀末葉，斯時以降的中國《紅》迷，面對書中「滿紙荒唐言，一把辛酸淚」，無不同聲一哭。希臘悲劇詩人伊斯奇勒士（Aeschylus，西元前五世紀）的

＊原文為："Quid enim miserius misero non miserante se ipsm et flente Didonis mortem. . . ?"

《奧勒斯提亞》（*The Oresteia*）三部曲公演時，據傳座中孕婦見到復仇女神那一剎那都紛紛走避，甚至受驚小產。歌德（Goethe, 1749-1832）《少年維特的煩惱》（*Die Leiden des jungen Werthers*）出版後，歐洲旋即也出現了一股自殺狂潮。《紅樓夢》非但不落這些西方傑作之後，各方抑且傳出煽情聳動的聽聞，咸以為陷溺書中太深，會有性命之憂。❸

《紅樓夢》直寫人世哀愁與苦痛磨折，也道盡殘夢狂戀與生離死別的現象。此書歷久彌珍，原因盡繫於此，毋庸置疑。然而上述敘述視境所強調者，卻又與中國文學視為至寶的某些價值鑿枘不合。王國維於此多所指陳，一無虛言，蓋中國說曲的內容，連篇累牘都是團圓、皆大歡喜或永世其昌的結局。對負面收場，興趣較小。❹比方說，《西廂記》收梢時一片太平景象，那〈清江引〉唱道「願普天下有情的都成了眷屬」，❺但《紅樓夢》開書卻大唱反調，說是賈府「蛛絲兒結滿雕樑」，而就在那「脂正濃，粉正香」之際，誰知「兩鬢又成霜」？（《紅》，一：一三）《紅樓夢》的中心情節是愛情，而此一愛情又是某一神話大架構的主軸。小說中的賈府人多勢眾，也歷盡人世榮枯，而其曲折處扣人心弦，其消長流轉又是小說兒女哀怨與得意連臺上演的所在。為配合如此偉構，小說乃以一座景緻洋洋大觀的庭園為背景。其中花木設施莫不有象徵意涵，一一反映出帝制中國的文化梗概。❻作者手法實寓包羅萬象的磅礡氣勢，連細寫家庭與社會情形的中國另一說部《金瓶梅》也要瞠乎其後。

但是王國維認為，《紅樓夢》具足悲劇精神，中國史無前例。德國哲學家叔本華（Arthur Schopenhauer, 1788-1860）的影響，是他堅彈此調的原因。在〈紅樓夢評論〉中，王國維特地提到《意志及觀念之世界》（*The World as Will and Idea*），且借該書第三卷的觀點結論道：《紅樓夢》是最高級的悲劇，屬於叔本華所界定的第三種悲劇。❼依據叔氏之見，「人災大難正是悲劇的張本」，而災難如何形成又可決定編劇的成敗。悲劇寫得壞，裏面的災難與不幸便可能肇因於「極惡之人」或「盲目之命運」。然而，最佳——亦即第三種——悲劇卻另有成因：

第三種之悲劇，由於劇中之人物之位置及關係，而不得不然者，非必有蛇蝎之性質與意外之變故也；但由普通之人物，普通之境遇，逼之不得不如是。彼等明知其害，交施之而交受之，各加以力而各不任其咎。此種悲劇，其感人賢於前者遠甚。何則？彼示人生最大之不幸，非例外之事，而人生之所固有也。若前二種之悲劇，吾人對蛇蝎之人物與盲目之命運，未嘗不悚然戰慄，然以其罕見故，猶倖吾身之可以免，而不必求息肩之地也。但在第三種〔悲劇內〕，則見此非常之勢力，足以破壞人生之福祉者，無法而不可墜於吾前；且此等慘酷之行，不但時時〔因命運之操縱〕可受諸己，而〔又因吾等本性所作所為〕，或可以加諸人。躬丁其酷而無不平之可鳴，此可謂天下之至慘也。❽

王國維所譯所引的這段話，在西方文學批評史上頗有地位，既可顯示叔本華的洞見，又可說明叔氏和古希臘劇作家的距離，和詮釋希臘戲劇而且對後世影響深遠的亞里士多德尤有嫌隙。虛構作品中的悲劇，率因角色咎由自取或自我構陷所致。敢批駁這一點的人不多。而亞里士多德雖說位尊「榮高」，現代古典戲劇理論家還是比他更喜歡強調一點：在典型的悲劇情境中，男女主角一面既是吞噬他們的罪惡的犧牲者，再方面又是這種罪惡的化身。這個弔詭在史詩或戲劇裏皆可看到。若要換個方式講，不啻說悲劇性的苦難絕非只是個「天理」的問題，亦非僅僅用文學在演示「罪與罰」，反而應該是個性與特殊環境結合的結果。這種「特殊」的環境經常也充滿「反諷」，而處身上述「結合」中的主角通常人格都在你我之上。可惜他們也會因此而在判斷上有所閃失，干犯道德律令（就像奧迪帕斯〔Oedipus〕在三叉路上選擇殺掉陌生人，而《特拉琴奈》〔*Trachiniae*〕中，戴阿內拉〔Deianeira〕也決定布下那「致命的吸引力」），致使力量與德行都變成自我毀滅的工具。❾就後面這點而言，英雄自然得為自己言行的惡果負責。雖然如此，我們還是可由悲劇得到如下的感受：死亡與苦難誠然幕幕相連，互為因果，但造成慘狀的連鎖力量絕非英雄所能控制。由是觀之，凸顯悲劇動作的依違互扯，實源自一種模稜兩可的關係，又徘徊在「可以選擇」與「無可選擇」之間。質而再言，個人對於自己行為的決定權，以及天理或社會強迫個人必然要走的方向乃互動互斥，從而使人類的志節卯上一種「具有敵意的天意」（hostile transcendence）。上述的「關係」，由是便又游移在這些極端之間。「具有敵意的天意」係呂刻杜撰的名詞，在荷馬（Homer）或悲劇作家的作品中，係以「啞迭」（*atê*）之名現身，而且撲朔迷離，經常令人感到骨悚與不安。天神所遣的「啞迭」也是一種盲目的力量，不但會騙人，還會讓人犯錯失足。❿

上述的悲劇觀有助於我們了解《紅樓夢》嗎?這個問題的答案尚有待尋找。不過叔本華的理論會吸引王國維，當非悲劇所具有的辯證性使然，而是悲劇潛在的教誨力量所促成的。對叔本華來講，「戲劇的一般目的，是要舉例說明人性和人類的存在狀況」。至於悲劇的獨特目的，則是要把「生命的苦澀、便宜，以及因此產生的一切虛空不實」都呈現在觀眾眼前。其功能更可敦促世人棄絕塵世，順應自然，「超越生命中的各種目的和賞心快事」，甚至轉向「另一種存在」的追求。高級悲劇的主角具有這種「徹悟」的能力，他的內心也會因所經驗的苦難而有所轉變。觀眾看到這種轉變，應該會

「若有所悟，了解到此心與此一意志最好能解脫出生命之上，馴至人世與生命兩皆不愛。」⓫有些藝術會提升人心，使之進入純客觀的感覺化境。悲劇正是類此之屬，教人的是「解脫」之道。這種「解脫」即使為時短暫，也近似各大宗教的力量，能使人出離意志的盲目奮鬥。

叔本華此一理論對王國維的影響，我們只要一讀〈紅樓夢評論〉便知。賈寶玉最後跳出塵鎖，固然是因為經歷到悲劇性的苦難，但王國維根本認為，賈寶玉生命中最後的這個經驗，在程度上也是叔本華所頌揚的那種「解脫觀」：小說收梢處，寶玉決定出家的行動，本來就是佛教道教做為精神基礎的遁世觀。強調版本和結構的讀者，無不懷疑《紅樓夢》這種結局的適切性，不過王國維仍然認為寶玉的行動是他在「解脫之途徑」上最後的勝利。寶玉遍嘗生命辛酸，最後又斬斷家庭、朋友和仕途的牽掛。王國維認為，「玉」、「欲」音近，彼此雙關互通，還把寶玉的絕塵解為生命意志的棄絕。是以《紅樓夢》偉大的原因，復可以歌德《浮士德》（*Faust*）為喻，蓋二者在指出「解脫」之道的同時，又都大肆渲染人世的苦難。⓬

王國維的〈紅樓夢評論〉乃中國批評文獻接受西方影響的首例之一，但《紅樓夢》精深複雜，這篇名文掌握得並不如作者本人對叔本華的認識來得體大思精。叔本華思想深受佛教影響的地方，更可能大獲王國維的心，因為他本來就深諳中國佛教的精蘊。⓭王國維不曾系統井然地研究德國哲學，不過他眼見民國時代的亂局，加上個人生命歷程又飽受驚擾，難免會擴大一己「生命的悲劇感」，進而強化對悲觀哲學的認同。⓮王國維的詮釋令人稍感不安的是，他幾乎沒有討論到賈寶玉以外的《紅樓夢》要角。寶玉的經驗與行為，在叔本華哲學的發明下，確實有其重要性，但若全依叔氏悲劇哲學之見，無疑也會貶低林黛玉的地位與份量。許多讀者認為，黛玉是《紅樓夢》最感人、最難忘的角色，少了她，寶玉的故事就沒輒了，也無從了解起。

怪異的是，近年來好用女性主義的評論家，也把《紅樓夢》視為賈寶玉個人的「石頭記」。一九九四年，艾德花茲（Louise P. Edwards）便曾說道：

（《紅樓夢》）中女人所扮演的，都是……附屬的角色……。寶玉的問題廣涉中國社會中性別的議題，而黛玉和寶釵之所以能夠在小說中定型，主要全拜她們可以烘托上述問題所賜。她們和寶玉間的多角習題十分複雜，但黛玉引發的是女性的價值，而寶釵所重卻男性中心多了。⑮

「男性」與「女性」這種兩極化的對照僵硬，愛德花茲的《紅樓夢》研究通常都可避免。儘管如此，上引的斷語卻也有過分簡化之嫌。寶玉若曾得道證悟，那麼從王國維的理論看來，黛玉所扮演者也不過是所愛得悟的證成工具而已。話說回來，這個看法能否成立，我們其實大可懷疑，就有如我們也可以一問艾德花茲：黛玉當真可以「貶離小說中心，化為所擇之偶〔的一面鏡子〕」嗎？⑯不管男性或女性，他們的情欲都是我們閱讀時的批評指標。僅把重點放在男角的選擇或男角的苦難上，必然會排擠女主人公的情感與經驗的重要。從王國維或從艾德花茲的角度來看，《紅樓夢》中「濟濟多士」，悲劇女角絕對輪不到林黛玉來擔綱。黛玉確實嚐過人世悲歡，為情所困，為愛所苦，但這當中我們不但感受不到一絲睿智，也看不到她默默承受。黛玉雖才華出眾，卻一味任情使性，得理又不饒人。終全書，她的意志不曾消隱，連去世時都不忘怨天尤人。⑰女性主義的批評家認為，《紅樓夢》中的性別意識牢不可破，總是強調男性消災解厄的能力，唯有「他」們才能筏渡登岸。假使寶玉「證道成佛」，果然「以受難者的形象為小說結尾，而且遁脫了人世道德，逃離了七情六欲」，他的生命高潮當然可以合理化上述批評家的論點。然而就是因為他曾經有過上述經歷，我們才得快馬趕問一句：林黛玉的情感如果一無是處，何以又能引人眷顧，而且經久不變、歷久不衰？[18]

就《紅樓夢》的寓言間架來看，寶黛情緣困頓，命途多舛，其實都是「天定」。寶玉前世乃赤瑕宮神瑛侍者，交善於黛玉的前世絳珠草，每日以甘露灌之。後者有感於此，誓願修化成人，以一世之淚還報此恩。這個「恩」確實有「性接觸的原型」的暗示，卻不一定是女媧「強迫」所成。[19]同樣的道理，絳珠草的淚可能也在預示悲哀與命舛，不過至少在小說發展到這裏的一刻，這淚水不會指絳珠草修化成人後「不能」下嫁所愛的神瑛侍者。[20]然而，從忘憂登仙的觀點看，黛玉入凡遭受的悲戚與不幸，其實係其觸動凡思這一念之差造成的後果，也正是「風流孽鬼」必然為她招來的禍害。賈府婦女富貴雍容，惜乎塵囿已深，塵勞窒礙。黛玉雖然弱不禁風，但公認有沉魚落雁之貌，而且儼然是個女魁星。進入《紅樓夢》的敘述主體之後，她執迷情天，歷遍塵凡之苦，開始了還前世的業債。我們身為讀者，當然知道這種種宿世因緣，不過我們也可以感覺到黛玉確實情真意摯；她的病令人鼻酸，而苦難不幸也會讓人掩面潸然。要說「多愁善感」，世人難比黛玉。她孑然一身，心事難卜，數世紀以來的讀者對她不由得都多生出一分關心，擔憂她在小說中的遭遇。因果神話固可說明黛玉注定受苦受難的原因，卻由於她身世奇特而難以減輕我們目睹她怨世懷憂所生的悽情。

我們一旦了解寶黛這對人間怨侶的處境，看到他們惹人憐愛的地方，那麼以超然物外之身觀照紅塵的做法，就會變成是對小說的一大譏諷。寶玉在《紅樓夢》末回實現了遁世的理想，而誠如王國維所指，他所以狠心離恨離情完全是所愛亡故使然。[21]捲入情海的《紅樓夢》要角，莫不落得悲劇收場。不過，這不意味著寶黛感人肺腑的愛情撩撥不起讀者的想像。相反，他們的故事強調感情的脆弱與倏忽，本身即詭異得能使讀者永世同悲。小說中的警幻仙子與佛道二師，時常以「機關神」（*deus ex machina*）的方式現身。常人難以忘情，作者又不時以此諷世。但即使作者本人，恐怕也會警告我們不要把寶黛戀史當真。雖然如此，寶黛的癡情卻也如假包換，合情入理。小說的情節安排得很巧妙，第一回中的空空道人幾乎就是讀者的化身，對寶黛的故事及其衍發的意義自有看法。如同我在第三章所論，曹雪芹巧設情節機關，暗示出世離塵未必是證道得悟的唯一法門，因為閱讀世間和閱讀有關這個世間的文本所產生的反應可能一樣，也可能牛馬不合。曹雪芹對佛教——因此也是對叔本華可能沿用的人世之見——應該就難表同情。《紅樓夢》最後說寶玉卸下俗業出家，和那佛道二師飄然遠颺，故而可能讓人以為傳統宗教之「悟」在此重演。但是「明白」一詞小說中又嵌得甚為神妙，其雙重意蘊表露無遺，又把讀者不同於寶玉——不論這裏指的是寶玉其人或神話中的頑石——之「悟」強行岔開。空空道人至此再難保持超然之身，甚至連幻滅之感都沒有。他有的，唯奧古斯丁式「對黛朵（Dido）之死的哀泣」。

大部分的中國讀者都認為，林黛玉堪稱仙姿綽約，傾城傾國。晚近的批評文獻，卻絕口不敢稱道這點。早期評點家將她奉若神明，讚不絕口，現代批評家則深不以為然。他們多半受過現代心理學的影響，故而強調黛玉神經質的人格，認為她有自我毀滅的傾向。雖然如此，大眾卻也承認黛玉才華過人，聰敏靈巧，堪稱女中魁首。但她從小驕縱，喜歡顧影自憐，又迷執於陰晴未定的婚姻大事，也是弱點。她值得我們同情之處，其實多過她值得我們佩服之處。[22]話再說回來，現代中國批評家仍然一味頌揚黛玉，原因是她和寶玉都有「叛逆的性格」，膽敢向奴役人民的封建主義挑戰，而且明知其不可為而為之。㉓我不想再炒冷飯，為黛玉美言一番，因為專制社會的結構和大家庭中的讒言冷語，確實是黛玉苦難的肇因。我衷心想要強調的一點反而是：出身貧微或缺乏自知之明的角色，未必能夠一再吸引讀者的注意㉔，但是，心緒悽苦而為情勢所迫的枉死者就不一樣了。《紅樓夢》裏的冤魂是林黛玉；她就像伊斯奇勒士《被縛的普羅米修斯》（*Prometheus Bound*）裏的艾娥（Io）一樣，一生都是社會殘暴不公的犧牲品。雷德菲（James Redfield）有篇近文分析獨到，㉕悲劇所探討的各個層面，以道德問題最為人看重。但這個問題往往涉及另一個疑點：美德是否足以為幸福鋪路？此一問題的答案如果是肯定的，那麼亞里士多德以降悲劇恆存的美學問題，當又會包括下面的疑問：在什麼條件下，苦難可以製造出快感？上述問題雖然是西方理論家有感於西方作品而發，但我深深相信，拿來一問《紅樓夢》，應該也是可行。不過，在細究像林黛玉這樣的小說要角的成長過程時，我們若不從小說的整體架構入手，則上述兩個問題的答案可能就殘缺不全。

孤女的奮鬥

《紅樓夢》首次提到林黛玉，是在第三回。其時她剛剛失怙，年紀小小就老遠投奔賈府，和闔府視為大老的外婆史太君一起住。㉖到了第十四回，黛玉的父親又去世。她既缺乏兄弟姊妹，目前又處在一大群陌生的賈氏族人中，難免覺得仰人鼻息，伶仃孑然。賈府長幼有序，進退亦有固定的禮數，黛玉不時得樑上懸劍，機警應對。打從第三回她開始現身以後，即使是飯後看茶這類芝麻蒜皮之事，無不都需要她留神正視，有過即改。在中國文學中，幼失怙恃的情形不少，黛玉絕非孤例。但我們可以在她身上認出早期通俗說曲中一些熟悉人物的影子，例如謝小娥、譚意歌與蕭叔蘭等等。這些角色都是掃眉才子，自幼即知書達禮，通曉人情。她們不是失怙，就是怙恃兩亡。就算只談《紅樓夢》，黛玉當然也不是唯一遭到喪親之痛的女子；薛寶釵和史湘雲這兩名賈府姻親，也有過類似的遭遇。寶釵的父親早已亡故，她也是從遠地前來投靠賈府；湘雲是史太君侄孫女，為人活潑聰明，惜乎堂上皆折。她們橫梗在寶黛之間，幾乎就是黛玉的情敵。雖然這些少女的命運相去不遠，但小說顯然肯定黛玉幼失爹娘，游絲獨颺，才是她諸緒煩心、憂戚鬱結、苦難不曾或離的原因。

榮國府不是個隨便的地方。寶釵進府，至少有寡母和長兄為伴，何況她們隨身的家產也不少。黛玉就不一樣。敘述者在第三回告訴我們，「黛玉只帶了兩個人來」：一個是奶娘王嬤嬤，一個是十歲的小丫頭雪雁（《紅》，一：五三）。黛玉也有別於史湘雲；她意緒纖敏，不相干的事或些微的不順心，都會抑鬱悲忿。但湘雲「幸」而豁達慷慨，❷❼忤逆皆不以為意，也不能令其心神渙散。黛玉的生命際遇如此嗟哦，脾性又是這般彆扭，在賈府益發感到地位不保，恐懼日增。我們只能猜想，她喪母時精神必定受到重擊，才會變得怪拗難侍。母親去世後不過個把月，黛玉就得遠離故鄉熟悉的一切，奔赴外婆的宅邸。她的心靈必曾因此再受重創。第三回，林如海勸她道：

> 汝父年將半百，再無續室之意；且汝多病，年又極小，上無親母教養，下無姊妹兄弟扶持，今依傍外祖母及舅氏姊妹去，正好減我顧盼之憂，何反云而不往？（《紅》，一：三七）

黛玉聆訓後，心痛不已，淚灑當場。父親的話已深深反映出林家的窘境，說明黛玉早已痼疾纏身，情況甚慘。她稍後行為古怪，形容憔悴，大部分都是宿疾所致。《紅樓夢》將盡，黛玉遺恨人間，上述情形亦為直接肇因。評點這部小說前八十回卓爾有名的脂硯齋，難怪會眉批上文道：「可憐。一句一點血，一句一點血之文。」（《評語》，頁五七）

黛玉在外婆宅第受到的對待，始則溫馨感人：王熙鳳對她讚不絕口，無一不誇（《紅》，一：四二）。在小說中，鳳姐事事炒作，取巧投機，而且得理不饒人。她引人側目，是賈府女暴君，旁人只有敬謹踧踖的份兒。初見黛玉那一刻，她卻一改常態，令人一掃上述印象。她還處處替黛玉設想，好得快讓人喘不過氣來。賈母史太君對外孫女的情分，一片真摯，看不出虛應的樣子。第五十四回，她一把將黛玉摟進懷裏，免得被炮竹嚇壞了。這個動作看似簡單，卻可見她多麼疼愛弱柳迎風的林黛玉。後者對這一點自是心知肚明，第九十七回才會自哀自嘆道：「老太太，你白疼了我了！」賈母的關愛，黛玉當然珍惜得很，唯恐失去的心情，堪比對寶玉的依戀。第八十二回，我們故而看到黛玉在夢中痛惜道：「老太太，你向來是最慈悲的，又最疼我的，到了緊急的時候怎麼全不管！」[28]

賈母衷心疼黛玉，寶玉之母王夫人也盡心對她好，可是黛玉這也不信，那也不信，仍然揮不去因此產生的椎心痛楚。賈府是否接納了自己？她萬難確定這一點，而且越問心越疼。鳳姐曲意逢承，對她的友善其實也不是全無計較，於是黛玉的隱痛更難消釋。她深深懷念南邊的故鄉，通篇都是這樣刻劃。第八十七回，她借南唐後主李煜的詞傳達自己的思鄉之情；第六十七回，她甚至連瞧一眼故鄉的土產，都忍不住想到自己孤苦若螟蛉。人家分明告訴她把舅舅家當自己的，她卻還覺得是局外人，好像堂上俱亡就是無依無靠，只是在別人家「依棲」一般（第二十六回）。黛玉的柔腸百轉、淋唳憯淒，在在都緣此而來。賈府當然是她的近親，可悲的是她滿腹狐疑，不信自己確屬此地。這種區隔使她尷尬不已，好像自己是古代的新嫁娘一般，說來諷刺。傳統中，從來也沒有一位新娘可以和母親哥哥一起住到夫家來，但黛玉的表姊寶釵就許得這樣做。所以比起她來，黛玉的命運又是大大不同。第四十五回她對寶釵講了一段話，清楚道出自己的差別待遇：

你如何比我？你又有母親，又有哥哥，這裏又有買賣地上，家裏又仍舊有房有地。你不過是親戚的情分，白住了這裏，一應大小事情，又不沾他們一文半個，要走就走了。我是一無所有，吃穿用度，一草一紙，皆是和他們家的姑娘一樣，那起小人豈有不嫌的。（《紅》，二：六二五）㉙

舅家突然失去了依靠，親戚的情分變得又疏了，黛玉馬上就發覺自己原來也不過是賈府的「姻親」而已。她知道自己此時地位微妙，生怕應付不了大家庭裏的勾心鬥角，而這些種種反頭過來卻又使她分外敏感，忍受不了姊妹促狹，對家人的批評更是耿耿於懷，傷神憂心至極。第四十五回寶釵勸她進燕窩粥，添養精神氣血。黛玉感激之下反道：

雖然燕窩易得，但只我因身上不好了，每年犯這個病，也沒什麼要緊的去處。請大夫，熬藥，人參肉桂，已經鬧了個天翻地覆，這會子我又添出新文來熬什麼燕窩粥，老太太、太太、鳳姐這三個人便沒話說，那些底下的婆子丫頭們，未免不嫌我太多事了。你看這裏這些人，因見老太太多疼了寶玉和鳳丫頭兩個，他們尚虎視眈眈，背地裏言三語四的，何況於我？況我又不是他們這裏正經主子，原是無依無靠投奔了來的，他們已經多嫌著我了。如今我還不知進退，何苦叫他們咒

我？（《紅》，二：六二四—六二五）

到了第八十七回，紫鵑讓廚房煨了一碗江米粥，準備送到瀟湘館給黛玉。紫鵑沒聽懂黛玉的話，反以為她嫌下人煮的東西不乾淨。黛玉一見誤了會，又感到委曲，答道：「我倒不是嫌人家骯髒，只是病了好些日子，不周不備，都是人家。這會子又湯兒粥兒的調皮，未免惹人厭煩。」（《紅》，三：一二四六—一二四七）敘述者在第八十三回說，黛玉「靠著賈母疼愛」，才住進大觀園中。因此她寸步留心，深怕別人說閑話，而我們也不難想見，她健康惡化後，何以連窗外老婆子罵別人的話，聽來也貼不上，像是專罵著自己。為著後面的事，她一時想不開，肝腸迸裂，竟哭暈了過去。

我們如果覺得黛玉反應過度，情緒不穩定已極，則同樣應可察覺，作者亹亹然藉此所擬凸顯者，正是黛玉行為的肇端：今人所謂的肺結核，應該早就在荼毒她的病體。她的情緒故此翻騰無已，肝火特旺，而身體也就分外容易勞乏。㉚她因此難以盡享美酒佳餚（如第三十八回），隨時都得為自己在賈府的地位提心吊膽。癆病又因此加劇，懨懨然之感繼而愈盛。上面的現象，加強了黛玉始終揮之不去的兩個感覺：首先是容易受傷與力難迴天之感。大家庭錯綜複雜，明爭暗鬥乃尋常事耳。第八十二回，黛玉對寶玉的貼身丫鬟襲人說：「但凡家庭之事，不是東風壓了西風，就是西風壓了東風。」黛玉說得心亂不已，分明在告訴我們：家庭角力的後果可怕，她知之甚稔。賈璉偷娶尤二姑娘，鳳姐醋勁大發，弄小巧用送她入大觀園，然後使了一計借刀殺人，逼之自盡。前引黛玉對襲人所說的話，正是有感於此而發。黛玉指出，大家庭裏的老少倘若心思有異，要用毒計除掉個對頭並不難。她說給襲人聽的話真像格言；後者聽來，或許也是個不經心的警告，王國維就是這樣認為。㉛襲人稍後倒向鳳姐一邊，原因正是在此。這種結果相當諷刺，不過說得出這種體認的人，也確實感觸敏銳。就《紅樓夢》通體觀之，黛玉的幾句話都是醒世洪鐘。她也要為此了悟付出相當的心理與感情上的代價。

黛玉幼失庭訓，對明褒暗貶一概顯得不知所措。青春期的男女容易患得患失，把小小的失意看做天災，把芝麻大小的事想像成希望極濃的承諾或暗許。黛玉經歷這個階段時，既無嚴父慈母折衝護持，又乏歷練可以為鑑，但她天資聰穎，感受敏銳，兼以文采斐然，要她奉「女子無才便是德」為訓，在這種時代中成長，真是情何以堪？㉜黛玉短短的一生中的煩惱，泰半即根源於化解不了下列的衝突：責任與想欲的對立；傳統社會克己揚人的禮數與個人追尋完美、成就、優秀之間的矛盾等等。在賈府的廣宅大院，黛玉和鳳姐最擅言辭，機智也在伯仲之間。鳳姐伶牙利齒，常常以此做為懷柔、控御他人的利器。黛玉天性衝動，一句話就能戳破別人。她不顧人情，也不隨便妥協，總是搶先諷刺，笑話別人，即使對方是朋友也一樣，因此博得這樣的「令名」：「林姑娘的舌頭比刀子還利！」雖然如此，黛玉的心卻也最脆弱。大觀園內聊天的場合與節慶的日子不少，誰要是以黛玉之道還治其人，必定會使她勃然大怒或暗自垂淚。別人所刺倘為她對寶玉之情，或是繞著她出閣的日期說笑話，尤其會引發上述的後果。

黛玉難以平常心看待自己和同儕的競爭。這是她少不更事、心胸狹隘之兆，也是內心滾沸不安之象。敘述者在第五回說，黛玉確實魁奇卓絕，但「孤高自許，目下無塵」。這種刻劃讀者應不陌生，有的人甚至覺得黛玉對詩詞戲曲絲竹的愛好，還有她在瀟湘館的生活方式，都是高貴優雅的楷模。黛玉在第三十八回撰詩詠菊，稱許其高傲不黨。此時她大抒胸臆，吟頌超塵出世高不可攀的生命理想。看到菊花，中國人總會聯想到陶潛，而在中國文學中，菊花具有孤高的象徵意涵已久矣。儘管這樣，此時的菊花似乎只是黛玉習詩用的曲喻，並非值得效法的典範。在陶潛這位晉代詩人的作品中，菊花以傲然之姿沿「東籬」簇簇盛開，反映出詩人諧和自然的寧靜生活。相反，黛玉三首詠菊詩中的花朵，顯然只是她「水仙情結」的客觀投影，再方面則反映出她焦慮的心情，如此而已。第二首詠菊詩題為〈問菊〉，我們且看黛玉如何自問而致胸中波瀾迭起：

孤標傲世偕誰隱，
一樣花開為底遲？
圃露庭霜何寂寞，
雁歸蛩病可相思？（《紅》，一：五二六）

我們可以從這些問題，看出黛玉寫詩大膽，別出心裁。史湘雲對此也有恰到好處的讚美。黛玉在感情上的憂煩，確實和詩中所寫不相上下。第三首〈菊夢〉中的菊花即使睡去，也「依依隨雁斷」（第五行），而對吵得人醒過來的蛩鳴感到很惱恨（第六行）。在正統的隱逸詩裏，孤獨多半為快樂之源，但黛玉詩並不作如是觀，因為這只會讓形單影隻的菊花更形寂寞，而且夢醒之後，菊花也無處傾訴幽怨（第七行）。用這種方式解讀黛玉的詩，多少可以看出她的心事。當然，小說中曾提到黛玉也可以像禪師一般手寫出世離塵的禪偈，但此刻通常只為一點而寫。從字面上看來，她的偈子極為弔詭，說是「無可云證，是立足境」（《紅》，一：三〇七）。然而有趣的是，她的文章風流，本身既是「立足境」，也是「證」，可以證明自己比寶釵強。黛玉的情與欲，因此反而可以見諸自己話中的「洞見」，而她一生也是命為情牽，人為情苦。第三十八回第一首詠菊詩中，有一句「片言誰解訴秋心」。即使在寫出這句詩的當下，黛玉也在承認她的詩根本就是「滿紙自憐」。因此，在第二首詠菊詩中，她才會繼續「求情」，以此為一連串的「問菊」作結：

休言舉世無談者，
解語何妨話片時。（同上頁）

大觀園熱鬧非凡，但黛玉處處都顯得形單影隻。她年紀輕輕，卻沒有知音可以談心。在賈府中，她貴為小姐之尊，上有賈母疼，下有寶玉憐，大大小小的活動幾乎「無役不與」。縱然這樣，黛玉還是缺乏安全感，從而渴求更多的關愛。第四十九到第五十回的詩會活動中，史湘雲不顧禮數大口吃肉、大碗喝酒，黛玉則拘謹縮瑟，不敢放浪形骸。第六十二回家宴正酣，湘雲在眾人面前醉得不省人事，倒在大觀園的石凳上。黛玉看在眼裏，卻也不敢學步放肆。雖然如此，黛玉仍然不免有莽撞的一刻，會在眾目睽睽下得意忘形。寶玉長姊元春身為貴妃，第十八回曾經返家省親。大觀園此時剛落成不久，勝景處處，元春要求家小賦詩誌盛。小說接下來說道：

原來林黛玉安心今夜大展奇才，將眾人壓倒，不想賈妃只命一匾一詠，倒不好違諭多作，只胡亂作一首五言律應景罷了。（《紅》，一：二五三）

詩成不久，黛玉見寶玉滿頭大汗，正為交不了稿而窘迫不堪。於是心生不忍，便助他一臂之力。不過，此刻黛玉的動機除了關心寶玉外，還羼雜著「未得展其抱負」的「不快」。十數回過後，就在第三十七回，寶玉和眾姊妹起詩會競詩，各人都得在三寸長的「夢甜香」燃盡前賦海棠詩一首。黛玉欣然從命，終於可以在眾人面前一展詩才了。就在寶玉焦頭爛額疲於應付之際，黛玉仍然十分冷靜，一副事不關己的樣子。都已經有三個人完稿交卷了，黛玉才在千呼萬喚下說道：「『你們都有了。』說著提筆一揮而就，〔將完成的詩稿〕擲與眾人。」（《紅》，一：五〇六）詩友讀罷，當然連聲喝采。

黛玉之所以裝模作樣，固然是少年氣盛、顧盼自雄的心理作祟，但這也是她渴望別人肯定與不棄的反映。元妃命詠一景，有可能在譏諷殿試中的男性世界，而詩社一景亦復如是，諧謔的是詩社文社中的男女活動。早在元代，結社吟詩就已開始盛行。[33]在這些場景中，黛玉處處和人一較長短，但也處處透露心靈深處，她其實極盼受知於人。第二十七回黛玉所作的哀曲〈葬花詠〉，也可再引來為證。詩中哀嘆春光易逝，忍若飛絮，而黛玉雖然再三泣歎，飄桃飛李卻如故，且不談年命如蜻蜓點水，稍縱即逝，哪管昨日人面桃花？最後黛玉崩潰了，終於失聲驚嘆道：

爾今死去儂收葬，未卜儂身何日喪？
儂今葬花人笑癡，他年葬儂知是誰？
試看春殘花漸落，便是紅顏老死時。
一朝春盡紅顏老，花落人亡兩不知。《紅》，一：三八三）

引曲收尾的「兩不知」顯示，黛玉幽黯的心靈深處有一股恐懼感，害怕自己會像辭根別枝的花瓣一樣，最後落得與時俱化，不為人知。

靈犀難通

我們若能認清黛玉這種性格，相信便可深一層洞悉寶黛之戀的悲劇性本質。他們的交往迂迴曲折並非毫無道理；他們極欲打探彼此心意卻又欲語還休，互掩心扉；他們還故意惹惱對方，又不經意加以挖苦諷刺，然後盡說些會錯意的話彼此指責。小說一路推進，寶玉再三問黛玉一個問題：「你難道不知道我的心？」霍克思英譯《紅樓夢》第二十回，把寶玉口中的「心」字譯為「感覺」（"feeling," *SS* 1:412）。其實，這個字除指「衷情」外，還可解釋為「心靈」；配上別的字後，另外形成很多常見的複合詞，諸如「多心」、「用心」、「苦心」與「放心」等等。因此，這個字的涵意聯綿不絕，自成網路，在《紅樓夢》中又一再出現，構成引導母題一般的結構，在第八十二回將其警喻作用發揮得最為淋漓盡致。其時黛玉夢見寶玉握刀剖心，嚇得魂飛魄散。作者的如實之筆，把黛玉潛意識中的恐懼與想盼都真切道出。雖然如此，這一回中「心」的意義尚未就此罷休，這個字還是小說前數回的主題和結構的延伸，一五一十道出寶黛難以推心置腹的癥結所在——不論這是因情況所逼而不得不爾，或是他們劃地自限所致。第三十二回中，寶玉似乎已向黛玉剖明心跡，要她多多「放心」，以免病情加劇。黛玉顯然也為寶玉的懇切所動。兩人雙眼怔怔望著，然後不待寶玉開口，黛玉頭也不回的竟去了。襲人這時趕到寶玉身邊，只是後者已然「出了神」，心中一陣悸動，脫口便將自己對黛玉的情娓娓道出：

好妹妹，我的這心事，從來也不敢說，今兒我大膽說出來，死也甘心！我為你也弄得一身的病在這裏，又不敢告訴人，只好掩著。只等你的病好了，只怕我的病才得好呢。睡裏夢裏也忘不了你！（《紅》，一：四四七—四四八）

黛玉此時已走到遠處，聽不到寶玉的話，連暫時的寬心都沒有。這些話只有襲人聽到：她本來無心，此時又驚又窘。

寶黛兩人靈犀不通的窘狀，幾年以後依然不變。黛玉病重，寶玉趕到瀟湘館探望，一句沒講完的話訴盡兩人愛在心裏口難開的困境：「〔妹妹〕若作踐壞了身子，使我……。」（《紅》，二：九一二）話還沒說完，敘述者就跳了出來，道是寶玉——

說到這裏，覺得以下的話有些難說，連忙咽住。只因他雖說和黛玉一處長大，情投意合，又願同生死，卻只是心中領會，從來未曾當面說出。（《紅》，二：九一二）

再往後到了第九十七回，「心」字再現。在這一回裏，寶玉病勢沉篤，絲毫不曉得鳳姐獻計，準備迎假新娘取代黛玉。鳳姐來探病，寶玉還對她說出下面的話，聞之令人鼻酸：「我有一顆心，前兒已交給林妹妹了。」這句話不乏悲劇性嘲弄，蓋寶玉神智清醒時，若能對史太君一類的親人表明心跡，則事情也許大有轉圜的餘地。問題是，他道出心事時病灶已深，靈臺昏沉。小說寫得很清楚，鳳姐並非沒有聽出寶玉的心意，而賈母在一旁竊聽，心裏當然也明白個八、九分。不過一切都已枉然，兩位長輩聽完了話，只想快快按計行事。黛玉魂歸離恨天之後，寶玉心中的淒苦無時或已（第一〇四回），精神瀕臨崩解，一度還放聲大哭（第一〇八回）。這種纏綿悲苦固因思念黛玉而起，但更大的緣由是他不斷自省，以為自己辜負了黛玉的心。在第一一三回，寶玉更急著為自己辯解，最後找上黛玉的貼身丫鬟紫鵑。不料後者卻痛加叱責，寶玉心意頓挫，乃傷心叫道：「罷了，罷了！我今生今世也難剖白這個心了！惟有老天知道罷了！」（《紅》，三：一五五九）寶玉啣玉而生，這塊玉一度離奇失蹤。他的不幸，這也是禍端之一。他最後斬斷俗緣，絕塵而去。在此之前，卻曾清醒的告訴襲人：我「如今不再病了，我已經有了心了，要那玉何用？」

黛玉心頭最緊要的問題和寶玉的很像：「我有知音嗎？」這句話她一問再問，上下求索。眾所周知，「知音」的出典至遲可以溯至《列子‧湯問篇》：鍾子期能解伯牙的心緒，甚至可以在他鼓琴的時候破解琴意，不論高山流水，應聲道出。鍾子期一死，伯牙破琴絕弦，終身不復鼓琴。[34]「知音」一典的背景既如上述，則其內涵當不僅在「密友」一義而已。後者也應該具有「知人」的能力。《紅樓夢》中，黛玉無疑利用此詞在影射男女情愫。而就第八十六至八十九回的布局而言，作者更可能是在仿效這個樂史名典。黛玉在這個漫長的情節裏撫琴而歌，一面還想教寶玉認識一些琴藝樂理。此情此景，不啻卓文君故事的「反擬諷」。《史記‧司馬相如列傳》（第一一七卷）稱，長卿琴藝出神入化，以琴心挑動其時新寡的卓文君。後者夜來奔之，相與馳歸。但在《紅樓夢》中，黛玉屢次努力，想教寶玉「知音」，最後總落得失望不已。上述情節也不例外，寶玉在其中道：「可惜我不知音，枉聽了一會子。」

寶黛心曲不通，衷腸難訴，而《紅樓夢》的大悲劇，主要就是建立在這一點上。打一開始，我們看到他們時而如膠似漆，時而形同陌路。他們在第三回首次相逢，對彼此都留下深刻的印象。當時只覺似曾相識，腦中因此都如轟雷撼動。從小說的神話架構觀之，這種震驚正在指出他倆皆非凡軀，彼此間馬上就要來電。兩人又都是祖母的心頭肉、掌上珠，簡直形影不離。敘述者在第五回故有如下的觀察：「便是寶玉和黛玉二人之親密友愛處，亦自較別個不同，日則同行同坐，夜則同息同止，真是言和意順，略無參商。」(《紅》，一：六九)

寶玉自幼熟悉的賈府中人，不論老幼尊卑，都希望他能追求功名，走上仕途。唯有黛玉不願勸他「立身揚名」(第三十六回)，故此深得敬重。小說把寶玉荒廢學業、心思渙散挖苦得很兇，但黛玉同情他不求仕途，倒不僅是少年毛躁、心存叛逆。科舉致仕的先決條件，是精通四書五經，文必八股。賈府係名門望族，官運通阻關係著滿門地位與存廢。寶玉的舉業重要，這是原因，況且他的兄長在小說拉開序幕前就已去世，而身為家業的繼承者，他自有責任揚名科場，光宗耀祖，使闔府永世其昌。此所以賈政不敢小覷寶玉的教育，此亦所以他們父子常存芥蒂，蓋寶玉顯然漫不經心在讀書，而疲嬾的天性也不可救藥。闖進寶玉生命中的女子，黛玉最獨特，因為她從不人云亦云，從不勸寶玉往那功名的路上走。

史湘雲或薛寶釵都勸過寶玉，希望他多唸正經書、多用功，獨獨黛玉不此之圖。這當中有一例外，事見第八十二回。不過此時黛玉以「功名」相勸之舉，當因寶玉皂白不分、貶盡天下書籍所致。[35]賈政在第三十四回狠狠打了寶玉一頓，第三十五回黛玉便哭得「眼睛腫得桃兒一般」，還抽抽噎噎對夢中方醒的寶玉道：「你從此可都改了罷！」故事發展到第七十回，黛玉甚至會代寶玉臨帖，湊足要求的功課，並不時婉言相勸，央他好好用功。雖然如此，黛玉敦促寶玉讀書為的是不要他惹惱賈政，再添皮肉之苦，而非衷心盼望他可以功成名就。相形之下，寶釵、湘雲二人的態度就有天壤之別。但我們不能因此就討好人家似的說黛玉「不俗」。眾姊妹都是聰明人，都認為維繫家聲不墜是個人起碼的責任；長幼尊卑兄友弟恭父慈子孝一類的美德，更是不可一日或忘，也從這個立足點看待自己和寶玉的的關係。然而黛玉深愛寶玉，肯定他個人的價值，而且是不帶任何條件的肯定。這是黛玉和其他姊妹的基本歧異。不論陰陽，不論五行，不論《易》道（如清末的評者），也不論是陽剛之說或陰柔之論（如晚近的論者），任何有關寶釵和黛玉對立的二元論大概都消解不了上述的基本歧異。㊱

寶玉病篤之際，王熙鳳誆他迎娶寶釵，而後者雖不願這樣做，畢竟還是依了。儘管如此，這並不表示寶釵一時之間人格有虧，反倒深合《紅樓夢》對她一貫的刻劃。自幼以來，寶釵「行為豁達」，「隨分守時」（第五回），「自云守拙」（第八回）。賈府上下在言下或意中都曾表示，確實只有寶釵能持家以維繫門風。襲人的喃喃自度（第九十六回），尤可加深這種看法。自幼年起，寶釵就養成不受個人好惡左右的處世精神，也不會讓自己的夢想與期盼有害他人。

寶釵上有寡母，又有一個慣壞了的莽撞兄長，故此凡事沉默，不願張揚。往往又任勞任怨，在府內一向應對得體。她讀過《西廂記》和《牡丹亭》一類的書，不但內容清楚，而且頗能樂在其中。不過她也會稍帶盛氣，以冷峻的口吻教訓黛玉避開這類書籍，免致心性錯亂，自貽禍害。寶釵又勸道：女孩家應教男人讀書明理，「輔國治家」，自己應做的反倒是分內的針黹紡織的事（第四十二回）。在

第一一八回，她最後一次為寶玉開剖事理，請他毋負父母殷望，至少也應該求個功名，滿門所托，「天恩祖德」更是不可或忘。不消多說，寶釵談的都是傳統的儒家訓示，賈母、王夫人和賈政一定滿口贊同。不過在嫁給寶玉之前，寶釵這孔門代言人的身分倒還不顯。她的命運，第五回的詩中早有預言，而且在《紅樓夢》中的發展前後一致。以第五十六回為例，我們還可看到她熟讀朱熹，知書達禮一如她持家時的思精慮熟，效率得彰。

我們這樣形容寶釵，就是把她當成受造的主體看，因為她和黛玉一樣，都不容許過分化約，變成類型。寶釵和黛玉都深得人愛，知書明理。然而這種近似似乎僅屬表層，這兩位《紅樓夢》中的要角一如書中其他刻劃得精的人物，都有自己獨特的性格，主體情感的流露也是大不相同。雖然第四十五回把寶釵和黛玉說得情同姊妹，第五十七回又強調黛玉深得薛姨媽眷寵，兩人的差異仍然明顯得讓人有既生瑜，何生亮之感。她們一出場，小說中旋即形成對立，煙硝四起。第七十回黛玉重起桃花社，寶釵不服輸的瑜亮情結又生，分明就銘刻在她詠柳絮的〈臨江仙〉上。這首詞字字都針對黛玉同題的作品下筆，大有分庭抗禮之勢。

黛玉常感世相無住，年命有時而窮，所填的〈唐多令〉便有此特色，一貫「粉墮香殘」的母題刻劃。詞中故有「韶華竟白頭」之嘆，飄絮可比「人命薄」（《紅》，二：九九六）。黛玉詞中的焦慮感，在〈唐多令〉下闋首句中可能表現得最諷刺，蓋「草木也知愁」讓人想起她在仙界的前身。有位論者提醒我們，這句詞餘音嫋嫋，彷如第二十八回黛玉不覺自況的一句話的迴響：「我……不過是草木之人！」（《紅》，一：四〇一）[37]〈唐多令〉中的柳絮有悲意，事因「嫁與東風春不管」而起（《紅》，二：九九六）。黛玉的詞乃借唐人之典，但轉手間這典便化做恨意。在文學上，「東風」係舊譚，原本吹來花又生，㊳此所以有「護花」之說，此亦所以有「護花使者」之稱。這類意蘊，李商隱的〈無題〉詩中已經寫得很清楚：「相見時難別亦難，東風無力百花殘。」㊴黛玉舊調重彈，詞中的柳絮全然變成東風的犧牲品，也是那無情的共犯「春」的祭品。

寶釵也填了一首〈臨江仙〉，但相形之下，她從頭到尾都在稱頌東風逐漸增強的能力，因為詞中飛絮已不容再飛，不會到處飄泊，也不會掉落一地。東風捲起，柳絮飛舞，然而飛得卻是和諧而「均勻」。儘管這〈臨江仙〉中又有「蜂團蝶陣亂紛紛」，顯然是性別修辭中男性追求者的隱喻，詩中的發話人用「幾曾」和「豈必」這些修辭反問想說的卻是飛絮「不曾」隨水逝，也不一定會「委芳塵」。由於飛絮乃「萬縷千絲終不改」，所以也用不著害怕那聚散離合，恰好回答了黛玉〈唐多令〉最後三句中的問題。沒錯，在這一回裏寶釵回應寶琴和黛玉的話，無一不在批判她們詞中可以察得的「傷悲」之情。寶釵知道終究要和寶玉成婚，有人以為這種自信乃〈臨江仙〉「樂觀」的基調的成因。㊵但不論是否如此，「東風」在倒數第二句畢竟稱為「好風」。寶釵讚嘆不迭，因為東風可以把詞中的說話主體送上「青雲」。我們得注意最後一句詞中的第一人稱「我」（《紅》，二：九九七），「主體」和「作者」在這個字中已經綰結為一。寶釵稱美「東風」，因此不無「言志」或「抒情」之意。

我們知道，黛玉個人並非無「志」，而是她的執著自有寄托。她對寶玉一往情深，認為他追尋自由是要肯定自我，重要性抑且遠在當個肩挑家計的乖兒子之上。黛玉的情罕人能比，原因如上。這種情可能顛倒倫常，敗壞綱紀，對文化傳統所敬重的價值觀形成挑戰，甚至會摧毀或修正傳統根深柢固的某些觀念，令人有芒刺在背之感。儘管這樣，我卻懷疑這種性質的愛情才是現代讀者深敬黛玉之故。悲劇的高貴雄渾，一一顯現於這種愛情之中。黛玉以前常希望這個，要求那個。其實她會如此，皆因缺乏寶玉的海誓山盟使然。寶玉只要平平安安，她就心滿意足。有一次寶玉、湘雲和襲人在一塊兒說話，正巧黛玉聽見，才知道寶玉敬她是因為自己從不在意功名，故此更愛他一分（第三十二回）。湘雲覺得寶玉至少該講些仕途經濟，卻因此惹得他一肚子不快，公然反唇相譏。襲人急得安慰湘雲，沒弄清楚便拿她比黛玉，又惹得寶玉嗔道：「林姑娘從來說過這些混帳話不曾？若她也說過這些混帳話，我早和她生分了。」寶玉衝口說出這幾句話，直教無意中在房外聽到的黛玉感慨良多：

> 林黛玉聽了這話，不覺又喜又驚，又悲又嘆。所喜者，果然自己眼力不錯，素認他是個知己，果然是個知己。所驚者，他在人前一片私心稱揚於我，其親熱厚密，竟不避嫌疑。所嘆者，你既為我之知己，自然我亦可為你之知己矣；既你我為知己，則又何必有金玉之論哉；既有金玉之論，亦該你我有之，則又何必來一寶釵哉！所悲者，父母早逝，雖有銘心刻骨之言，無人為我主張。況近日每覺神思恍惚，病已漸成，醫者更云氣弱血虧，恐致勞怯之症。你我雖為知己，但恐不能久待；你縱為我知己，奈我命薄何！（《紅》，一：四四六）

《紅樓夢》這段話感天動地，亦可窺知黛玉感情深處，以及她的悲劇為何難以挽回。黛玉幼失雙親，生來體弱多病，如今平添「金玉之論」，愈感惶惶不安。這個說法欺身逼近，如夢如魘，黛玉心頭備感威脅，最後的命運，也在其激流沖刷下形成。因此，「金玉之論」無異奧迪帕斯所面對的神諭，也無異於馬克白（Macbeth）所聽到的女巫的預言。小說中的神話與寫實成分，一一在此輻輳綰絞。職是之故，黛玉的試煉不僅包括要和府中長者的背信不義周旋，其意義更有神聖於此者：她要和命運拔河，而且這是一場曠日持久的比賽，儘管最後的失敗可謂黛玉咎由自取。

黛玉的思緒暗示到寶玉啣玉而生。這塊玉上面銘刻了幾個字（第八回），旁人乍見下，馬上會聯想到中國傳統稱許男女珠聯璧合所用的「金玉良緣」一詞。寶釵有一塊金鎖，據說是一位和尚送的。薛姨媽還告訴王夫人，寶釵日後得待某懸玉者以成姻緣（第二十八回）。因此，可想黛玉必視寶釵為主要情敵，是自己終身幸福的一大威脅。使黛玉更感不安的，是史湘雲也有一塊金麒麟，而寶玉自始就十分敬重湘雲的才貌。黛玉一遇機會就會卯上湘釵，鬥嘴挖苦，在寶玉面前尤其如此。此乃吾人意料中事。她曲語譏刺又快口直批金玉之說，顯示內心有極大驚恐，而這驚恐分明又因耽於不切實際的幻想有以致之。有一回她聽到一群伶人在練唱《牡丹亭》，哀音繚繞心頭，久久不散，一時如癡如醉，竟然站立不住，不覺「心痛神癡，眼中落淚」（第二十三回）。黛玉這種人當然會胡思亂想，以為自己的情人已經遇到他緣訂三生的對象，正在應驗才子佳人小說中可見的無數婚姻套式。黛玉的恐懼有一次還讓她豎起耳朵偷探湘雲和寶玉講話（第三十二回），雖然她當時所發覺的——如同我在前文已經指出來——卻是寶玉對她的一片真情。

不管賈府其他人是否相信「金玉良緣」，這個神話難免會給涉入三角戀情的這三位男女帶來極大的壓力。敘述者在第二十八回輕描淡寫了寶釵幾句話，卻也同時暗示寶釵並非不知金鎖的關連。不過黛玉一問起這件事，寶玉可是抵死也不承認那塊鎖確有意義。寶黛在第三回初次見面，當時寶玉聽到黛玉生未帶玉，登時發起癡狂病，摘下玉就摔掉。從這一景到第三十六回，他一再想為黛玉化解恐懼；第三十六回還曾夢囈道：「和尚道士的話如何信得？什麼是金玉姻緣，我偏說是木石姻緣！」（《紅》，一：四九二）但是，不論寶玉如何努力，甚至常常為此動怒，結果總是枉然。儘管這樣，黛玉可把「金玉良緣」當「邪說」看。她感到痛苦的原因，是心存渴望，一直想探悉寶玉到底重人還是重「說」。在暗示這一點的第二十九回，敘述著把她的心理分析得鞭辟入裏：寶玉越是在怒中否認黛玉的指控，她就越以為寶玉不打自招，儼然在承認金玉神話乃理所當然。

金玉神話邪門得很，就算不在摧殘寶黛的關係，至少也在分化著。寶黛二人在大觀園內的聚面，因此每每以哭哭啼啼的爭吵或彆扭的冷戰分手。第二十九回他倆又大吵一頓，連賈母都歎道：「不是冤家不聚頭」。這句俗話大家耳熟能詳，常用來比喻夫婦間的關係，更帶有夙性不睦的諷刺意味，[41]令人不無痛苦的回想到第五回早已預告的「困情」。在這一回中，夢中的寶玉偕警幻仙子同演《紅樓夢》，第二闋曲的內容如下：

一個是閬苑仙葩，
一個是美玉無瑕。
若說沒奇緣，
今生偏又遇著他；
若說有奇緣，
如何心事終虛話？（《紅》，一：一四〇）

這對情侶狀似天造地設，卻又難以珠聯璧合，其命運之陰晴圓缺，教人好不心疼。小說用一連串並列的意象，不斷在推展這一點，手法獨到，而讀者面對之際，則是警醒與感傷兼而有之。寶黛的不幸已露端倪，他們的幸福根本遙不可期。不過他們雖然常用激烈刻薄的話刺傷對方，彼此間卻也有逗笑與溫柔談心的一刻。第十九回寶玉說了一個小耗子的故事取笑黛玉；第二十五回他臉部受傷，黛玉關心不已。到了第二十八回，黛玉卻又笑寶玉是「呆雁」；第五十四回某個場合，寶玉素知黛玉不善飲而二話不說就替她乾杯；第八十二回黛玉特央紫鵑為寶玉沏茶。這些情節都稱不上驚天地，泣鬼神，卻可以十足反映他們的感情，就好比第五十七回他們情迷心急，正好洩漏彼此的心意。在後面這一回裏，紫鵑戲騙寶玉，頓時引得他呆氣發作，以為黛玉就要出閣別嫁。接下來有消息誤傳寶玉已死，直教黛玉嚷著要上吊。

賈政痛打寶玉之後，黛玉滿面淚光來看他。寶玉隨後也差人送了兩條舊絲帕到瀟湘館去。這或許是《紅樓夢》寫兒女情寫得最感人的一景。黛玉起先對絲帕會不過意來，但馬上神魂馳蕩，體會到寶玉的深意和摯情都涵蘊在其中。黛玉有所不知的是，她天性好哭這一點，早在護送父靈南下蘇州永厝前，寶玉就已經看出來了。[42]黛玉的荳蔻年華幾乎都在為寶玉垂淚，如今總算良人有心，能夠體會出她這番苦戀了。而黛玉一旦察覺這一點，五內便沸然炙起，滿腔熱情遂發而為三首即興詩。研墨蘸筆，她隨即寫在兩塊舊帕上（第三十四回）。中國古典美學宏富博大，任何一端都足以蓋過黛玉的絕句的光輝。這幾首詩儘管稱不上特別蘊藉或精緻，首首卻是優秀的愛情宣言，充分顯示黛玉對寶玉情深款款。德國詩人卡米索（Adalbert von Chamiso）有〈婦人之愛與生活〉（"Frauenliebe und-Leben"）之作，其中正值年少的主人公表露心跡道：

Sonst ist licht-und farblos

Alles um mich her,
Nach der Schwestern Spiele
Nicht begehr' ich mehr,
Möchte lieber weinen,
Still im Kämmerlein; . . .

無光亦無彩，
如此永如是。
女伴雖相邀，
我仍無心戲。
獨愛小房中，
靜寂空垂淚。

黛玉詩中的坦白比得上這幾行，連熱情也不輸，道盡她潸然涕泣的衷腸與苦意。

黛玉在第四十八回和香菱論詩，認為不落言詮才是最高的意境。傳統詩論看法亦然。她寫在絲帕上的三首詩卻一反傳統，赤裸裸火辣辣的訴盡自己為寶玉而哭而活的真情。眼前讓她哭的直接原因是，寶玉遭到杖責後遍體鱗傷，令人看了不忍。不過她淚如泉湧，更近的緣故卻弔詭，在寶玉所贈又引起她的傷悲（第一首）。就修辭而言，第二句「暗灑閑拋卻為誰」係一反問，大家心知肚明的答案直指寶玉。黛玉時常淚滴枕袖，痕跡難拭，為的無非也是他（第二首）。第三首手帕詩乃整個詩組的高潮，黛玉自謂「彩線難收面上珠」，而「面上」這淚水又化為代喻，和瀟湘館外模糊的竹斑融為一體。帝舜駕崩之後，娥皇女英兩位妃子為他哭泣至死。黛玉的詩讓我們想到這一神話，諷刺地也在為自己的命運作解。如同我在上一章中所示，黛玉比擬自己於二妃的舉動，就是大膽在表明自己的愛的處境與本質。

寶黛的互贈之舉最後不了了之，不過黛玉的愛卻因此而道出，也題在手帕上了，差別只在靈犀未通。互贈一景令人想到木石前世的對話，也用凡間語言擴大這些對話的意義。如果寶釵的金鎖和寶玉的玉珮是影響命運的象徵，超乎他們的知識之上，則題上詩行的絲帕不也正是這對金玉在現實世界的對應？這些絲帕都是人類情感的遺跡，也是最深層的精神契合體。黛玉寫這些詩，自己也受到感染，我們從中或許更可以一窺這些詩作的意義：

> 林黛玉還要往下寫時，覺得渾身火熱，面上作燒，走至鏡臺揭起錦袱一照，只見腮上通紅，自羨壓倒桃花，卻不知病由此萌。（《紅》，一：四七〇）

這裏所謂「病」，或指第三回即已提到的黛玉「體恙」。黛玉因此才變成了藥罐子，而這病來日也會要她的命。上引文的修辭中有典，十分微妙，所以其中的「病」字若讀做黛玉的「心病」，或許更恰當。第九十七回，史太君便因這心病見不得人而斥責黛玉，儘管她挨罵的資格其實不符（《紅》，三：一三六三）。這不治重症因此把她開不了口的愛化成隱喻，就好像命終之前，她所咯的血也會令人難過的想到她前世那「絳」珠草之名。黛玉面貌姣好，艷勝桃李。這點遙指她死前何以火焚手帕詩稿：要保有身體清白之名，她得燒毀寶玉所贈，湮滅自己癡情的文字證據。然而兩者皆失，卻又引來黛玉難言的悲涼之感。[43]

希望與幻滅

有一位現代批評家說：「有了黛玉之死，〔《紅樓夢》〕這悲劇的題材才能成立。」[44]然而她的死不過在演示某種五行讀法，暗示黛玉之名所蘊的「木石之盟」終究難敵寶釵的「金玉良緣」，也驗證了艾德花茲提出來的當代理論：「寶玉的困境一旦不需『他者』來表現，這『他者』自然就沒有存在的必要了。」[45]艾德花茲這類詮釋的問題是：黛玉經此查驗，似乎便變成寶玉「和女性特質」的唯一聯繫；他們之間關係的「本質」，亦唯此一聯繫而已，再無其他。儘管如此，我卻以為《紅樓夢》所寫的「女性特質」尤甚於此，太過複雜。至少就寶玉而言，釵黛這兩位表姊妹便代表兩種「女性特質」：一個完全以儒家論述為準，一個則較獨立，勇於抗拒，勇於懷疑。寶玉和上述「他者」之間的困境，因此便不待黛玉仙逝才解得開。實情是：黛玉之死，可能才是這「困境」的開始。

黛玉之死宛如流星隕逝，震撼讀者的力量之強，只消了解《紅樓夢》仿作不斷即可推知一二。許多續書的作者，就像十八世紀改編《李爾王》（*King Lear*）的許多作家一樣，都給寶玉的故事套上皆大歡喜的結局，以便舒緩小說帶來的摧枯拉朽的影響。黛玉之死令人難忘，其中產生的陰影更徘徊在讀者心頭不散，使人有一種難以回復的失落之感。讀者對黛玉的死法早有預感，心裏愈是有所準備，愈是對死亡難以釋懷。當然，黛玉和寶玉永別也貽人伊戚，永銘心頭。最後四十回有一連串的事件顯示，黛玉不斷在絕望中掙扎，唯盼還能保有一絲希望。我們的憐憫與恐懼之情，便因黛玉的天人之爭撼動心弦所致。

上述後四十回事件中的第一個，出現在第八十二回黛玉的夢中。夏志清對此已有詳盡的分析，所以下面我想縮小範圍，專論黛玉夢縈魂牽的心事，以及夢前她情感波動的幅度。這一回道：

> 當此黃昏人靜，千愁萬緒，堆上〔黛玉〕心來。〔她〕想起自己身子不牢，年紀又大了。看寶玉的光景，心裏雖沒別人，但是老太太舅母又不見有半點意思。深恨父母在時，何不早定了這頭婚姻。又轉念一想道：「倘若父母在時，別處定了婚姻，怎麼能夠似寶玉這般人材心地，不如此時尚有可圖。」心內一上一下，輾轉纏綿，竟像轆轤一般。（《紅》，三：一一八二）[46]

這段話中最驚人的是：黛玉居然自找臺階，大做黃粱美夢，但一方面又孤擲一注，不顧自欺欺人的以為父母仙逝竟或於己有利。父母早殤，不是她一向深自悲悼的憾事嗎？她因此才感到無依無靠，覺得婚事乏人做主。黛玉甚至以為，父母果真疼她，早該依她之意代擇良木而棲[47]。父母既已駕鶴仙歸，自己除了聽命於住起來總覺不對勁的賈府長輩外，還能如何？她憑什麼可以自惟幸福「尚有可圖」？

最後一個問題的答案，或許要考慮到幾個因素。前面的引文已經交代得夠明白：當時，黛玉多少已經篤定寶玉待她有心。她從第四十五回開始當寶釵是朋友，此後雖不曾應請放棄詩文，但金玉緣的陰影分明已逐漸消退。她沒有明白告訴任何人自己對寶玉的情，不過賈府要員都心知肚明，她的行為因此不可稱之無理取鬧。第二十五回中，鳳姐不就促狹挑逗的哄她道：「你既吃了我們家的茶，怎麼還不給我們家做媳婦？」第五十七回，寶釵之母薛姨媽不也當著黛玉半笑著說：史太君疼寶玉，若要為他聘人，「外頭」的斷不中意，唯黛玉四角俱全？這些人如今難道都不當黛玉的幸福是一回事了？難道她們都沒有把黛玉的心事上稟賈母，尤其是在知道她老人家甚疼黛玉之後？

小說未曾明示黛玉是否這樣想過，但我相信上面的揣測應該合理。做夢一節當非只在顯示黛玉的恐懼與想欲，她的希望的渺茫應該也涵括在內，讀來令人唏噓。就在做夢一景過後，賈母和賈政避開這對情侶，開始為寶玉物色媳婦。賈政原想迎取某張府閨女，然賈母一口回絕，道：「我們寶玉別人服侍他還不夠呢，倒給人家當家去。」賈母後來徵求鳳姐的意見，這位工於心計的女人回了個頗富心機的問題：「現放著天配的姻緣，何用別處去找。……一個『寶玉』，一個『金鎖』，老太太怎麼忘了？」這幾句話對史太君的影響，可以從第九十六回她教訓賈政的話見出端倪。賈母說：「〔賈、薛〕兩家願意，孩子們又有金玉的道理」，他們的婚禮斷斷拖不得。寶玉當時病得昏天暗地，黛玉憂心的神話居然因此應驗。可歎的是，黛玉並不知道撮合神話的人才值得害怕，握有寶玉與金鎖的倒不用擔憂。

賈政才不過和母親在談寶玉的婚事，料不到自己即傳加官晉爵。他「加」得雖然有限，闔府上下仍然恭喜寶玉，賀他父親榮陞。就在寶玉趕著去向長上恭賀時，賈芸猛不防也因他婚事已訂而賀道：喜上加喜，「是兩層喜了」。儘管這句話讓寶玉一陣臉紅，他稍後進入賈母院內時，第八十五回還是說他「喜得無法可說」（《紅》，三：一二二四）。他一眼瞧見黛玉和湘雲坐在賈母左側，唯獨不見寶釵的人影。寶玉給賈母一干長輩道喜，自己也是喜孜孜的，顯然誤以為自己和黛玉的親事已訂。回中果有諷刺，這可真是，而且還是天大的諷刺，不過卻不是因他父親加官晉爵所賜。㊽鳳姐接下笑話寶黛的話，一面讓他們備感窘迫，一面卻也掩不住心中竊喜，因為這句話雖是隨口說說，卻影射到理想中「相敬如賓」的夫婦之道：「你兩個哪裏像天天在一處的，倒像是客一般。」（《紅》，三：一二二五）

可惜到了第八十九回黛玉以琴藝樂理試探寶玉後不久，丫鬟卻來報知無意中聽到的寶玉婚配。黛玉當時有如五雷轟頂，馬上顯得六神無主，夢中惡兆開始浮現。她開始茶飯不思，有意蹧蹋身體，決心尋死。不過，就在病情急轉直下的當頭，她又聽到一對下人的耳語，心緒稍平。原來聽到的是賈母要親上加親，寶玉的夫人似乎就在園中女眾當中。侍僕以為雀屏中選的是黛玉，殊不知這是訛傳瞎猜。黛玉雖然不知實情，不經意聽來的話卻鼓舞了她的精神，病情反而好轉。有批評家嚴辭抨擊黛玉突然康復，而這似乎是後四十回的作者或編者不知如何續圓故事的證據之一。㊾不過依我淺見，這個情節並非胡寫亂編。現代讀者或許以為，黛玉復元可用「心病」已得「心藥」醫來解釋，殊不知第九十回的突然好轉，也可以看成「迴光返照」，是肺結核末期的典型症狀。㊿黛玉身心深受重創的真正大原因是：她的病情時好時壞，賈母最後失去了信心，認為她體弱命薄，故此決定找人當她替身，先為寶玉完婚再說。

此時黛玉全然不知天網已布，遁逃無路。她生命最後幾天，幾乎臣服在垂死掙扎下，可以維繫希望的東西都抓得緊緊的，聰明才智也都不管用了。看在眼裏，真令人痛徹心脾。第九十四到九十五回，秋海棠突然在晚秋盛開，充分反映出黛玉的病情。這個怪兆頭，賈府上下都疑惑不解，正在胡猜預兆到底是什麼。李紈說，這可能是寶玉好事將近，先來報信的。這話觸動了黛玉心事，興沖沖的高談起來：

當初田家有荊樹一棵，三個兄弟因分了家，那荊樹便枯了。後來感動他們兄弟們仍舊歸在一處，那荊樹也就榮了。可知草木也隨人的。如今二哥哥認真唸書，舅舅喜歡，那棵樹也就發了。

（《紅》，三：一三三〇）

黛玉講過的話，再沒比這一段更能投賈府眾老的心，得其所歡。她用迷信推測寶玉用功，完全有違先前的性格。倘非話中帶有辛酸諷刺的言外之意，我們甚至懷疑作者可知他目前信筆所寫的是什麼？黛玉不知道自己身前是絳珠草，當然也無從得悉自己的神話。從這點來看，「草木」是可以「隨人的」，所以也可以種下不幸的根源。黛玉說話完畢，史太君和王夫人馬上表示歡喜。儘管這樣，黛玉此時顯然已計無可施，阻擋不了即將暴發的險災與惡難。此景一過，寶玉忽而失玉，精神幾至錯亂，病勢沉篤。接著元妃薨逝，賈政奉遣外調。踵繼而來的重壓落在賈府，眾老更急著要為寶玉趕辦原本就倉促決定的婚事。襲人得知寶釵雀屏中選，但她和寶玉情同夫妻，忠心耿耿，不得不壓過自己對寶釵的好感與滿意，鼓其餘勇，在第九十六回向賈母和王夫人稟明真相。奈何一切都已太遲了！襲人的話非但沒有動搖賈母的決心，還觸發鳳姐心生一計，要騙寶玉以為娶到的是林妹妹。

就在這一切如火如荼展開之際，黛玉煢煢孑立，已陷入寥落伶俜的境地。她惑疑相伴，惑疑交加，馴至強解諸事，用副已意：

且說黛玉……想起金石的舊話來，反自喜歡，心裏說道：「和尚道士的話真個信不得。果真金玉有緣，寶玉如何能把這玉丟了呢？或者因我之事，拆散他們的金玉，也未可知！」想了半天，更覺安心，把這一天的勞乏竟不理會，重新倒看起書來。紫鵑倒覺身倦，連催黛玉睡下。黛玉雖躺下，又想到海棠花上，說：「這塊玉原是胎裏帶來的，非比尋常之物，來去自有關係。若是這花主好事呢，不該失了這玉呀！看來此花開得不祥，莫非他有不吉之事？」不覺又傷起心來。又轉想到喜事上頭，此花又似應開，此玉又似應失，如此一悲一喜，直想到五更，方睡著。（《紅》，三：一三四二）

根據古典學者司丁頓（T. C. W. Stinton）的研究，「亞迭」最原始的觀念和眾神有關，是他們「錯亂人類行為，借用人類過錯以遂行目的」的憑藉。「亞迭」的觀念非但是希臘悲劇的核心，有人也以亞里士多德的「悲劇缺陷」（*hamartia*）解之，認為其間有共通之處。「從另外一個或為亞里士多德的角度看」，眾神「也不過是人類行為與苦難中那不可測的部分的投射」。再用希臘史詩或戲劇等早期詩歌的語言來講，「亞迭」作用時的標準情況是：「神煽動『人心』（*phrenes*），使生錯亂，終令自欺而生出『幻象』（*apatê*）。」[51]

黛玉以自欺求得心安，其悲劇缺陷的凝重感雖非緣此出現，但行事已足以使人想起索福克里茲（Sophocles，西元前五世紀）《安蒂岡妮》（*Antigone*）中合唱團所唱的真理，而且思之骨悚：

以惡為善令智昏，
轉眼之際遭天譴。[52]

黛玉的感情波動其實不久。大觀園中，有一位沒有名姓的丫頭道破了寶釵才是寶玉即將迎娶的新娘。黛玉聆訊，深受打擊，但在第九十六回仍然掙扎著要去見寶玉最後一面。據《紅樓夢》的敘述者，這無心道破令黛玉身心俱受重創，迷迷癡癡比許久前《牡丹亭》緊縮她的心還要嚴重（第二十三回）。[53]小說寫人世無常，黛玉可是心碎與之。有關《牡丹亭》那一景中，她跌倒在一塊石頭附近，「如醉如癡」。在無心道破這一景中，她今生無可改變的命運已經道出，令她魂魄俱杳，如同回目所示「迷」了「本性」。寶黛最後的一面悲切心涼，沒頭沒腦的竟然淚都掉不出來：「兩個人也不問好，也不說話，也無推讓，只管對著臉傻笑起來。」（《紅》，三：一三六一）

從黛玉為惡夢所驚到她做了北邙鄉女，總是有事來撩撥她，讓她興起虛幻縹緲的希望。待希望一走，她更形沮喪。《紅樓夢》處理這個過程的章回，確實值得和優里匹底士（Euripides，西元前五世紀）的《特洛依的婦女》（*The Trojan Women*）相提並論。就《特》劇而言，考納區（D. J. Conacher）的評論頗富洞見：

> 〔全劇〕只有一連串的災難，構不成戲劇。在赫丘巴（Hecuba）沒有真正現身的情況下，大家只好守著一個其力甚微的辦法，守著一個問題重重的希望。這個希望內涵的癥結，值得玩味，苦難的程度因此加深了不少。大家一下子有希望，一下子希望全失，轉化成為悽涼的心境。不過，在某些地方，希望仍然隱約跳躍著，直到劇終才完全消失。本來應該引人痛哭流涕處，都因此而觸發了某種律動。沒有這種律動，全劇的結構感就不容易讓人感受到了。[54]

特洛依失陷後，城內滿目瘡痍。赫丘巴不但要面對這種情況，還要面對家人後嗣的死亡與流離失所：卡珊卓（Cassandra）與安德瑪屈（Andromache）被俘為奴，愛孫亞斯貼安那克斯（Astyanax）在奧迪秀斯（Odysseus）一聲令下，魂赴黃泉。赫丘巴懸想連連，時而生出希望，以為特洛依婦女或可免於再陷魔掌，而國族來日或可再興。黛玉後來看到秋海棠盛開，寶玉失玉，幻覺驟現。我們最後看到的，是她的恐懼成真。雖然如此，黛玉和赫丘巴仍有不同之處：後者至少活了下來，悻悻然體認到天地不仁，以人類為芻狗。不過赫丘巴多少仍有寬慰之感，因為他在依稀中了解來日會有詩人記下特洛依這場大難，傳諸後世，代國族的不幸發出怒吼（參較一二四〇至一二五〇及一二八〇至一二八二行）。黛玉在疑問不解中香消玉殞，臨死前都解不開疑結，頻頻追問答應要娶她的寶玉怎生反悔？這些話當然都白問了。

由是觀之，黛玉確實是小說中死得最淒慘的女人。晴雯臨終前還有寶玉探訪存問，但黛玉一身孤哀，獨赴北邙。除了貼身侍婢，賈府要人一個也沒出現在她彌留之際，此所以紫鵑難解心頭之恨：「但這些人怎麼竟這樣狠毒冷淡！」黛玉孤伶伶離去的身影，呼應了她初進賈府的情況：她一人來，一人走，孑然一身。《奧德賽》（*Odyssey*）的主要精神若為孤獨旅人的返鄉行，表現出浪遊者回到父親與妻兒身邊的渴望，那麼黛玉的故事讓我們不需特別注意即全神投入的原因，下面的話或許是最佳的一個：她的際遇反映出女性在整個中國文化中的恐懼與挫折。黛玉是孤女，只能投奔遠親，寄人籬下。棲止大老與少主人雖疼她，愛她，只可惜病魔不饒人，她又敵不過人世間的騙局，擋不了神話觀念的荼毒。第二十八回擺了個筵席，眾女行酒令，一個道：「女兒悲，將來終身倚靠誰？」終身大事，其實是命運問題。大觀園裏的姊妹，不管是為人妻妾或為人奴婢，實則不也時時在問這個問題嗎？賈母不娶黛玉為孫媳，並非突然厭惡黛玉所致，而是她更關愛寶玉，必須替他討一房身無微恙、又可以操持家務的媳婦，如此才能傳宗接代，不致絕後。小說行將結束前，寶釵確實已經有了身孕，惜乎寶玉隨後即遠離家門，孩子只能在沒有父親庇護下長大成人。賈母一番好意依然阻止不了悲劇發生，也難免弄巧成拙的諷刺。黛玉可謂死於長輩口是心非與某種善意之下，因為她對寶玉的不渝之情居然犧牲在賈府延續子嗣的希望下。王際真的英譯本《紅樓夢》有梵杜嵐（Mark van Doren）一序，對上述情形的見解甚是：

> 讀到最後，整個社會無疑才是我們興趣所繫。人類是生物，必須服從生存的法則。不論有何梗阻，人類都得如此。對某些人來講，這有時似乎殘忍了一點。但是，這樣講卻可暗示《紅樓夢》超越一般世態小說之處。確實也如此：《紅樓夢》早已凌駕在世態小說之上，變成了悲劇。[55]

雖然如此，苦難的多寡卻不是衡量黛玉悲劇形象唯一的尺度，我們也得考慮她曾如何使勁的在反抗苦難。言談、詩、淚水，甚至是夢，都是她據以抗擷的工具，而各種不測橫生，如排山倒海一般，黛玉也都得挺身擋住，終於贏得寶玉的一片心，雖然最後結為連理又非她力所能及。黛玉情海浮沉，抓得住的她都不放過，只是能善用的畢竟有限。她遭遇到的橫逆有如雷德菲談悲劇情節時所云，「似乎在證明人類背後有某種敵意存在著」。[56]

古希臘的悲劇中，男女英雄都會有難逃之「劫」（*anangkê/moira*）。不管這「劫」是具現在命運或諸神身上，英雄男女多半可以從中學得教訓——雖然認清之際，他們真的也「在劫難逃」了。奧迪帕斯親手剜開雙目的時候，也是發現自己無知的一刻，更是了解眾神合謀開了自己一個大玩笑的一刻。[57]林黛玉常感力難迴天，因為失恃失怙。如其如此，那麼關愛的親戚滿堂——賈母、寶玉、姊妹般的寶釵及說來心腸好的薛姨媽都是——似乎也沒能讓她改運。第八十二回黛玉在夢中追問史太君的話，句句都有椎心之痛：「老太太，你向來是最慈悲的，又最疼我的，到了緊急的時候怎麼全不管。」這些話句句是「實」，告訴我們黛玉確為賈母的掌上明珠；句句也「難解」，因為賈母縱使有情，也不敢因此而有違「祖」訓，斷了闔家命脈所繫的一線香火。從這點來看，我略可同意蒲安迪論大觀園的原型結構及其意義時所說的一句話：《紅樓夢》的「悲劇情境係靈犀難通引起的，而不是行為失敗或意志薄弱造成的後果。」[58]

事寶上，蒲安迪話中的深意可經小說第五回證實。其時警幻演《紅樓夢》，諸曲最後一闋有預言道：

> 看破的，遁入空門；
> 癡迷的，枉送了性命。（《紅》，一：八九）

寶玉和堂妹惜春最後都因「看破」而遁入空門，求取心靈的平靜。黛玉則不然，她不具「慧眼」，難以臻此「悟」境。第八十二回惜春的斷語，其實正是針對黛玉而發，因為句中字字都在呼應第五回的警曲：「林姊姊那樣一個聰明人，我看她總有些瞧不破。」（《紅》，三：一一八七）從「看破」或「幻滅」的角度看，「希望」不過是「癡迷」的另一種形式。有位現代學者也不打誑語，同樣鐵口直斷而批道：《紅樓夢》中的「感情問題不僅限於人際之間。在一個『情』由『幻』生的世界中，愛情故事不可能會出現皆大歡喜的結局。」[59]儘管如此，「癡迷」卻是黛玉一生際遇令人著迷的緣故。「癡」如果能創造出這麼動人的際遇，而「迷」又可演出如此難忘的戀情，那麼我懷疑有誰會要黛玉「開悟」？

註釋

❶ 王國維，〈紅樓夢評論〉，在《海寧王靜安先生遺書》，第四冊（臺北：臺灣商務印書館，一九六七年重印），頁一五九二一一六三五。

❷ C. H. Wang, "Recognition and Anticipation in Wang Kou-wei's Criticism of *Hung-lou meng*," *Tsing Hua Journal of Chinese Studies*, n.s., 10 (1974): 94. 中譯引自楊牧（王靖獻），〈王國維及其〈紅樓夢評論〉〉，在所著《文學知識》（臺北：港範書店，一九七九），頁一六三。另見Joey Bonner, *Wang Kuo-wei: An Intellectual Biography* (Cambridge: Harvard University Press, 1986) 一書，以及王著〈紅樓夢評論〉，頁一六一四。

❸ 〔清〕陳鏞，《樗散軒叢談》（嘉慶九年），卷二云：某地有士人匝月間連看《紅樓夢》七次，遂至神思恍惚，心血耗盡而死。又言某姓一女子亦看《紅樓夢》，嘔血而死！陳鏞的紀錄已收入《卷》，二：三四九。

❹ 王國維前揭文，頁一六〇九一一六一一；同類意見，參較鄭振鐸，《插圖本中國文學史》，二冊（一九三二年首版；香港：商務印書館，一九六一），二：六七九，以及Chung-wen Shih, *The Golden Age of Chinese Drama: Yüan Tsa-Chü*" (Princeton: Princeton University Press, 1976), pp. 75-81。

❺ 王實甫，《西廂記》，在《西廂記董王合刊本》（臺北：里仁書局，一九八一），頁一九三。

❻ 參見Andrew H. Plaks, *Archetype and Allegory in the "Dream of the Red Chamber"* (Princeton: Princeton University Press, 1976)，

尤其是第七及第八章。

❼ 王國維前揭文，頁一六一二—一六一四。

❽ Arthur Schopenhauer, *The World as Will and Idea*, trans. R. B. Haldane and J. Kemp, 5th ed., 3 vols. (London: K. Paul, Trench, Trubner, 1907-1909), 1:329.這裏所引的中譯為王國維手筆，見所著〈紅樓夢評論〉第三章。

❾ 這點參見Elder Olson, *Tragedy and the Theory of Drama* (Detroit: Wayne State University Press, 1961), pp. 202ff.

❿ 這點可以參見下列各書或專文：E. R. Dodds, *The Greeks and the Irrational* (Berkeley: University of California Press, 1951)，尤其是第一至第三章；Arthur W. H. Adkins, *Merit and Responsibility: A Study in Greek Values* (Oxford: Clarendon Press, 1960), pp. 50-57; Adkins, "Aristotle and the Best Kind of Tragedy," *Classical Quarterly* n.s.16 (1966): 78-102; Albin Lesky, *Geschichte der griechischen Literatur* (Berne: Francke, 1957), pp. 274-282; Paul Ricoeur, *The Symbolism of Evil*, trans. Emerson Buchanan (New York: Beacon Press, 1972), pp. 211-31; R.D. Dawe, "Some Reflections on *Atê and Hamartia*," *Harvard Study in Classical Philology* 72 (1937): 89-123; J. M. Bremer, *Hamartia: Tragic Error in the "Poetics" of Aristotle and in Greek Tragedy* (Amsterdam: Adolf M. Hkkert, 1969); Anthony C. Yu, "New Gods and Old Order: Tragic Theology in *Prometheus Bound*," *Journal of American Academy of Religion* 39 (1971): 19-42; T. C. W. Stinton, "*Hamartia* in Aristotle and Greek Tragedy,"in his *Collected Papers on Greek Tragedy* (Oxford: Clarendon Press, 1990), pp. 143-185; James M. Redfield, *Nature and Culture in the "Iliad": The Tragedy of Hector* (Chicago: University of Chicago Press, 1975)。

⓫ Schopenhauer, 1:211 and 1:214-215.

⓬ 王國維前揭文，頁一六〇四—一六〇九。

⓭ 參見Dorothea Dauer, *Schopenhauer as Transmitter of Buddhist Ideas* (Berne: Long, 1969)一書。

⓮ 參見葉嘉瑩，〈從性格與時代論王國維治學途境之轉變〉，在所著《王國維及其文學批評》（石家莊：河北教育出版社，一九九七），頁三—四八。

⓯ Louis P. Edwards, *Men and Women in Qing China: Gender in "The Red Chamber Dream"* (New York: E. J. Brill, 1994), pp. 44-45.

⑯ 同上書，頁四五。有關黛玉的命運，我這裏和女性主義的讀法雖有歧異，不過廖朝陽有一深入之見，我們得嚴肅看待。廖氏之見乃建立在宮川尚志對道教主題的研究上形成的，認為《紅樓夢》中絳珠仙子的化身說可能源自「謫仙」故事中常見的套式。依廖氏之見，這類的仙女無權過問自己的命運，但同屬神話出身的「石兄」似乎卻享有選擇的法門。見廖朝陽，〈異文與小文學——從後殖民理論與民族敘事的觀點看《紅樓夢》〉，《中外文學》，第二十二卷第二期（一九九三），頁六一—四五。

⑰ 黛玉最後說：「寶玉你好……。」夏志清認為這句話指的是：「寶玉你怎麼可以……?」見C. T. Hsia, *The Classical Chinese Novels: A Critical Introduction* (New York: Columbia University Press, 1968), p. 292。我同意夏氏的看法。本章其他部分雖指出我們應以「悲劇女角」看待林黛玉，但我無意說小說把她刻劃成是有意讓人如此看待的。這點參見Ann Waltner, "On Not Becoming a Heroine: Lin Dai-yu and Cui Ying-ying," *Signs* 15/1 (Autumn 1989): 61-78。

⑱ Edwards, p. 86.

⑲ Edwards, p. 59.

⑳ Waltner依第五回的曲牌〈終身誤〉，解釋絳珠草的「還淚說」，見所著頁六四。雖然絳珠草和〈終身誤〉都是仙界事物，但我們得注意一點：後面這首曲子絕對是從寶玉而非黛玉的角度譜下來的。

㉑ 王國維前揭文，頁一六〇八。

㉒ 例如梅苑，《紅樓夢的重要女性》（臺北：臺灣商務印書館，一九六七），頁四三—七一，以及Jeanne Knoerle, S. P. *The Dream of the Red Chamber: A Critical Study* (Bloomington: Indiana University Press, 1972), pp. 56-66。

㉓ 例見《紅樓夢研究資料集刊》（上海：華東作家協會資料社，一九五四）內收論著，以及李希凡與藍翎，《紅樓夢評論集》（北京：作家出版社，一九七三）一書內收諸文。

㉔ 夏志清在其大著頁二七七說道：「在典型的悲劇人物身上，我們總希望看到一點高貴的情操，諸如一絲仁慈或慷慨之心，又如『想認清自己的企圖』等等。不論有多遲，後者總能使悲劇人物認清自己。但是，黛玉顯然缺乏上述崇高的人格。她的聰慧實際上是可以讓她看出這一點的，不過她過於擔憂自己的安危，根本不能從客觀或諷刺性的角度反省自

己。因此，可想她在小說中必然是小可憐式的角色；不管這有多富於詩意，孤芳自賞的人在身心上容易受到的磨折，她都展露無遺。」

㉕ Redfield, esp. chaps.1-4.

㉖ 翻譯家和批評家很少弄得清楚小說裏的地理情形。賈府位於北京或南京？大觀園借為藍本的園囿有一座、兩座，還是三座？不論答案為何，至為重要的是：小說一直說黛玉的故鄉離榮國府有千里之遙。

㉗ 句中「幸」字引自警幻所演的第五闋〈紅樓夢〉，題為〈樂中悲〉。其意蘊豐富清楚：史湘雲生來雍容大度，實乃幸運之神眷顧有以致之。

㉘ Cf. Hsia, p. 273.

㉙ 此時寶釵雖然想安慰黛玉，但是計未得逞，反而承認自己的處境確實比黛玉好：「我……只有個母親比你略強些。」寶釵一再訴說兄弟無用，確也不想讓黛玉感到不同，倒是強詞寬慰了：「咱們也算同病相憐。」不過兩人接下來的談話中，寶釵一再用到這個詞就顯得不智了，因為這時已有諷刺的弦外之音，足以把她的好意解構掉：寶釵到底在哪一點稱得上和黛玉是「同病相憐」？（《紅》，二：六二五）

㉚ 第八十二到八十三回有黛玉症狀的詳述，其時丫鬟紫鵑、雪雁發現她咳後「痰巾」有「一縷紫血」（《紅》，三：一一八六）。黛玉曾夢見寶玉拿刀劃自己之胸，「鮮血直流」（《紅》，三：一一八四）。就意象而言，黛玉咳血乃此景的寫實對應體。傳統和現代醫書上有關肺病的討論，見沈金鰲，《中醫婦科學》（臺北：五洲出版社，一九六九），頁一七〇—一七九；南京中醫院內科教研編，《簡明中醫內科學》（上海：上海科學技術出版社，一九七〇），頁二五八—二六五；以及Nathan Sivin, *Traditional Medicine in Contemporary China: A Partial Translation of Revised Outline of Chinese Medicine* (Ann Arbor: University of Michigan Press, 1987), pp. 294, 408。

㉛ 王國維前揭文，頁一六一三—一六一四。

㉜ 「女子無才便是德」這句女箴，《紅樓夢》最早時用在寶玉的寡嫂李紈身上，事見第四回。有意思的是，到了第六十四回黛玉題〈五美吟〉，寶釵和寶玉索求一閱，前者又重提了這句話。寶釵一面求閱，一面拿儒家的大道理訓黛玉，把第

四十二回她說的話又強調了一番。寶釵說：「自古道『女子無才便是德』，總以貞靜為主，女工還是第二件。其餘詩詞，不過是閨中遊戲，原可以會，可以不會。咱們這樣人家的姑娘，倒不要這些才華的名譽。」（《紅》，二：九一三）時人章學誠的〈婦學〉謂：「古之婦學，必由《禮》而通《詩》；今之婦學，轉因詩而敗禮。」（見《文史通義》（《四部備要》版），卷五，頁三一乙）。章氏乃衛道之士，若耳聆寶釵的話，必然心有戚戚焉。陳東原《中國婦女生活史》考「女子無才便是德」一語，以為可以溯至明代。有關這句話進一步的討論及其所形塑的文化意識形態，參見K'ang-i Sun Chang, "Ming-Qing Women Poets and the Notions of 'Talent' and 'Morality,'" in R. Bin Wong, Theodore Huters, and Pauline Yu, eds., *Culture and State in Chinese History: Conventions, Conflicts and Accommodations* (Stanford: Stanford University Press, 1997), pp. 236-258.

33 此所以第十七回寶玉試著猜度「綠臘」的出典。他正急著，寶釵卻詘笑道：「虧你今夜不過如此，將來金殿對策，你大約連『趙錢孫李』都忘了呢！」（《紅》，一：二五三）明代書法家李東陽（一四四七—一五一六）也是詩人，所著《麓堂詩話》謂詩社之集，江南文人都很喜歡。詩社中的規矩與競賽也是效法科舉而成，最後都會刊出得勝者名姓，讓他們「榮登金榜」。見《歷代詩話續編》，三：一三八〇。一二八六或一二八七年間，吳渭組織而成的月泉吟社盛極一時。該社和社員及其活動有關的敘寫，可見《月泉吟社詩》的幾篇序文，在《叢書集成初編》（上海：商務印書館，一九三六），第八十卷。

34 見《呂氏春秋》（《四部備要》版），卷十四，頁四甲。

35 有些《紅樓夢》的評者不喜後四十回，便說黛玉的性格前後矛盾，而她這裏相勸便成書中較早的例子之一了。

36 參見艾德花茲的短論，在所著頁四六—四九。

37 Wong Kam-ming, "Point of View and Feminism: Images of Women in *Hongloumeng*," in Anna Gerstlacher, et al., eds., *Woman and Literature in China* (Bochum: Studien Berlag, 1985), p. 47.

38 「嫁與東風」一句，典出李賀（七九一—八一七）十三首〈南園〉詩的第一首，見《全唐詩》，十二冊（北京：中華書局，一九六〇），卷三九〇，六：四四〇一。李詩最後兩行是：「可憐日暮嫣香落，嫁與春風不用媒。」詩中雖有「香落」之說，整首詩的氛圍卻無憂無慮，因為風吹香溢，畢竟是受惠。

39 〔唐〕李商隱，〈無題〉，在《全唐詩》，卷五三九，八：六一六八—六一六九。

40 Wong Kam-ming, p. 57.

41 霍克思把「冤家」譯為「處處做對的愛人」（"foes and lo'es"），有「甜蜜仇人」（"sweet foe"）之意，見SS 2:91。錢鍾書對後一矛盾語也有一番議論，謂其等同於「親愛敵家」或「親愛敵人」（*docle mia guerriera, la ma cara nemica, ma douce guerriere*）。中文「冤家」的各種可能的內涵，錢氏以為盡攏於言者內心的愛憎兩極之間，所著《管錐篇》，四冊（北京：中華書局，一九八二），三：一〇五八—一〇五九於此有分教。

42 當時寶玉說：「了不得，想來這幾日她不知哭的怎樣呢。」說罷，寶玉還「蹙眉長嘆」（《紅》，一：一九三）。

43 即使在通俗小說裏，說女人「面若桃花」也不一定陳腐，或是無關痛癢。這個形容詞出自包公案。話說有貞婦私通一猿，包公因其「臉帶桃花之色」而揭開姦情。見〔明〕安遇時編集，《包龍圖判百家公案》（北京：中華書局重印，一九九〇），第二回，頁一五三二。孟子的話因此聽來可真諷刺：「有諸內，必形諸外。」見《孟子．告子下》，第六章，在〔宋〕朱熹，《四書集注》（臺北：世界書局，一九九七），頁三八三。

44 松菁，《紅樓夢人物論》（臺北：新興書局，一九六六），頁二七一。

45 所謂「內木石而外金玉」的說法，見〔清〕張新之：〈太平閒人《石頭記》讀法〉，在《三家評本紅樓夢》，上冊（上海：古籍出版社，一九八八），頁一五六。另參較 Edwards, p. 47。

46 參見 Hsia, p. 272。

47 黛玉暗示婚嫁可以但憑父母之言決定，聽起來荒唐難信，但請毋忽略一點：在第九十五和第九十七回，薛姨媽是連問了寶釵兩次，才敢替她訂親的。寶釵的回答是「父母做主」的典型：「女孩兒家的事情是父母做主的。如今我父親沒了，媽媽應該做主的，再不然問哥哥。怎麼問起我來？」清朝中葉以前，子女的話確有可能影響到「父母之命」，沈復的《浮生六記》第一回可以為證。沈母幾乎毫不考慮，就同意三白娶表姊陳芸為妻的心意。將心比心，我們也可想像黛玉可能把希望都寄托在寶玉身上，期待他向堂上表明自己的選擇為何。

㊽《紅樓夢》這一景寫得太好了，可惜歷來紅學家都讀不出或不願指出其中的諷刺，老以為這是後四十回「較差」的另一證據，因為寶玉寫來如今據稱是熱中功名，執意仕途了。這一點，和他之前的性格刻劃顯有不符，見毛德彪等著，《紅樓夢注評》（南寧：廣西人民出版社，一九八一），頁四三〇。現代評者疏於一察的是，小說總說寶玉「道喜」，卻不曾引出他道喜的「內容」。賈政加官，寶玉卻一直沒有機會「說出」內心的歡喜。

㊾林以亮，〈紅樓夢新論〉，在《紅樓夢論集》（臺北：聯經出版公司，一九七二），頁一九六－一九七。

㊿見Sir William Osler, *The Principles and Practice of Medicine*, 2nd ed. (New York: D. Appleton, 1985), p. 249，以及Russell L. Cecil, *A Textbook of Medicine* (Philadelphia and London: W. B. Saunders, 1927), p. 214。我特別查閱了抗生素在現代廣泛應用前的標準醫學文獻。肺結核病人垂死之際的身心狀況，卡謬的《欣然就死》寫來令人驚怖，見Albert Camus, *A Happy Death*, trans. Richard Howard (New York: Knopf, 1972)。

51 T. C. W. Stinton, "*Hamartia* in Aristotle and Greek Tragedy," pp.172 -173.

52 譯文引自呂健忠譯，《安蒂岡妮——墓窖裏的女人》（臺北：書林出版公司，一九八八），頁四二。

53《紅》，三：一三五九－一三六〇如是寫道：「那黛玉心裏竟是油兒醬兒糖兒醋兒倒在一處的一般，甜苦酸鹹，竟說不上什麼味兒來了。停了一會兒，顫巍巍的……那身子竟有千百斤重的，兩隻腳卻像踩著棉花一般，早已軟了，只得一步一步慢慢的走將來。」

54 D. J. Conacher, *Euripidean Drama: Myth, Theme and Structure* (Toronto: University of Toronto Press, 1967), p. 139.

55 Tsao Hsueh-chin, *Dream of the Red Chamber*, trans. Chi-chen Wang (New York: Twayne, 1958), pp. v-vi.

56 Redfield, p. 86.

57 見Sophocles, *Oedipus Rex*, in F. Storr, trans., *Sophocles* I (Cambridge: Harvard University Press, 1912), lines 1329-1333。

58 Plaks, p. 78.

59 Waltner, p. 78.

餘論
重探虛構

詩，如果是
真正的詩，那就不會只是詩；
完美的詩，
虛構不來，
也不打誑語。

（Elder Olson, "A Valentine for Marianne Moore"）

《紅樓夢》開書，青埂峰上那塊石頭背上就已鏨有自己幻形入世的經歷，而空空道人係這經歷在小說中的第一位讀者。石頭和道人對答，嘗為自己思凡的行徑辯解。從「擬史」的角度看，或從個人生平入史的傳統方式觀之，石頭這段辯解幾乎都反其道而行。❶小說中，他曾自謂有「幾個女子」的事跡乃他「半世親睹親聞」而得；批評家由此便可知，《紅樓夢》全書自傳的成分重。不過據石頭稱，這「親睹親聞」的重要，乃在可以激勵讀者一詳眾女的「事跡原委」（《紅》，一：五）。我在本書第三章業已指出，石頭這段看似尋常的話所引出者，實乃小說家古來最大的想盼，亦即不管小說人物生當同時或為隔代異地之人，小說家都希望自己力可一探他們心思與感覺之所在。西方作家對這種能力知之甚詳，所以經常假設自己「目光宏大，有神一般的特權，可以看透小說〔人物〕心靈最深刻之處，也可以穿越時空，擁有出入過去與未來的知識與本領。」❷在中國，這種特權或本領，常人早就認定只有史家才有，係其權力與權威的一部分。

第一章裏我曾援引章學誠，這裏不妨回憶一下這位清代史家與哲人的話。文字上的增損乃史學撰述在所難免的問題；章學誠論及此點，認為史文千變萬化，而史家非得有一己的定見不可。記錄古人言辭時，史乘之法亦無常，「唯作者之所欲然，必推言者當日意中之所有。」❸章學誠於此之強調，不僅在史事的正確性，以為這是史家賴以為史家的鐵則。章氏的說詞，我們當然心有戚戚焉，不過從今天史學發展的角度來看，我們卻也不得不說所見縱非不可能，卻也困難重重，根本就難以化至。更具意義的一點是：章氏所見顯示「史實」或「史義」不能自外於史家的主體性，或是史家之「所欲然」。史家於文字上或「增」、或「損」、或就「事如其事與言」所行之「作」，❹殆皆本於上述之「欲」而來。

章學誠論史或史學撰述精而且細，但論述中有一表面問題他似乎解答無方，亦即史家之「所欲然」或他真正之「志」，到底因何而得以製造出「事如其事與言」的「歷史」來？我們欲得性情之正，必須勤於修心，所以我們若追問上述問題的答案，章學誠可能會說「性情之正」才是史事推論或記錄「正確」的保證。這種解決之道，實則和儒門論情或論欲若合符節。孔門所論是：人唯有願意受教，願意律其性情，才能在政事和道德上修得正果。

中國文化史上，史學撰述的歷史悠久。這些書寫是否志在上述規範性的理想，這裏我不擬爭辯。不過文學史上倒是可見許多的「野史」，和「正史」同時輝映成趣。如果不論史實可徵或正確與否，也不論所見或大或小，則信史和偽史一旦合流共治，那麼大家就算不明白說出，恐怕也會有許多人堅信下面這一說法：史事或歷史人物，甚至是他們已見著錄的談話，都不會只有一種看法或版本。易言之，歷史之所以會有差別，非特因史述有其不同的對象而起，更因史家之「志」每會產生不同的知識或再現方式使然。

我們所以為的這些「差異」，事實上亦可助人釐清「演義」一詞的意義。中國古代，在說部或類小說的範疇裏，「演義」之作甚豐，可謂不勝枚舉。可惜「演義」一詞，今人多視同西方所謂「傳奇」（romance），其中悠謬可知。「演」這個字，既可指情事的通俗化，也可指參詳其事或深予論列，所以「演義」所指絕非當代字典定義「傳奇」時所謂「無稽之談或荒誕不經之事」，更非「幻域中的英雄歷險事跡」。[5]這個中文詞所示，反而是希望換個角度檢視故事，看看是否可以因此而探幽尋微，求得故事底層所含之「義」，最好是以系統方式開「演」其中的發展。所稱「故事」，就算不是長篇寓言，恐怕也彷彿其然。[6]

從這個角度理解，則從漢唐到明清，「演義」之作必然卷帙浩繁，所寫若非小說化的歷史，就是加油添醋的長篇「野史」。歷史演義的精神或書中角色，在數量上也遠遠超越了詩詞中常見的「詠史」之作。傳統戲曲固然多奠基在歷史之上，試圖為過往的名人或史事做一新解，但比起「演義」來，數量可能還是瞠乎其後。

上文所陳，《紅樓夢》的作者了然於胸。我們只要翻開第六十四回，就可了解我所言不虛。在這一回裏，林黛玉寫了五首詩，吟詠史上的五位美女，薛寶釵讀後讚不絕口。她稱美黛玉的話，其實就是一篇短小精幹的「詠史詩學」：

做詩不論何題，只要善翻古人之意。若要隨人腳踪走去，縱使字句精工，已落第二義，究竟算不得好詩。即如前人所詠昭君之詩甚多，有悲輓昭君的，有怨恨延壽的，又有譏漢帝不能使畫工圖貌賢臣而畫美人的，紛紛不一。後來王荊公復有「意態由來畫不成，當時枉殺毛延壽」；永叔有「耳目所見尚如此，方里安能制夷狄」。二詩俱能各出己見，不與人同。今日林妹妹這五首詩，亦可謂命意新奇、別開生面了。(《紅》，二：九一六)

寶釵所謂做詩要「善翻古人之意」，也要提出自己的新見，可能會令熟悉當代文論的讀者吃驚不已，因為所見在若有若無間已經引人聯想到布魯姆（Harold Bloom）的「競爭詩學」。儘管如此，真正關乎本章目前所論者，並非「原創性」這類的皮相之見。我所關心的，反而是寶釵話中沒有明陳的部分，亦即「真相」這一類知識論的課題。王安石說「當時枉殺毛延壽」，而他怎知毛氏係經「枉殺」致死？在鄉諺這類的智慧之外，歐陽修又能舉出什麼更強的證據，用以自圓其所謂「耳目所見尚如此」，而皇帝又何德何能的指控？

這一類的問題，其實也可以拿來尋繹黛玉所寫的五首詩。黛玉詠虞姬，當時她怎知「鯨彭甘受他年醢，飲劍何如楚帳中」乃虞姬切身的看法？黛玉詠紅拂，又怎知李靖面對楊素時是「長揖雄談態自殊」，因此才博得「美人巨眼識」？(《紅》，二：九一四—九一五）章學誠謂史乘之裁剪唯賴「作者之所欲然」，而作者「必推言」史上當時所應有。黛玉詩中的題材果如寶釵所謂「命意新奇，別開生面」——就像王安石或歐陽修這些歷史人物筆下受人稱道的一樣——那麼這是否意味著他們所詠在某個程度上都符合章學誠對「史實」的要求？章氏所謂史家之「所欲然」，似乎無異於寶釵上引的評語。如其如此，章氏的話不顯示同一史事或人物的詮解似乎也會出現多元的看法或相異的版本？「作者」構設情節每每因人而異，欣賞小說的動機也各如其面，而他們對事件的解釋更是喜歡機杼獨出。易言之，不同「作者」之「所欲」，當然有所不同，而殊義尤勝的是：上述多元的可能，不正因此而更為確鑿嗎？

史家、詩人或小說家撰作時，通常有一己的限制。上面三個問題，我們的答案如果都是肯定的，則不啻承認於史家、詩人或小說家，所謂「限制」都無大異。史家或會堅持「史實」要有稽可考，有據可憑，但是要掌握「史實」，他或她卻得「推言」或「作」擬當時之可能。相形之下，詩人或可胡牽亂扯，吟唱那虛無飄緲之事，但他也得為之「覓地命名」，自然就會強化上述「可能」的重量，甚至連「事跡」之「原委」也得包括在內。

唐代詩人杜甫的〈月夜憶舍弟〉，我們耳熟能詳。其中有對句云：

> 露從今夜白，
> 月是故鄉明。❼

杜甫寫詩之際，離鄉已遠，如果有人強問他怎知「月是故鄉明」，我想對所有的讀者來講，答案還是繫於杜甫的「感情」上，在他因戰亂流離所生的悲意中。〈月夜憶舍弟〉全詩，這點明顯可見。杜甫眼中月亮的「實況」，因此也根植於他自己的情性和欲望，史實鉤稽和科學曆法絕對證實不了。〈月夜憶舍弟〉吟就於西元七五九年左右，學者當真以為那一年杜甫祖業所在的荊州夜懸明鏡，比什麼地方都圓、都亮嗎？同樣地，第三十八回林黛玉的三首詠菊詩不但經常用到我們都不陌生的文學巧技「擬人法」，逞想像力把植物說成人類，在這種轉變的過程中，她實則也已把菊花看成是談話的對象，從而易地而處，代菊花訴說心頭的鬱悶。請以第三首〈菊夢〉為例再談，其中黛玉寫道：

睡去依依隨雁斷，
驚回故故惱蛩鳴。
醒時幽怨同誰訴，
衰草寒煙無限情。（《紅》，一：五二八）

詩中黛玉扮菊，以菊自任，而這當然不止是中國古詩在修辭上的舊套，也是舉世其他詩學傳統中的老生常譚。杜甫和黛玉的詩句所說明者，乃古來名家作詩常見的某種辯證。他們的語言一方面是自己欲望的投射，另一方面也是此一欲望形成的力量。我在本書第二章提過劉勰所論的「神思」，舉為以「情本論」理解文學語言最佳的例子：「登山則情滿於山，觀海則意溢於海。」❽杜甫和黛玉的詩，正是劉氏所論的例示與說明。雖然如此，為其情感代言而再現的結果，卻不能說就是詩人心境的如實複製。不論是故鄉上空的明月，或是夢中追尋鴻雁，乃至於睡菊覺來惱蛩，其實也都是欲望創發之物，實為虛構。不過這「虛構」卻是「真而又真」，因為詩人對所寫之物似乎都「知情，知其情」，故能詠之而得兩相浹洽之妙。

傳統詩論雖然不常也不曾明言這種虛構的觀念，但這並不表示古人懵懂或不曾予以探究。中國抒情詩歷史悠久，傳統中反而充斥天才迸射的創發之作。倘非絕妙虛構，這些詩還真不算是一回事。有位婦人去世，白居易為此寫了三首詩，上述「詩人的特權」可以因之而舉一反三。事因元稹喪偶，吟詩悼念而起。白居易讀後深為所動，乃諧擬元妻的口吻撰詩，應答良人。❾白氏這三首詩無論用字遣詞或句構都脂粉不施，一貫他賴以名世的老嫗能解。詩中說話人化身為元氏之妻。她起自墳中，向丈夫致意再三，首先美其「夫」德，故謂——

嫁得梁鴻六七年，

……

家貧忘卻為夫賢。（〈答謝家最小偏憐女〉）

既而因他懶散而戲謔其人，道是——

耽書愛酒日高眠，

雨荒春圃唯生艸；

雪壓朝廚未有煙。（同上詩）

她又擔心兩人的掌上明珠：

身病憂來緣女少（同上詩）

鰥夫仍繫職，
稚女未勝哀。（〈答騎馬入空臺〉）

她也注意到兩人離別後，似無鵲橋可通：

君入空臺去，
朝往暮還來。
我入泉臺去，
泉門無復開。（同上詩）

最後她還提醒丈夫，要他切記兩人常遊處：

莫忘平生行坐處，
後堂階下竹叢前。（〈答山驛夢〉）

中國詩歌的傳統裏，男性詩人常以女性的口吻發聲，垂三千餘年之久。繇是觀之，白居易上引詩的修辭與姿態就無足為異，甚至也不用加以特別注意了。儘管如此，白詩一為七律，一為五絕，一為七絕，當然值得推敲，而詩和傳記、小說的關係複雜，由此也可稍得釐清之端倪。中國古詩和西方詩的區隔，現代學者即常引上述複雜的關係為其定位，而且認為是關鍵。本書對於《紅樓夢》的討論，每每也由這些關係出發，加以申述。

我們常聽到這樣的說法：中國人由於缺乏「一套可以擬之於亞里士多德的模仿論或基督教的化身說（*figura*）」，所以中國詩既不考慮「時間中動作的重現」，也不理會理論家所謂的「虛構性」。「相反，〔中國詩〕再現的對象是某時間點上的情緒，或是心靈與周遭世界境況的互通」，而「批評家一向就把文學作品視同個人的歷史」。[10]因為中國尚未發展出「創世」的概念，亦乏「超越性的造物主」這種看法，是以不僅周邊世界尚處「遐荒未造」之境，甚至連詩人本身也都得和創造的活動區隔開來。因此——據宇文所安之見——「在這種遐荒未造之世」，任何像西方詩人一樣的「有意的虛構話動，〔中國人〕總視為逆天行事，乃瞞天過海的行為。詩人所關心者，不論是就內在經驗或就外在知覺而言，唯『現實』的如實呈現而已。寫『詩』的詩人還有一個功能，亦即在現世中指出秩序，在現實永無止境的區分之後見到類型。就像孔子一樣，詩人也得『述而不作』。」[11]

個人的內在經驗或主體性總希望能覓得「真正的呈現」，詩之視為個人自傳的本質之見也就十分自然。余寶琳論儒家的《詩經》詮釋學時，嘗謂「詩」在孔門看來，「乃歷史實情的文學性疏傳」。這種詮釋傳統在文化中造下的後果，不僅會把「閱讀道德化，或是將之轉為時事的影射」，而且也會形成某種詩觀，流傳千古，要求人「不以詩為虛構，而是視如芭芭拉・史密斯（Barbara Smith）所謂『自然的心聲』。……在中國人的傳統觀念中，詩乃個人生命的紀錄。此見之自然與合情，就如同詩也

是邦國命運的見證一般。閱讀於是變成某種『情境製造』的過程，而非某種『所涉他性』的從屬物。」⓬

從某個時間點上看，如此汎論中國詩和中國詩學可謂觀察入微，正確無比。這種觀察也符合當代中國紅學家對林黛玉的看法：他們認為菊花詩不僅反映小說中黛玉的性格，也說明曹雪芹的性情，而曹氏又係推想中《紅樓夢》的作者。⓭白居易詩中所寫為何？上述之見是否有助於問題的解答是一回事，不過元稹悼亡妻的哀曲確如白詩詩題所示，乃他創作上的動力，而詩人之所以感慨繫之，無疑也因這些悲與欲的字句有「感」而來。元、白係至交，史有明載，我們再清楚不過。白詩的動人處，必須放在這個架構中看才成。這些俱屬史實，一點兒也不含糊。

話說回來，白居易上引三首詩，難道我們能稱之為他「內在經驗」的「實情」的反映？難道這些詩也可做「歷史實情的文學性疏傳」看，或可視同某歷史人物「生命的紀錄」，因此也是他「自然的心聲」？上面這兩個問題，我的答案必然是一連串的否定。沒錯，這三首詩都可以在白居易的「歷史經驗」中找到詩構的成因，不過詩中寫亡婦向未亡的丈夫輸悃，本身卻是某種再現，無關乎白氏，而這也是明顯之至。詩中的聲音有稱道，有慰藉，有怨嗔，有共享的追憶，也有彼此的哀念，可謂如在目前。因此之故，這聲音雖小，卻是五臟俱全，構成了一幕幕精緻而動人的「虛構」。這「虛構」之所以為「虛構」，非特因其發話人乃一魂魄俱杳的婦人所致，更重要的是：「虛構」的濡筆者係一男人，而他在詩中卻是以女性之身發聲。

男詩人在中國變裝發聲已經積重難返，而且歷時甚久，當代受女性主義影響的評論家大可抗議。雖然如此，女性主義的批評家仍不應因此而昧於史實，亦即演員或詩人反串演出乃藝術放諸四海皆準的形式之一，甚至是創作自由最基本的一種實踐方式。就中國史而言，戲劇或舞臺表演可能出現得相當晚，而如同我一再指出的，中國人的文學名詞中，幾乎沒有俯拾可得的「創作」或是「創造者」這些概念。話說回來，我並不是說中國詩人無睹於修辭或語言上可能出現的「腹語術」，或是對於「戲劇性」一無感受的能力。儒家的欲望論述早已樹立起某種「感應美學」，堅持一切的表現最後難免都會是「自我的表現」。不過詩人卻是一逮到機會就會運用特權，用他人的聲音吟之詠之。所謂「他人」，在中國傳統中或為棄婦，或為謫官，或為隱者，或為童騃，或為史上戰將，或為他國勇士，或為求愛幽魂，或為重逢主奴，甚而或為名花或悲蟲，不一而足。詩人想像身分，虛擬主體性，而每當如此寫詩時，他筆下頓然就會從抒情轉為戲劇世界，因為不管語句如何閃爍，說得又何等之快，詩人心中所存總是他者的意識與人格。寶釵詠柳絮的詩，我在第五章已經討論過，我們試想她詩中所用的第一人稱代名詞，上文所述自然就明白。戲都是「假做」而成的，而「假做」就是「虛構」，而一切「有意的虛構」都免不了和「所涉他性」有關。詩人下筆何以如此，原因可以有一籮筐。他們的作品一經批評家分析，有關生平與境遇的各種啟示也會接踵而來。但是作家所寫的有關「詩之虛構」的詩，卻不必和作家的自傳強求一致，因為他們再現的態度和方法在我們所察覺的意圖與接受上也會有落差。此一落差，中國詩學與疏傳的傳統失察，於詩人所作所為幾乎也是視若無睹。

儒家解詩，通常把情欲的再現說成「意在言外」，而說來諷刺的是，儒家這種傳統的形成，主要卻因他們深知詩人常有「反串」之舉，亦因其中虛構的意涵有以致之。第二章我所引過的章學誠的話，這裏容我再引來說明。章氏說：「古人思君懷友，多託男女殷情，若詩人風刺邪淫。」⓮數百年來，章學誠及其同好為合理化詩中攸關情色之處，以便為其更「高尚」的目的服務，莫不將之視如

「托言」或「托情」，以寓言解之。章學誠疏於一提的，當然是「寓言」亦「虛構」這種問題。為人臣者渴望明君見用，詩文中卻常以妾身自比，猶如閨閣誠悃思君。這類故事的文學指涉，儒家認為不會是事實。我們若順著這種思惟推衍，指涉非真當然會沖淡故事中的情色色彩，而詩文中的性事一旦轉為隱喻，孔門的道德與政治觀也就沒有理由不加接受。所以從類似章學誠倡導的閱讀方法來看，中國人之所以有種種虛構，而且層出不窮，目的都是要遮掩「自傳」，拯之於不倫之譏。

清代中葉的學者所見既然如此，我們也可以因之而回到《紅樓夢》，為其再贅數語。《紅樓夢》開書就是一段「自我詮解」，是石頭為自己故事所做的辯解之一。在這段名言中，《紅》書係因「傳記」而撰就的暗示，歷歷可見。其中又不斷提及敘述者熟識的幾個女子，對她們敬重異常。敘述者對過去與當前的罪愆也顯然有懺悔之意，希望能藉「製作」一部小說以彌補之。可想而知，此所以胡適和當代中國的索隱派才會把《紅樓夢》看做傳記，說是朦朦朧朧在敘寫史上作者的生平。

石頭的辯解講得頭頭是道，儼然權威。他對一切又知之甚深，也談到再現他人的心靈與生平等等問題，又涉及虛構的內涵為何。就後者而言，紅學的索隱派顯然百密一疏。韋恩．布思（Wayne C. Booth）有本書已成小說研究的經典之作，石頭自以為無所不知的那段談話，我想借布著開頭的一段說明，蓋其底蘊布語最能道得：

說故事的人最明顯的技巧之一，就是潛入動作底層，藉以探悉角色心中真正所思之事。講故事要盡得「自然」二字，而不管我們如何得之，人為的技巧在作家所構設而常人難以窺知的現實生活中俱不能免。現實生活中，我們除了自己之外，對他人其實懵懂。若乏我們可以完全信任的內在符徵，我們其實也難有自知。所以大部分的人所知，其實只是自己的一部分而已。所以很詭異的是：打一開頭，文學提到自己的創作因由，無不以直接而又不失權威的方式出之。生活中，我們難免和他人打交道，但是我們要得悉有關他人的一切，卻不必強賴紙老虎式的推論。⓯

作者的全知全能乃小說虛構上的指標。強調這一點，並非否定作家有使用史料的權力。不論是個人或是家國的歷史，作家當然都有援用的絕對自由，可以化進他撰寫中的故事裏。不過正如布思的話或其他著作清楚顯示的，類此修辭上的特權為小說家所提供者，其實關乎再現的本質及其範圍，也關乎掌控上的程度和各種查證上的內在機制。後者所指，係小說讀來能令人信以為真的能力。《紅樓夢》在文類上宜稱「小說」，主要因其呼應了小說應有的功能，採行了小說寫作上可能用到的符碼。《紅樓夢》架構在許多角色上，他們都已經托喻化，而敘述者在這方面也有所提示，讀者自然會循上述功能與符碼來閱讀這本書。曹雪芹的生平和家人的事蹟，學者孜孜研究，認識日深。小說角色的歷史摹本，在批評家的推敲之下，我們甚至也都已曉得，如林黛玉可能本於曹氏某姑姨，薛寶釵大概系出同堂某姊妹。雖然如此，目前可見的《紅樓夢》文本，卻不能僅做實事與經驗的實錄觀。

《紅樓夢》修辭繁瑣，全書寫來自成系統，十分老練。我們會注意到小說本身的虛構性，這是原因。然而索隱派的讀法卻可能於此有味，不是疏忽了，就是不屑一談。中國人的抒情詩都經千錘百鍊才吟就，精簡異常，但所開創出來的虛構也因此而有所限制。《紅樓夢》這類的散文敘述則不然，其寬廣與成熟的程度在歷史上雖屬後出轉精，似乎來得遲了一點，但令人嘆為觀止也是毋庸置疑，所以可以隨意運用各種修辭技巧，為自己虛構性的目的服務。虛擬或扮演雖然只是《紅樓夢》的主要技巧，但由於全書深受傳統戲曲的影響，眾議僉同，是以虛擬扮演還真不可小覷。除此之外，另一位當代理論家里法特（Michael Riffaterre）簡扼言及的其他技巧，《紅樓夢》中大致也可一見：

小說明示其虛構性的方法很多，同時也廣為人知。如果一一列舉下來，密度甚高，可以包括作者和敘述者的介入，以及多重敘述觀點的運用。作者或敘述者的再現若出以幽默的方式，則這種敘述亦可含括在內。如此幽默敘述倘在暗示局外人的觀點，而此人又沒有完全介入其中，則更可視同虛構性呈現的徵兆。此外，下面各點也可見小說中的虛構性：說明敘述語言用的後設語言；大小題目或前言後語中的文類符號；角色或地點之名的象徵意涵；敘述聲音和觀點的齟齬並角色聲音和觀點的不合；敘述觀點及尤為全知觀點下的敘述性逼真感之間的矛盾；修飾敘述地點及改變事件連貫性的符號（如時間倒流與提前，或如其中巨大之落差、錯亂或前挪）；模仿過甚者如不重要的言語思想也記錄下來等（儘管「不重要」，這類模仿卻能暗示實際所發生之事或其實況，亦可開創氣氛、刻劃人物）；最後是敘述上的破壞過甚（diegetic overkill），例如表面上毫無意義的細節之再現等。在以寫實為特色的故事裏，這類「無意義」可是意義十足。各種文本特色間恒常可見的巧合，敘述學似乎早已略過不問，而這點所說明者一面是故事的虛構性，一面卻是其真實性。⑯

上面逐點引出的概念，可能具有文化與時間上的差異，但是如此列舉的小說特色與功能，對《紅樓夢》的研究卻非牛馬無涉。事實上，上引特色在這本中國說部中都可一見。

若要按圖索驥，在《紅樓夢》中一一標出這些特色，我可能需要另一部大書來談，此所以在本書中我只能擇要論之。《紅樓夢》伊始所談，無非「夢」、「鑑」或「幻」，所以本書有專章論及。再因《紅樓夢》的「第一位」讀者指出此書「大旨談情」，因此本書也特撰長文一究「情」字的意蘊。我的解讀關鍵所在，經常是雙關語和名字象徵等文字遊戲，而且強調甚重。我同意里法特的看法，雙關語和名字象徵乃「『虛構性』特別耀眼的標誌」。[17]《紅樓夢》開卷不久，我看敘述者隨即介入。在描述讀者接受的經驗時，他似乎也把類如佛家的智慧帶出。果然如此，那麼我在本書所作所為，當然就是跟著敘述者走，以便一探宗教啟蒙如何和書中的美學發展鑾轡並駕，又如何以象喻的姿態開展其文學力量。[18]《紅樓夢》最重要的特色之一係「文本特色間恒常可見的巧合」，而其中所說明者「一面是故事的虛構性，一面卻是其真實性」。回顧我的研究，我想我已盡力索讀，希望沒有「略過」上引的里法特之見。職是之故，過去或現代的讀者若堅持《紅樓夢》乃「真有其人，真有其事」，則拙作所能提供者可能就有限，頂多是冰山的一角而已。看倌翻閱本書時，我故而奉勸效空空道人這《紅樓夢》的第一位讀者來看。《紅樓夢》終卷前，空空道人對故事中的石頭嘗有如下的評語：

奇而不奇，
俗而不俗，
真而不真，
假而不假。（《紅》，三：一六四六）

如此說詞誠然因「虛構」而得，但這「虛構」顯然並未打誑語！

註釋

❶ 所謂「擬史」，青埂峰上那顆石頭有如下一說：「歷來野史皆蹈一轍」，都會「假借漢唐等年紀添綴」。見《紅》，一：四—五。這裏所引人民文學版《紅樓夢》中的石頭所述，乃參校甲戌本而來。所謂「個人生平」，《紅樓夢》中石頭是比自己經驗於一般虛構所假托之人，謂其「竟不如我半世親睹親聞的這幾個女子」（《紅》，一：五）。

❷ Meir Sternberg, *Expositional Modes and Temporal Ordering in Fiction* (Baltimore: Johns Hopkins University Press, 1978), p. 257.

❸〔清〕章學誠：〈與陳觀民公部論史學〉，在《章氏遺書》（嘉業堂刊本，一九二二），頁一四。

❹ 章學誠，《文史通義》（北京：中華書局，一九五七），頁二九〇。

❺ Stuart Berg Flexner, ed., *Random House Unabridged Dictionary*, second edition (New York: Random House, 1993), s. v.

❻ 清末《紅樓夢》的評者張新之，所見就是如此。《紅樓夢三家評本》中，他混合大量的理學與《易經》術語，為《紅樓夢》著實演義了一番。在早期的文學與宗教寓言中，「演義」一詞常常可見，相關的例證可見〔明〕潘鏡若，《三教開迷歸正演義》（一六一五；上海：古籍出版社，一九九〇）這本小說。此書原藏於日本天理大學圖書館，上海古籍出版社的現代版凡分三卷。

❼〔唐〕杜甫：〈月夜憶舍弟〉，見《全唐詩》（北京：中華書局，一九六〇；臺北：明倫出版社重印，一九七四），冊四，卷二二五，頁四：二四九。

❽〔梁〕劉勰著，〔清〕黃叔琳注，《文心雕龍注》（臺北：臺灣開明書店，一九五八），卷六，頁二六：一甲。

❾〔唐〕白居易：〈感元九悼亡詩因為代答三首〉，見《白香山詩集》（《四部備要》版），卷十四，頁八甲—乙。

❿ Craig Fisk, "Literary Criticism," in William H. Nienhauser, Jr., ed., *The Indiana Companion to Traditional Chinese Literature*

(Bloomington: Indiana University Press, 1968), p. 49.

⓫ Stephen Owen, *Traditional Chinese Poetry and Poetics: Omen of the World* (Madison: University of Wisconsin Press, 1977), p. 84.

⓬ Pauline Yu, "Alienation Effects: Comparative Literature and Chinese Tradition," in Clayton Koelb and Susan Noakes, eds., *The Comparative Perspective on Literature: Approaches to Theory and Practice* (Ithaca: Cornell University Press, 1988), pp. 172-173.

⓭ 例子見蔡義江，《紅樓夢詩詞曲賦評注》（北京：北京出版社，一九七九），頁二〇八—二〇九。

⓮ 章學誠，《文史通義》（《四部備要》版），卷五，頁二九甲。

⓯ Wayne C. Booth, *The Rhetoric of Fiction* (Chicago: University of Chicago Press, 1961), p. 3.

⓰ Michael Riffaterre, *Fictional Truth* (Baltimore: Johns Hopkins University Press, 1990), pp. 29-30.

⓱ 同上書，頁三三。另見J. Hillis Miller, "Introduction" to Charles Dickens *Bleak House* (Harmondsworth: Penguin, 1985), pp. *22-23*。米勒（Miller）在這裏指出：「小說中有許多角色的名字，如果不是公然可見其隱喻意涵（如Dedlock, Bucket或Krook等），要不似乎就能引人遐思，想要把某些隱而不顯而幾乎就存在於字面上的隱喻含攝進去（如Tulkinghorn, Turveydrop, Chadband等）。」對米勒而言，這類文本特色顯示狄更斯（Dickens）「私下知道：他筆下帶有象徵意味的名字都是語言上的虛構」。這些名字的隱喻意涵又顯示：這些角色殆非真實人物，甚至也不是用實人做為摹本寫成的。他們只存在於語言之中。柏拉圖的《柯雷狄勒士篇》（*Cratylus*）相信名之「正」也，方能得其「質」。狄更斯公然把名字虛構化，也就是把柏氏所信者「去神秘化」了。我們如果認同米勒的讀法，那麼又應該如何看待曹雪芹的《紅樓夢》或孔子的正名觀呢？Viviane Alleton, *Les chinous et la passion des noms* (Paris: Aubier, 1993)一書，對中國人「命名」的文化有研究，相當有趣，可參閱。

⓲ 佛家有些我們熟悉的觀念與名詞可做美學類別觀。對《紅樓夢》的作者來講，這些觀念與名詞不必視同咒語，可以不必有奧義。第三十八回林黛玉有詩，事涉螃蟹，其中便用到「色」或「相」這類的觀念，而在小說裏她這種寫法顯然普通之至（參見《紅》，一：五三〇）。袁枚女弟孫雲鳳（一七六四—一八一四）有〈浣溪紗〉一首，詠其自刻所畫之梅，詞中亦有句云：「似色似空和月折」。這裏「色」和「空」對照雅致，讓我們想到的也無關佛教的形上學。相反，這兩字

在此所具有的功能，似為畫梅「本體論」的隱喻。參見〔清〕孫雲鳳，《湘筠館詞》，收入《小檀欒室彙刻閨秀詞》，第十七冊（南陵徐氏刊本，一八九五—一八九六），卷二，頁七甲。

譯者後記

如果從上個世紀九〇年代初期算起，本書斷續中譯的時間居然超過十年。我要特別感謝作者余國藩教授——他也是我在芝加哥大學比較文學系的授業恩師——對我百般的容忍。十餘年來，余教授但以我的學業與事業為重，從不以本書譯事遲緩見責。我五內踧踖，感激之外，一切卻也盡在不言中。各章從初譯到最後定稿，余教授無不親自審閱，訂正錯誤，增列新見，務期做到盡善與盡美。忝列門下，至少從本書中譯的過程，我認識到什麼叫做「敬業」。

除了作者序言以外，本書各章都曾以不同的形式在臺灣的期刊上發表過，謹誌如下：第一章原題〈閱讀《紅樓夢》〉，上下篇各發表於中央研究院《中國文哲研究通訊》，第十三卷第三及第四期（二〇〇三年九月及十二月），頁八五—一〇八及頁九一—一一八；第二章原題〈釋情〉，發表於《中國文哲研究通訊》，第十一卷第三期（二〇〇一年三月），頁一—五二；第三章一部分原題〈情僧浮沉錄——論《石頭記》的佛教色彩〉，發表於國立臺灣大學外文系《中外文學》，第十九卷第八期（一九九一年一月），頁三四—六九；另一部分原題〈虛構的石頭與石頭的虛構——論《紅樓夢》的語言對應性及宗教象徵系統〉，發表於《中外文學》，第二十卷第一期（一九九一年十月），頁九—四三；第四章原題〈紅樓說文學〉，上下篇各發表於《聯合文學》，第十九卷第二期（二〇〇二年十二月），頁一三二

—一四八；和第十九卷第三期（二〇〇三年一月），頁一三二—一四六；第五章原題〈《紅樓夢》裏的自我與家庭——林黛玉悲劇形象新論〉，發表於《中外文學》，第十九卷第六期（一九九〇年十一月），頁八七—一二二；書末〈餘論〉則題為〈重探虛構——跋《重讀石頭記》〉，發表於《中國文哲研究通訊》，第十三卷第一期（二〇〇三年三月），頁七三—八六。我要向這些刊物的主編特致謝忱，他們可謂本書無形的催生者。

本書立論宏大，寄意深刻，運用的資料又宏富無比，翻譯時我頗得力於芝加哥大學和中央研究院中國文哲研究所的圖書館。文哲所館內的書目專家林耀椿先生不但關心譯事進度，尤常在我遍檢無著時拔刀相助，高誼可感。文哲所內另一同事楊晉龍博士也常以其豐富的藏書濟我不時之需，隆情盛意，我同樣難表謝忱於萬一。前輩黃美鳳老師適時伸出援手，助校書稿，我心銘感。麥田人文系列的主編王德威教授乃我敬重的好友，他多年等待書稿令我不安，也令我佩服。麥田出版事業的吳惠貞小姐和胡金倫先生總司編務，專業上的工作全賴他們和趙曼如小姐領軍完成，謹此誌謝。國立編譯館敦請的審查人又逐句細讀，精心比對，匡我未逮，濟我不足，頓使「蓬蓽生輝」；惠我之處，何止「良多」一詞可罄？此外，內人靜華向來是我最得力的「監督者」：雖然我常有眼高手低的無力之感，卻常在她一聲令下整句整段重譯，希望把余教授典雅的英文譯得「像中文」。不用多說，全書若無小女蝶衣和犬子梵志「孤獨」的配合，我恐怕還要稽延時日才能成帙。放下譯筆，我想我或許應該攜家帶小，稍作——呃，或許也只能有——「一日之遊」，因為新的工作又迫在眉睫了。

李奭學　謹誌

二〇〇三年九月．南港

精選書目

中日文書目

一粟輯。《紅樓夢卷》，二卷。北京：中華書局，一九六三。
——編。《紅樓夢書錄》。上海：古典文學出版社，一九五八。
丁廣惠。《紅樓夢詩詞評注》。哈爾濱：黑龍江人民出版社，一九八〇。
人民文學出版社編輯部編。《紅樓夢研究論文集》。北京：人民文學出版社，一九五九。
人民出版社編。《紅樓夢論集》。上海：人民出版社，一九七五。
于舟、牛武。《紅樓夢詩詞聯語評注》。太原：山西人民出版社，一九八〇。
小柳司氣太。《道教概論》。陳彬龢譯。上海：商務印書館，一九三〇。
山川麗。《中國女性史》。東京：笠簡書院，一九七七。
《中醫內科學講義》。上海：醫藥衛生出版社，一九六九。
中國作家協會貴州分會紅樓夢研究組編。《紅樓夢論集》。貴陽：貴州人民出版社，一九八三。
中國紅樓夢學會秘書處編。《紅樓夢藝術論》。濟南：齊魯出版社，一九八三。
內山知也。〈唐代小說の夢について〉，《中國文化研究會會報》第五卷第一號（一九五六），頁六三—七〇。
內田道夫。〈唐代小說における夢と幻設〉，《東洋學》第一號（一九五九），頁二一—二二。
《四部備要》。臺北：臺灣中華書局，一九八一。

《四部叢刊》。臺北：臺灣商務印書館，一九六六。

太愚。《紅樓夢人物論》。上海：國際文化服務社，一九四八。

《文殊師利問經》，在《大正新修大藏經》，十四：四九二—五〇九。

文化部文學藝術研究院紅樓夢研究室編。《大觀園研究資料匯編》。北京：文化部文學藝術研究院紅樓夢研究室，一九七九。

文冰編。《紅樓夢詩詞釋注》。香港：中華書局，一九七七。

文龍。〈文龍金瓶梅彙評〉，在黃霖編，《金瓶梅資料彙編》，頁四一一—五一二。北京：中華書局，一九八七。

毛效同。《湯顯祖研究資料彙編》。二卷。上海：古籍出版社，一九八六。

毛德彪等編輯。《紅樓夢注評》。南寧：廣西人民出版社，一九八一。

王三慶。《紅樓夢版本研究》。臺北：石門出版社，一九八一。

王夫之。《讀四書大全說》。北京：中華書局，一九七五。

——。《周易內傳》，在船山遺書全集，第一函。臺北：中國船山學會，　九七二。

王充。《論衡》。《四部備要》版。

王先謙。《荀子集解》。臺北：世界書局，一九八七。

王先謙注。《莊子集解》。臺北：三民書局，一九六三。

王冰注。《內經素問》，卷二，《四部備要》版。

王安石。《臨川先生文集》。北京：中華書局，一九五九。

王伯沆。《王伯沆紅樓夢批語匯彙》。二卷。南京：江蘇古籍出版社，一九八五。

王孝廉。《神話與小說》。臺北：聯經出版公司，一九七七。

王志武。《紅樓夢人物衝突論》。西安：陝西人民出版社，一九八五。
王昌定。《紅樓夢藝術探》。杭州：浙江文藝出版社，一九八五。
王昆侖。《紅樓夢人物論》。北京：三聯書局，一九八三。
王書奴。《中國娼妓史》。上海：生活出版社，一九三五。
王國維。《海寧王靜安先生遺書》。十四冊。臺北：臺灣商務印書館，一九七六。
王朝聞。《論鳳姐》。天津：百花文藝出版社，一九八〇。
王陽明。《傳習祿》。上海：商務印書館，一九三三。
王夢阮、沈瓶庵。《紅樓夢索隱》。上海：中華書局，一九一六。
王實甫。《西廂記》。王季思編。上海：古籍出版社，一九八四。
王德威。《從劉鶚到王禎和》。臺北：時報出版公司，一九八六。
王德昭。《清代科舉制度研究》。香港：中文大學出版社，一九八二。
王衛民。《紅樓夢劉履芬批語輯錄》。北京：書目文獻出版社，一九八七。
王曉傳（利器）。《元明清三代禁毀小說戲曲史料》。北京：作家出版社，一九五八。
王關仕。《紅樓夢研究》。臺北：文坊出版社，一九七九。
《白虎通德論》，《四部叢刊》版。
出石誠彥。《支那神話伝説の研究》。東京：中央公論社，一九七三。
北方論叢編輯部編。《紅樓夢著作權論爭集》。西安：陝西人民出版社，一九八五。
史任遠編。《紅樓夢新論》。香港：大源書店，一九六一。
幼獅月刊編輯室編。《紅樓夢研究集》。臺北：幼獅月刊，一九七二。

田于。《紅樓夢敘錄》。臺北：地平線出版社，一九七六。
田毓英。《中西小說上的兩個瘋癲人物》。臺北：文壇社，一九七一。
白居易。《白香山詩集》。《四部備要》版。
皮述民。《紅樓夢考論集》。臺北：聯經出版公司，一九八四。
《石頭記》，蘇聯科學院東方研究院藏之列寧格勒手抄本，六卷。北京：中華書局，一九八六。
石田幹之助。〈長安の歌妓〉，收於《增訂長安の春》，頁一〇〇—一二五。東京：平凡社，一九六七。
石溪散人。《紅樓夢名家題考》。臺北：佩文出版社，一九六一。
《全唐詩》，十二卷。北京：中華書局，一九六〇。
《列子》，《四部備要》版。
《冷齋夜話》，叢書集成版。
伊藤漱平譯。《紅樓夢》，三冊。東京：平凡社，一九六九。
———。〈紅樓夢首回冒頭部分の筆者に就いての疑問〉，《東京支那學報》第四卷第四號（一九五八年六月），頁九九—一〇八；（續）八（一九六二年六月），頁四三—五九。
任繼愈。《漢唐佛教思想論集》。北京：三聯書店，一九六三。
向秀。〈難稽叔夜養生論〉，《全晉文》。卷七二。在《全上古三代秦漢三國六朝文》，嚴可均輯，五冊。上海：中華書局，一九六五。
地平線出版社編。《曹雪芹的一生》。臺北：地平線出版社，一九七五。
如夢、劉敏。《怪夢與預測》。廈門：廈門大學出版社，一九九三。
安平秋、章培恆編。《中國禁書大觀》。上海：上海文化出版社，一九八八。

朱一玄編。《紅樓夢資料匯編》。天津：南開大學出版社，一九八五。
朱眉叔。《紅樓夢的背景與人物》。瀋陽：遼寧大學出版社，一九八六。
朱虛白。《紅樓夢人物評傳》，二冊。臺北：作者自印，一九六〇。
朱熹注。《四書集解》。臺北：世界書局，一九九九。
——。《詩集傳》。四部叢刊版。
江西大學中文系。《紅樓夢詩詞譯釋》。南昌：江西人民出版社，一九七九。
牟宗三。《心體與性體》，三冊。臺北：正中書局，一九六九。
何文煥編。《歷代詩話》，二冊。北京：中華書局，一九八一。
余英時。《紅樓夢的兩個世界》。臺北：聯經出版公司，一九七八。
——。《論戴震與章學誠：清代中期學術思想史研究》。香港：龍門書屋，一九七六。
呂不韋。《呂氏春秋》。《四部備要》版。
呂正惠。《抒情傳統與政治現實》。臺北：大安出版社，一九八九。
呂啟祥。《紅樓夢開卷錄》。西安：陝西人民出版社，一九八七。
宋隆發。《紅樓夢研究文獻目錄》。臺北：台灣學生書局，一九八二。
李希凡、藍翎。《曹雪芹和他的紅樓夢》。香港：中華書局，一九七三。
——。《紅樓夢評論集》。北京：人民文學出版社，一九七三。
李昉等。《太平廣記》。粹文堂本。五冊。臺南：明倫出版社，一九八七。
——等輯。《太平御覽》，四卷。北京：中華書局，一九六〇。
李惠儀。〈警幻與以情悟道〉，《中外文學》，第二二卷第二期（一九九三），頁四六—六六。

李傳龍。《曹雪芹美學思想》。西安，陝西人民教育出版社，一九八七。
李翺。《李文公集十八卷》。四部叢刊本。
李贄。《李溫陵集》，二卷。臺北：文史哲出版社，一九七一。
杜世傑。《紅樓夢悲金悼玉實考》。臺中：作者自印，一九七一。
沈金鏊。《中醫婦科學》。臺北：五洲出版社，一九六九。
沈剛柏先生八秩榮慶論文集編輯委員會編，《沈剛伯先生八秩榮慶論文集》。臺北：聯經出版公司，一九七六。
汪佩琴。《紅樓醫話》。上海：學林出版社，一九八七。
汪道倫。〈中國傳統文化中的情學與紅樓夢〉，《紅樓夢學刊》第一期（一九九〇），頁一〇五—一三〇。
汪鑑明。《紅樓夢的敘述藝術》，黎登鑫譯。臺北：成文出版社，一九七七。
邢治平。《紅樓夢十講》。河南：中州書畫社，一九八三。
——。〈關於紅樓夢的作者和思想問題〉，在余英時，《紅樓夢的兩個世界》，頁一八三—七九。臺北：聯經出版公司，一九七八。
那宗訓。《紅樓夢探索》。臺北：新文豐出版社，一九八二。
阮元。《十三經注疏（及補正）》，十六卷。臺北：世界書局，一九六三—一九六九。
佟雪。《紅樓夢主題論》。南昌：江西人民出版社，一九七九。
町井洋子。〈清代の女性生活：小說の中心として〉，《歷史教育》，第二號（一九五八），頁三七—四三。
《庚辰本石頭記》。臺北：廣文書局，一九七七。
《金瓶梅寓意說》，在《兩種竹波評點本合刊天下第一奇書》，頁一甲—七甲。香港：匯文閣，一九七五。
吳世昌。《紅樓夢探源外編》。上海：古籍出版社，一九八〇。

——等。《散論紅樓夢》。香港：建文書局，一九六三。
吳自甦。《中國家庭制度》。臺北：臺灣商務印書館，一九六八。
吳宏一編。《紅樓夢研究資料彙編》。臺北：巨浪出版社，一九七四。
吳恩裕。《曹雪芹叢考》。上海：古籍出版社，一九八〇。
——。《曹雪芹的故事》。香港：中華書局，一九七八。
——。《曹雪芹佚著淺探》。天津：人民出版社，一九七九。
——。《考稗小紀：曹雪芹紅樓夢瑣記》。香港：中華書局，一九七九。
——。《有關曹雪芹八種》。上海：古典文學出版社，一九五八。
——。《有關曹雪芹十種》。上海：中華書局，一九六三。
吳新雷。《曹雪芹》。南京：江蘇古籍出版社，一九八三。
——、黃進德。《曹雪芹江南家世考》。福州：福建人民出版社，一九八三。
吳曉南。《釵黛合一新論》。香港：三聯書店，一九八五。
吳穎。《紅樓夢人物新析》。廣州：廣東人民出版社，一九八七。
吳謂。《月泉吟社詩》，在《叢書集成初編》，八十。上海：商務印書館，一九二六。
周中明。《紅樓夢的語言藝術》。桂林：漓江出版社，一九八二。
周汝昌。《曹雪芹》。北京：作家出版社，一九六四。
——。《曹雪芹小傳》。天津：百花文藝出版社。無出版年份。
——。《恭王府考——紅樓夢背景素材探討》。上海：古籍出版社，一九八〇。
——。《紅樓夢新證》，二卷，修訂版。北京：人民文學出版社，一九七六。

——。《紅樓夢與中國文化》。臺北：東大圖書公司，一九八六。

——編。《紅樓夢辭典》。廣州：廣東人民出版社，一九八七。

《周禮鄭注》，《四部備要》版。

周易王韓注。《繫辭傳》。臺北：新興書局，一九六四。

周冠生。《夢之謎探索》。北京：科學出版社，一九九〇。

周冠華。《大觀園就是自怡園》。臺北：漢文書局，一九七四。

周書文。《紅樓夢人物塑造的辯證藝術》。南昌：江西人民出版社，一九八六。

周泰。《閱紅樓夢隨筆》。上海：中華書局，一九五八。

周紹良。《紅樓夢研究論集》。太原：陝西人民出版社，一九八三

周策縱。〈紅樓三問〉，《中國時報》人間副刊，一九八七年六月七、八日。

宗密。《于蘭盆經疏》。《大正新修大藏經》，三九：五〇五—一二。

屈萬里。《尚書集釋》。臺北：聯經出版公司，一九八三。

岸辺成雄。《唐代音樂の歴史的研究：樂制篇》。東京：東京大學，一九六〇。

林冠夫。《紅樓夢縱橫談》。南寧：廣西人民出版社，一九八五。

林語堂。《平心論高鶚》。臺北：文星書店，一九六九。

林興仁。《紅樓夢的修辭藝術》。福州：福建教育出版社，一九八四。

金毓黻。《中國史學史》。上海：商務印書館，一九五七。

金聖嘆。〈讀第五才子書法〉，在施耐庵著《水滸傳》，一：九〇—一〇七。臺北：文源書局，一九七〇。

——。〈讀法〉，《原本三國志演義》一：四—二四。臺北：文源書局，一九六九。

金儒杰。《紅樓夢評論》。香港：神州出版社，一九七四。

茅盾。《神話研究》。天津：新華書店，一九八一。

俞平伯。《紅樓夢辨》。上海：亞東圖書館，一九二九。

——。《紅樓夢研究參考資料選輯：俞平伯專輯》。北京：人民文學出版社，一九七三。

南京中醫院。《簡明中醫內科學》。九龍：明朗出版社，一九七〇。

南京師範學院中文系資料室。《紅樓夢版本論叢》。南京：南京師範學院中文系資料室，一九七六。

南懷瑾、徐芹庭注譯。《周易今注今譯》，修訂版。臺北：臺灣商務印書館，一九八四。

故宮博物院明清檔案部編。《關於江寧織造曹家檔案史料》。北京：中華書局，一九七五。

施耐庵。《水滸傳》，三冊。臺北：文源出版社，一九七〇。

施達青。《紅樓夢與清代封建社會》。北京：人民出版社，一九七六。

洪丕謨。《夢與生活》。北京：中國文聯出版社，一九九三。

洪秋蕃。《紅樓夢考證》。上海：上海藝術院，一九三五。

洗手御勝。《古代中國の神々——古代の伝說研究》。東京：創文社，一九八四。

《紅樓夢三家評本》，四卷。上海：古籍出版社，一九八八。

《紅樓夢研究資料集刊》。上海：華東作家協會資料社，一九五四。

《紅樓夢資料集》，五卷。香港：漢學中心，一九八三。

紅樓夢研究小組編。《紅樓夢研究專刊》，十一冊。香港：新亞書院，一九六七—一九七四。

胡文彬編。《紅樓夢敘錄》。吉林：吉林人民出版社，一九八〇。

——等編。《紅學叢譚》。太原：山西人民出版社，一九八三。

——等編。《海外香港紅學論文選》。天津：百花文藝出版社，一九八二。
胡文楷。《歷代婦女著作考》，修訂版。上海：古籍出版社，一九八五。
胡經之。〈枉入紅塵若許年〉，《紅樓夢研究集刊》第六期（一九八一），頁一四三—五七。
胡適。《胡適文存》，四卷。臺北：遠東圖書公司，一九六一。
——編。《神會和尚遺集》。上海：亞東圖書館，一九三〇。
《脂硯齋重評石頭記》，二冊。上海：古籍出版社，一九八一。
韋政通。《董仲舒》。臺北：東大圖書公司，一九八六。
唐圭璋編。《全宋詞》，五卷。臺南：明倫書局一九七五年重印。
唐君毅。《中國哲學原論》（原教篇）。香港：新亞書院，一九六八。
——。《中國哲學原論（原教篇）。《中國哲學中人性思想之發展》。香港：新亞書院，一九六八。
孫克寬。《寒原道論》。臺北：聯經出版公司，一九七七。
孫遜、陳詔。《紅樓夢與金瓶梅》。銀川：寧夏人民出版社，一九八二。
孫遜。《紅樓夢脂評初探》。上海，古籍出版社，一九八一。
徐仁存、徐有為。《程刻本紅樓夢新考》。臺北：國立編譯館，一九八二。
徐扶明。《紅樓夢與戲曲比較研究》。上海：古籍出版社，一九八四。
——。〈西廂記、牡丹亭和紅樓夢〉，《紅樓夢研究集刊》第六期（一九八一），頁一八一—二〇四。
徐朔方編。《湯顯祖集》，二卷。上海：人民出版社，一九七三。
徐復初。《紅樓夢附集十二種》。上海：仿古書店，一九三六。
徐復觀。《兩漢思想史》，修訂版。臺北：學生書局，一九七六。

——。《中國文學論集》。臺北：學生書局，一九七四。

徐震堮。《漢魏六朝小說選》。上海：古籍出版社，一九五六。

徐遲。《紅樓夢藝術論》。上海：文藝出版社，一九八〇。

班昭。《女誡》。上海：大眾書局，一九三一。

袁枚。《小倉山房詩文集》。《四部備要》版。

袁珂。《中國古代神話》，修訂版。上海：商務印書館，一九五七。

高陽。《高陽說曹雪芹》。臺北：聯經出版公司，一九七三。

——。《紅樓一家言》。臺北：聯經出版公司，一九七七。

高楠順次郎、渡邊海旭編。《大正新脩大藏經》，一〇〇卷。東京：大正一切經刊行會，一九三四。（簡稱《大正藏》）

畢萬忱。〈言志緣情說漫議〉，《古代文學理論研究》第六期（一九八二），頁五七—六九。

《乾隆甲戌本脂硯齋重評石頭記》。臺北：胡適紀念館，一九六一。

《乾隆抄本百廿回紅樓夢稿》。上海：古籍出版社，一九八四。

《國語》，《四部備要》版。

商衍鎏。《清代科舉考試述錄》。北京：三聯書店，一九五八。

崑崗等輯。《大清會典》。北京：北京會典館，一八九九年（光緒二十五年）。

康正果。《重審風月鑑：性與中國古典文學》。臺北：麥田出版公司，一九九六。

康來新。《石頭渡海——紅樓夢散論》。臺北：漢光文化公司，一九八五。

曹雪芹、高鶚。《紅樓夢》，三冊。北京：人民文學出版社，一九八二。

梁乙真。《清代婦女文學史》。上海：中華書局，一九三二。
梁效等。《紅樓夢評論集》。上海：人民出版社，一九七五。
梁啟雄。《荀子簡釋》。北京：人民出版社，一九五六。
梁紹壬。《兩班秋雨盦隨筆》。上海：古籍出版社，一九八二。
梁歸智。《石頭記探佚》。太原：山西人民出版社，一九八三。
梅苑。《紅樓夢的重要女性》。臺北：臺灣商務印書館，一九六七。
清水榮吉。〈中國の說話と小說における夢〉，《天理大學學報》第七卷第三期（一九五六），頁八一—八九。
許仲琳。《封神演義》，二冊。香港：中華書局，一九七〇。
許慎。《說文解字〔注〕》，段玉裁注，《四部備要》版。
郭紹虞。《照隅室古典文學論集》，二冊。上海：古籍出版社，一九八三。
陳士元。《夢占逸旨》。上海：商務印書館，一九三九。
陳子展。《詩經直解》，二冊。上海：復旦大學出版社，一九八三。
陳世驤。《陳世驤文存》，楊牧編。臺北：志文出版社，一九七三。
陳其泰。《桐花鳳閣評紅樓夢輯錄》，劉操南編。天津：人民出版社，一九八一。
陳東原。《中國婦女生活史》。上海：商務印書館，一九二八。
——。《中國教育史》。上海：商務印書館，一九三一。
陳寅恪。《元白詩箋證稿》。上海：古籍出版社，一九七八。
陳詔。《紅樓夢談藝錄》。銀川：寧夏人民出版社，一九八五。
——。《紅樓夢小考》。上海：古籍出版社，一九八五。

陳毓羆。〈紅樓夢和浮生六記〉，《紅樓夢學刊》第四期（一九八〇），頁二一一—二三〇。
——。〈紅樓夢是怎樣開頭的〉，《文史》第三期（一九六三），頁三三三—三三八。
陳熙中。〈說真有是事——讀脂批隨札〉，《北京大學學報》第五期（一九八〇），頁八五—八六。
陳慶浩。《新編石頭記脂硯齋評語輯校》，增訂版。臺北：聯經出版公司，一九八六。
陸機。《陸士衡集》。上海：商務印書館，一九三六。
陶秋英。《漢賦之史的研究》。昆明：中華書局，一九三九。
章學誠。《文史通義》。《四部備要》版。
——。〈與陳觀民工部論史學〉，在《章氏遺書》，卷四，頁二三乙—三〇甲。講演堂，一九二二。
黃立新。〈清初才子佳人小說與紅樓夢〉，《紅樓夢研究集刊》第十期（一九八三），頁二五九—二八〇。
黃宗羲。《明儒學案》。上海：商務印書館，一九三五。
——等。《宋元學案》。上海：商務印書館，一九三四。
張玉法等。《中國婦女史論文集》。臺北：臺灣商務印書館，一九八一。
張光直。〈中國創世神話之分析與故事研究〉，《中央研究院民族學研究所集刊》第八期（一九五九秋），頁四七—七六。
張曼濤編。《佛教與中國文化》。臺北：大乘文化出版社，一九七八。
——編。《佛教哲學思想論集》卷一。臺北：大乘文化出版社，一九七八。
——編。《天臺學概論》，三卷。臺北：大乘文化出版社，一九七八。
張淑香。《抒情傳統的深思與探索》。臺北：大安出版社，一九九二。
張畢來。《紅樓佛影》。上海：文藝出版社，一九七九。

——。《賈府書聲》。上海：文藝出版社，一九八三。
——。《漫說紅樓》。北京：人民文學出版社，一九七八。
張愛玲。《紅樓夢魘》。臺北：皇冠出版公司，一九七七。
張載。《張子全書》。上海：商務印書館，一九三五。
張壽安。《以禮代理：凌廷堪與清中葉儒學思想之轉變》。臺北：中央研究院近代史研究所，一九九四。
張錯。《兒女私情》。臺北：華崗，一九九三。
張錦池。《紅樓十二論》。天津：百花文藝出版社，一九八二。
傅天正。〈佛教對中國幻術的影響初探〉，在張曼濤編，《佛教與中國文化》，頁二三七—二五〇。臺北：大乘文化，一九七八。
傅正谷。《中國夢文化》。北京：中國社會科學出版社，一九九三。
揚雄。《法言》。《四部備要》版。
曾敏之。《談紅樓夢》。廣州：廣東人民出版社，一九五七。
森三樹三郎。《支那古代神話》。京都：大雅堂，一九四四。
湯用彤。〈意言之辯〉，《湯用彤學術論文集》，頁二一四—二三二。北京：中華書局，一九八三。
湯淺幸孫。〈清代における婦人解放論〉，《日本中國學會報》第四號（一九五二），頁一一一—一二五。
馮川。《夢兆與神話》。成都：四川人民出版社，一九九三。
馮其庸編。《曹雪芹家世紅樓夢文物圖錄》。香港：三聯書店，一九八三。
——。《曹雪芹家世新考》。上海：古籍出版社，一九八〇。
——。《論庚辰本》。上海：文藝出版社，一九七八。

——。《夢邊集》。西安：陝西人民出版社，一九八二。

——等。《紅樓夢大觀：國際紅樓夢研討會論文集》。香港：百姓半月刊，一九八七。

董仲舒編。《春秋繁露》，《四部備要》版。

董說。《西遊補》。上海：北新書局，一九二九。

《新刊京本通俗演義增像包龍圖判百家公案》，古本小說叢刊本。北京：中華書局，一九九〇。

愛新覺羅裕瑞。《棗窗閒筆》。上海：文學古籍出版社，一九五七。

楊為珍、郭榮光編。《紅樓夢辭典》。濟南：山東文藝出版社，一九八六。

楊萬里。《誠齋詩話》，在丁福保編《歷代詩話續編》，一：一三五—一六〇。北京：中華書局，一九八三。

雷瑨。《清人說薈》二卷。臺北：廣文書局，一九六九。

鳩摩羅什譯。《金剛經》。《大正新修大藏經》，八：七四八—七五二。

廖朝陽。〈異文與小文學？——從後殖民理論與民族敘事的觀點看紅樓夢〉，《中外文學》。第二二卷第二期（一九九三），頁六一—四五。

榮肇祖。《明代思想史》。臺北：開明書局，一九六二。

翟灝。《通俗編》。北京：商務印書館，一九五八。

聞一多。《聞一多全集》，四冊。上海：開明書局，一九四八。

裴松之。《三國志注》。北京：中華書局，一九五九。

趙岡。《紅樓夢考證拾遺》。香港：高原出版社，一九六三。

——。《紅樓夢論集》。臺北：志文出版社，一九七五。

——。《花香銅臭讀紅樓》。臺北：時報出版公司，一九七八。

——。《漫談紅樓夢》。臺北：經世出版社，一九八一。

——。《紅樓夢研究新編》。臺北：聯經出版公司，一九七五。

——、陳鍾毅。《紅樓夢新探》二冊。香港：文藝出版社，一九七〇。

劉大杰。《紅樓夢的思想與人物》。上海：古典文學出版社，一九五六。

劉子清。《中國歷代賢能婦女評傳》。臺北：黎明出版公司，一九七八。

劉文英。《夢的迷信與夢的探索》。北京：中國社會科學出版社，一九八九。

——。〈中國古代對夢的探索〉，《社會科學戰線》第四期（一九八三），頁三二—三九。

劉向。《列女傳》。《四部備要》版。

劉知幾。《史通通釋》，二卷。《四部備要》版。

劉進淮。《中國上古神話》。上海：文藝出版社，一九八八。

劉夢溪。《紅樓夢新論》。北京：中國社會科學出版社，一九八二。

——編。《紅學三十年論文選編》，三冊。天津：百花文藝出版社，一九八三—一九八四。

劉勰。《文心雕龍〔注〕》，黃叔琳輯。臺北：開明書局，一九五八。

劉蘅靜。《婦女問題文集》。南京：婦女月刊社，一九四七。

蔣和森。《紅樓夢概說》。上海：古籍出版社，一九七九。

——。《紅樓夢論稿》。北京：人民文學出版社，一九五九。

蔡元培編。《石頭記索引》。上海：商務印書館，一九二二。

蔡炳焜。《漫說紅樓》。臺北：三民書局，一九八四。

蔡英俊。《比興物色與情景交融》。臺北：大安書局，一九九〇。

蔡義江。〈曹雪芹筆下的林黛玉之死〉，《紅樓夢學刊》第一期（一九八一），頁三九—七四。

——。《紅樓夢詩詞曲賦評注》。北京：北京出版社，一九七九。

壽鵬飛。《紅樓夢本事辨證》。上海：商務印書館，一九二七。

《論語注疏及補正》。臺北：世界書局，一九六三。

慧印編。《筠州洞山悟本禪師語錄》，《大正新修大藏經》，四七：五〇七—五一九。

慧遠。〈明報應論〉，在木村英一編，《慧遠研究：遺文篇》，頁七六—七八。東京：創文社，一九六〇。

——。〈沙門不敬王者論〉，在木村英一編，《慧遠研究：遺文篇》。東京：創文社，一九六〇。

樂蘅軍。〈中國原始變形神話試探〉，在陳慧樺、古添洪編，《從比較神話到文學》，頁一五〇—一八五。臺北：東大圖書公司，一九七七。

歐陽修。〈六一詩話〉，在何文煥編，《歷代詩話》，一：二六三—二七二。北京：中華書局，一九八一。

——。《詩本義》。四部叢刊本。

潘明粲。《紅樓夢人物索引》。香港：龍門出版社，一九八三。

潘重規。〈高鶚補作紅樓夢後四十回的商榷〉，《新亞學報》第八卷第一期（一九六七），頁三六七—三八二。

——。《紅樓夢新解》。新加坡：青年書局，一九五九。

——。《紅學五十年》。香港：新亞書院中文系，一九六六。

潘鏡若。《三教開迷歸正演義》，三冊。上海：古籍出版社，一九九〇。

鄭振鐸。《插圖本中國文學史》，二冊。香港：商務印書館，一九六一。

鄧雲鄉。《紅樓風俗譚》。北京：中華書局，一九八七。

——。《紅樓識小錄》。太原：山西人民出版社，一九八四。

鄧嗣禹。《中國考試制度史》。臺北：新興書局，一九六七。

墨人。《紅樓夢的寫作技巧》。臺北：臺灣商務印書館，一九六六。

翦伯贊。〈論十八世紀上半期中國社會經濟的特質〉，在劉夢溪編，《紅學三十年論文選編》，一：二六—九二。天津：百花文藝出版社，一九八三。

澤田瑞穗。《佛教と中國文學》。東京：圖書刊行會，一九七五。

盧興基、高鳴鸞編。《紅樓夢的語言藝術》。北京：語文出版社，一九八五。

錢鍾書。《管錐篇》，四冊。北京：中華書局，一九八二。

薛瑞生。《紅樓采珠》。天津：百花文藝出版社，一九八六。

蕭統輯。《文選》，二冊。香港：商務印書館，一九七四。

蕭湘（劉國香）。《紅樓夢與禪》。臺北：獅子吼雜誌社，一九七〇。

蕭華榮。〈吟詠情性——鍾榮詩歌評判的理論基礎〉，《古代文學理論研究》第七期（一九八二），頁一六〇—一七五。

應必誠。《論石頭記庚辰本》。上海：古籍出版社，一九八三。

謝國楨。《明清之際黨社運動考》。臺北：臺灣商務印書館，一九七五。

———。《明末清初的學風》。北京：人民文學出版社，一九八二。

謝無量。《中國婦女文學史》。臺北：中華書局，一九七三。

謝肇淛輯。《五雜俎》。上海：中華書局，一九五九。

鍾嗣成、賈仲明。《錄鬼簿〔新校注〕》、《續錄鬼簿〔新教注〕》，馬廉校注。臺北：世界書局，一九六〇。

鍾嶸。《詩品》。《四部備要》版。

薩孟武。《紅樓夢與中國舊家庭》。臺北：東大圖書公司，一九七七。
——。《中國法制思想史》。臺北：彥博出版社，一九七八。
薩都拉。《雁門集》。上海：古籍出版社，一九八二。
《禮記訓纂》，二卷。《四部備要》版。
韓進聯。《紅學史稿》。石家莊：河北人民出版社，一九八一。
韓愈。《韓昌黎全集》，二卷。《四部備要》版。
魏紹昌。《紅樓夢版本小考》。北京：中國社會科學出版社，一九八二。
羅貫中。《三國志通俗演義》。弘治版（一四九四）。
羅德湛。《紅樓夢的文學價值》。臺北：東大圖書公司，一九七九。
譚正璧。《中國女性文學史》，二冊。上海：光明書局，一九三五。
嚴可均輯。《全上古三代秦漢三國六朝文》，五冊。上海：中華書局，一九六五。
蘇蕪。《說夢錄》。上海：古籍出版社，一九八二。
蘇鴻昌。《論曹雪芹的美學思想》，龍雲躩編。重慶：重慶出版社，一九八四。
——。〈論曹雪芹在紅樓夢創作中的大旨談情〉，《紅樓夢研究集刊》第十一期（一九八三），頁三九—五八。
闞鐸。《紅樓夢抉微》。天津：天津大公報館，一九二五。
顧平旦編。《大觀園》。北京：文化藝術出版社，一九八一。
——編。《大觀園研究資料匯編》。北京：文化部文學藝術研究院，一九七九。
——編。《紅樓夢研究論文資料索引》（一八七四—一九八二）。北京：書目文獻出版社，一九八二。
龔居中編。《紅爐點雪》。上海：大東書局，一九五九。

西文書目

Adkins, Arthur W. H. "Aristotle and the Best Kinds of Tragedy." *Classical Quarterly* n.s. 16(1966): 78-102.

——. *Merit and Responsibility: A Study in Greek Values*. Oxford: Clarendon Press, 1960.

Alleton, Viviane. *Les Chinois et la passion des noms*. Paris: Aubier, 1993.

Arbuckle, Gary. "Some Remarks on a New Translation of the *Chunqiu fanlu*." A review of *Tung Chung-shu Ch'un-ch'iufan-lu: Üppiger Tau des Frühling-und-Herbst-Klassikers*, by Robert H. Gassmann (Bern: Peter Lang, 1988). *Early China* 17 (1992): 215-238.

Aristotle. *The Complete Works of Aristotle*. 2 vols. Edited by Jonathan Barnes. Princeton: Princeton University Press,1984.

Augustine. *Confessiones*. Opera et studio Monachorum S. Benedicti a Congregatione S. Mauri, Paris, 1679. Reprinted in J-P. Migne, *Patrologia Latina*, vol. 32. Paris: Gamier frères, 1845.

Baker, Hugh D. *Chinese Family and Kinship*. New York: Columbia University Press, 1979.

Barbour, John D. *The Conscience of the Autobiographer: Ethical and Religious Dimensions of Autobiography*. New York: St. Martin's Press, 1992.

Beasley, W. G., and E. G. Pulleyblank, eds. *Historians of China and Japan*. London: Oxford University Press, 1961.

Bodde, Derk. "Myths of Ancient China." In Charles Le Blanc and Dorothy Borei, eds., *Essays on Chinese Civilization*, pp. 45-84. Princeton: Princeton University Press, 1981.

Bol, Peter. *"This Culture of Ours": Intellectual Transitions in T'ang and Sung China*. Stanford: Stanford University Press, 1992.

Boltz, William G. "Kung Kung and the Flood: Reverse Euhemerism in the *Yao Tien*." *T'oung Pao* 67 (1981): 141-153.

Bonner, Joey. *Wang Kuo-wei: An Intellectual Biography*. Cambridge: Harvard University Press, 1986.

Booth, Wayne C. *The Rhetoric of Fiction*. Chicago: University of Chicago Press, 1961.

Boyarin, Daniel. *Intertextuality and the Reading of Midrash*. Bloomington: Indiana University Press, 1990.

——. "Voices in the Text: Midrash and the Inner Tension of Biblical Narrative." *Revue Biblique* 93 (1986): 581-597.

Brandauer, Frederick P. *Tung Yüeh*. Boston: Twayne, 1978.

Braudel, Fernand. *On History*. Translated by Sarah Matthews. Chicago: University of Chicago Press, 1980.

Bremer, J. M. *Hamartia: Tragic Error in the "Poetics" of Aristotle and in Greek Tragedy*. Amsterdam: Adolf M. Hakkert, 1969.

Brown, Carolyn T., ed. *Psycho-Sinology: The Universe of Dreams in Chinese Culture*. Lanham, Md.: University Press of America, 1988.

Bruns, Gerald L. "Midrash and Allegory: The Beginnings of Scriptural Interpretation." In Robert Alter and Frank Kermode, eds., *The Literary Guide to the Bible*, pp. 625-646. Cambridge: Belknap Press of Harvard University Press, 1987.

Calinescu, Matei. *Rereading*. New Haven: Yale University Press, 1993.

Camus, Albert. *A Happy Death*. Translated by Richard Howard. New York: Knopf, 1972.

Cao Xueqin and Gao E. *The Story of the Stone*. Translated by David Hawkes and John Minford. 5 vols. Harmondsworth: Penguin, 1973-1986.

Carlitz, Katherine. *The Rhetoric of "Chin P'ing Mei."* Bloomington: Indiana University Press, 1986.

Cecil, Russell L. *A Textbook of Medicine*. Philadelphia and London: W. B. Saunders, 1927.

Chaffee, John W. *The Thorny Gates of Learning in Sung China*. New York: Cambridge University Press, 1985.

Chan, Bing C. *The Authorship of "The Dream of the Red Chamber": Based on a Computerized Statistical Study of Its Vocabulary*. Hong Kong: Joint, 1986.

——. "A Computerized Statistical Approach to the Disputed Authorship Problem of *The Dream of the Red Chamber*." *Tamkang Review* 16/3 (1986): 247-278.

Chan, Hing-ho (Chen Qinghao). *Le "Hongloumeng" et les commentaires de Zhiyanzhai*. Paris: Presses Universitaires de France, 1982.

Chan, Hok-lam. *Legitimation in Imperial China: Discussions under the Jurchen-Chin Dynasty (1115-1234)*. Seattle: University of Washington Press, 1984.

Chan, Wing-tsit, ed., *Chu Hsi and Neo-Confucianism*. Honolulu: University of Hawaii Press, 1986.

Chang, K. C. "A Classification of Shang and Chou Myths." In *Early Chinese Civilization: Anthropological Perspectives*, pp. 149-173. Cambridge: Harvard University Press, 1976.

Chang, Kang-i Sun. *The Late Ming Poet Ch'en Tzu-lung: Cries of Love and Loyalism*. New Haven: Yale University Press, 1990.

——. "Ming-Qing Women Poets and the Notions of 'Talent' and 'Morality.'" In R. Bin Wong, Theodore Huters, and Pauline Yu, eds., *Culture and State in Chinese History: Conventions, Conflicts and Accommodations*. Stanford: Stanford University Press, 1997.

Chao, C. Y. Yeh (Ye Jiaying). "Wang Guowei: His Character and His Scholarship." *Journal of the Chinese University of Hong Kong* 1(1973): 61-96.

Chao, Paul. *Chinese Kinship*. London: Kegan Paul International, 1983.

Ch'en, Kenneth. *Buddhism in China, A Historical Survey*. Princeton: Princeton University Press, 1964.

——. *The Chinese Transformation of Buddhism*. Princeton: Princeton University Press, 1973.

Chow Kai-wing. *The Rise of Confucian Ritualism in Late Imperial China: Ethics, Classics, and Lineage Discourse*. Stanford: Stanford University Press, 1994.

Collingwood, R. G. *The Idea of History*. Oxford: Oxford University Press, 1943.

Conacher, D. J. *Euripidean Drama: Myth, Theme and Structure*. Toronto: University of Toronto Press, 1967.

Crites, Stephen. "The Narrative Quality of Experience." *Journal of American Association of Religion* 39/3 (1971): 291-311.

Culler, Jonathan. *On Deconstructionism: Theory and Criticism after Structuralism*. Ithaca: Cornell University Press, 1982.

——, ed. *On Puns: The Foundation of Letters*. Oxford and New York: Basil Blackwell, 1988.

Dante Alighieri. *La divina commedia*. Milano: Arnoldo Mondadori, 1985.

——. *The Divine Comedy*. Translated with a commentary by Charles S. Singleton. 6 vols. Princeton: Princeton University Press, 1970.

Dauer, Dorothea. *Schopenhauer as Transmitter of Buddhist Ideas*. Berne: Long, 1969.

Dawe, R. D. "Some Reflections on *Atê* and *Hamartia*." *Harvard Study in Classical Philology* 72 (1967): 89-123.

de Bary, Wm. Theodore, and John W. Chaffee, eds. *Neo-Confucian Education: The Formative Stage*. Berkeley: University of California Press, 1985.

de Certeau, Michel. *The Writing of History*. Translated by Tom Conley. New York: Columbia University Press, 1988.

de Man, Paul. *Allegories of Reading: Figural Language in Rousseau, Nietzsche, Rilke, and Proust*. New Haven: Yale University Press, 1979.

——. *Blindness and Insight: Essays in the Rhetoric of Contemporary Criticism*. 2nd ed. Minneapolis: University of Minnesota Press, 1983.

de Voe, Sally C. "Historical Event and Literary Effect: The Concept of History in the *Tso-chuan*." *The Stone Lion* 7(1981): 45-58.

Demiéville, Paul. "Chang Hsüeh-ch'eng and His Historiography." In *Choix d'études sinologiques (1921-1970)*, pp. 178-182. Leiden: E. J. Brill,1973.

——. "Le miroir spirituel." *In Choix d'études bouddhiques (1929-1970)*, pp. 131-156. Leiden: E. J. Brill, 1973. Reprinted as "The

Mirror of the Mind" in Peter N. Gregory, ed., *Sudden and Gradual: Approaches to Enlightenment in Chinese Thought*, pp. 13-40. Honolulu: University of Hawaii Press, 1987.

Derrida, Jacques. *Of Grammatology*. Translated by Gayatri Chakravotry Spivak. Baltimore: Johns Hopkins University Press, 1976.

——. *Positions*. Paris: Les Editions de Minuit, 1972.

Dodds, E. R. *The Greeks and the Irrational*. Berkeley and Los Angeles: University of California Press, 1964.

Dong, Lorraine. "The Many Faces of Cui Yingying." In Richard Guisso and Stanley Johannesen, eds., *Women in China*, pp. 75-98. Youngstown: Philo Press, 1981.

Dubs, Homer H. "The Reliability of Chinese Histories." *Far Eastern Quarterly* 6 (1946): 23-43.

Ebrey, Patricia. *The Aristocratic Families of Early Imperial China: A Case Study of the Po-ling Ts'ui Family*. Cambridge: Cambridge University Press, 1978.

——. "Concepts of the Family in the Sung Dynasty." *Journal of Asian Studies* 43 (1984): 219-245.

——. "Women, Marriage, and the Family in Chinese History." In Paul S. Ropp, ed., *Heritage of China: Contemporary Perspectives on Chinese Civilization*, pp. 197-223. Berkeley and Los Angeles: University of California Press, 1990.

——, and James L. Watson, eds. *Kinship Organization in Late Imperial China, 1000-1940*. Berkeley and Los Angeles: University of California Press, 1986.

Eco, Umberto. *Semiotics and the Philosophy of Language*. Bloomington: Indiana University Press, 1986.

Edwards, Louise P. *Men and Women in Qing China: Gender in "The Red Chamber Dream."* New York: E. J. Brill, 1994.

Egan, Ronald C. "Narratives in *Tso Chuan*." *Harvard Journal of Asiatic Studies* 37/2 (1977): 323-352.

Eggert, Marion. *Rede vom Traum: Traumauffasungen der Literatenschicht im späten kaiserlichen China*. Stuttgart: F. Steiner, 1993.

Eliot, T. S. *On Poetry and Poets*. New York: Noonday Press, 1961.

——. *Selected Essays*. New York: Brace, 1932.

Elman, Benjamin A. "Changes in Confucian Civil Service Examinations from the Ming to the Ch'ing Dynasty." In Benjamin A. Elman and Alexander Woodside, eds., *Education and Society in Late Imperial China*, pp. 111-149. Berkeley and Los Angeles: University of California Press, 1994.

——. "Political, Social, and Cultural Reproduction via Civil Service Examinations in Late Imperial China." *Journal of Asian Studies* 50/1 (February 1991): 7-28.

Elvin, Mark. "Female Virtue and the State in China." *Past and Present* 104 (1984): 111-152.

Englert, Siegfried. *Materialien zur Stellung der Frau und zur Sexualität im vormodernen und modernen China*. Frankfurt: Haag und Herchen Verlag, 1980.

Fehl, Noah. *Rites and Propriety in Literature and Life: A Perspective for a Cultural History of Ancient China*. Hong Kong: Chinese University Press, 1971.

Finley, Moses I. *Ancient Slavery and Modern Ideology*. New York: Viking Press, 1980.

Fisk, Craig. "Literary Criticism." In William H. Nienhauser, Jr., ed., *The Indiana Companion to Traditional Chinese Literature*, pp. 49-58. Bloomington: Indiana University Press, 1986.

Foucault, Michel. *The Archaeology of Knowledge and The Discourse on Language*. Translated by A. M. Sheridan Smith. New York: Pantheon Book, 1972.

Fraser, J. T., et al., eds. *Time, Science, and Society in China and the West*. Amherst: University of Massachusetts Press, 1986.

Freedman, Maurice, ed. *Family and Kinship in Chinese Society*. Stanford: Stanford University Press, 1970.

——. *The Study of Chinese Society*. Stanford: Stanford University Press, 1979.

Fung, Yu-Ian. *History of Chinese Philosophy*. Translated by Derk Bodde. 2 vols. Princeton: Princeton University Press, 1952-1953.

Furth, Charlotte. "Concepts of Pregnancy, Childbirth, and Infancy in Ch'ing China." *Journal of Asian Studies* 46/1 (February 1987): 7-36.

——. "The Patriarch's Legacy: Household Instructions and the Transmission of Orthodox Values." In K. C. Liu, ed., *Orthodoxy in Late Imperial China*, pp. 187- 211. Berkeley and Los Angeles: University of California Press, 1990.

Gardiner, H. M., et al. *Feeling and Emotion: A History of Theories*. New York: American Book Company, 1937.

Gernet, Jacques. "Écrit et histoire." In his *L'intelligence de la Chine: les social et le mental*, pp. 351-360. Paris: Editions Gallimard, 1994.

——. "Sur la notion de changement." In his *L'intelligence de Ia Chine: les social et le mental*, pp. 323-334. Paris: Editions Gallimard, 1994.

Gerstlacher, Anna, et al., eds. *Women and Literature in China*. Bochum: Studien Verlag, 1985.

Girard, René. *"To Double Business Bound": Essays on Literature, Mimesis, and Anthropology*. Baltimore: Johns Hopkins University Press, 1978.

Goodrich, L. Carrington. *The Literary Inquisition of Ch'ien-lung*. New York: Paragon Book Reprint Corp., 1966.

——. "On Certain Books Suppressed by Order of Ch'ien-lung during the Years 1772-1778." In *Proceedings of the XXV International Congress of Orientalists* 5 (1963): 71-77.

Graham, A. C. "'Being' in Western Philosophy Compared with *Shih/Fei and Yu/Wu* in Chinese Philosophy." *Asia Major* n.s. 7 (1959): 79-111. Reprinted in his *Studies in Chinese Philosophy and Philosophical Literature*, pp. 322-359. Singapore: National University of Singapore Press, 1986; and his *Disputers of the Tao: Philosophical Argument in Ancient China*, pp. 410-414. La Salle, Ill.: Open Court, 1989.

——. *Disputers of the Tao: Philosophical Argument in Ancient China*. La Salle: Open Court, 1989.

——. *Later Mohist Logic, Ethics and Science*. Hong Kong: Chinese University Press, 1978.

——. "The Meaning of *Ch'ing*." First appeared as a section in "The Background of the Mencian Theory of Human Nature," *Tsing Hua Journal of Chinese Studies* 6/1, 2 (1967): 259-265. Reprinted in his *Studies in Chinese Philosophy and Philosophical Literature*, pp. 59-65. Singapore: National University of Singapore Press, 1986.

——. *Studies in Chinese Philosophy and Philosophical Literature*. Singapore: National University of Singapore Press, 1986.

Granet, Marcel. *Danses et légendes de la Chine ancienne*. Paris: F. Alcan, 1926.

Gregory, Peter N., ed. *Sudden and Gradual: Approaches to Enlightenment in Chinese Thought*. Honolulu: University of Hawaii Press, 1987.

Grisar, Elizabeth. *La femme en Chine*. Paris: Buchet/Chastel, 1957.

Guisso, Richard W. "Thunder over the Lake: The Five Classics and the Perception of Woman in Early China." In Richard W. Guisso and Stanley Johannesen, eds., *Women in China: Current Directions in Historical Scholarship*, pp. 47-62. Youngstown: Philo Press, 1981.

——, and Stanley Johannesen, eds. *Women in China: Current Directions in Historical Scholarship*. Youngstown: Philo Press, 1981.

Guy, R. Kent. *The Emperor's Four Treasuries: Scholars and the State in the Late Ch'ien-lung Era*. Cambridge: Harvard University Press, 1987.

Hall, David L., and Roger T. Ames. *Thinking through Confucius*. Albany: State University of New York Press, 1987.

Hall, Jonathan. "Heroic Repression: Narrative and Aesthetics in Shen Fu's *Six Records of a Floating Life*." *Comparative Criticism* 9 (1987): 155-172.

Hanan, Patrick. *The Chinese Vernacular Story*. Cambridge: Harvard University Press, 1981.

Handlin, Joanna F. *Action in Late Ming Thought: The Reorientation of Lü K'un and Other Scholar-Officials*. Berkeley and Los Angeles: University of California Press, 1983.

——. "Lü K'un's New Audience: The Influence of Women's Literacy on Sixteenth-Century Thought." In Margery Wolf and Roxane Witke, eds., *Women in Chinese Society*, pp. 13-18. Stanford: Stanford University Press, 1975.

Hansen, Chad. *A Daoist Theory of Chinese Thought: A Philosophical Interpretation*. New York: Oxford University Press, 1992.

——. *Language and Logic in Ancient China*. Ann Arbor: University of Michigan Press, 1983.

——. "Language in the Heart-Mind." In Robert E. Allinson, ed., *Understanding the Chinese Mind: Philosophical Roots*, pp. 75-123. New York: Oxford University Press, 1989.

——. "*Qing* (Emotions) in Pre-Buddhist Chinese Thought." In Joel Marks and Roger T. Ames, *Emotions in Asian Thought: A Dialogue in Comparative Philosophy*, pp. 181-211. Albany: State University of New York Press, 1995.

——. "A Tao of Tao in *Chuang-tzu*." In Victor H. Mair, ed., *Experimental Essays on Chuang-tzu*, pp. 24-55. Honolulu: University of Hawaii Press, 1983.

Hartman, Geoffrey H. "Midrash as Law and Literature." *Journal of Religion* 74/3 (1994): 338-355.

——, and Sanford Budick, eds. *Midrash and Literature*. New Haven: Yale University Press, 1986.

Hawkes, David. "*The Story of the Stone*: A Symbolist Novel." *Renditions* 25 (Spring 1986): 6-17.

Hawthorne, Nathaniel. *The Scarlet Letter: A Romance*. New York: Modern Library, 1950.

Hegel, Robert E. *The Novel in Seventeenth-Century China*. New York: Columbia University Press, 1980.

Heller, Thomas C., et al., eds. *Reconstructing Individualism, Autonomy, Individuality and the Self in Western Thought*. Stanford: Stanford University Press, 1986.

Henderson, John B. *Development and Decline of Chinese Cosmology*. New York: Columbia University Press, 1984.

——. *Scripture, Canon, and Commentary: A Comparison of Confucian and Western Exegesis*. Princeton: Princeton University Press, 1991.

Hessney, Richard C. "Beautiful, Talented, and Brave: Seventeenth-Century Chinese Scholar-Beauty Romances." Ph.D. dissertation, Columbia University, 1978.

Hirsch, E. D., Jr. "Transhistorical Intentions and the Persistence of Allegory." *New Literary History* 25/3 (Summer 1994): 549-567.

——. *Validity in Interpretation*. New Haven: Yale University Press, 1967.

Holland, Norman. "Unity Identity Text Self." In Jane P. Tompkins, ed., *Reader-Response Criticism: From Formalism to Post-Structuralism*, pp. 118-133. Baltimore: Johns Hopkins University Press, 1980.

Hsia, C. T. *The Classic Chinese Novel: A Critical Introduction*. New York: Columbia University Press, 1968.

Huang, Martin W. "Author(ity) and Reader in Traditional Chinese *Xiaoshuo* Commentary." *Chinese Literature: Essays, Articles, Reviews* 16 (1994): 41-67.

——. *Literati and Self-Re/Presentation: Autobiographical Sensibility in the Eighteenth-Century Chinese Novel*. Stanford: Stanford University Press, 1995.

Hung, Eva, ed. *Paradoxes of Traditional Chinese Literature*. Hong Kong: Chinese University Press, 1994.

Huntington, C. W., Jr., with Geshé Namgyal Wangchen. *The Emptiness of Emptiness: An Introduction to Early Indian Madhyamika*. Honolulu: University of Hawaii Press, 1989.

Hurvitz, Leon. "Render unto Caesar in Early Chinese Buddhism." Liebenthal Festschrift, *Sino-Indian Studies* 5: 3-4(1957): 80-114.

Hu-Sterk, Florence. "Miroir connaissance dans Ia poésie des Tang." *Études Chinoises* 6/1 (1987): 29-58.

Jameson, Fredric. "Third-World Literature in the Era of Multinational Capitalism." *Social Text* 15 (1986): 65-88.

Jones, Andrew. "The Poetics of Uncertainty in Early Chinese Literature." *Sino-Platonic Papers* 2 (February 1987): 1-45.

Kao, Yu-kung (Gao Yougong). "Lyric Vision in Chinese Narrative: A Reading of *Hung-lou Meng and Ju-lin Wai-shih*." In Andrew H. Plaks, ed., *Chinese Narrative: Critical and Theoretical Essays*, pp. 227-243. Princeton: Princeton University Press, 1977.

Karlgren, Bernhard. "The Early History of the *Chou Li and Tso Chuan* Texts." *Bulletin of the Museum of Far Eastern Antiquities* 28(1931): 1-58.

——. *Grammata Serica Recensa*. Originally No. 29 of the *Bulletin of the Museum of Far Eastern Antiquities*, 1957; reprinted Stockholm: Museum of Far Eastern Antiquities, 1972.

Kauffman, Linda, ed. *Gender and Theory: Dialogues on Feminist Criticism*. Oxford: Basil Blackwell, 1989.

Kermode, Frank. *The Art of Telling: Essays on Fiction*. Cambridge: Harvard University Press, 1983.

King, Ambrose Y. C. "The Individual and Group in Confucianism: A Relational Perspective." In Donald Munro, ed., *Individualism and Holism: Studies in Confucian and Taosit Values*, pp. 57-70. Ann Arbor: University of Michigan, 1985.

Knechtges, David R. "Dream Adventure Stories in Europe and T'ang China." *Tamkang Review* 4/2 (1973): 101-121.

Knoerle, Jeanne. *"The Dream of the Red Chamber": A Critical Study*. Bloomington: Indiana University Press, n. d.

LaCapra, Dominick. *History and Criticism*. Ithaca: Cornell University Press, 1985.

Lackner, Michael. *Der chinesische Traumwelt: Traditionelle Theorien des Traumes und seiner Deutung im Spiegelder Meng-lin hsüan-chieh*. Frankfurt am Main: Peter Lang, 1985.

LaFleur, William R. *The Karma of Words: Buddhism and the Literary Arts in Medieval Japan*. Berkeley and Los Angeles: University of California Press, 1983.

——. "Saigyo and the Buddhist Value of Nature." Part I and Part II. *History of Religions* 13/2 (1973): 93-128; 13/3 (1974): 227-

248.

Lai, Whalen. "How the Principle Rides on the Ether: Chu Hsi's Non-Buddhist Resolution of Nature and Emotion." *Journal of Chinese Philosophy* 11/1 (1984): 31-66.

——. "Tao-sheng's Theory of Sudden Enlightenment Re-Examined." In Peter N. Gregory, ed., *Sudden and Gradual: Approaches to Enlightenment in Chinese Thought*, pp. 169-200. Honolulu: University of Hawaii Press, 1987.

Langer, Susanne K. *Feeling and Form: A Theory of Art*. New York: Charles Scribner's Sons, 1953.

——. *Philosophy in a New Key: A Study in the Symbolism of Reason, Rite, and Art*. New York: New American Library, 1942.

Laniciotti, Lionello, ed. *La donna nella Cina imperiale e nella Cina repubblicana*. Florence: L. S. Olschki, 1980.

Lau, D. C., trans. "The Doctrine of *Kuei Sheng* in the *Lü-shih ch'un-ch'iu*." *Bulletin of the Institute of Chinese Literature and Philosophy, Academia Sinica* 2 (March 1992): 51-90.

——. "The Treatment of Opposites in Lao Tzu." *Bulletin of the School of Oriental and African Studies* 21(1958): 349-350; 352-357.

Le Goff, Jacques. *History and Memory*. Translated by Steven Rendall and Elizabeth Claman. New York: Columbia University Press, 1992.

Lee, Thomas H. C. *Government Education and Examinations in Sung China*. Hong Kong: Chinese University Press, 1985.

Legge, James, trans. *The Chinese Classics*. Originally printed in 7 volumes by Oxford University Press, 1892; reprinted in 5 volumes, Taipei: Wenshizhe, 1972. (Volume number used in this book corresponds to the reprinted edition only.)

Leskey, Albin. *Geschichte der Griechischen Literatur*. Bern: Francke, 1957.

Lévi-Strauss, Claude. *The Savage Mind*. Chicago: University of Chicago Press, 1966.

Lévy, André. "La Condamnation du roman en France et en Chine." In his *Études sur le conte et le roman Chinois*, pp. 1-13. Paris:

École française d'Extrême-Orient, 1971.

Lewis, Lancaster. "Buddhist Literature: Its Canons, Scribes, and Editors." In Wendy Doniger O'Flaherty, ed., *The Critical Study of Sacred Texts*, pp. 215-229. Berkeley and Los Angeles: Graduate Theological Union, 1979.

Li, Tche-houa, and Jacqueline Alézaïs, trans. *Le rêve dans le pavilion rouge*. 2 vols. Paris: Gallimard, 1981.

Li, Wai-yee. *Enchantment and Disenchantment: Love and Illusion in Chinese Literature*. Princeton: Princeton University Press, 1993.

——. "The Idea of Authority in the *Shih Chi* (Records of the Historian)." *Harvard Journal of Asiatic Studies* 54 (1994): 345-406.

Lin, Shuen-fu. "Chia Pao-yü's First Visit to the Land of Illusion: An Analysis of a Literary Dream in an Interdisciplinary Perspective." *Chinese Literature: Essays, Articles, Reviews* 14 (1992): 77-106.

——. "The Formation of a Distinctive Generic Identity for *Tz'u*" In Pauline Yu, ed., *Voices of the Song Lyric in China*, pp. 3-29. Berkeley and Los Angeles: University of California Press, 1994.

——, and Stephen Owen, eds. *The Vitality of the Lyric Voice: Shih Poetry from the Late Han to the T'ang*. Princeton: Princeton University Press, 1986.

Lin Yutang. "Feminist Thought in Ancient China." *T'ien Hsia Monthly* 1/2 (1935): 127-150.

Lipking, Lawrence. *Abandoned Women and Poetic Tradition*. Chicago: University of Chicago Press, 1988.

Liu, James T. C. *Reform in Sung China: Wang An-shih (1021-1086) and His Policies*. Cambridge: Harvard University Press, 1959.

Liu, K. C., ed. *Orthodoxy in Late Imperial China*. Berkeley and Los Angeles: University of California Press, 1990.

Llewellyn, Bernard. *China's Courts and Concubines*. London: George Allen & Unwin, 1956.

Lu, Sheldon Hsiao-peng. *From Historicity to Fictionality: The Chinese Poetics of Narrative*. Stanford: Stanford University Press, 1994.

Lu, Tonglin. *Rose and Lotus: Narrative of Desire in France and China.* Albany: State University of New York Press, 1991.

Lynn, Richard John. "Chu Hsi as Literary Theorist and Critic." In Wing-tsit Chan, ed., *Chu Hsi and Neo-Confucianism*, pp. 337-354. Honolulu: University of Hawaii Press, 1986.

Ma Tai-loi. "Novels Prohibited in the Literary Inquisition of Emperor Ch'ien-lung, 1722-1788." In Winston L. Y. Yang and Curtis Adkins, eds., *Critical Essays on Chinese Fiction*, pp. 201-12. Hong Kong: Chinese University Press, 1980.

Ma, Y. W. "The Chinese Historical Novel: An Outline of Themes and Contexts." *Journal of Asian Studies* 34/2 (1975): 277-294.

——. "Fact and Fantasy in T'ang Tales." *Chinese Literature: Essays, Articles, Reviews* 2(1980): 167-181.

Mair, Victor H., ed. *Experimental Essays on Chuang-tzu.* Honolulu: University of Hawaii Press, 1983.

——. *Tun-huang Popular Narratives.* New York: Cambridge University Press, 1983.

Major, John S. "A Note on the Translation of Two Technical Terms in Chinese Science: *Wu-hsing* and *Hsiu.*" *Early China* 2 (1976): 1-3.

Mann, Susan. "The Education of Daughters in the Mid-Ch'ing Period." In Benjamin A. Elman and Alexander Woodside, eds., *Education and Society in Late Imperial China, 1600-1900*, pp. 19-49. Berkeley and Los Angeles: University of California Press, 1994.

——. "'Fuxue' (Women's Learning) by Zhang Xuecheng (1738-1801): China's First History of Women's Culture." *Late Imperial China* 13/1 (1992): 40-62.

——. "Widows in the Kinship, Class, and Community Structures of Qing Dynasty China." *Journal of Asian Studies* 46/1 (February 1987): 37-56.

McMahon, Keith. *Causality and Containment in Seventeenth-Century Chinese Fiction.* Leiden and New York: E. J. Brill, 1988.

——. *Misers, Shrews, and Polygamists: Sexuality and Male-Female Relations in Eighteenth-century Chinese Fiction.* Durham and

London: Duke University Press, 1995.

McRae, John R. *The Northern School and the Formation of Early Ch'an Buddhism*. Honolulu: University of Hawaii Press, 1986.

Miller, J. Hillis. *The Ethics of Reading: Kant, de Man, Eliot, Trollope, James and Benjamin*. New York: Columbia University Press, 1987.

——. "Introduction" to Charles Dickens, *Bleak House*. Harmondsworth: Penguin, 1985.

——. "Literature and History: The Example of Hawthorne's 'The Minister's Black Veil.'" *Bulletin of the American Academy of Arts and Sciences* 41(1988): 15-31.

Miller, Lucien. *Masks of Fiction in "Dream of the Red Chamber": Myth, Mimesis, and Persona*. Tucson: University of Arizona Press, 1975.

Miner, Earl. *Comparative Poetics: An Intercultural Essay on Theories of Literature*. Princeton: Princeton University Press, 1990.

Minford, John. "The Last Forty Chapters of *The Story of the Stone*: A Literary Appraisal." Ph.D. dissertation, Australian National University, 1980.

——. "'Pieces of Eight': Reflections on Translating *The Story of the Stone*." In Eugene Eoyang and Lin Yao-fu, eds., *Translating Chinese Literature*, pp. 178-203. Bloomington: Indiana University Press, 1995.

Mink, Louis O. "History as Modes of Comprehension." *New Literary History* 1/3 (1970): 227-239.

Mitchell, W. J. T. *Iconology: Image, Text, Ideology*. Chicago: University of Chicago Press, 1986.

Miyazaki, Ichisada. *China's Examination Hell: The Civil Service Examinations of Imperial China*. Translated by Conrad Schirokauer. New Haven: Yale University Press, 1976.

Momigliano, Arnaldo. "Ancient History and the Antiquarian." In *Con tributo alla Storia degli Studi classici*, pp. 67-106. Rome: Edizioni di Storia e letteratura, 1955.

——. "Biblical Studies and Classical Studies: Simple Reflections about Historical Method." *Biblical Archaeologist* 45/4 (Fall 1982): 224-228.

——. *Essays in Ancient and Modern Historiography*. Middletown, Conn.: Wesleyan University Press, 1977.

Munro, Donald, ed. *Individualism and Holism: Studies in Confucian and Taoist Values*. Ann Arbor: University of Michigan, 1985.

Na, Tsung-hsün (Na Zhongxun), ed. *Studies on "Dream of the Red Chamber": A Selected and Classified Bibliography*. 1979; Hong Kong: Lung Men (Longmen) Press, 1981.

Needham, Joseph. *Science and Civilisation in China*. 13 vols. Cambridge: Cambridge University Press, 1954.

——. "Time and Knowledge in China and the West." In J. T. Fraser, ed., *The Voices of Time: A Cooperative Survey of Man's Views of Time as Understood and Described by the Sciences and the Humanities*. New York: G. Braziller, 1966.

Nienhauser, William, Jr. "Female Sexuality and the Double Standard in T'ang Narratives: A Preliminary Survey." In Eva Hung, ed., *Paradoxes of Traditional Chinese Literature*, pp. 1-20. Hong Kong: Chinese University Press, 1994.

——, ed. *The Indiana Companion to Traditional Chinese Literature*. Bloomington: Indiana University Press, 1986.

Nivison, David S. "The Philosophy of Chang Hsüeh-ch'eng." In *Occasional Papers* 3, pp. 22-34. Kyoto: Kansai Asiatic Society, 1955.

——. "The Problem of 'Knowledge' and 'Action' in Chinese Thought since Wang Yang-ming." *Studies in Chinese Thought, The American Anthropologist* 55/5, pt. 2 (1953): 126-134.

——, and Arthur F. Wright, eds. *Confucianism in Action*. Stanford: Stanford University Press, 1959.

Norman, Jerry. *Chinese*. New York: Cambridge University Press, 1988.

Nussbaum, Martha. *The Fragility of Goodness: Luck and Ethics in Greek Tragedy and Philosophy*. Cambridge: Cambridge University Press, 1986.

Oakley, Justin. *Morality and the Emotions*. London and New York: Routledge, 1992.

O'Flaherty, Wendy Doniger, ed. *The Critical Study of Sacred Text*. Berkeley and Los Angeles: Graduate Theological Union, 1979.

——. *Dreams, Illusions, and Other Realities*. Chicago: University of Chicago Press, 1984.

O'Hara, Albert Richard. *The Position of Woman in Early China According to the "Lieh nü chuan," the Biographies of Chinese Women*. 1945. Reprinted by Hong Kong: Orient, 1955.

Olson, Elder. *Tragedy and the Theory of Drama*. Detroit: Wayne State University Press, 1961.

Ong, Roberto K. "Image and Meaning: The Hermeneutics of Traditional Chinese Dream Interpretation." In Carolyn T. Brown, ed., *Psycho-Sinology: The Universe of Dreams in Chinese Culture*, pp. 47-53. Lanham, Md.: University Press of America, 1988.

——. *The Interpretation of Dreams in Ancient China*. Bochum: Brockmeyer, 1985.

Osler, Sir William. *The Principles and Practice of Medicine*. 2nd edition. New York: D. Appleton, 1895.

Owen, Stephen. *Readings in Chinese Literary Thought*. Cambridge: Harvard University Press, 1992.

——. "The Self's Perfect Mirror: Poetry as Autobiography." In Shuen-fu Lin and Stephen Owen, eds., *The Vitality of the Lyric Voice: Shih Poetry from the Late Han to the T'ang*, pp. 71-102. Princeton: Princeton University Press, 1986.

——. *Traditional Chinese Poetry and Poetics: Omen of the World*. Madison: University of Wisconsin Press, 1977.

Palandri, Angela Tieug. "Women in *Dream of the Red Chamber*." *Literature East and West* 12/2, 3, 4 (1968): 226-238.

Plaks, Andrew H. "After the Fall: *Hsing-shih yin-yüan chuan* and the Seventeenth-Century Chinese Novel." *Harvard Journal of Asiatic Studies* 45/2 (1985): 543-580.

——. *Archetype and Allegory in "The Dream of the Red Chamber"* Princeton: Princeton University Press, 1976.

——, ed. *Chinese Narrative: Critical and Theoretical Essays*. Princeton: Princeton University Press, 1977.

——. *The Four Masterworks of the Ming Novel*. Princeton: Princeton University Press, 1987.

——. Towards a Critical Theory of Chinese Narrative." In his *Chinese Narrative: Critical and Theoretical Essays*, pp. 309-352. Princeton: Princeton University Press, 1977.

Porter, Deborah. "Setting the Tone: Aesthetic Implications of Linguistic Patterns in the Opening Section of *Shui-hu chuan*." *Chinese Literature: Essays, Articles, Reviews* 14(1992): 51-75.

Powell, William F., trans. *The Record of Tung-shan*. Honolulu: University of Hawaii Press, 1986.

Powers, Martin J. *Art and Political Expression in Early China*. New Haven: Yale University Press, 1991.

Pritchard, Earl H. "Traditional Chinese Historiography and Local Histories." In Hayden V. White, et al., comps. and eds., *The Uses of History: Essays in Intellectual and Social History Presented to William J Bossenbrook*, pp. 187-219. Detroit: Wayne State University Press, 1968.

Random House Unabridged Dictionary. Edited by Stuart Berg Flexner. 2nd revised edition. New York: Random House, 1993.

Raphals, Lisa. *Knowing Words: Wisdom and Cunning in the Classical Traditions of China and Greece*. Ithaca: Cornell University Press, 1992.

Redfern, Walter. *Puns*. Oxford: Basil Blackwell, 1984.

Redfield, James M. *Nature and Culture in the "Iliad": The Tragedy of Hector*. Chicago: University of Chicago Press, 1975.

Resnik, Salomon. *The Theatre of the Dream*. Translated by Alan Sheridon. London: Tavistock, 1987.

Ricoeur, Paul. *The Symbolism of Evil*. Translated by Emerson Buchanan. Boston: Beacon Press, 1972.

——. *Temps et récit*. 3 vols. Paris: Seuil, 1983-1985.

——. *Time and Narrative*. Translated by Kathleen McLaughlin and David Pellauer. 3 vols. Chicago: University of Chicago Press, 1984-1988.

Riffaterre, Michael. *Fictional Truth*. Baltimore: Johns Hopkins University Press, 1990.

Robertson, Maureen. "Voicing the Feminine: Constructions of the Gendered Subject in Lyrical Poetry by Women of Medieval and Late Imperial China." *Late Imperial China* 13/1(1992): 63-110.

Roetz, Heiner. *Confucian Ethics of the Axial Age*. Albany: State University of New York Press, 1993.

Rolston, David L., ed. *How to Read the Chinese Novel*. Princeton: Princeton University Press, 1990.

——. *Reading and Writing between the Lines: Traditional Chinese Fiction Commentary and Premodern Chinese Fiction*. Stanford: Stanford University Press, 1977.

Ropp, Paul S. "A Confucian View of Women in the Ch'ing Period-Literati Laments for Women in the *Ch'ing Shi tuo*." *Chinese Studies* 10/2 (1992): 399-435.

——. *Dissent in Early Modern China: Ju-lin wai-shih and Ch'ing Social Criticism*. Ann Arbor: University of Michigan Press, 1981.

——, ed. *Heritage of China: Contemporary Perspective on Chinese Civilization*. Berkeley and Los Angeles: University of California Press, 1990.

——. "Love, Literacy, and Laments: Themes of Women Writers in Late Imperial China." *Women's History Review* 2/1 (1993): 107-141.

——. "The Seeds of Change: Reflections on the Condition of Women in the Early and Mid Ch'ing." *Signs* 2/1 (1976): 5-23.

——. "Women between Two Worlds: Women in Shen Fu's *Six Chapters of a Floating Life*." In Anna Gerstlacher et al., eds., *Women and Literature in China*, pp. 98-140. Bochum: Studien Verlag, 1985.

Rosenmeyer. T. G. "History or Poetry? The Example of Herodotus." *Clio* 11(1982): 239-259.

Rousell, Erwin. "Die Frau in Gesellschaft und Mythos der Chinesen." *Sinica* 16 (1941): 130-151.

Roy, David Tod, trans. *The Plum in the Golden Vase, or Chin P'ing Mei*. vol. 1. Princeton: Princeton University Press, 1993.

Rubin, Vitaly A. "Ancient Chinese Cosmology and Fa-chia Theory." In Henry Rosemont, Jr., ed., *Explorations in Early Chinese*

Cosmology, *Journal of American Association of Religion Thematic Studies* 50/2 (1976): 95-104.

Said, Edward. *Beginnings: Intention and Method*. Baltimore: Johns Hopkins University Press, 1975.

Sartre, Jean-Paul. *Qu'est-ce que la littérature?* Paris: Gallimard, 1984.

Saussy, Haun. *The Problem of a Chinese Aesthetic*. Stanford: Stanford University Press, 1993.

——. "Reading and Folly in *Dream of the Red Chamber*." *Chinese Literature: Essays, Articles, Reviews* 9 (1987): 25-48.

Schleiermacher, Fr. D. E. *Hermeneutik*. Edited by Heinz Kimmerle. Heidelberg: Carl Winter, Univesitätsverlag, 1959.

Scholes, Robert, and Robert Kellogg. *The Nature of Narrative*. New York: Oxford University Press, 1966.

Schopenhauer, Arthur. *The World As Will and Idea*. Translated by R. B. Haldane and J. Kemp. 3 vols. 6th edition. London: K. Paul, Trench, Trubner, 1907-1909.

Schwartz, Benjamin I. *The World of Thought in Ancient China*. Cambridge: Harvard University Press, 1985.

Scott, Mary Elizabeth. "Azure to Indigo: *Hongloumeng's* Debt to *Jing P'ing Mei*." Ph.D. dissertation, Princeton University, 1989.

Shih, Chung-wen. *The Golden Age of Chinese Drama: Yüan "Tsa-chü*." Princeton: Princeton University Press, 1976.

Shils, Edward. *Tradition*. Chicago: University of Chicago Press, 1981.

Sivin, Nathan. "Change and Continuity in Early Cosmology." In《中國古代科學史論》（續）· pp. 3-43. Kyoto: Institute for Research in Humanities, 1991.

——. *Cosmos and Computation in Early Chinese Mathematical Astronomy*. Leiden: E. J. Brill, 1969.

——. "On the Limits of Empirical Knowledge in the Traditional Chinese Sciences." In J. T. Fraser et al., eds., *Time, Science, and Society in China and the West*, pp. 151-169. Amherst: University of Massachusetts Press, 1986.

——. *Traditional Medicine in Contemporary China: A Partial Translation of Revised Outline of Chinese Medicine*. Ann Arbor: University of Michigan Press, 1987.

Smith, Jonathan Z. *To Take Place: Toward Theory in Ritual*. Chicago: University of Chicago Press, 1987.

Sophocles. *Oedipus Rex and Antigone*. In F. Storr, trans., *Sophocles I*. Loeb edition. Cambridge: Harvard University Press, 1912.

Spence, Jonathan D. *Ts'ao Yin and the K'ang-hsi Emperor: Bondservant and Master*. New Haven: Yale University Press, 1966.

Sternberg, Meir. *Expositional Modes and Temporal Ordering in Fiction*. Baltimore: Johns Hopkins University Press, 1978.

Stinton, T. C. W. "*Hamartia* in Aristotle and Greek Tragedy." 1975. Reprinted in his *Collected Papers on Greek Tragedy*, pp. 143-185. Oxford: Clarendon Press, 1990.

Streng, Frederick J. *Emptiness: A Study in Religious Meaning*. Nashville, Tenn.: Abingdon Press, 1967.

Strickman, Michel. "Dreamwork of Psycho-Sinologists: Doctors, Taoists, Monks." In Carolyn T. Brown, ed., *Psycho-Sinology: The Universe of Dreams in Chinese Culture*, pp. 25-46. Lanham, Md.: University Press of America, 1988.

Suzuki, D. T. *Studies in the Laṅkāvatāra Sūtra*. London: Routledge and Sons, 1930.

Tatlow, Antony. "Problems with Comparative Poetics." *Canadian Review of Comparative Literature* (March-June 1993): 9-28.

Taylor, Rodney Leon. *The Cultivation of Sagehood as a Religious Goal in Neo-Confucianism: A Study of Selected Writings of Kao P'an-lung, 1562-1626*. Missoula, Mont.: Scholars Press, 1978.

Teiser, Stephen F. *Ghost Festival in Medieval China*. Princeton: Princeton University Press, 1988.

Thomson, Garrett. *Needs*. London: Routledge & Kegan Paul, 1987.

Treip, Mindele Anne. *Allegorical Poetics and the Epic: The Renaissance Tradition to "Paradise Lost."* Lexington: University Press of Kentucky, 1994.

Tsao Hsueh-chin. *Dream of the Red Chamber*. Translated by Chi-chen Wang. New York: Twayne, 1958.

Tsao Hsueh-chin and Kao Ngo. A *Dream of Red Mansions*. Translated by Yang Hsienyi and Gladys Yang. 3 vols. Beijing: Foreign Languages Press, 1978.

van der Loon, P. "The Ancient Chinese Chronicles and the Growth of Historical Ideals." In *Historians of China and Japan*, pp. 24-30. Ed. W. G. Beasley, et. al. London: Oxford University Press, 1961.

van Dyke, Carolynn. *The Fiction of Truth: Structures of Meaning in Narrative and Dramatic Allegory*. Ithaca: Cornell University Press, 1985.

van Zoeren, Steven Jay. *Poetry and Personality: Reading, Exegesis, and Hermeneutics in Traditional China*. Stanford: Stanford University Press, 1991.

Wagner, Marsha L. "Maids and Servants in *Dream of the Red Chamber*: Individuality and the Social Other." In Robert E. Hegel and Richard C. Hessney, eds., *Expressions of Self in Chinese Literature*, pp. 251-281. New York: Columbia University Press, 1985.

Waltner, Ann. "On Not Becoming a Heroine: Lin Dai-yu and Cui Ying-ying." *Signs* 15/1 (Autumn 1989): 61-78.

Wang, C. H. "Recognition and Anticipation in Wang Kuo-wei's Criticism of *Hung-lou meng*." *Tsing Hua Journal of Chinese Studies* n.s. 10/2 (July 1974): 91-112.

Wang, David Der-wei. "Fictional History/Historical Fiction." *Studies in Language and Literature* 1 (March 1985): 64-76.

Wang Gungwu. "Some Comments on the Later Standard Histories." In Donald D. Leslie, Colin Mackerras, and Wang Gungwu, eds., *Essays on Sources for Chinese History*, pp. 50-67. Columbia: University of South Carolina Press, 1973.

Wang, Jing. *The Story of Stone: Intertextuality, Ancient Chinese Stone Lore and the Stone Symbolism in "Dream of the Red Chamber."* Durham, N.C.: Duke University Press, 1992.

Wang, John C. Y. "The Chih-yen-chai Commentary and the *Dream of the Red Chamber*: A Literary Study." In Adele Rickett, ed., *Chinese Approaches to Literature*, pp. 189-200. Princeton: Princeton University Press, 1978.

——. "Early Chinese Narrative: The *Tso-chuan* as Example." In Andrew H. Plaks, ed., *Chinese Narrative: Critical and Theoretical*

Essays, pp. 3-20. Princeton: Princeton University Press, 1977.

——. "The Nature of Chinese Narrative: A Preliminary Statement of Methodology." *Tamkang Review* 6/2-7/1 (1975-1976): 229-246.

Wang, Richard G. "The Cult of *Qing*: Romanticism in the Late Ming Period and in the Novel *Jiaohongji*." *Ming Studies* 33 (August 1994): 12-55.

Wang, Shifu. *The Moon and the Zither: The Story of the Western Wing*. Edited and translated by Stephen H. West and Wilt L. Idema. Berkeley and Los Angeles: University of California Press, 1991.

Watson, Rubie S. and Patricia Buckley Ebrey. *Marriage and Inequality in Chinese Society*. Berkeley and Los Angeles: University of California Press, 1991.

Wayman, Alex. *Buddhist Insight: Essays*. Edited by George Elder. Delhi: Motilal Banarsidass, 1984.

——. "The Mirror as a Pan-Buddhist Metaphor-Simile." *History of Religions* 13/4 (1974): 251-269.

——. "The Mirror-like Knowledge in Mahayana Buddhist Literature." *Asiatische Studien* 25 (1971): 353-363.

White, Hayden (V.). *The Content of the Form: Narrative Discourse and Historical Representation*. Baltimore: Johns Hopkins University Press, 1987.

——. *Tropics of Discourse: Essays in Cultural Criticism*. Baltimore: Johns Hopkins University Press, 1978.

——, comp. and ed. *The Uses of History: Essays in Intellectual and Social History Presented to William J. Bossenbrook*. Detroit: Wayne State University Press, 1968.

Widmer, Ellen. *The Margins of Utopia: Shui-hu hou-chuan and the Literature of Ming Loyalism*. Cambridge: Harvard University Press, 1987.

Williams, Charles. *The Figure of Beatrice: A Study in Dante*. New York: Octagon Books, 1972.

Wolf, Margery, and Roxane Witke, eds. *Women in Chinese Society*. Stanford: Stanford University Press, 1975.

Wong, Kam-ming. "Point of View and Feminism: Images of Women in *Hongloumeng*." In Anna Gerstlacher et al., eds., *Woman and Literature in China*, pp. 29-97. Bochum: Brockmeyer, 1985.

——. "Point of View, Norms, and Structure: *Hung-lou Meng* and Lyrical Fiction." In Andrew H. Plaks. ed., *Chinese Narrative: Critical and Theoretical Essays*, pp. 203-226. Princeton: Princeton University Press, 1977.

Wong, Sau-ling Cynthia. *Reading Asian American Literature: From Necessity to Extravagance*. Princeton: Princeton University Press, 1993.

Wong, Siu-kit. "*Ch'ing in Chinese Literary Criticism*." Ph.D. dissertation, Oxford University, 1969.

Wu Hung. *The Wu Liang Shrine: The Ideology of Early Chinese Pictorial Art*. Stanford: Stanford University Press, 1989.

Wu Pei-yi. *The Confucian's Progress: Autobiographical Writings in Traditional China*. Princeton: Princeton University Press, 1990.

Wu, Shih-ch'ang (Shichang). *On the Red Chamber Dream: A Critical Study of Two Annotated Manuscripts of the XVIIIth Century*. Oxford: Clarendon Press, 1961.

Yang, Lien-sheng. "The Organization of Chinese Official Historiography: Principles and Methods of the Standard Histories from the T'ang through the Ming Dynasty." In *Historians of China and Japan*, pp. 44-59. Eds. W. G. Beasley, et. al. London: Oxford University Press, 1961.

Yang, Winston L. Y, and Curtis Adkins, eds. *Critical Essays on Chinese Fiction*. Hong Kong: Chinese University Press, 1980.

Yu, Anthony C., trans. *The Journey to the West*. 4 vols. Chicago: University of Chicago Press, 1977-1984.

——. "New Gods and Old Order: Tragic Theology in the *Prometheus Bound*." *Journal of American Association of Religion* 39 (1971): 19-42.

——. "'Rest, Rest, Perturbed Spirit!' Ghosts in Traditional Chinese Prose Fiction." *Harvard Journal of Asiatic Studies* 7/2 (1987):

397-434.

Yu, Pauline. "Alienation Effects: Comparative Literature and the Chinese Tradition." In Clayton Koelb and Susan Noakes, eds., *The Comparative Perspective on Literature: Approaches to Theory and Practice*, pp. 162-178. Ithaca: Cornell University Press, 1988.

—— et al., eds. *Culture and State in Chinese History: Conventions, Accommodations, and Critiques*. Stanford: Stanford University Press, 1997.

——. *The Reading of Imagery in the Chinese Poetic Tradition*. Princeton: Princeton University Press, 1987.

——, ed. *Voices of the Song Lyric in China*. Berkeley and Los Angeles: University of California Press, 1994.

Yü, Ying-shih (Yu Yingshi). "Individualism and the Neo-Taoist Movement in Wei-Chin China." In Donald Munro, ed., *Individualism and Holism: Studies in Confucian and Taoist Values*, pp. 121-156. Ann Arbor: University of Michigan Press, 1985.

Zhang, Longxi. "The Letter and the Spirit: *The Song of Songs*, Allegoresis, and the *Book of Poetry*." *Comparative Literature* 39/3 (1987): 193-217.

專有名詞索引

五劃

八劃

九劃

十一劃

十二劃

十三劃

十四劃

國家圖書館出版品預行編目資料

重讀石頭記：《紅樓夢》裏的情欲與虛構 / 余國藩著；李奭學譯. -- 初版. -- 臺北市：麥田出版：城邦文化發行, 2004 [民93]
面； 公分. --（麥田人文；74）
參考書目：面
含索引
譯自：Rereading the Stone: Desire and the Making of Fiction in Dream of the Red Chamber
ISBN 986-7537-42-4（平裝）

1. 紅樓夢 – 研究與考訂

857.49 93001447